复旦宋代文学研究书系·王水照主编
本书系获上海文化发展基金会图书出版专项基金资助

刘克庄的文学世界
——晚宋文学生态的一种考察

侯体健 著

復旦大學出版社

复旦大学出版基金资助项目

中央高校基本科研业务费资助项目
"晚宋文化变迁与文学生态研究"（JJH3151005）最终成果

国家社科基金青年项目
"南宋福建士人群体与文学研究"（12CZW031）阶段成果

复旦宋代文学研究书系序

王水照

2011年上半年,我和几位弟子商量,能否仿照我所编"日本宋学六人集",组织一批青年学者的书稿,编辑一套复旦版宋代文学研究"六人集"。这个想法源自以下三点考虑:

第一,复旦大学中国古代文学学科是国务院在1981年批准的首批具有博士学位授予资格的学科点之一,2011年恰好是三十周年。古语云"三十而立",在这三十年中,复旦大学古代文学学科得到迅猛发展,培养了一大批优秀的博士生,同时也产生了许多优秀的博士论文,成为推动古代文学研究的一支力量。我自1992年带博士生始,也培养了相当数量宋代文学方向的博士,从他们之中选择几部著作编成丛书出版,算是对复旦古代文学博士点三十周年的一种纪念。

第二,新世纪以来,由于博士生的扩招,论文的数量迅速膨胀,但同时质量也有所下降。学术著作的出版较之以前容易许多,大量的各类论著充斥书市,有埋没精品之虞。过紧或者过滥,都不是健康的学术出版生态,都不能很好地为学术发展服务。精选几部著作,形成一个"品牌",或许能够在驳杂的学术图书市场产生一定的积极影响。

第三,当前的宋代文学研究十分活跃,是断代文学研究中成果比较丰硕的领域,及时从中遴选一些青年学者的优秀论著,以丛书形式推荐给学界,能够促进学术交流与学术繁荣。对他们个人而言,也是很好的展示平台,扩大他们的学术影响。

我的建议很快得到多位学友的积极响应,他们都纷纷将自己精心撰作的论著加入我的这个计划,同时也很快得到复旦大学出版社贺圣遂社长的鼎力支持。这件事就迅速提上了日程。

古代文学博士论文的选题,简单来说有三种常见模式,即个案研究、时段研究和专题研究。个案研究围绕一个作家展开,就其生平、交游、作品内容、艺术风格进行探究;时段研究截取某个时代,就特定时段的文学现象、文学思潮、文人群体进行描述分析;专题研究则常常是拈出一个重要概念,或做交叉研究,或做源流辨析,或做历史还原等等。这三种选题模式,各有千秋,也并不对立,都取得了十分可喜的成果,只要不走向程式化,都还大有可为。

我这里着重想说的是交叉课题研究。近年宋代文学研究出现了文学与科举、文学与地域、文学与党争、文学与传播、文学与家族五个重要的新兴交叉类课题,我将它们戏称为"五朵金花"。这五类课题,均将文学与其他学科紧密联系在一起,是一种"文化—文学"的展开思路。我一直认为,只有将文学置于文化的背景下,才可能真正看清文学的位置。当然也必须强调,这种研究一定不要忘了文学本位,落脚点一定是解决文学的问题,我们文学研究者,不应该是给其他学科"打工"的。与此同时,这类交叉研究也内在地要求我们拓宽文学研究的视野,不必画地为牢,自为畛域,应以更为宽阔的学术怀抱去探索古代文学研究的新路径与新方法。

本套丛书收入了朱刚《唐宋"古文运动"与士大夫文学》、李贵《中唐至北宋的典范选择与诗歌因革》、金甫暻《苏轼"和陶诗"考论——兼及韩国"和陶诗"》、陈湘琳《欧阳修的文学与情感世界》、成玮《制度、思想与文学的互动——北宋前期诗坛研究》、侯体健《刘克庄的文学世界——晚宋文学生态的一种考察》六种著作。朱刚、李贵、成玮的著作,是时段研究与专题研究的结合。他们的聚焦点都在唐宋之际,特别是朱刚和李贵的两部书,有着"唐宋变革论"的明显印记。朱刚从博士学位论文《唐宋四大家的道论与文学》开始,就密切关注唐宋"古文运动",陆续撰作了十余篇相关论文,在学界产生一定的影响,获得了同道的好评。《唐宋"古文运动"与士大夫文学》一书即是他多年来钻研"古文运动"的集中展示,他标举"士大夫文学",敏锐地抓住了唐宋"古文运动"与之前、之后文学"运动"的不同,强调科举制度产生的士大夫精英构成的唐宋社会与文学的特殊性。论著对传统"古文运动"之说有所反思,拓宽了"古文运动"的研究视野。所着重阐明的"古文运动"与新儒学、贤良进卷、苏辙与"古文运动"的关系等命题,均有独到的见解。

李贵《中唐至北宋的典范选择与诗歌因革》历时十余年的修订,较之其博士论文,有了很大的增改和深入。在他刚刚撰写博士论文的时候,关于这个论题,学界相关论著还比较少,若干年过去了,"中唐—北宋"的诗歌研究取得了长足的进步,这对学界来说是学术发展的必然,值得庆贺,对李贵来说恐怕却是无形的压力。不过这部书稿雄辩地证明,好学深思的他在广泛吸取海内外研究成果的基础上,有力地推进了该领域的研究。该书不仅在诗歌研究领域呼应了"唐宋变革论",而且通过分析陶渊明、杜甫、韩愈、白居易、李商隐等对宋诗进程的影响,深化了典范选择与诗歌因革的关系研究,更细致而深刻地描述出唐宋诗之嬗变轨迹,突出了中唐到北宋文学的内在连续性和一致性。

成玮《制度、思想与文学的互动——北宋前期诗坛研究》与李贵的论题有些重合,但却表现出不一样的面貌。他在上编抓住诗学观念、文人分布和诗体发展三个重要因素,从制度、思想和文学的互动关系入手,清晰地描述出宋初三朝诗坛的具象图景。在下编则选取欧阳修作为描述框架,通过辨析欧阳修与时代之间的契合或疏离,展现出仁宗朝诗坛的历史现场。这对于深化北宋诗歌研究,特别是对于探源北宋诗文革新运动,具有重要的学术价值。

金甫暻、陈湘琳、侯体健的著作则是个案研究与专题研究的结合,分别涉及苏轼、欧阳修和刘克庄三位宋代重要的文学家。虽然都是个案研究,他们的方法却完全不同,甚至可以说代表了个案研究的不同范式。金甫暻是韩国学者,他选取的切入点比较小,《苏轼"和陶诗"考论——兼及韩国"和陶诗"》一书就苏轼"和陶诗"的形式、内容、背景、影响等问题进行了细致分析,获得了不少与前人同题研究不同的具体结论。其中对韩国"和陶诗"相关资料的辑录和论述,更给国内学界提供了崭新的研究资料,这对于认识东亚汉字圈的文化交流,有着特殊的意义。

陈湘琳《欧阳修的文学与情感世界》一书表现出女性学者特有的敏感和视角,注重"美感经验"的发掘,对面向内心的欧阳修的情感体验、地域记忆、空间书写、生命底色、文化风度等问题,进行了全面的解读。该书大处着眼,小处着笔,运思精细,阐微发覆,以"细读"和"体察"的方法,从大量文献中摹画出一个有血有肉、有情有感的欧阳修,并将这种生命个体的内心世界与北宋文化整体的发展局势暗自勾连,跳出了原有研究窠臼,是近年来欧阳修研究的一大收获。

如果说陈湘琳的个案研究是"内省式",侯体健的则可以说是"外烁式"。《刘克庄的文学世界——晚宋文学生态的一种考察》一书,吸收了当前学界的最新研究成果,关注到相邻学科的前沿与热点,从"晚宋文学生态"的大背景入手,展开对刘克庄周围世界与环境的多方面、多角度的探讨和研究,凸现出刘克庄文学世界构成中的时代的、政治的、社会的、文化的复杂因素或基础,这在研究理念和方法上是一个重大的突破,在刘克庄和晚宋文学研究中可谓独辟蹊径、另具手眼。该书的研究框架和目录设置,也别出心裁,在同类著作中较为少见,是个案研究模式的新探索。

学术研究的推陈出新,无非在新材料、新方法、新视野与新观点。本套丛书除了朱刚的之外,其余五部都是以博士毕业论文为基础修订而成的,是他们的处女作,也是他们向学界交出的第一份答卷。这六部书稿自然不是十全十美之作,许多问题还有待进一步探讨。老师审读学生辈文稿,本应优点说全,以资鼓励,缺点讲透,俾便精进。这篇序文信笔写来,却多为褒饰之语,不免自夸之嫌。但我自信并非空洞赞扬,未违"修辞立其诚"的古训。希望读者能够看到他们所作的可贵的学术努力,在新材料的发掘、新方法的运用、新视野的拓展、新观点的提出诸方面,均已提供的不宜轻视、值得玩索的学术内涵。

我和六位作者都有师生之谊,都曾在不同时期的复旦园中共探学问之道,往事历历,犹如昨日。如今,我们或隔海相望,或同系共事,看到他们取得的成绩,我倍感欣慰。不过,治学如逆水行舟,不进则退,希望他们戒骄戒躁,持之以恒,假以时日,一定能够取得更大的成绩。

目　　录

绪言 …………………………………………………………………… 1
  第一节　综述与反思:百年来刘克庄研究的洞见与未见 ……… 1
    一、基础:行迹的清晰与文集的零乱 ………………………… 2
    二、视阈:局部的深入与整体的粗糙 ………………………… 6
    三、方法:静态的描述与动态的分析 ……………………… 11
    四、立场:当下的阐发与历史的缺席 ……………………… 14
  第二节　解题与理路:历史图景与作家个体的互阐互释 …… 17
    一、"文学世界"与"文学生态"释意 ……………………… 18
    二、思路的展开与视角的选择 ……………………………… 19
    三、篇章的安排与技术性交代 ……………………………… 22

综论　作为背景的晚宋与作为代表的刘克庄 ………………… 25
    一、国家政事与文士心态 …………………………………… 26
    二、国家格局与文人分布 …………………………………… 32
    三、国家学术与文学创作 …………………………………… 38

第一章　地域和家族:莆田文化与地方精英 ………………… 43
  第一节　莆田空间的文学呈现 …………………………………… 43
    一、莆体:历史积淀的印痕 ………………………………… 44
    二、徐潭:寄托隐逸的山水 ………………………………… 48
    三、荔枝:地域意象的典型 ………………………………… 53
  第二节　家族情感与文学活动 …………………………………… 58
    一、文学家族与情感认同 …………………………………… 59

二、家族情感与文学风格 …………………………………… 62
　　三、家族文学活动与地域文人网络 …………………………… 67
　第三节　地方精英的身份与文学风貌的形成 ………………………… 73
　　一、祠禄制度与地域文人群体 …………………………… 75
　　二、长期里居与文学主题衍变 …………………………… 82

第二章　江湖和魏阙：身份转换与文学活动 ………………………… 89
　第一节　题外谈"江湖"：江湖诗人与乡绅诗人 ………………… 89
　第二节　游士身份：泛接诗界与广纳政缘 ……………………… 92
　　一、游幕生活与诗词创作 …………………………… 94
　　二、初涉政事与黾勉四六 …………………………… 105
　第三节　乡绅身份：游戏诗文与主盟地方 ……………………… 116
　　一、从"后村体"谈起：闲适唱酬与组诗形态 ………………… 117
　　二、主盟莆阳文坛：指点后学与序跋撰写 …………………… 134
　第四节　朝臣身份：奏议公文与兼撰两制 ……………………… 150
　　一、奏议公文与立朝大节 …………………………… 152
　　二、兼撰两制与"四六孤行" …………………………… 159

第三章　政争和出处：文化性格与文学生成 ………………………… 166
　第一节　屡陷政争与心态反复 …………………………… 167
　　一、"谤不止"与"不终弃"：政争中的挣扎 …………………… 168
　　二、"故我"与"今我"：政争后的反思 …………………… 179
　第二节　文化性格与文学精神 …………………………… 187
　　一、疏狂：雄奇的笔力 …………………………… 188
　　二、旷达：开放的心境 …………………………… 192
　　三、自适：闲逸的性情 …………………………… 197
　　四、真率：日常的书写 …………………………… 200

第四章　学术和创作：各有其域与多层互动 ………………………… 205
　第一节　学派与文派：理学与文学互动的典型 ………………… 206

一、学术思考与文学表达……………………………… 207
　　二、学派别传与文派"旁支"…………………………… 214
　第二节　史诗与史实:诗文的咏史用典与史学 …… 218
　　一、咏史组诗的深层透视……………………………… 219
　　二、使事用典与诗文风格……………………………… 225

第五章　刻书和编集:文学新变与作品传播 …………… 232
　第一节　刻书引起的文学新变 ……………………… 233
　　一、捐书与资书:从学晚唐体到用本朝事…………… 233
　　二、题书与序书:题跋诗涌现和序文勃兴…………… 238
　第二节　作品编集的文学意蕴 ……………………… 245
　　一、汰择与类编:两种现存宋刻的学术启示………… 246
　　二、接受与还原:晚宋各总集中的后村作品………… 258

结束语　刘克庄的文学世界与晚宋文学生态 …………… 264

附录一　百年来刘克庄研究一览表 ……………………… 269
附录二　两部宋刻本中的刘克庄佚诗佚文 ……………… 279
附录三　上海图书馆藏明杨廉评点刘克庄文全录 …… 288
附录四　刘克庄六言诗初探 ………………………………… 302

参考文献 ……………………………………………………… 330
后记 …………………………………………………………… 348
付梓再记 ……………………………………………………… 355

绪　　言

第一节　综述与反思：百年来刘克庄研究的洞见与未见

刘克庄，一位《宋史》无传却享有盛誉的晚宋士大夫，人言"其擅一世盛名，自老至少，使言诗者宗焉，言文者宗焉，言四六者宗焉"①，又说他"早负盛名，晚掌书命，每一制下，人人传写……达官显人，欲铭先世勋德，必托公文以传；江湖士友，为四六及五七言，往往祖后村氏"②。当然，这都是他殁后的赞誉之词。他在世之时，宋理宗称其"文名久著，史学尤精"③。可见在时人眼中，刘克庄乃因其诗歌、文章、四六与史学而闻名。

然而，当代学术研究却并不将刘克庄作如此定位。据笔者统计，近百年来海内外刘克庄研究的一百八十馀种（参附录一）各类论著中，关于其词和诗论者占据泰半。这诚然是可喜的成绩，值得在学术史上加以表彰。但若将此与刘克庄在当时的闻名因素相比照，当前研究中所存在的问题亦即暴露无遗。当我们片面地强调辛词后劲刘克庄与诗论专家刘克庄时，也就遮蔽了更真实的作为诗人的、作为文章家的、作为四六家的、作为史学家的刘克庄。这种遮蔽无疑是百年来刘克庄研究的一大缺憾。有鉴于此，笔者尝试从基础、视阈、方法、立场四方面简析刘克庄研究所存在的问题。

---

① 林希逸《后村先生刘公行状》，《竹溪鬳斋十一稿续集》卷二二，《文渊阁四库全书》本。本书所引《后村先生刘公行状》均据此，或简称《行状》，不再注。
② 洪天锡《后村先生墓志铭》，《后村先生大全集》卷一九五，《四部丛刊初编》本。本书所引《后村先生墓志铭》均据此，或简称《墓志铭》，不再注。
③ 见《行状》，同注①。

一、基础：行迹的清晰与文集的零乱

刘克庄为福建莆田人，生于宋孝宗淳熙十四年（1187），卒于宋度宗咸淳五年（1269），享高寿八十三岁，历孝、光、宁、理、度五朝，经历颇为复杂，仕宦亦显曲折。虽《宋史》无传，但因林希逸所撰《行状》与洪天锡所撰《墓志铭》二文叙述有序，所以其行迹是清晰的。1934年，张荃作《刘后村先生年谱》①，开为刘氏立谱之先河，其后年谱类著作达六部之多②，其中尤以程章灿所著最为精详。年谱而外，几篇专题论文也解决了刘克庄研究中的一些基本问题③。这些论著是百年来本领域中最重要的创获，给后来研究者的"知人论世"提供了必要保证。

刘克庄行迹是清晰的，但有两个问题因前贤时彦各持一说，仍需辨正诸家观点。

首先是江湖诗祸的时间问题。关于江湖诗祸，主要有罗大经《鹤林玉露》"诗祸"条④、周密《齐东野语》"诗道否泰"条⑤、方回《瀛奎律髓》⑥所录刘克庄《落梅》诗下注言及事件本末。关于诗祸的时间，罗氏言"宝（庆）绍（定）间"，周氏言"宝庆间"，方氏言"宝庆初"，持论稍异。张荃、刘大治、李国庭等所著年谱依《行状》、《墓

---

① 载《之江学报》1934年第1卷第3期。
② 即宋湖民《刘后村先生年谱》（《兴化文献》，1947年）、咸贤子《刘后村年谱及其词研究》（台湾"国立"政治大学中研所硕士论文，1982年）、李国庭《刘克庄年谱简编》（《福建图书馆学刊》1990年第1、2期）、刘大治《刘克庄先生年谱》（《文献史料研究丛刊》第三辑，福州：福建省地图出版社，1991年）、程章灿《刘克庄年谱》（贵阳：贵州人民出版社，1993年）。
③ 如孙克宽《晚宋诗人刘克庄补传初稿》（《东海学报》第3卷1期）、黄山松《关于刘克庄生平活动的几个问题》（《宋史研究集刊》第2辑）、李国庭《刘克庄生平三考》（《福建论坛》1991年第4期），向以鲜《刘克庄家世考》、《刘克庄交游考》（《超越江湖的诗人——后村研究》，成都：巴蜀书社，1995年）等。
④ 罗大经《鹤林玉露》乙编卷四，北京：中华书局，1983年，第187—188页。
⑤ 周密《齐东野语》卷一六，北京：中华书局，1983年，第292—293页。
⑥ 方回《瀛奎律髓》卷二〇，《瀛奎律髓汇评》，上海：上海古籍出版社，2005年，第843—944页。

志铭》笼统定于绍定元年(1228);李越深《江湖诗案始末考略》①、张宏生《江湖诗祸考》②等则主宝庆元年(1225);程章灿《江湖诗祸考》③主宝庆三年(1227)。李越深、张宏生之推断并不严密,结论不足据;而程章灿之说虽论据偶有失误④,结论似可定谳。据《宋史·梁成大传》,此案发起人之一梁成大在宝庆元年冬才拜监察御史⑤,而诗祸涉案者中有敖陶孙、曾极二人,据刘克庄所撰《臞庵敖先生墓志铭》⑥,敖陶孙卒于宝庆三年十一月,由此推知诗祸的发生时段可定在宝庆元年冬至宝庆三年十一月间。又刘克庄《跋宋自达梅谷序》言:"宝庆丁亥,景建以诗祸谪舂陵。"⑦景建乃曾极字,此处明言曾极于宝庆三年(丁亥)谪舂陵,故诗祸发生于宝庆三年。程氏依此立论是稳妥的。另,作于绍定二年(1229)的《臞庵敖先生墓志铭》谓"《江湖集》出焉,会有诏毁集,先生卒不免",据敖陶孙"卒不免"云云,知毁《江湖集》之事在敖陶孙死前即已进行,故而诗祸的发生时间应是在宝庆三年,其他诸说不能成立。所谓"却被梅花误十年"者,概举其约数而已。

其次所谓"晚节"问题,主要是刘克庄与贾似道的关系。方回说刘克庄"诗文谀郑及贾已甚"⑧,又说:"(刘克庄)晚为贾似道牢笼至从官,既归老,有'三生不可忘容堂'之句,岂欲以谀免祸耶?

---

① 载《浙江大学学报》1987年第2期。
② 张宏生《江湖诗派研究》,北京:中华书局,1995年,第358—370页。
③ 程章灿《刘克庄年谱》,第99—102页。
④ 关于李知孝拜监察御史的时间,程章灿认为乃宝庆二年、张宏生则认为是宝庆元年,均误。据《宋史全文》卷三十一,李知孝在嘉定十七年九月壬午官拜监察御史。据《宋史·梁成大传》,梁成大在宝庆元年冬拜监察御史。
⑤ 脱脱等《宋史》卷四二二,北京:中华书局,1977年,第12621页。下引此书均据此版,仅标页码。
⑥ 见四川大学古籍所编《全宋文》第331册,上海、合肥:上海辞书出版社、安徽教育出版社,2006年,第173页。下文所引《全宋文》,均据此版,仅列篇目、册数、页码于文中,不再另注。
⑦ 《全宋文》第329册,第245页。
⑧ 见《瀛奎律髓》卷二七所录刘克庄《老将》诗下注,《瀛奎律髓汇评》(中册),第1211页。

抑为孙儿地也?"①后世应者寥寥,至清王士禛又在《蚕尾集·刘后村集跋》中特别拈出"谀贾"以立说,于是后来者以为是②。其实,刘克庄与郑清之也好,与贾似道也罢,关系都是建立在私人感情基础上的,并非利益的依附关系,所以"晚节"并不是问题。至于说《宋史》因此而不为刘克庄立传(如孙克宽即持此论),显是武断按语,不足成立。从政治上受益的角度来看,刘克庄受郑清之之庇护远多于受贾似道之关照。而其中所受郑清之之庇护者,究其事实则避祸甚于趋福。

关于这个问题的评判,今之论者亦分两派:一派承方回、王士禛,认为刘氏确实晚节有污;另一派则从各方立说,认为刘氏并未晚年失节。后者尤以王述尧立论最新③。但是刘贾关系,史实具在。贾似道专横跋扈,误国误民亦是事实。王文试图证明贾似道并非奸臣,而汲汲于野史之钩沉,看似釜底抽薪,实则大可不必。贾之奸恶,非为虚词,史料凿凿,不容翻案。当然,王文所述亦不为虚。因而这里涉及人的评价问题。笔者认为,人的社会角色的多样性决定了人的面目的多样,换言之,任何一个人都是立体的,而非平面的。人的评价并非非黑即白的两极论那么简单。贾似道作为奸臣,却也并非毫无是处。只是在功过之间,历史自有取舍,将贾似道列入奸臣传是公正的,并没有冤枉他,更不是"中国历史上最大的冤案"(王述尧语)。另外,众多史料也表明贾刘私交是真诚的,不是刘趋炎附势于贾,也不是贾收买刘。贾似道明目张胆地冒天下之大不韪,那或是他蒙人耳目,或已是刘克庄逝后之事,此点程章灿、李国庭、王明见等均有论及。因而,以"了解之同情"言之,刘贾关系并不构成刘氏的"晚年污点"。另有一现象亦值得注意,即所谓"谀贾"之词在当时十分繁多,这恐怕不能说大家都无是非之心吧?还原历史场景,答案就在其中。

---

① 方回《跋刘后村晚年诗》,《桐江集》卷四,《宛委别藏》本。
② 今之论者均将首先发难此事归于王士禛,实不察。
③ 见王述尧《历史的天空——略论贾似道及其与刘克庄的关系》,载《兰州学刊》2004年3期。

绪言

关于行迹问题，最为焦点的即以上两点，此处特为申说。而刘克庄研究的基础当然还不止此。与行迹的清晰相反的，是其文集的零乱。刘集首先有在淳祐八年(1248)由林希逸刊刻的《后村集》，亦即通常所谓的《后村居士集》或《前集》，其后又陆续刊有《后集》①、《续集》、《新集》，因此四集"书坊翻刻，卷帙讹繁，非巾箱之便"②，故刘克庄季子山甫在咸淳六年(1270)汇刊四集而成《后村先生大全集》两百卷③。关于刘集的流传情况及所存版本，向以鲜《超越江湖的诗人》上篇第三章"书城变迁"及祝尚书《宋人别集叙录》④均有论述，又有张丽娟、程有庆《宋刻本〈后村居士集〉考证》⑤等文章，虽个别观点尚有分歧，但其基本面目是清晰的。大抵今日所见《后村先生大全集》均由明抄宋本繁衍而出，而《后村居士集》则有宋残本存焉，其具体情况兹不赘述。至于后来单行的《后村别调》、《后村诗馀》、《玉牒初草》、《后村题跋》、《后村四六》、《后村诗话》等等，则多从《后村居士集》或《后村先生大全集》中别出。旧题刘克庄撰《分门纂类唐宋时贤千家诗选》(通常作《后村千家诗》)一书，程章灿《所谓"后村千家诗"考》⑥及李更、陈新《〈分门纂类唐宋时贤千家诗选〉考述》⑦都已否定该书作者为刘克庄，可为定谳。

摸清版本留存情况相对容易(虽仍存些许疑问)，如何利用它们却较为困难。当前刘克庄作品的整理主要集中在词作，偶涉诗

---

① 刘克庄在《后村先生大全集》卷一九三最后自跋云："《续稿》五十卷，起淳祐己酉，至宝祐戊午十年间之所作也。"淳祐己酉即淳祐九年，恰好与《前集》截稿年份相接，故而此处所谓《续稿》即《后集》之别称尔，而非《续集》。
② 刘希仁《后村先生大全集序》，《四部丛刊初编》本。
③ 今本《后村先生大全集》为一百九十六卷，所缺四卷当为目录。傅增湘《藏园群书经眼录》卷一四(北京：中华书局，1983年，第1269页)及向以鲜《超越江湖的诗人》(第124页)均已点明。
④ 祝尚书《宋人别集叙录》，北京：中华书局，1999年，第1299—1308页。
⑤ 载《宋本》，南京：江苏古籍出版社，2002年，第107—111页。
⑥ 见蒋寅等编《中国诗学》第4辑，南京：南京大学出版社，1995年。
⑦ 见李更、陈新《分门纂类唐宋时贤千家诗选校证》，北京：人民文学出版社，2002年，第874—919页。

话、小品文,但这几种书的分量不足《后村先生大全集》的十分之一,作品整理十分滞后。幸好近年《全宋诗》与《全宋文》出版,才稍微弥补了文集整理的不足。但是,总集与别集的整理标准毕竟不同,以《全宋诗》为例,刘克庄卷的整理与辑佚就出现了不少错误与缺失[①],若从别集整理的标准来看问题就更多,字句之误在在而有。这些问题不解决,要么本事不清,要么诗句不通,影响阅读效果。若不汇校善本,并恰当运用理校法,显然不可能整理出较好的本子。此种状况在刘克庄的文集中也很严重,文集甚至存在许多缺页,整理难度更甚。《全宋文·刘克庄卷》整理时调用的版本较多,加之整理者功底深厚,达到了较高水平,但若以别集整理标准衡量,仍存在问题。总之,当前《后村先生大全集》的整理情况并不乐观,即使是新近出版的点校本《后村先生大全集》(四川大学出版社,2008年)在校勘上亦远非精善,这严重影响了刘克庄研究的深入,今后一段时间学界应花相当精力精校乃至笺注《后村先生大全集》。虽非易事,成之则功莫大焉[②]。

二、视阈:局部的深入与整体的粗糙

自张荃《后村长短句考证》[③]、《刘后村满江红词七首笺》[④]发表以来,特别是钱仲联《后村词笺注》出版以来,刘词的研究已十分深入。不管是词作的整理与系年,还是词的理论阐释、评析鉴赏都呈现出繁荣景象,这是刘克庄研究中难得的热闹之处。词的编年诸作主要是订补钱著,由此努力,可得系年词一百四十八首(钱著系年一百三十首),为深入探讨刘克庄词作发展轨迹做了基本铺垫;论词的风格诸篇集中阐述刘词作为宋代豪放词派殿军的各

[①] 参拙文《〈全宋诗〉指瑕四例》(《古籍整理研究学刊》2006年第2期)与李更《〈全宋诗〉刘克庄诗补正及相关问题》(《北京大学中国古文献研究中心集刊》第八辑,北京大学出版社,2009年)。
[②] 中华书局2011年底出版了辛更儒笺校的《刘克庄集笺校》,虽仍有不少错讹,亦算稍微弥补了这一不足。因本书成于2009年,为存原貌,不再更改。请读者见谅。
[③] 载《中国文学会集刊》1933年第6期。
[④] 载《大陆杂志》1950年10月号。

种特色,特别强调其艺术手法的议论化、散文化等特点,又着重分析其风格继承辛弃疾词沉郁旷放、排宕悲慨的一面;以内容为切入点研究刘词也有多篇文章,特别关注到刘克庄的自寿词与他寿词、政论词与谐谑词等。至于对刘克庄词所体现出的思想内容的探讨,论者多继承前人"壮语可以立懦"(杨慎《词品》语)以及其词爱国爱民的一面。其他如词的分期研究、综合研究等论著亦不在少数,这都表明对刘词研究的深广度已超出该领域平均水平。

对刘克庄词的研究存在的问题并不多,但仍有两点值得提出。

一是爱国辛派词人的问题。这本无人质疑,但是王明见提出新说,认为刘克庄既不是爱国词人,也不是辛派词人①。他的观点应者寥寥,笔者亦不赞同。先说爱国词人:首先,虽然刘氏晚年的态度是消极的,但是这种消极是积极心态下的无奈选择,而非真正的"出世",更非截然地与世决绝;其次,所谓"爱国"并不取决于态度的消极与积极,自然就不能因词的主调是消极的而否定其爱国性。屈原、陆游都不见得总是积极昂扬的,但他们作品的"爱国"性并不减弱。所以,因态度消极而否认刘克庄是爱国词人,论据不足。再说辛派词人:一个词人对一种文学风格是否有继承和发展,并不需要表现在人际关系的交往上,也不需要表现在当时评论的表述上,而应该从词的创作本身出发进行判断。王文所谓刘词的总体风格趋向通俗自然的结论是不符合实际的。刘词的主体语言直切,笔力雄奇,用典铺排,风格豪放疏狂,且时参沉郁之感,虽有近俗之病,却非通俗自然之格。在词派之中,最近辛词,将其归作辛派词人是恰当的。

虽然笔者不同意王明见的结论,但是王文中的一些看法却值得深思,即刘克庄词体风格的多样性与分期问题,以及接受史对其词的评价性问题。一般认为刘克庄词是豪放的,但是其词也有

---

① 参明见《刘克庄辛派词人辨》(《西南师范大学学报》1994年第1期)、《刘克庄爱国辛派词人辨》(《中国文学研究》1995年第1期)两文。

清新之作,还有典雅之作,多种风格在一人身上统一是常见的文学现象,在分析刘克庄词的时候亦当区别观之。另外对词的研究也应分期来看,不同时期的外在环境,直接影响词人心境,也促使词作风格变化,特别是刘克庄这种经历丰富的人,更是如此。王述尧有《刘克庄前期词〈后村诗馀〉研究》[①],可算是这一方向的努力。又前文已经提及,刘克庄的词在当世并无盛名,当时的张炎说"刘潜夫《后村别调》一卷大约直致近俗,乃效稼轩而不及者"[②]。因而我们应注意,刘克庄作为重要词人的身份是由清人抬出来的,这与清季词坛的风尚有着密切关系。接受史的评价性,影响了后来研究的走向,但是我们却应追根溯源,重新清理接受史,还原研究对象。

与刘词研究同为热点的还有刘克庄的诗学研究。除了单篇的零散文章较多外,多部研究论著与硕博论文也相继出现[③],幸好这些论著各有侧重,各有所长,尚非低水平重复。特别是王宇之著,尤着力于学术背景下的诗学研究,可谓别立一格,值得肯定。不过,倘若仍在此领域徘徊而不转换研究思路与方法,则很可能进入死胡同。对刘克庄诗学研究的总结与反思,王宇、何忠盛论文均有较详回顾,此不赘述。总之,在词和诗学两个方面,对刘克庄的研究较充分。但是这种充分深入的局部研究却是以牺牲整体研究为代价的。局部的深入衬托出的恰好是普遍的粗糙。

这里所谓普遍的粗糙,主要指对象的简单化和视野的狭隘化。先说对象的简单化。《后村先生大全集》是我们研究刘克庄的直接对象,该集所蕴含的内容是丰富的,诗、词、诗话自不必说,均已有相

[①] 载《东岳论丛》2006 年 3 期。
[②] 沈辰垣等《历代诗馀》卷一一八引,《文渊阁四库全书》本。
[③] 如王明见《刘克庄与中国诗学》(成都:巴蜀书社,2004 年)、王锡九《刘克庄诗学研究》(合肥:黄山书社,2007 年)、何忠盛《刘克庄诗学思想研究》(四川大学博士论文,2007 年)、王宇《刘克庄与南宋学术》(北京:中华书局,2007 年)、景红录《刘克庄诗歌研究》(上海:上海古籍出版社,2007)、王述尧《刘克庄与南宋后期文学研究》(上海:东方出版中心,2008 年)等,都是新近的研究成果。

当的研究成果。而对于文,完全是一片空白。一百九十三卷①《后村先生大全集》有一百三十六卷可划入文的范畴。其中赋、四六与散文又各有特点,尤其是四六与散文。刘克庄曾言"四六是吾家事"②,可见他对创作四六文是有充分的文体自觉意识的,而与诗集《南岳稿》同样为当世所称赏的青年之作《油幕笺奏》也主要是四六文。今日之研究置此不顾,显然是不恰当的。他的散文在年轻的时候就已有名气,所作碑记、序跋及晚年所撰各种墓志铭尤为世人称道。林希逸在《后村居士集序》中评价刘克庄之文说:

> 文不主一家而兼备众体。摹写之笔工妙,援据之论精详。其错综也严,其兴寄也远。或春容而多态,或峭拔以为奇。融贯古今,自入炉鞴。有《穀梁》之洁,而寓《离骚》之幽;有相如之丽,而得退之之正。霜明玉莹,虎跃龙骧,闳肆瑰奇,超迈特立。千载而下,必与欧、梅六子并行,当为中兴一大家数也。③

此序虽有过誉之嫌,却也不乏真知灼见。它指出了刘克庄文章兼备众体、融贯诸家的特点,错综、兴寄的笔法和洁、幽、丽、正等美学范畴,凸显出刘克庄文章的价值与地位。当时刘克庄《前集》一出,市面翻刻不断,足见刘文之受欢迎。今日研究忽视了刘克庄的文章,其中关注稍多的是其序跋,不过,对其序跋也仅作为文学思想的史料看待,而并未进入文学自身的研究。由此,刘克庄作为晚宋文章大家的地位即被遮蔽。

与文章研究相似,我们对刘克庄学术的研究也着力较少。虽然王宇之作的出现使此状况大有改观,书中提及的艾轩道学、郑氏史学、莆田地方学术都是刘克庄学术关系中的重点问题,但还有较大拓展空间。《后村先生大全集》有《尚书讲义》、《论语讲

---

① 《后村先生大全集》最后三卷为行状、墓志铭和谥议,不列入刘克庄创作范围。
② 卷一〇八,《跋翀甫侄四友除授制》,《全宋文》第330册,第11页。
③ 林希逸《后村居士集序》,《全宋文》第335册,第340页。按:林希逸原集已佚,此文《全宋文》乃据《文渊阁四库全书》本《后村居士集》收入。

义》《周礼讲义》等经学类专论,又有《进故事》等史学类专论,这些都未引起研究者重视。其实,这些看似官方气息浓重的论述,也透露出许多学术信息,是值得深究的材料。概言之,这种将研究对象简单化的趋向在刘克庄研究中极为明显,因而真实的刘克庄没有借助学术研究而清晰呈现出来。

其次是视野的狭隘化。对象的简单化必然带来视野的狭隘化。当前的刘克庄研究总体来说,视野并不开阔,视角十分单一。词和诗学领域挖掘较深,情况略好。其他领域如诗歌研究,视野就较狭隘。要么分体,要么分类,似乎除了分体分类就别无他径。分体与分类固然是一种方法,分体研究往往能见出同一体裁的发展轨迹,分类研究则能见出作者对同一题材的不同处理方法,由此深入探析各种文学现象与文学关系,不失为一条捷径。但若浮于表面,仅仅为分体而分体,为分类而分类,就不免失于肤浅。切入角度的单一是视野狭隘化的典型表现。

当然,以刘克庄的诗文为材料,从其他角度切入,对其文学作品进行文化解读,也算拓展视野之一种[①]。但是这类研究的最终关怀不是刘克庄,而是当时的历史文化现象,所以虽然需要有这样的研究,却不应成为主流。刘克庄首先是一位文学家,其次才是一位晚宋官员,《后村先生大全集》首先是一部个人文集,其次才是一部别集史料,这就要求我们的研究应该把握主流的文学研究,同时又要善于借鉴文化视阈进行综合研究,从而多方位、多层次、多角度地展开论述,将普遍的粗糙转变为普遍的深入,将平面研究转变为立体研究。这方面吕肖奂、张剑《两宋家族文学的不同风貌及其成因》[②]一文从家族文学角度切入研究刘克庄的文学,就给我们很大启发;陈文珍《刘克庄豪放词及与莆田传统文化之

---

① 如日本岩城秀夫《宋代演劇窺管——陆游刘克莊詩を資料として》(日本:《中国文学报》第 19 期)、王耀华《从刘克庄诗作看宋代福建的戏曲》(《戏曲研究》第 10 辑)、日本金井德幸《南宋の祠廟と賜額について——釈文珦と劉克莊の視點》(日本:《宋代の知識人》)、郭正忠《后村盐诗考略》(《文史》第 46 辑)等文均是。

② 载《文学遗产》2007 年第 2 期。

绪言 11

关系》①一文从地域文化角度切入,也是不错的选择。这是文学研究视角拓展的初步努力。其实,历史领域的研究视野较文学研究就开阔些,是值得借鉴的。如日本小林义广《南宋時期における福建中部の地域社會と士人——劉克莊の日常的活動と行動範圍を中心に》②一文从活动范围来考察刘克庄作为地方精英的属性,角度甚为新颖;孙克宽《晚宋政争中之刘后村》③、日本中砂明德《刘后村と南宋士人社会》④,将之置于广阔的历史视野中进行描述分析,也是成功的尝试。

总之,刘克庄的研究要打开新的局面,就必须拓宽视野,多角度切入研究主体,这样才有可能突破单调的低水平研究。

三、方法:静态的描述与动态的分析

刘克庄享高寿,历五朝,入朝为官与赋闲里居在他的生涯中更替不断,而外在因素的变化常常引起内在情感、观念、旨趣的变化。如所处环境的变迁、身边交游群的更替,往往让他的兴趣点与兴奋点发生迁移;政坛论争、文坛风会、诗坛时弊、词坛趋向的各时期主题之变化,也让刘克庄对这些领域的发言各有不同,从而使得他的文学与文论变化多端,具有多样性、多层性甚至多义性。面对如此复杂多变的对象,我们如果满足于静态的描述,就容易陷入相互抵牾的迷宫。

二十年前,胡明即已指出刘克庄研究"尚没有使一个历史上完整的刘克庄从他自己的作品上活起来,未能使我们清晰地看出那样一个时代,那样一种社会政治的形势下诗人文人的思想行为的动态轨迹。历来似乎只有半个刘克庄——积极入世、饱满忧患意识的刘克庄的亮相和表态,这其实亦可以说是二三十年来古典

---

① 载《三明高等专科学校学报》2002年第3期。
② 载日本《东海史学》第36号。
③ 载《大陆杂志》23卷7期。
④ 载日本《东方学报》第66册。

文学研究的一种流行病"①。后来的研究中,胡明提及的问题已有改变,至少不再只关注其积极入世的一面了。但是所谓"动态轨迹"的问题却依然没有解决。我们的研究依然习惯性地停留在静态的描述上,如论刘克庄诗歌艺术特色的文章,结论认为:"简洁朴质是后村语言的外在特征,他很少运用艳词丽句装点门面,也不多用典故使诗的语言艰涩难懂,素妆淡抹。"②这是一种基于对刘克庄早年诗歌认识上的片面判断。因为刘诗在不同时期,特别是早年与晚年,完全是不一样的艺术风格。这一结论冠之于早年学晚唐体时之刘诗尚可,冠之于晚年回归江西诗派之刘诗则万不可。刘克庄的诗歌四十馀卷,有近三分之二是六十岁以后作的,以其早年诗歌的艺术特色来概况其诗歌的总体风格显然也是不妥的。这是时间上的、纵向的一种静态分析造成的失误。

除上述情况而外,刘克庄研究还同时存在横向的不分异同的静态描述。这种静态描述,如同刻舟求剑,将对象看成是一成不变的,将一切材料都看成混沌一片,没有"史源"意识,免不了张冠李戴、郢书燕说。如有专著讨论刘克庄的诗学,从其具体阐述来看,"诗学"一词是仅指"诗歌理论"。但是在论述时,却不管刘克庄的序跋发言是何时针对何人的何种文体,甚至用四六文的材料论证诗歌观念,这作为旁证尚可,作为基本论据则显然是缺乏说服力的。我们知道,每种文体各有其文学属性和内在规定性,不同文体之间的美学趣味在某种层面上甚至可能是截然相反的,如刘祁《归潜志》就曾说过:"文章各有体,本不可相犯。故古文不宜蹈袭前人成语,当以奇异自强。四六宜用前人成语,复不宜生涩求异。如散文不宜用诗家语,诗句不宜用散文言。律赋不宜犯散文言,散文不宜犯律赋语。皆判然各异,如杂用之,非惟失体,且梗目难通。"③古人有着强烈的文学分体意识,又怎能将对文章类的发言归为诗歌主张呢?这种静态材料观,已经脱离了基本的

---

① 见胡明《刘克庄诗词轨迹与心路历程》,载《河北师范学院学报》1987年第4期。
② 见张瑞君《论刘克庄的诗歌创作成就》,载《河北大学学报》1990年第2期。
③ 刘祁《归潜志》卷一二,北京:中华书局,1983年,第138页。

"史源"意识,"史源不清,浊流靡已"是很危险的。

深入刘克庄文学自身发展与后世接受状况的内部,笔者认为至少应该关注以下三点动态变化。

首先应该考虑到刘克庄自身文学观念与文学旨趣的变化。众所周知,刘克庄曾焚毁诗歌少作近千首。这一事件透露出刘克庄对少作甚为不满,这种不满一定是关乎诗歌旨趣的,可见其诗歌主张在年轻时就曾发生过重大变化。而卷九六《刻楮集序》曾云:"初,余由放翁入,后喜诚斋,又兼取东都、南渡江西诸老,上及于唐人大小家数,手钞口诵。"[1]也是夫子自道地揭示出刘克庄典范选择与诗歌取径的变化过程。另拙文《刘克庄六言诗初探》[2]也曾简略分析了刘克庄晚年大量写作六言诗的原因乃是由于其诗歌旨趣的变化。六言诗在宋代的兴盛与元祐诸人的大量创作有着密切联系,刘克庄晚年诗歌回归江西诗派,受黄庭坚六言诗创作影响甚深,喊出了"使后世崇尚六言自余始,不亦可乎"[3]的口号,这是他诗歌旨趣变化的明显表征之一。可见,文学观念与文学旨趣的变化,促成了刘克庄文学创作在不同时期各具特色的文学风貌。这种变化不仅表现在诗歌创作上,同样表现在他的词、文创作以及文论主张上。因而,要准确把握刘克庄文学的总体风格与文论思想,就一定要考虑到这种变化因素在他的文学风貌形成过程中所起的作用。

其次应考虑刘克庄所处环境的变化,尤其是语境的变化。文学创作与作者自身经历之间具有极为密切的联系,这种联系反映在具体语境中尤显突出。如刘克庄知建阳三年,诗作锐减,他在卷九四《陈敬叟集序》中坦言:"宝庆初元,余有民社之寄,平生嗜好一切禁止,专习为吏。勤苦三年,邑无阙事,而余成俗人矣。"[4]可见其文学创作显然要随他所处环境、职位的变化而变化。另如江湖诗祸在其文学中也表现出极深的痕迹,梅花意象的意蕴变化

---

[1] 《全宋文》第329册,第131页。
[2] 蒋寅、张伯伟主编《中国诗学》第11辑,北京:人民文学出版社,2006年。
[3] 卷九七、《唐绝句续选序》,《全宋文》第329册,第142页。
[4] 《全宋文》第329册,第80页。

即是窥此痕迹的一扇别样窗口。诗案之前与之后,刘克庄笔下的梅花所承载的意蕴完全不同。之前的咏梅之作更多的是随宋代咏梅潮流而作,梅花在诗词中是一个"他者",营造的是"无我"之境。而诗案之后,梅花则俨然已是诗人自我的象征,不再是"他者",表现的是"有我"之境①。至于他在序跋中言及的一些文学主张与具体评价,就更因具体语境的变化而呈现不同结论了。这种环境与语境的变化,会极为敏感地反映到文学家的创作与理论之中,其影响是必须考虑的。

最后是刘克庄文集后世流传接受的变化。这一点向以鲜、王述尧等都已注意到,刘克庄的诗文因其结集过程本身具有多阶段性,各版流传状况直接影响到评论家的评论。所见到的文集不同,得出的结论自然相异。我们能看到的《后村先生大全集》与前人常见的《后村居士集》(即"前集")即是两个不同概念。而以今日所存《宋刊刘后村分类诗集》(藏上海图书馆)推测,当时市面流传的刘克庄作品集实为多种多样,其面貌呈现出许多差异性。因而,在引述后来文人对刘克庄诗文的评价时,就必须充分考虑到刘克庄诗文在后世流传接受的具体情况。

概言之,不管是历时性变化,还是共时性异同,我们都应考虑变化因素所起的作用。忽略各层面的变化,将导致研究出现以偏概全、以甲为乙的重大失误。当然,一个作家的变化也是存在于不变之中的,波动性的另一面是稳定性,多样性的另一面是同一性,没有这种变中之不变、异中之趋同,我们的研究就将陷入不可知论。

四、立场:当下的阐发与历史的缺席

古代文学研究在很大程度上是一种文学史的研究,所以文学之美必须建立在文学之真的基础上,文学的理论性阐发必须建立在充分理解文献的基础上。换言之,利用传世文献研究文学,一定要尽可能还原文献史料的历史语境,对文献进行还原性的正确

---

① 详参拙作《刘克庄的梅花诗与梅花词》,《新国学》第6辑,成都:巴蜀书社,2006年。

解读,从而得出材料中固有的、尚未被发掘的结论。而不应满足于从当下关怀、现代理论出发,对文献进行曲解、演绎或者利用。这里并非要否认当下关怀与现代理论(特别是西方理论),理论关照是必要的,甚至是不可或缺的。但是它不应该是急功近利的,更不应该是无中生有的。对于那种"六经注我"式的研究,似不当提倡。因为捃撦材料、断章取义往往是这类研究惯用的"伎俩"。当然,所谓"一切历史都是当代史",我们的一切研究也总是具有时代印记的,不可能完全还原原生态的历史现场。然而,在当下的阐发中,我们不应该遗忘历史,也不应仅仅将历史作为遥远的背景,而应该让所有的研究都在具体的"历史场景"中阐发出来,这样离史实应该更接近,也就能达到求真的目的。这看似研究中的应有之义,实践起来却多有遗忘。

所谓文学史,在我看来应该包括文学自身的发展历史和文学产生所处的历史两方面。本文所谓的"历史场景",则更强调后者。因为文学自身发展的历史是所有文学研究者都特别注意的,而文学产生所处的历史却往往容易被忽略。钱锺书曾说:"文艺批评史很可能成为一门自给自足的学问,学者们要集中心力,保卫专题研究的纯粹性,把批评史上涉及的文艺作品,也作为干扰物而排除,不去理会,也不能鉴别。"[①]这可以说是当前模式化批评史研究的最大弊病。脱离一切文艺作品而谈文艺批评,显然是弃源讨流的行为。相应地,这一病征反映在文学研究里即忽视历史场景的再现,而只作封闭式的文学研究。这些缺点在刘克庄的文学与文论研究中都普遍地存在。

如关于文学雅俗的问题,历来为学界所探究。刘克庄被视为江湖诗派的代表人物,而江湖诗被冠上"俗"之恶名,由来已久。但是却鲜有论者关注晚宋"俗"这一概念在当时历史场景下是怎样的内涵。以今日之雅俗观来评定晚宋诗歌的雅俗问题,是否存在隔靴搔痒之嫌?譬如,在刘克庄眼中"俗"的内涵就与今日之立

---

① 钱锺书《中国诗与中国画》,载《七缀集》,上海:上海古籍出版社,1994年,第1页。

场绝不相类,试看以下两则材料:

> 诗非达官显人所能为,纵使为之,不过能道富贵人语。世以王岐公诗为至宝丹,晏元献不免有"腰金枕玉"之句。绳以诗家之法,谓之俗可也。①
>
> 诗料满天地,诗人满江湖,人人为诗,人人有集。然惟极天下之清,乃能及天下之工。放一生客投社,着一俗字入卷,败人清思矣。生客不必贵要,但闻人皆是;俗字不必请求,但浮誉皆是。②

这里诗歌之"俗"是指攀附富贵显要之尘俗风气,"金玉珠翠"、"腰金枕玉"等语入诗而成"至宝丹"是"俗",以"请求"、"浮誉"立意是"俗",总之一般观念中的富贵虚誉是"俗"。反面观之,谣谚俚语、家长里短、病痛琐事等入诗在刘克庄看来却并不是"俗",非但不以之为病,而且乐此不疲地引各种俗语、俗事、俗意入诗。在这种语境下,"俗"的对立面不再是雅,而是"清",可理解为"清高"之"清"。我们以今日的雅与俗这对范畴去探析晚宋诗歌的语言立意,自然是难着痒处的。若能着意历史场景的还原,探析"俗"的内涵在晚宋的演变过程与生成环境,然后深入推求这一观念在诗歌创作中所起的作用,显然比以今日之雅俗观给晚宋诗歌贴上"俗"的标签更有意义。

另如诗学研究领域王明见《刘克庄与中国诗学》一书用力勤勤,且能自出机杼,是当前刘克庄诗学研究中影响较大的一部著作,但是该书立论略有不足,历史的缺席即其一。刘崇德在此书的跋中指出:"其楛矢本不专在宋诗,亦不专在刘,实为借题发挥也。"这或许是一种研究路数,不过如果这一路数剑走偏锋的话,不仅远离历史场景,且又远离文学本身而一味谈玄,恐怕是值得警惕的。该书的研究注意到了文学理论本身发展的历史,却恰恰忽视了文学理论产生所处的历史。它首先是将文学从历史中抽离出来,其次是将诗学

---

① 卷一〇九,《跋章仲山诗》,《全宋文》第330册,第22页。
② 卷一〇九,《跋毛震龙诗稿》,《全宋文》第330册,第39页。

从文学中抽离出来,经过两度抽离,然后再组织材料,确立构架,这样得出的结论未必是刘克庄的诗学,而是作者自己头脑中的诗学。如果能还原历史场景,在批评的"历史现场"进行阐述,那么该书显然将取得更高成就。进言之,如果研究者能结合文学创作与文艺作品来阐述诗学问题,则结论更精彩。这是迄今为止多部刘克庄诗学研究论著所忽略的,因为这施行起来确实困难,但倘由此努力,刘克庄诗学研究的面貌将为之一新。历史的场景需要描述,更需分析。如果历史场景的再现只是一部"刘克庄交游考"的归类版与增订版,显然是不够的。王宇之著就略有此倾向。但是从另一方面来说,王宇之作恰是对王明见之作的一种反拨,这种反拨的出现是可喜的。因为至少历史场景开始从故纸堆中浮现出来,并对刘克庄的诗学研究产生了积极影响。总之,研究者若能照顾历史场景的还原,暂时悬置当下的一些既定观念,借助文学作品中的生命脉动,跟随研究对象一起"经历"文学自身的发展历史与文学产生所处的"历史现场",我们的研究得出的结论应会更真实、更厚实,也更可信。

以上即是对百年来刘克庄研究中存在的问题所作的批评。或许上述问题在某种层面具有普遍性,这里吹毛求疵,亦只是企求一种理想状态罢了。百年来刘克庄研究之成绩将在该课题的继续延展中体现出它的价值,而这里提出来的基础、视阈、方法、立场四方面之问题,当是大家共同努力去解决的。"眼高手低"是所有撰写批评文章者的通病,笔者亦不能免俗。诚如余嘉锡所言"纪氏之为《提要》也难,而余之辨证也易",前贤时彦在此领域取得的成绩,无论如何都是值得钦佩的。

第二节 解题与理路:历史图景与作家个体的互阐互释

本书所要讨论的,是"刘克庄的文学世界",此题中应有之义当分两层:第一,书中通过对刘克庄文学的研究,须导向对其所处的晚宋文坛整体中诸多文学现象的探析,试图以个案研究带动综合研究,在个案之中透视文坛生态;第二,书中所研究之刘克庄,须是时代潮流与历史图景中的刘克庄,不是孤立、封闭的,而是联系、外向的。但是,本书又非"刘克庄评传",注重的是探析作为文学家的刘克庄在历史图景中的文学风貌之呈现、文艺形式之嬗变、文化性格之成长。因而,本书并不以全面展现作为士大夫的刘克庄之政治生涯、社会活动、学术追求为最终旨趣,更不以面面俱到、用笔均匀为指导原则。不过,为了更为清晰准确地描述、分析诸种文学现象之生发演变,本书非但不排斥刘克庄所处历史背景的文化分析,而且有意识地将其文学置诸文化视野下进行研究,并且把焦距对准在"社会文化如何影响文学生成,文学写作如何呈现文化因素"的互动关系上,即本书副标题"晚宋文学生态的一种考察"之来源。这或者亦可视为笔者对业师所教导的"要从文化到文学,又要回归文学,以文学为本位"[①]的尝试性努力。以此为出发点,略述本书旨趣与思路如下。

一、"文学世界"与"文学生态"释意

"颂其诗,读其书,不知其人可乎?是以论其世也。"这是孟子的名言,也是余英时撰写《朱熹的历史世界》一书的指导原则,由此推及本书标题,显然本书是受余氏启发而拟定的,因而"知人论世"也就是此题的核心内涵。"历史世界"与"文学世界",其所不同者在"历史"与"文学"之间,实质上余英时所要呈现的是朱熹以儒学为中心的世界,因此儒学在11、12世纪中的演变构成其书之大纲维[②],而本书所要论述的是刘克庄以文学创作为核心的世界,故而中心乃在其文学,其区别自不待言。所相同者,则都在"世界"二字,此"世界"实为历史图景,即希望能通过残存的传世资料重构或者再现对象所处的真实历史——虽然这诚如余英时所言,

---

① 见拙撰《为问少年心在否,一篇珠玉是生涯:王水照教授访谈录》,《文艺研究》2008年第6期。
② 余英时《朱熹的历史世界·上篇·绪说》,北京:三联书店,2004年,第3—4页。

乃是"高悬的理想"——因而本书标题或可作"刘克庄文学的历史图景"、"历史图景下的刘克庄文学"之类。是故,探讨刘克庄的"文学世界",就是探讨其个人所经历的历史世界与其作品所构成的文本世界之间的关系及其呈现。

将这种文本世界与历史世界的关系,从单个作家扩大到整个文坛,或者通过一个代表性作家来窥视文坛整体,从而以还原单个作家的文学世界的方法来还原整个文坛的历史状态之一隅,就是本书副标题所言的"文学生态的一种考察"。所谓"文学生态",乃是以文学为纽带,由政治局势、经济环境、地域空间、学术思想、士人活动、作家经历、作品文本等多层面文化因素所构成的动态系统。它所强调的,是在历史图景还原的基础上,探讨各种文学因素的互动关系,这与传统的外部研究常常脱离作品而谈文学的影响因子相异,又与传统的内部研究封闭式地专谈作品艺术形式不同。换言之,对"文学生态"的考察,是以文学为出发点,强调历史场景的还原性、动态性、网络性和整体性。以"文学生态"的视角来审视一个作家,就是将他的作品置诸其所处的历史场景之中进行阐述,在充分考虑到文学内在的历史发展逻辑基础上,更侧重关注文学创作与外部环境、个人经历、作家心态的关系。

基于以上释意,我们要说:正标题"刘克庄的文学世界"与副标题"晚宋的文学生态"是个别与一般的关系,本书是将历史图景与作家个体进行互阐互释,主要讨论对象是刘克庄个人,而这背后则隐含着更广阔的文学史关怀——当然这或许仍是"高悬的理想"。

二、思路的展开与视角的选择

本书试图以个案研究带动综合研究,主要原因有两方面:第一,晚宋文坛的整体研究时机尚不成熟,许多重要的个案研究尚未深入,面对丰富而复杂的文坛实际,我们的一些大判断仍然以印象式的方式出现,不仅流于肤浅,而且颇显片面,甚至陈陈相因,与实际情况相差较远。同时,晚宋史料分散而凌乱,文献考索与解读困难较多,要全面把握历史与文坛实况,尚需假以时日进行大量基础文献工作。这种研究现状,直接决定了我们只能在加强个案研究的基础上,来带动以至深化整体研究;第二,刘克庄享高寿、居高位,经历了南宋中、晚期的诸多重大历史事件与文学风会,是晚宋文坛许多方面的"执牛耳"者,也是晚宋文学风貌的重要塑造人,其本身具有"符号"、"桥梁"的性质,对他进行深入的个案研究,有带动综合研究的较大可能。从这两方面考虑,以对刘克庄的研究带动对晚宋文坛整体的研究就不仅具有可行性,同时也具有学理性。

本书在方法上试图将传统的"外部研究"与"内部研究"融合在一起,或者说超越一般的"外部研究"或"内部研究"。各篇章的设置均从文学的外部切入,而其重心则仍落在文学内部,即上文所说的将焦点放在"外部如何影响内部,内部如何折射外部"之上。之所以选择这种思路,是基于这样一种认识:

文学虽然是一个独立的世界,文本本身确实具有自足性,但是过分强调作为形式的文学语言,甚至偏颇地认为"文学不是由事物或情感而是由词语制造的,因此,将其视为作者心灵的表现是一个错误"[①],显然是极不符合中国古代文学实际的。作为中国古代士大夫的文学,其与人生、与世界的密切程度,远远大于其独立性。林语堂说"中国的诗在中国代替了宗教的任务"[②],钱穆也说"中国人生几乎已尽纳入传统文学中而融成为一体"[③],一语中的,洵为知言。如果忽略中国古代文学与古代士人人生的一体性,过分关注作为纯艺术的文本,其结果必然是抽空文学的精神钙质,文学作品背后的胸襟与情怀都易被抹杀。特别是对宋代士大夫的文学,更是如此。宋代士大夫是中国历朝文人中最具典型

---

① 〔英〕特雷·伊格尔顿《二十世纪西方文学理论》,伍晓明译,西安:陕西师范大学出版社,1987年,第4页。
② 林语堂《吾国吾民》,张振玉等译,《林语堂文集》(八),北京:作家出版社,1995年,第224页。
③ 见钱穆《中国文学史概观》,载《中国文学论丛》,北京:三联书店,2002年,第65页。

意义的样本,他们中的绝大多数是集官僚、学者、文人于一体的复合型人才,是整个社会各领域、各层面的主体。如果"文学是人学"的判断仍未过时,如果我们承认"文学史,就其最深刻的意义来说,是一种心理学,研究人的灵魂,是灵魂的历史"①,那么考察他们的文学,就不得不对他们的家族、地域、经历、心态、性格、学术、信仰乃至外部物质环境等进行相关考索,以呈现其人生状态与心路历程,并将文学置诸其间观察,以窥其人而得其文。这就是本书选择从文化角度切入的原因。

另一方面,本书依然是以文学为本位的,文化角度的切入最终总落在文学本身上。本书并不会对相关的一般性文化背景作全面而细致的铺叙,书中所涉及的诸如地域、家族、政争、学术、刻书等,都只是标示研究文学的角度,而非研究对象。换言之,选择"知人论世"的方法,着眼点并非解决文学以外的历史问题,而恰恰是要解决文学本身的问题。历史场景的再现与文学作品的细读,二者均是研究文学的有效手段。如果说前者阐述的是刘克庄的文学为什么会是"这样的",而后者指向的则是"这样的"作品包含了哪些文学传统与个人心理。也就是说,历史场景的再现,是对文学生成的一种解释,并由此深入文坛结构内部,再现当时文坛的各种互动关系;文学作品的细读,则是对文本结构与文人心理进行细致的剖析,把握它们作为语言艺术和精神寄托的双重意义。将这二者各加探讨,并将它们相互作用的过程剖析出来,无疑是一件十分艰难但又颇具价值的工作,也是本书的努力方向。鉴于上述观点,本书在注重从各种动态因素来研究刘克庄诗、词、文各体文学体裁的风格形成与艺术表达的同时,尤着意于对前人绝少涉及的文章(包括散体与骈体)进行语言艺术层面的分析,尝试以更丰富的材料来展现刘克庄的文学世界。

---

① 参〔丹麦〕奥尔格·勃兰兑斯《十九世纪文学主流·引言》第1册,张道真译,北京:人民文学出版社,1997年,第2页。

三、篇章的安排与技术性交代

本书的结构可简单概括为五个部分,即绪言、综论、五章分述、结语、附录四种。各部分之间基本能够相互照应,具有一定的体系性和自足性。兹将本书篇章安排的逻辑结构与主要内容述说如下。

作为一本隐含文学史关怀而不愿意完全封闭在个体作家研究中的论著,本书在正式讨论刘克庄的文学世界之前,首置一篇"综论",以展示笔者眼中整个晚宋文学生态的总体面相,主要从国家政事、国家格局与国家学术三部分切入,探讨这些因素的变化引起的文学新状况、新特点,期能于此全面把握晚宋变局与文坛新动向之间的关系,并为全书论述奠定基调。

承接综论所提出的"国家格局"问题,且鉴于刘克庄文学中鲜明而强烈的地域印记,本书第一章即以"地域与家族"作为切入点,探讨其文学中的地域因素和家族情感,借以阐发刘克庄文学风格的重要形成因素,特别就其地方精英身份与文学总体风貌形成之间的关系进行了细致的检讨。与此同时,也揭示出晚宋地域文人群体对塑造文坛整体面貌的意义,勾勒了晚宋文学生态的重要一隅。

第二章以刘克庄社会角色的转换为切入视角,以游士、乡绅、朝臣三个重要身份为逻辑序列,依次对其重要的文学活动以及因身份转换而带来的文学创作变化,作了详细的介绍;并就其间四六创作、闲适唱酬、组诗形态、序跋撰写、制造代作等诗文中的新变因素和艺术成就作了较为深入的分析。又以身份转换为理论基础,重点对所谓"江湖诗派"进行了必要的反思,并提出了自己的看法,由此强调晚宋文学整体视阈的改拓。

第三章以政争为观察点,审视刘克庄经历政治漩涡而逐渐变化的心态,并由心态的反复不定探讨其逐渐定型并完善的文化性格系统,解析"政治风波——人生态度——文化性格——文学创作"的作用链条,并在此基础上总结其主要的文学精神与情感内核,阐明政治生态对文学生成的重大影响。

第四章从学术与文学的互动关系出发,采取典型案例分析与散点透视的方法,重点就刘克庄散文中理学与古文创作、学派与文派关系进行了扼要的阐述;又因刘克庄是身兼史家身份的文学家,故就其史论表达对咏史组诗的影响、史学素养与用典特色的形成进行了多层面的分析。将晚宋学术对文学的渗透作了具体细致的阐发,说明学术氛围与学术背景对晚宋文学生态建构的意义。

第五章跳开一般意义上的文化层面,以文学生态的物质环境为着眼点,从晚宋时期作为重要文化产业的刻书,和作为重要传播途径与批评形式的选本编集活动入手,首先探讨了刘克庄在读者与作者双向维度上,因刻书产业的繁荣而产生的文学创作新变现象;其次以涉及刘克庄文学作品的两部宋刻选本及晚宋各类总集为对象,分析了其中所包含的文学意蕴与接受情况。

以上五章以刘克庄文学创作为中心,探讨了晚宋文学生态的五个重要组成部分,以及它们对文学作品生成的影响过程。在展现刘克庄文学整体风貌的同时,着重阐述了它们与文学题材、诗词意象、创作活动、文艺形式、风格特征、文人心态、文化性格、作品传播之间复杂的互动关系,勾勒了晚宋文学生态具体而生动的历史图景。基于前述诸章的论证,由作家个体文学世界的阐释与还原,提升为整个文坛生态的描述与分析,则是结论部分的任务。是故本书以"刘克庄的文学世界与晚宋文学生态"作结,再次鸟瞰晚宋文坛的整体面貌。

附录四种,从文献角度汇总、钩稽了与刘克庄研究相关的材料,为以后本领域研究提供线索与资料,当是正文的有益补充。

另有几点技术层面及文本处理事宜,须作说明如下:

一、本书行文以"人详我略,人略我详"为原则,将尽量避免常识的介绍与平面的铺叙。特别是行文言及某人时,一般不对其作介绍,其字号、籍贯、履历等一律不提,与议题有涉者除外。读者若对所涉人物欲作基本了解,可参考昌彼得等编制的《宋人传记资料索引》(中华书局,1988年)。

二、《后村先生大全集》通行的《四部丛刊》本错讹满篇,缺失严重,使用极不方便,故本书所涉刘克庄作品乃依据北京大学古文献研究所编《全宋诗》第58册"刘克庄卷"(北京大学出版社,1998年)、四川大学古籍所编《全宋文》第326—332册"刘克庄卷"(上海辞书出版社、安徽教育出版社,2006年)、钱仲联笺注《后村词笺注》(上海古籍出版社,1980年)、王秀梅点校《后村诗话》(中华书局,1983年)四书,文中均已注明;所录文本直接采用各书定本,极个别句读有误或异文择取不当处径改;此四书较《后村先生大全集》唯有史书性质的《玉牒初草》一卷未纳入,然本书恰不需要引用它。

三、四川大学出版社于2008年12月出版点校本《后村先生大全集》(王蓉贵、向以鲜点校),我于2009年7月才于图书馆得见该书,价格极贵,无力购置,最重要的是此书无论在点校还是补遗方面,与前列四书文本基本雷同,并未有大的突破,因袭之迹颇重,故本书行文不再另行改用点校本《后村先生大全集》。中华书局2011年底出版的《刘克庄集笺校》亦因出版较晚,未及使用它进行文本修改,尚请见谅。

四、前列四书除《全宋诗》"刘克庄卷"的卷数与《后村先生大全集》可对应外,其他诸书卷数都与之不再对应,如《全宋文》"刘克庄卷"以类归文、《后村词笺注》以年系词,都对原有篇目秩序进行了调整。为便读者核对原文,我在标明征引图书页码之外,又于所引文字前尽量标明《大全集》所对应之卷数,如"卷五〇《镌职谢丞相启》,《全宋文》第328册,第13页",其中"卷五〇"是指《后村先生大全集》的卷数,而非《全宋文》第328册的卷数,特此说明。

五、为避行文冗赘,本书引及前贤时彦的名讳时,均不加"先生"二字,非不敬,实怕多也,尚祈海涵。

综论 作为背景的晚宋与作为代表的刘克庄

宋宁宗嘉定元年（1208），距离靖康之难（1127）已经过去了八十余年，亲身经历过兵乱南渡的人物，都基本已谢世。但亡国之痛依然在隐隐之中警示着这个背海立国的政权。这时的南宋，处于一个虽然战乱不断，却基本稳定并且时时显露出繁荣景象的时段。经济重心已南移，城市发展迅速，商业繁荣，科技与农业都有长足进步。然而，其繁荣之下，已经藏匿了更大的动荡因子。在政治史上，开禧北伐失败，嘉定更化开始，一代权相韩侂胄在权力斗争中被诛毙，但权相专政却并未随之而去，而是以史弥远擅权更为极端的方式演绎出来。与之相应，在军事、经济诸方面，也愈加窳败不堪，边事未息，财税紧张，农民起义频发，这一切都预示着这个半壁王朝在风雨飘摇之中正一步步走向灭亡。史家因而将这一年定为晚宋的开始[①]。

很是巧合，嘉定元年不仅仅可以看作政治史上晚宋的起始年，也有理由看作是文学史上晚宋的标志年[②]。也就是在这一年左右，许多引领一代风骚的文学家纷纷谢世，如杨万里（1206）、辛弃疾（1207）、姜夔（约1209）、陆游（1210）等。此外，这年前后，又

---

① 参张其凡《试论宋代政治史的分期》，载邓广铭等主编《宋史研究论文集》，开封：河南大学出版社，1993年，第362页；胡昭曦《略论晚宋史的分期》，《四川大学学报》1995年第1期。

② 这里所谓标志年，并不具有鲜明的划界性质，只是取其大概而已。因为文学风貌的演进总是渐变的，故而任何一个文学时期的划分，其界限都是模糊的，不可能具体到某一年。若有学者认为标志年当为陆游谢世的嘉定二年（1209年，以公历算，陆游卒日已入1210年），也可接受，实无关紧要。

有朱熹(1200)、洪迈(1202)、周必大(1204)、刘过(1206)、徐照(1211)、楼钥(1213)、徐玑(1214)陆续去世。这群诗人、学者的离世,特别是文学大家辛弃疾、姜夔、陆游的接踵退出文坛,就已经宣布了文学史开始进入另一个时期。也就是王水照指出的:"自此以后七十多年(几占南宋时期的一半)成为一个中小作家腾喧齐鸣而文学大家缺席的时代。文学成就的高度渐次低落,但其密度和广度却大幅度上升。"①晚宋文坛即以其"各家腾喧,大家缺席"的特别面貌出现于文学史的发展链条之上,成为文学史上一段徘徊犹豫,但又具有沉淀、反思性质,且于此中仍然孕育文学新变的特殊时期。

更为巧合的是,也就是在这一年,本书的研究对象,时年二十二岁的刘克庄,留下了其所有文学作品中能准确系年之最早者——《戊辰即事》一诗,宣告了他此年实已正式步入了文坛。并即于次年,以门荫而正式踏入仕途,开始了他站在历史前台的人生历程。这似乎是个隐喻:以嘉定元年为标志年的晚宋文坛,将是属于文学家刘克庄的舞台,他将成为晚宋文坛的代表人物之一。由此,如果我们承认此时文学的主流依然是士大夫文学,一般士人依然是文坛的主导力量的话,那么,我们就不难推导出如下理路:欲了解刘克庄,就须对一般士人构成的晚宋文坛有所把握;欲把握晚宋文坛,就须对其与晚宋历史之关系有所辨明。是故本书先就作为背景的晚宋历史与刘克庄所代表之晚宋文士之间的普遍关系作一番简要研述,以作为本书个案展开的底色。

一、国家政事与文士心态

南宋朝廷的政治局势与文人心态之间,有着十分紧密的关系。这不仅仅因为文人们大多关心政治,更因为文人实际上都是政治的直接参与者。南宋朝廷自渡江以来,其主要的政事都是围绕着以下三点展开:战事、经济、吏治。这三点实质上就是国家机

---

① 见王水照《南宋文学的时代特点与历史定位》,《文学遗产》2010年第1期。

综论　作为背景的晚宋与作为代表的刘克庄

器运转之核心,三者互相牵连、互相影响,任何一端出现差错都将是致命的。所以,宋理宗淳祐十一年(1251)仍是"诏以八事训饬在廷,曰肃纪纲、用正人、救楮币、固边陲、清吏道、淑士气、定军制、结人心"①。此八事,均不出上列三者范围。

晚宋政局与北宋乃至南宋前期所不同者,并非这三者的地位被其他政事取代,而是其内涵的变化:吏治更为腐败,相权极度扩张,台谏几近虚设,贤人废弃不举,言路似达实塞;战争对象改变,宋金矛盾逐渐退出,蒙古政权崛起,成为新的、更强大的敌人;税收锐减,楮币贬值,恶性通货膨胀加剧,经济徘徊在崩溃边缘。这一切看上去仅仅是前期此类问题的量变而已,却于无形之中让士人心态产生了一种质变。三者中,战事、经济实为更深层次的问题,此二项之中的矛盾是内在结构性的,它们对士人心态的影响,也是比较隐性的。实际而言,在战事与经济方面所出现的争议,最终总落实在用人与士风上,依然表现于吏治层面的政争。从这个意义上来说,国家政事与文人心态的关系,主要是以政争形态最为突出地表现出来的。关于政争与晚宋文人之间的互动,这里不作详细探讨②,仅就其与士人心态之转变略陈己见。

程公许于宝庆元年(1225)撰《送果州使君杨文叔赴召序》云:

> 士大夫风俗一坏于嘉泰、开禧之学禁,再坏于嘉定之更化。三十年间,方刓为圆,刚揉而柔,波荡风靡,拱视天下事变之极,如大厦之仆风雨,漏舟之沉江湖,犹且委曲遮护,相与诵歌谈笑,若无事时。其间毅然有特操,能以忠言谠论为国家扶纲常于缀旒,续气脉于沉痼,屈指中外,落落几何人?③

程公许在这里将政局之变与士风之坏联系在一起,确然是中肯

---

① 《宋史》卷四三《理宗纪三》,第 845 页。
② 可参沈松勤《南宋文人与党争》(北京:人民出版社,2005 年)相关章节及黄宽重《晚宋朝臣对国是的争议:理宗时代的和战、边防与流民》(台北:台湾大学文学院,1978 年)。
③ 见《沧州尘缶编》卷一三,《文渊阁四库全书》本。

的。在当时人看来,嘉定更化,史弥远的擅权,其胆量之大、用心之毒、施压之重,着实比韩侂胄有过之而无不及,对士人风气与心态变化产生了很大影响。虽然史弥远的上台,改变了朝廷党争的方向,"党禁"时受排挤的一批道学人士都相继回朝,但这却并未改变党同伐异的专制性质。嘉定改元之初,倪思就大胆直陈:

> 大权方归,所当防微,一有干预端倪,必且仍蹈覆辙。厥今有更化之名,无更化之实。今侂胄既诛,而国人之言犹有未靖者,盖以枢臣犹兼宫宾,不时宣召,宰执当同班同对,枢臣亦当远权,以息外议。①

这种对"仍蹈覆辙"权相专政的警惕,实质是士大夫阶层的共识。但专权已是既成事实,直言进谏的士人如倪思者,非但未得任用,还招来被劾镌职的命运。史弥远的这种作风,一度引起士人的不满。嘉定六年(1213),真德秀愤然上奏云:

> 权奸擅政十有四年,朱熹、彭龟年以抗论逐,吕祖俭、周端朝以上书斥,当时近臣犹有争之者。其后吕祖泰之贬,非惟近臣莫敢言,而台谏且出力以挤之,则嘉泰之失已深于庆元矣。更化之初,群贤皆得自奋。未几,傅伯成以谏官论事去,蔡幼学以词臣论事去,邹应龙、许奕又继以封驳论事去。是数人者,非能大有所矫拂,已皆不容于朝。故人务自全,一辞不措。设有大安危、大利害,群臣喑嘿如此,岂不殆哉!今欲与陛下言,勤访问、广谋议、明黜陟三者而已。②

真德秀所欲强调者,就是当时所最缺乏者。"勤访问、广谋议、明黜陟"的强烈呼声,正反映出言路的壅蔽。史弥远的独裁政治,排斥大批言官出朝,又指使所谓的"三凶"(梁成大、李知孝、莫泽)、"四木"(薛极、胡榘、聂子述、赵如述)抑制不利于自己的言论,大有使士人"喑嘿"之势。这样做的效果,就是的确打压了士大夫们

---

① 《宋史》卷三九八《倪思传》,第12115页。
② 《宋史》卷四三七《真德秀传》,第12958页。

的参政热情,真有"正恐廉靖之士、耿介之人入山惟恐不深,避世惟恐不速矣"①的味道。

史弥远之专政,引起士人阶层更大震撼的,当然是矫诏杀济王之事。这已经标志着相权完全凌驾于皇权之上,激起了大批士人的愤怒。但是,这种士人愤怒的舆论压力并未变成改革的动力,而是成为史弥远愈为疯狂地打压异己力量的驱动力。不说在朝的反对势力如真德秀、魏了翁、洪咨夔、傅伯成等人遭到报复打击,就是在野的诗人们如陈起、曾极、敖陶孙、孙惟信诸人,也因诗涉讽喻而坐罪。不管是朝臣如真德秀者,还是诗人如曾极者,都与刘克庄私交很好,也就是说,刘克庄所在的阵营正是反政治高压的代表,而这个阵营实质上也是牵制权相的重要力量,其中朝臣同时也是颇负时望的一批人。但是,在这样的高压政治之下,加上言路缄闭,所谓"权臣所用台谏,必其私人,约言已坚,而后出命。其所弹击,悉承风旨,是以纲纪当然,风俗大坏"②,以及行在临安的数次大火(灾异意味着政路不通),似乎都已让士大夫们感觉有些灰心。士大夫与朝廷之间的关系,已经释放出"离心离德"的信号。

端平更化,算是朝廷与士大夫紧张关系的短暂缓和期,且有"小元祐"之称。不过好景不长,波澜再起,在战事、经济、吏治三方面,晚宋士人又一次受到了更严重的打击。

战事上,"端平入洛"以失败告终,从"开禧北伐"到"端平入洛",士人恢复之信心可谓荡然无存,原来士大夫中那种"以战求和"的较为普遍而理性的态度,一再被抛于脑后,不为当权者所用。同时,"兵连祸结,皆原于入洛之师轻启兵端"③的观点为士人所认同。

经济上,呼声极高的一批道学士人入朝,并未扭转病入膏肓的经济危机,民间谚语"若欲百物贱,直待真值院"一变而为"吃了

---

① 曹彦约《应求言诏书上封事》,《昌谷集》卷五,《文渊阁四库全书》本。
② 《宋史》卷四〇七《杜范传》,第 12280 页。
③ 《宋史》卷四四《理宗纪》引王埜言,第 854 页。

西湖水,打作一锅面"①,侧面表现出社会士人对以真德秀为代表的道学家治国的失望。刘克庄说:"自义理之学兴,士大夫研深寻微之功不愧先儒,然施之政事,其合者寡矣。"②正可算对这一观点的回应。

吏治上,真德秀、魏了翁相继谢世,郑清之罢相,史嵩之专政。更让人惊骇的是,淳祐五年(1245)史嵩之起复之际,直谏者杜范、刘汉弼、徐元杰三人接连暴卒,公议直指为史嵩之下毒。时论痛言:"昔小人有倾君子者,不过使之自死于蛮烟瘴雨之乡,今蛮烟瘴雨不在岭海,而在陛下之朝廷。"③在宋朝不杀士人的传统下,竟然出现此等恶劣贱耻之事,引起了太学诸生与朝野士人的极强烈反应,更可谓给天下士人参政直言以沉痛一击。

晚宋以来,不管是史弥远、史嵩之还是后来的丁大全、贾似道,这种变态的政治高压与文化专制一直悬于士大夫头顶,这段时间可谓已达到宋朝历史上腐败黑暗的顶峰。曹彦约嘉定元年《应求言诏书上封事》曾言:

> 士大夫之心术坏矣。上焉者不爱其身,以言语得罪,或削籍而远屏,或卧家而待尽;次焉者偷生仰禄,以职业自见,或谆谆于田里,或切切于簿书。是皆中人以上有所持守,为时奋发,可以倚仗。其他则出入权门,假借声势,苟不至扇扬凶焰,撰造衅端,卑君而尊臣,残下而慢上,不过贪位慕禄,趋事赴功。当大明旁烛之时,各安分守,亦足以湔被使令,未至甚害。惟是廉耻道丧,风俗不美,谒见者以伺候为常,致书者以画一为重。④

虽然这段话是针对嘉定元年士风说的,但是士人风气变恶,"黄钟弃毁,瓦釜雷鸣"的局面,不仅从未改变,而且愈演愈烈。晚宋已

---

① 周密《癸辛杂识·前集》"真西山入朝诗"条,北京:中华书局,1988年,第43页。
② 卷一〇〇,《跋唐察院判案》,《全宋文》第329册,第215页。
③ 《宋史》卷一八三《徐元杰传》,第12662页。
④ 曹彦约《昌谷集》卷五,《文渊阁四库全书》本。

经定格于贤德在野、谀士奉朝,"善类方合而间有异同龃龉之迹,国是方定而已有反复动摇之戒"①的情形之中。在这样的态势下,士大夫主流已经分化出三种典型心态:一即同流合污的谄谀心态;二即愤然去国的对抗心态;三即默然自处的避祸心态。第一种自不必说,已经构成晚宋黑暗社会的重要组成部分。第二与第三种就是曹彦约上文所言的"上焉者"与"次焉者"。这两种心态,是在良知未泯与报国无门之间的无奈选择。我们当然不能轻率地把这种低靡退避看作是士大夫社会责任心的丧失,否则,我们就无法解释宋亡时一批忠肝义胆之士的傲然挺立。赵翼就曾说过:"及有事之秋,犹多慷慨报国,绍兴之支撑半壁,德祐之毕命疆场,历代以来,捐躯徇国者,惟宋末居多,虽无救于败亡,要不可谓非养士之报也。"②

然而也不能否认,无论是对抗心态,还是避祸心态,都已鲜明表露出士大夫与政权之间的离心力加剧。换言之,高压政治已经在士大夫与宋王朝之间劈开了一道鸿沟,这种变化在政治上意味着"与士大夫共治天下"的祖宗家法内核已有被改变的可能。而在文学上,士人心态的低靡所导致的与政权的离心力,实质上就是文学主体与政权的疏离。这种疏离同时又强烈地反映在文学创作之中,文学的现实批判性就呈现出两种极端的表现形式:一种即更为强烈地批判政治,所谓"乱世之音怨以怒",这在晚宋政论文、辛派词作以及诸多曾经入仕的文人诗歌中多可得见;一种则由此几与政治绝缘,醉心于自我世界,经营文学技巧,可谓"衰世之音颓以隐",集中于风雅派词作、江湖士人和地方乡绅的诗文作品之中。

颇有意味的是,如刘克庄这种曾经入仕又长期里居的士人,其社会身份在不断转换,从以上两种极端表现形式观察,他们的文学作品就表现出矛盾的两面性:一方面有强烈的入世情怀,希

---

① 卷五一,《备对劄子》,《全宋文》第 327 册,第 235 页。
② 赵翼著、王树民校证《廿二史劄记校证》,北京:中华书局,1984 年,第 534 页。

望改变窳败的政治现状;一方面又常常置身失望乃至绝望之中,表现出对政权、对政治的疏离。这不只是士大夫淑世精神与隐逸理想交织的文学传统影响,更是晚宋文人心态与国家政事之间微妙关系的一种典型表现,因为像刘克庄一样具有多重身份的文人,仍旧占据了晚宋文坛的主流。而从总体来看,文学创作中的淑世精神趋向低落,隐逸、逃避、愤世、颓唐乃至谄谀之风则时有抬头,这不能不归罪于高压政治对士人积极心态的打击。

二、国家格局与文人分布

所谓"国家格局",实有两个层面:一是自然地理的格局,二即社会阶层的格局。就自然地理而言,南宋地域空间随着政局发生了巨变,原来疆域的五分之二沦入金国辖内,国家面积急速缩减,政权中枢退驻杭州。朱熹曾说"天旋地转,闽浙却是天地之中"[①],背海立国的半壁江山,使得闽浙地区俨然成为了全国政治、经济、文化的重心。就社会阶层而言,晚宋"士农工商"的传统格局虽未改变,但随着城市、商业的发展,社会分工趋细[②],商人、手工业者、市民阶层扩大,同时士人阶层内部也出现了明显分化。由此二者观之,晚宋文人的分布变化亦在地域与阶层两个层面展开,它们都对晚宋文坛的风貌形成产生了深远的影响。

自宋朝半壁江山落入金人手里之后,北方人口南迁断断续续一直持续到宋亡,但靖康时期是人口迁移数量最多的时期,占移民始迁者的百分之八十九,且这时迁入者以宗室、士大夫、军官为主,地点集中在江南、江西和福建[③]。这批中上层士人的南迁,使得东南地区士人的密度遽然加大,基本奠定了南宋后来的文化格

---

① 见《晦庵先生朱文公续集》卷二《答蔡季通》,《朱子全书》第25册,上海、合肥:上海古籍出版社、安徽教育出版社,2002年,第4678页。
② 可参〔日〕宫崎市定《宋元的经济状况》,《宫崎市定论文选集》(上),北京:商务印书馆,1965年。
③ 参吴松弟《北方移民与南宋社会变迁》,台北:文津出版社,1993年,第33—35、46页。

局,带来了南北文化的大融合,也促进了南方地域文化的空前提升,朱熹"靖康之乱,中原涂炭,衣冠人物,萃于东南"①一语,概括颇准。在此基础上,到了晚宋,经过几十年的通婚繁衍与休养生息,南迁士大夫与当地士大夫融合并形成一股合力,促使东南地区特别是由浙至闽的一大片区域中,地域性、地方性文化蓬勃发展,各类士大夫家族盘踞地方,从而形成了以家族为核心,各自独立又交错相生的地域文人网络,"地方精英"群体空前扩大。与之相关,文化的全国性交流趋弱,特别是以闽浙为代表的东部与以四川为代表的西部,文化的交流与碰撞日趋稀疏②。

具体到晚宋文坛来看,就是地域文化深度渗透文学创作与文人活动,地域空间的影响力无处不在③,全国性文人集团几近消失,具有总体性号召力的文学家也处缺席状态,而地域文人群体与家族文学网络则进一步繁荣,成为晚宋文学的重要结构单元和塑造晚宋文坛风貌的重要力量。另一方面,由于地理空间的缩小,入仕文人的贬谪形式也因之发生了变化。中唐至北宋时的那种动辄贬斥边陲地区的情况已减少许多,多数时候是被贬里居,这同样为地域文人网络的健康衍生提供了外部条件。总而言之,南宋地理格局的巨变,带来晚宋文坛的最大特点就是地域性加强、全国性趋弱。而这一特点就意味着晚宋整体文坛的分化性、分散性加强,没有出现一个统摄的、能够笼罩全国的文学领袖或文人群体,即便如传统所认同的"江湖诗派"也并不具诗坛整体性质,晚宋文坛面貌的整体呈现,因此也远没有北宋那么清晰易见。

---

① 见《晦庵先生朱文公文集》卷八十三《跋吕仁父诸公帖》,《朱子全书》第 24 册,第 3935 页。
② 祝尚书有《论南宋文学的东西部差异》(载《宋代文学探讨集》,郑州:大象出版社,2007 年),虽所论只文学,且线条粗略,但已可见当时差异之大。
③ 刘子健在《中国转向内在——两宋之际的文化内向》中说:"南宋士大夫的见识确实呈现出受地域限制的特点,但这不是因为帝国的范围比以前小,而是因为他们居住得彼此太过靠近。"(南京:江苏人民出版社,2002 年,第 10 页)他的这一判断在逻辑表述上似不够圆融,因为"居住得彼此太过靠近"恰是"帝国的范围比以前小"造成的结果。

正是因为这样,当我们关注晚宋文坛版图的时候,目光多数时候就不由自主地放在了以闽浙为主的东部,而忽略中西部地区。当然其中也并不排除部分入朝文人,如四川的魏了翁、吴泳,湖南的乐雷发等。更细致地说,晚宋文坛的主流文人就是集中在以临安为中心的江浙地区(含两浙东路、两浙西路、江南东路)、以福州为中心的八闽地区(福建路)和以吉州为中心的江西地区(江南西路)三大块。这当然是很不全面的,却又是基本符合晚宋文坛实际的①。即以刘克庄而言,他仅于嘉定十五年(1223)离闽在桂,其他时间均在东南地区特别是以莆田为中心的福建中部地区度过。而这种以行在临安或家乡为基本活动范围的情况,在晚宋文人中颇具代表性,诗坛如戴复古、严粲、方岳,词坛如吴文英、周密、孙惟信,散文作家如真德秀、叶适、陈耆卿等等,莫不基本如是。

这其中似乎有一个矛盾,前文已说南宋地理格局的改变,带来的是文坛地域性加强、全国性趋弱的态势。从文人分布看,既然他们的活动范围变小,应该更容易形成统一的集体才对,可事实却正好相反。小范围的活动,带来的不是交流的通畅与频繁,而是相互的隔膜。似乎大家都形成了自己的小圈子,而不乐意在更大范围内进行文学的交流。这种"不乐意"并非主观造成的,而是客观条件造成的。其原因当然是多方面的,但一个重要的原因,则在于士人内部的分化,亦即上文所言的阶层格局变化。

晚宋士人阶层扩大,如按有的学者所言"(宋末)直接的、在应试范围之内的士人即达 600 万到 800 万,而南宋整个人口的峰值不过一亿二千多万"②的结论,其士人比例之高,着实可称得上"空

---

① 梅新林曾据谭正璧《中国文学家辞典》(北京:中国书店,1983 年)统计南宋著名文学家 502 人的籍贯分布,以上三块即占去 412 人(参氏著《中国文学地理形态与演变》,上海:复旦大学出版社,2006 年,第 108—114 页)。这一数据虽不能全面反映晚宋文人的分布情况,但也从一个侧面说明了问题。
② 见史伟《宋元之际的士与诗》,浙江大学 2008 年博士后研究工作报告,第 33 页。

前"二字。在"数十人而竞一阙,五六岁而竢一官"①的庞大士人阶层和有限官员职位矛盾中,入仕士人与不入仕士人即成为士人阶层内部两个鲜明的分野。入仕士人主流自然是北宋时典型士大夫的一种延续与更新,而不入仕的士人,虽算不上晚宋出现的新情况,但他们这一群体能作为一支独立的力量影响整个社会与文坛的面貌,则确属晚宋时期的新动向。就入仕士人来看,科举取士、门荫补官、胥吏出职、进纳买官形成了四条主要通道,而后三者特别是门荫补官人数之众,甚至远超科举取士②。姚勉曾就晚宋任子(即门荫补官)带来的冗官问题说:

> 方今冗官之弊,全在任子之多。三岁取士仅数百人,而任子每岁一铨,以百馀计,积至三岁,亦数百人矣。泛观州县之仕,为进士者不十之三,为任子者常十之七,岂进士能冗陛下之官哉?亦曰任子之众耳。③

"任子"与"进士"竟以七三之比占据官位,实堪惊愕。而张希清据《建炎以来朝野杂记》乙集卷十四的《嘉定四选总数》条统计嘉定六年(1213)入仕人数,科举取士者仅占百分之二十八,门荫补官则占去百分之五十七④。这还是宁宗时的情况,到理宗执政期,于此有过之而无不及。我们暂且不论这一政策的负面作用,就其客观情况来说,至少造成了这样一种事实:大量应举士人被排斥于仕途之外,同时,也有大量士人以门荫入仕,而从仕途发展来看,以门荫入仕者,往往沉于下僚,与科举入仕者常能进入政权的中上层又不尽相同。由此,在整个士人阶层分化中,就不仅仅是入仕与不入仕的分野了,实质上分化为三种士人状态:一即以科举入仕者,此类中虽具体到个人有宦海之沉浮,但总体而言有较通畅的仕途,能够进入政权的中上层(承务郎以上或升朝官),可称

---

① 周必大《试馆职策》,《文忠集》卷十一,《文渊阁四库全书》本。
② 参张希清《论宋代科举取士之多与冗官问题》,《北京大学学报》1987年第5期。
③ 姚勉《癸丑廷对》,《雪坡舍人集》卷七,胡思敬辑《豫章丛书》本。
④ 参张希清《论宋代科举取士之多与冗官问题》,《北京大学学报》1987年第5期。

作"官僚阶层";二即以门荫或其他途径入仕者,常常是沉于下僚,多在地方为小吏(选人或承务郎以上),他们成为地方精英(乡绅)的主力,由之可称作"地方精英"①;三即不入仕者,他们以幕士(部分也是选人)、塾师、儒商、术士、相士以至干谒者等诸种游士身份成为游离于政权之外的重要社会力量,由之可称作"江湖士人"。当然,这三个士人层次的来源并不那么确定,门荫者也可在官僚阶层,科举者也可为地方精英,这里只是大体言之。并且这三种士人状态,也不是一成不变的,他们会有交叉、融合甚至互相转换。由于士人心态的转变也是文士分化的一个重要诱因,所以还存在部分入仕者弃官隐居,从官僚阶层、地方精英变为江湖士人。特别是官僚阶层与地方精英之间,也常有"垂直流动",如科举入仕初期以及官僚主宫观或镌职闲居时就是如此,而江湖士人们也多与地方精英交往。虽然其间情形复杂,但三者确实各有特定所指,且从这个意义上来看,在晚宋时期以上三种士人状态中,地方精英是一个更为庞大而复杂的群体,同时也可看作晚宋文坛的主力之一。即便如张宏生《江湖诗派研究》所论定的一百三十八位"江湖诗人"②,其中能称得上是真正意义上的"江湖士人"——即游走于江湖,以诗文干谒谋生者——并不多,更多的是如刘克庄、林希逸、方岳等在官僚阶层与地方精英两种身份之间转换者,其中又有能确定进士及第者四十一人,他们多数仍是以官终身,虽然官位不很高③。

回到前文的问题,既然地方精英(乡绅)成为了文坛主力之一,很自然,文坛重心就下移了,而各地地方文人网络的交流也颇受地域限制,文坛呈现为分散的"小圈子"组合,这实质是士人分化带来的文坛整体分化。另外,士人分化对文坛的影响,还有一

---

① 关于科举与门荫在官职层的分布比例,请参苗书梅《宋代官员选任和管理制度》第一章第七节"选官制度与冗官问题",开封:河南大学出版社,1999年,第104—135页。
② 见《江湖诗派研究》附录《江湖诗派成员考》,第271—317页。
③ 关于"江湖诗派"的问题,将在第二章探讨,这里暂且搁置。

个重要方面,就是这种基于社会地位升降的阶层分化,是对北宋以来的那种"官僚、学者、文人"三位一体复合型士人的一种"解构",这种"解构"也间接促成了文学创作的分工。

晚宋时当然仍不乏复合型人才,特别是在官僚阶层和部分优秀的地方精英中,依然延续了宋代典型士大夫的一贯风格。但就文学创作来看,诗、词、文各体兼擅者即便在这种复合型人才中也已经少了许多。与此同时,游士阶层在文学创作上更是开始明显地倾向一体,或只擅词,或只擅诗,专攻一体甚至专攻一式的现象十分突出,从这个意义上看,士人阶层的分化已经蕴藏了专业作家的出现因子。"诗人"这个词汇,这时开始与"文人"、"士人"、"文臣"等词汇不相"兼容",而成为一个独立的概念。虽然实质上"文人"、"士人"、"文臣"仍然是诗人,诗歌仍是他们社会生活不可或缺的工具,同样,这批人仍然是我们今天关注晚宋诗坛的主要组成,但在当时"诗人"已经特指并无官位的游士之中独擅诗体者。这种游士阶层中的专擅一体,与上节所言士人的避世心态相结合,给晚宋诗词创作带来了一种新的内在趋同:他们的诗词题材同样狭小,反映社会现实不够;同样注重个人世界的展现,摹写更趋日常,情感更趋细腻;同样立意不高,偏向艺术技巧的追求[①]。曾有学者对晚宋词的雅化与诗的俗化之矛盾提出看法[②],这当然是颇具见地的,但倘若我们考虑到这种倾向主要是在文体独立意识强烈抑或说文体分割严重的游士阶层中展开的话,那么,我们看到的就不是矛盾,而是统一。

晚宋地理格局与阶层格局的变化,合力促成了晚宋文坛新貌的出现,这虽不是唯一的外力,却是最深刻地烙印于晚宋文坛之上的痕迹,也是晚宋文坛面貌区别于北宋乃至南宋前期的重要社会根源。它们二者带来的士人分布的趋散,更是让晚宋文坛的**结**

[①] 朱玉麒《论南宋后期词人的布衣化倾向》(载《北京师范大学学报》2000年第5期)曾将这些特点归于晚宋词人身上,但它们又何尝不是真正的江湖诗人所具有的特点。

[②] 参吕肖奂《论南宋后期词的雅化与诗的俗化》,《文学遗产》2005年第2期。

构层与**立体面**远远多于以前,这也给全面定性、整体把握晚宋文坛带来了很大的难度。

三、国家学术与文学创作

经过两百余年的右文政策和学术积累,晚宋时期,社会平均文化水平已经很高,国家虽仍在战火的威胁之下,但学术的发展十分繁荣。就当时学术各层面来看,主要表现为史学领域的空前发达,哲学领域的理学独尊和文学批评领域的独立反思,各领域的相关著述层出不穷,各类学术笔记不断涌现,同时还孕育了诸如黄震、王应麟等大学者。正如王国维所说"宋代学术,方面最多,进步亦最著"[①],其间成就,卓然不凡。以上三者都对晚宋文学创作产生了或积极、或消极的影响。如史学的发达,表现在文学中即有尊宠用事,咏史组诗的大量出现,本朝故事的入诗等;文学批评的独立反思,更是切实指导着当时的文学创作,与文坛实际有着血肉联系。这都是晚宋文学研究的重要课题。不过,较之作为国家意识形态和士人哲学底蕴的理学而言,此二者尚属较表层的问题,它们与文学创作的关系都是具体而微的,不如理学那样乃是以一种理论底色出现。因而,这里仅就作为"国家学术"的理学与晚宋文学创作走向之间的关系略言一二。

总括地说,理学(或言道学、新儒学)是宋型文化的主要构成部分,它对宋代社会文化生活各领域、各层面的深入渗透,是无处不在的,晚宋作为宋王朝的最后一个阶段,也毫不例外,这是无须多言。稍为特别处,即在于理学乃是在这个时候才真正成为官学,以国家学术、国家意识形态的姿态登上历史舞台。理学独尊,占据官方主流,经过了长期而复杂的斗争,其间历时进展随政治气候而变化,此不详述。嘉定元年,史弥远上台,赵汝愚复官赐谥"忠定",朱熹赠谥"文",一大批理学追随者回朝,标志着以朱熹学

---

① 王国维《宋代之金石学》,《王国维遗书》第5册《静安文集续编》,上海:上海古籍书店,1983年,第70页。

综论 作为背景的晚宋与作为代表的刘克庄

派为核心的理学向官学地位迈出了重要一步。颇为矛盾的是,从嘉定元年开始直至宋亡,一直是理学独尊的时期,却同是理学大家缺席的时期,朝廷对理学的尊崇并未带来其本身的真正发展,反倒让它僵化而失去了最初的原动生命力,逐渐落入了前进的低谷。当然,这并不妨碍理学仍以强势惯性渗透社会文化各层面,同时也出现了一些新变化。

从这时理学与文学创作的关系来看,除去理学士人的文学创作和理学思想对文学的一般性影响外①,其特殊处或新变处主要有以下两方面可以强调:

第一,作为国家学术,理学开始系统影响国家在文化领域的决策,突出表现在理学全面占据科举阵地②。如果我们把科举时文以及受时文影响的策、论、经义等文体都纳入文学观照范畴的话,那么,此时理学作为唯一的科举指导思想,其"指挥棒"性质所带来的文学影响是不言而喻的。且不管这些文章的艺术成就到底如何,理学散文与理学家的散文确实已作为一股重要的文学力量参与到了晚宋文学整体面貌的塑造之中。与此同时,理学对科举的渗透,又直接影响到词科的衰落③,而词科的式微也就意味着四六文的不受重视。虽然嘉熙三年(1239)曾再诏复为"词学科",但应者凋寡,其影响实可忽略。因而在晚宋时,四六之文已失去了南宋前期的辉煌。仅有的几位四六高手如真德秀、王迈、刘克庄者,也已无法撑起四六的旗帜,虽然他们仍然取得了颇值一提的成绩。要之,理学通过科举从而制度化地参与了国家机器与士

---

① 关于宋代理学与文学一般关系的探讨,成果甚夥,其中涉及晚宋段者可参考许总《宋明理学与中国文学》(南昌:百花洲文艺出版社,1999年)、罗立刚《宋元之际的哲学与文学》(上海:复旦大学出版社,1999年)、许总主编《理学文艺史纲》(南京:江苏教育出版社,2001年)、石明庆《理学文化与南宋诗学》(北京:中国社会科学出版社,2006年)、孔妮妮《南宋学术发展与诗歌流变》(复旦人学博上论文,2004年)等。
② 参祝尚书《宋代科举与文学》第十六章《宋代理学与科举》,北京:中华书局,2008年。
③ 参祝尚书《宋代科举与文学》第一章《宋代科举的科目设置》,第38页。

人生活的运转,更为广泛地影响了士人的思维方式与文学创作,特别是与科举密切相关的文体,更是由此经历了理学最为全面的洗礼。

第二,与国家意识形态层面理学强行贯注文学不同,民间的理学与文学互动,呈现出相反的方向。理学自身的发展,到了晚宋时分化日明、弊端日显,特别是在文学与理学的关系上,各家所主,颇不相同。程颐的"作文害道"、"作诗妨道"说似已被大多数理学家所否定,尤其是以叶適为代表的浙东事功派(永嘉学派),更是以极为严厉的口吻批评洛学在对待艺文上的偏颇态度,"欲合周程、欧苏之裂"[1]。与之类似,以林光朝为代表的艾轩学派、以魏了翁为代表的鹤山学派等也十分重视艺文文辞,在文、理之间取通达之态度。另一方面,以真德秀为代表的一批理学家虽不至于坚持"作文害道"之说,但仍不能通达地看待文学与理学的关系,依然在许多方面表现出文章小道的狭隘观念。这两种分歧当然是客观并存的,且导致了他们在诸多方面的不同,不过他们又具有同一性,即都承认或部分承认艺文的地位。这是文学与理学碰撞、融合的必然趋势,二者之间并非愈走愈远,而是调和。值得注意的是,这种调和不仅仅只有以理学驾驭文学的一面,还存在着——甚至主要表现为——理学在文学领域的退避、理学向文学靠拢的一面。所以,在总体表现为融合时,其实质表现形态则分为两种:一即理学主动接受文学,容纳或者利用文学来为自己的学说服务,并作出相应的让步,希冀"以欧苏之发越,造伊洛之精微"[2]或"程张之问学而发以欧苏之体法"[3],由此在文学作品中留下理学痕迹;二即文学被动地,甚至反动地对待理学,以致完全抛弃文载道、文明道的传统,按照自身的发展规律,排除干扰地演化。以上两种形态的呈现,其实取决于文人主体。前一种情况多发生在文理并举的士人(或者就是理学家)身上,后一种情况则多

---

[1] 刘壎《合周程欧苏之裂》,《隐居通议》卷二,《海山仙馆丛书》本。
[2] 刘将孙《赵青山先生墓表》,《养吾斋集》卷三〇,《文渊阁四库全书》本。
[3] 吴渊《重校鹤山先生大全集序》,《鹤山先生大全集》卷首,《四部丛刊初编》本。

发生在纯粹文人(如上文所言被分化出的江湖士人)那里。不管是哪种情况,都说明晚宋时的文坛并未与理学独尊的政治语境完全契合,反而在冲突中约略占据了上风。特别是在诗、词领域,情况更是如此,多数诗人、词人的作品理学痕迹并不太明晰,这似乎昭示着在民间理学向文学"低头"了。而至元代理学家们的"流而为文人"正是这一趋势的绝好注脚。当然,诚如上文所言,晚宋文坛的立体面很多,面对晚宋文坛分裂严重的实际,这种所谓的"低头"也并不具全局性判断的意义,但确实是一个重要的潜流与趋势。

以上从官方和民间两个角度简述了文学与理学在晚宋时的新变关系。应该说,民间的角度更能代表当时士人心理的普遍真实——即在晚宋时,理学在许多方面并未对文学形成一种思想的钳制,反而使得文学对其产生了一种隔膜或者警惕。即使如李泽厚所说"不是宇宙观、认识论而是人性论才是宋明理学的体系核心"①,但在文学表现人性上,晚宋时的理学独尊并未对此产生太大的消极作用。这就涉及另一重要的文学命题,即宋代文学的"重道抑情"或"重理节情"②。既然晚宋时候的理学家乃至一般士人都开始对程朱所主张的一套理论有所修正乃至反动,那么,以理论推导而言,晚宋文学就应该不再是"重理节情"的,而实际上也基本如此。晚宋文学成就确实不太高,但此时的文人却大多能够在文学作品中自由而全面地反映自我的内心世界与情感,能够在许多时候抛弃传统道论,进行自由的人性抒发,能够将"文章经国之大业"消解,只在文学作品中表达自我世界甚至平凡琐事,将笔端指向心灵与个人,以致不避纤细、不戒凡庸、不忌俚俗,这可

---

① 李泽厚《宋明理学片论》,《中国古代思想史论》,北京:三联书店,2008年,第236页。
② 这一观念突出表现在章培恒、骆玉明主编的《中国文学史新著》(上海:复旦大学出版社、上海文艺出版总社,2007年)中,在王水照主编的《宋代文学通论》(开封:河南大学出版社,1997年)中亦有部分论述。这一判断所指,在一定范围和一定层面,具有其合理性,但窃以为作为宋代文学的整体性判断尚值得商榷。

能是晚宋文学没有取得较高文学成就的一个原因,也可能是此间文学历史性进步的一个信号,目前尚不可定论。总之,是非高低,仍等待学界的深入探讨,这里无力判定。

以上所涉诸重要命题,实质上构成了晚宋文坛生态的主要面相,其间关系错综复杂,全面而细致地阐述这些问题实非本书所能胜任,这里只能勾勒其轮廓,作简要的观点概述如上,论证或不够充分,但基本持之有故,以此为接下来的刘克庄个案研究铺垫背景,同时也为本书的整体构架奠定学理基石。前文已言,我们是就历史背景与晚宋士人之间的普遍关系作探讨,当然自认为具有普遍意义,但具体到个人却总是与这种"普遍"有相交处,也有不相交乃至相悖处,这应是允许的。本书所要讨论的刘克庄,在以上诸种问题上,可谓大多是相交的。不管是三种心态的呈现,还是地域文人群体的作用;不管是士人分层的影响,还是国家学术的渗透,都有一定的代表性。以上种种,究竟如何在刘克庄身上具体展开,特别是在如此纷繁芜杂的文学生态之中,他的文学总体面貌如何演变递嬗,其文学作品如何呈现精神世界,文学世界又如何与历史世界发生关系等等,这将是接下来诸章试图解决的问题,同时也是对以上所论诸点"普遍关系"有血有肉的阐释与发挥。

第一章 地域和家族:莆田文化与地方精英

从地域和家族谈起,恐怕是我们研究作家个体比较容易让人接受的方式。原因很简单,人的生命除了生物上的基因遗传,就只有地域和家族对他的影响最为原始、最为直接,也最为深刻了。而作为文学生态的重要构成因素,地域环境对文学的影响一直是古今中外先哲们共同关注的话题,相关论述不胜枚举,于宋犹然①。何况,本书的研究对象刘克庄在一生中以地方精英身份长期里居莆田,比一般作家更具有地域与家族的强烈印记,其文学受地域与家族之赐者,几乎决定了它们的总体风貌;而亦如上文综论第二部分所言,地域问题实是晚宋文学至关重要的问题。探讨刘克庄的文学世界,理所应当从这里谈起。

第一节 莆田空间的文学呈现

刘克庄生于福建莆田,这是他面对的第一空间,这一生于斯、长于斯的空间赋予其气质,塑造其品格,影响其思维,刻画其记忆,乃其生命之根,对他的文学之影响尤为深刻。刘克庄虽宦游一生,供职频变,然据其履历,八十三年生涯之中,有近五十年是在家乡莆田度过的。这是一片养育他的土地,他的文学是在这里的传统中滋养出来的,因而也就天然地打上了莆田的印记。莆田

---

① 宋代文学中的地域差异,可参程民生《宋代地域文化》第七章,开封:河南大学出版社,1997年。

的文化传统、风物山川、名胜古迹、习俗语音,或隐或显地影响着刘克庄的创作,这些因素与他的文学生成之间形成了密切的关系,莆田在刘克庄的文学作品与精神世界中呈现为一个复杂的空间。

一、莆体:历史积淀的印痕

莆田,自北宋太平兴国四年(979)始属福建路兴化军,太平兴国八年(983)之后为军治所在,这里"山川清淑,风俗醇美,民生其间,率多秀异"①,负山阻海,干戈不动,弦歌相闻,谚云"三家两书堂",具有良好的文化氛围。北宋兴化名人蔡襄即说:"每朝廷取士,率登第言之,举天下郡县,无有绝过吾郡县者。甚乎,其盛也哉!"②而据南宋李俊甫《莆阳比事》③卷一"前代名贤,皇朝进士"条载:"莆阳登皇朝进士第者,自兴国八年王世则榜李欣始,至嘉定七年袁甫榜,正科已八百馀人,特科已五百馀人,新第者率题名于郡桂籍堂。"刘克庄《和潘侯劝驾韵》诗亦曰"唐季闽尤多进士,宋兴莆已四抡魁"④,足见莆田地区科举人才之辈出、人文气息之浓厚。在南宋科举考试经义与词赋并行的两大类中,莆田士人又以词赋最为闻名。刘克庄言"吾乡徐正字寅,唐末有能赋声,外国皆颂其赋"(卷四九,《文止戈为武赋四韵》,《全宋文》第 326 册,第 37 页)即已说明莆田词赋唐时早已闻名⑤,北宋"闽士多好学而专

---

① 见陈谠《莆阳比事序》,李俊甫《莆阳比事》,《宛委别藏》本。
② 蔡襄《兴化军仙游县登第记序》,《蔡襄集》卷二九,上海:上海古籍出版社,1996 年,第 509 页。
③ 李俊甫为莆田人,《莆阳比事》七卷,约成于嘉定六年(1213),刘克庄岳父林㟽有跋。所谓"莆阳",据卷一"闽分八郡,莆有三邑"条,大抵指兴化军,包括但不限于莆田县,此外还有仙游、兴化二县。
④ 北京大学古文献研究所编《全宋诗》,北京:北京大学出版社,1998 年,第 36437 页。下文所引《全宋诗》,均据此版,不再出注,仅列篇目与页码于文中。
⑤ 除了徐寅外,另如被誉为晚唐律赋"两雄"(见李调元《赋话·新话》卷四)之一的黄滔亦为莆田人。

第一章 地域和家族:莆田文化与地方精英

用赋以应科举"①也是众所周知的,到南宋时,莆士以词赋中高第者仍不在少数,林大鼐、郑厚、黄公度、刘夙、刘朔,均是如此。直至元代文学家戴表元仍称扬"异方之精词赋者,莫如闽士"②,可见词赋之盛,确是闽中源远流长的传统③。而从《莆阳比事》卷三"以诗名家,有文行世"条丰富的记载来看,可以毫不夸张地说,闽中莆田是一片文学的沃土。

南宋场屋之辞赋乃以律赋为要,在刘克庄的文集中甚至出现了"莆体"这一概念。刘克庄在《丁元有墓志铭》中有"天下声律尚莆体,莆体发源自丁氏"(卷一四九,《全宋文》第331册,第198页)之句,在《林实甫墓志铭》中也谈及林秀发"试别头赋擅场,考官疑'莆体',避乡嫌不敢取"(卷一五九,《全宋文》第332册,第1页)。律赋而专有"莆体",当是词赋在莆田繁盛而派生出来的地域色彩浓厚的文体。关于"莆体"的材料,大概由于"科举律赋不得预文章之数,虽工不足道也"④的缘故,我们已无法找到大量的莆人律赋比对考订,也就无法确定其具体的文风特色,但它是一种有莆田地域特色的文体则是可以肯定的。曾慥《类说》引《古今诗话》"闽士诗赋"条云:"真宗朝,试《天德清明赋》,有闽士破题云:'天道如何?仰之弥高。'会考试亦闽人,遂中选。"⑤由于律赋讲究严格的八韵,此处闽士将"何"与"高"相押,若按"官韵"绳之,则极可能罢黜,但因考官亦闽人,偏袒而取之。由此,我们推测"莆体"律赋或亦在用韵上有以方音入韵之特点(这当然非其全部特点,仅是一端而已)。一般律赋都是押"官韵",所谓"官韵",在南宋大抵以《礼部韵略》为准,但"赋初入韵许用邻韵,引而有声相

---

① 欧阳修《端明殿学士蔡公墓志铭》,《欧阳修全集》第二册,北京:中华书局,2001年,第521页。此语南宋王称《东都事略》、李焘《续资治通鉴长编》、陈均《皇朝编年纲目备要》均有提及,足见其接受之广。
② 戴表元《张君信诗序》,《剡源戴先生文集》卷八,《四部丛刊初编》本。
③ 详细论述可参陈庆元《福建文学发展史》相关章节,福州:福建教育出版社,1996年。
④ 王若虚《滹南遗老集》卷三七《文辨》,《四部丛刊初编》本。
⑤ 曾慥《类说》卷五六,北京:文学古籍刊行社,1955年,第3704页。

近而非邻韵者"依旧许用①,声相近者也在可入赋韵之列的规定给了方音入韵以方便。林秀发参加的"别头试",本就是一种强调避嫌的考试类别,其作赋为"莆体",极可能就是用方音押韵,给考官辨认出为莆人而罢黜不录。

推而广之,刘克庄虽亦循当时之官韵,但其韵文创作显然也摆脱不了这种地域方音的影响,惜今《后村先生大全集》赋之卷已残,所存无律赋,但通过刘克庄填词的用韵情况,我们可以确定其使用了方音押韵②。据今日对保留古音较好的莆仙戏音韵之调查,也能看到莆田方音相对官韵而言,的确很有其特点,如"割、肝、大、倚、债、何"六字,官韵显然各有所属,不可通押,但莆田方音是可通押的③。这种方音入韵,显然成为了刘克庄韵文中挥之不去的地域印痕,是另一种意义上的"莆体"。

由上可知,刘克庄的文学是在莆田这个具有浓厚文学传统的环境中成长起来的,他的韵文创作在语音上更是有意无意地打上了莆田的烙印。莆田作为一个实存空间,以自己的历史传统与习俗语音影响着刘克庄的文学创作。与此相类,莆田的山川地理也时常出现在刘克庄的笔下,而且表现出复杂的内涵。

"闽越江山,莆阳为灵秀之最",莆田为丘陵地带,多山多水,刘克庄所居在莆田城东北方向的乌石山下,这里是他的家族聚居之地。《莆阳比事》卷一"乌石官职,莆阳朱紫"条下有"义门乌石刘",下注云:"省元凤、朔后,吏部侍郎弥正、正字起晦之族。"正是刘克庄的家族。据何乔远《闽书》卷二十三载:"乌石山,自太平山而东。旧在城东北……林与陈、方、黄、宋、刘、王、郑、李八家,居是山之下,簪缨不绝,莆人谓之九大姓。"④乌石山在刘克庄笔下,

---

① 丁度《附释文互注礼部韵略》附《贡举条式》,《文渊阁四库全书》本。
② 详参陈鸿儒《后村词韵杂谈》,《龙岩师专学报》(社会科学版)1989年3月。另如刘晓南《宋代福建诗人用韵所反映的十到十三世纪的闽方言若干特点》(载《语言研究》1998年第1期)一文亦可参看。
③ 详参游汝杰主编《地方戏曲音韵研究》,北京:商务印书馆,2006年,第436页。
④ 何乔远《闽书》第1册,福州:福建人民出版社,1994年,第548页。

第一章　地域和家族：莆田文化与地方精英

最开始只是代表故乡，用来引出怀乡之思，《乌石山》云"客子家山亦此峰，可堪投宿听疏钟"（卷一，《全宋诗》第 36141 页）。诗歌写到别处的同名之山，就是这种情感的表达。刘克庄在回人寿诗之启中，也常常用"诵乌石岗边之诗"、"寻乌石岗边之路"来表示他与回启对象在居处附近的交游，这里的乌石山是一种表示密切关系的背景。而后，乌石山则常为其回忆童年的载体，如七律《乌石山》：

  儿时逃学频来此，一一重寻尽有踪。因漉戏鱼群下水，缘敲响石斗登峰。熟知旧事惟邻叟，催去韶华是暮钟。毕竟世间何物寿，寺前雷仆百年松。（卷二，《全宋诗》第 36150 页）

这首诗歌作于三十三岁时①，此时刘克庄因在李珏幕府得谤而归里监南岳祠，此诗表达的纯然是一种追忆逝去年华的普通情感，尚未见特别之处。

与乌石山一样，莆田名岳——壶山（或称"壶公山"）也常常是刘克庄笔下描述家乡的背景，如卷二《与客登壶山绝顶》、《次方武成壶山韵》等诗即是。同时，壶山也一样是伤逝主题的寄托物，如"眼中除却壶山外，多是新知少旧知"（卷一三，《三月二十五日饮方校书园十绝》，《全宋诗》第 36323 页）之类。而萦绕壶山、穿城而过的延寿溪，大抵亦有此内涵。《寿溪》诗云"丱角钓游今白发，重寻陈迹不胜悲"（卷九，《全宋诗》第 36267 页），《二月初七寿溪十绝》诗云"士不论穷达，离乡即可哀"、"城郭有时变，市朝回首非"卷二三，（《全宋诗》第 36446 页）等等。在这里，山川对于刘克庄来说，无外乎"故乡"与"青春"两个主题。自然景物本身并未给刘克庄带来多少吟咏的冲动，但是山川永恒，人世变易。莆田的空间是不变的，人物却在更替，所以莆田山川总是刘克庄追忆逝去年华与怀念凋零故人的场地与背景。然而，这些对于刘克庄来说，其实并非最重要的。怀乡也好，伤逝也罢，这只是任何一个普通人都会有的寄情家乡山水的举动，莆田在"故乡"与"青春"的主

---

① 相关诗文系年，若无特别说明，均据程章灿《刘克庄年谱》，不一一出注。

题上,并没有特殊之处。譬如"青春"主题在临川也可以有。刘克庄十五岁时随父至临川,在那里生活了三年,所以当他三十五岁再过临川时,亦不免发出"高年凋落尽,满眼少朋识"、"既生异县感,遂起故乡意"、"回思盛壮时,去矣复难得"(卷五,《发临川》,《全宋诗》第 36204 页)的感叹。但是,莆田又毕竟不同于少年之临川、不同于青年之金陵①,莆田对于刘克庄的特殊意义还需另外寻找。

二、徐潭:寄托隐逸的山水

随着刘克庄仕宦经历的丰富,各种曲折、打击和不尽如人意接踵而至,莆田的山川也开始涂上另一层色彩。六十六岁的重阳节,刘克庄与子侄们再次登上乌石山。此前,他刚被御笔落职,从行在临安归乡,《送叶大明序》描述了他这时的状态:

> 今蒙宽恩放归田里,睡至日高丈五,坐茂树,临钓矶,或抵暮忘返,而又束书不观,焚笔砚不为文,度人间至闲至佚无出余者,视向之且拜且立,且备顾问而费思索,其得失乘除何如哉!(卷九六,《全宋文》第 329 册,第 72 页)

刘克庄似乎看破了红尘,开始享受村居的生活,并在此时将理宗赐书的"后村"、"樗庵"两匾悬于新居之上。于是《壬子九日与群从子侄登乌石山用樊川韵》说:"垂鬟登巇捷于飞,岁晚重来脚力微。壹死壹生群从少,某丘某水几人归。即今秉烛游清夜,自古无绳系夕晖。莫忆宫门谢时服,海图尚可补寒衣。"(卷一八,《全宋诗》第 36377 页)乌石山依旧是常见的伤逝背景,但尾联却多出了一份"归去来"的意蕴。以至到八十岁时所吟"我已归寻乌石路,人谁肯顾雀罗门"(卷三九,《又采荔一首》,《全宋诗》第 36639

---

① 刘克庄三十一岁在金陵入李珏江淮制置幕,上书论政、志在边陲,是其理想最为昂扬的时期,也是他后来常常提及之盛年往事。如卷二《去春》:"去春烽火照江边,曾草军书夕废眠。万里旌旗其属命,一丘耕钓且随缘。偶然谢客元非病,间亦寻僧不为禅。尚有惜花情味在,铜瓶终日玩芳妍。"(《全宋诗》第 36153 页)这首诗作于他三十四岁,时归里近一年,诗即表现出伤逝之主题。

页),更是将意思表达得清楚万分了:乌石山就意味着里居。由此,我们似乎窥见了莆田最重要的意义:在刘克庄的一生中,莆田是他的"江湖之梦",是一个具有象征性的空间,回到这个空间就意味着入世理想被放逐,且远离庙堂。它对应的是心态的隐逸、性格的疏狂,在这里生活的主导绝不再是吏事,而是诗文。这直接促成了他的诗歌中大量喜雨、苦旱、田园、村居等题材的出现。莆田在这些诗文中作为隐性的空间而存在,刘克庄通过大量的这些题材来表达内心复杂的感受,掩饰梦想破灭的痛楚,这才是文学家刘克庄心中最为深刻的莆田。莆田的山川风物,以这种形式直击刘克庄的心灵深处,让他痛后生出隐遁之心,却又在里居时露出不豫之色。

刘克庄最初是一个有着远大抱负的儒生,他不仅继承着理学"内圣"的一面,更追逐着儒家"外王"的理想。在国家危亡、战事频仍的时代,事业功名是青年刘克庄的追求,他坚定地说要"生拟弃家寻剑客,死当移冢近骚人"(卷一,《南浦亭寄所思》,《全宋诗》第 36140 页),偶遇挫折时也感叹"闲有工夫忧世事,老无勋业惜年华"(卷二,《立春二首》,《全宋诗》第 36153 页);他不想只做一个动笔写小诗的书生,所以有"明时性学尤通显,却悔从初业小诗"(卷二,《偶赋》,《全宋诗》第 36159 页)之句。在刘克庄的骨子深处,也像他所崇拜的辛弃疾一样"始终把社会责任的完成、文化创造的建树和自我价值的实现融为一体,并以此作为终生奋斗的目标"[①],但是命运并不掌握在他手中,频频得谤、屡屡落职之后,他只能无奈地感叹"早知不是封侯相,蓑笠何因肯出村"(卷三,《命拙》,《全宋诗》第 36168 页)。归乡里居似乎已成为他的宿命。他将这种理想枉然的积郁赋予乌石山,让乌石山成为了他"老无勋业"的见证,这里并没有李白"相看两不厌,惟有敬亭山"的默契,而只是一声叹息。

---

① 见王水照《苏、辛退居时期的心态平议》,《王水照自选集》,上海:上海教育出版社,2000 年,第 323 页。

如果说乌石山的意义或多或少还有一个变化过程的话，那么徐潭一开始即以江湖隐逸的色彩出现在刘克庄笔下，让隐逸成为其晚年文学主题表达的重要表征。乌石山的意义是刘克庄赋予的，那是因为乌石山纯为自然山川，并无附加的历史；而徐潭则不同，徐潭本身即有着自己的历史内蕴，是人文传统与地理山川的结合物，是"区域的人文性文化"[①]。刘克庄不仅赋予徐潭新的意义，更需要从徐潭寻找意义，这让地域环境与文学精神之间形成了一种互动的亲切关系。

徐潭是延寿溪的一段，《闽书》卷二十四载："延寿溪，溪自游洋发源，径莆田，潴延寿东入海。十里澄湛，无湍激声。一名绶溪，以其水绿如绶然。……又唐徐正字寅亦隐此溪。而宋吏部尚书徐铎亦家于此溪。有延寿桥，桥北有石微露者，寅钓矶也。有潭名徐潭，亦以寅故。"[②]徐潭因唐末徐寅而得名，徐寅是刘克庄的乡贤，以律赋魁天下[③]。徐寅的一生，从"涧底青松不染尘，未逢良匠竞谁分"到"何人买我安贫趣，百万黄金未可论"，大抵也经历了由待展抱负至归隐林下的心路历程。徐寅隐居莆田，而后有钓矶与徐潭之名胜，自然就让徐潭充满了隐逸之趣，这让老年归里赋闲、筑屋溪边的刘克庄找到了安抚心灵的寄托物，所谓"平生慕用徐先辈，异世溪边共一矶"（卷三五，《诸公载酒贺余休致水村农卿有诗次韵》，《全宋诗》第 36588 页）。

淳祐三年（1243），主崇禧观的刘克庄里居莆田，五十七岁生日作《木兰花慢》词，这首词颇见刘克庄疏狂的心态，其中积郁不平的情感仍是主导，仍有一种等待再展抱负的幻想。词中有"儿

---

① 王水照指出："环境对于学术文化、文学创作的影响，乃是不争的事实。而在构成环境的人文的、自然的或两种交融的诸要素中，区域的人文性文化对文学活动的影响常是最直接、最显著的。"见《北宋洛阳文人集团与地域环境的关系》一文，《王水照自选集》，第 154 页。
② 《闽书》第 1 册，第 577—578 页。按："正字"，原作"正字"；"徐铎"，原作"许铎"，据文义改。
③ 关于徐寅的材料，傅璇琮主编《唐才子传校笺》（第 4 册）卷一〇论析详尽，可参，北京：中华书局，1990 年，第 289—300 页。

第一章 地域和家族:莆田文化与地方精英

时某丘某水,到如今老矣可樵渔"①之句,他说的"可樵渔"的"某丘某水"自然是泛指,这种泛指背后正隐约地体现出刘克庄并未有实际上的渔樵归隐活动,只能以"某丘某水"来表达心情。而当他淳祐九年前后②选址徐潭,准备筑徐潭精舍时,原来寄托隐逸情怀的"某丘某水",即刻有了具体的名称——徐潭,这也意味着刘克庄的"可樵渔"有了实际的行动。刘克庄诗词文中,直接描写徐潭的,有淳祐九年左右的《徐潭精舍上梁文》(卷一二七,《全宋文》第 332 册,第 406 页),淳祐九年的《徐潭即事二首》、《自和徐潭二首》(卷一八,《全宋诗》第 36371 页),宝祐六年的《志仁监簿示五言十五韵夸徐潭之胜次韵一首》(卷三〇,《全宋诗》第 36521 页)等,另外,与徐潭有关的"钓矶"、"樗庵"也多次出现。这些诗文,无一例外地指向"隐逸"主题。如"一生常寄人篱落,入手斯丘得自专"、"远游昔结四方缘,高卧今贪一壑专"、"有客埋腰冲许雪,无人洗耳涴吾泉"、"昔惭葵卫足,今喜叶归根"、"抽身脱胶扰,掩耳避啾喧"等句,都说明刘克庄在徐潭寻找到了足以抵抗出仕理想的力量,能够让他较为坦然地接受各种挫折之后的里居生活。这较之乌石山来说,已经从理想放逐的悲愤无奈,走向了归隐田园的怡然自适。换言之,莆田山水已经由乌石山的"放逐"主题,转向了徐潭的"隐逸"主题。

从"乌石山"到"徐潭",是莆田山水"着我之色"的一种转变,也是青年刘克庄到老年刘克庄心态转变的缩影。这种转变,具体而言,又当以淳祐十二年为标志年。这一年后村新居建筑完成,徐潭精舍大概也整葺一新,此前刘克庄已向理宗请赐宸翰"后村"、"樗庵",恰好于此之际将匾额悬于其上。所谓"樗",即是无

---

① 刘克庄著,钱仲联笺注《后村词笺注》,上海:上海古籍出版社,1980 年,第 71 页。下文所引刘词均据此,仅列页码于文中。
② 刘克庄于淳祐九年所作《徐潭即事二首》有"一窗看设囊萤几,四壁惟安梦蝶床"(卷一八,《全宋诗》第 36371 页)等句,已透露出其在徐潭有草堂,故精舍选址筹建,当在淳祐九年左右。淳祐十一年,刘克庄有《求宸翰奏札》云:"去家三里有小精舍,山多古木,取庄周语曰樗庵,乞赐臣'樗庵'二大字。"(卷七八,《全宋文》第 327 册,第 331 页)此"樗庵"即"徐潭精舍"。

用之木,刘克庄以此名庵,显然已经深切地体会到自我抱负的无望。从入仕到现在,他已因各种政争而被罢六次之多,监南岳祠、主仙都观、主玉局观、主云台观、主崇禧观、主明道宫,他甚至怕再次经历这样的事件,所以说"宁为野老骑黄犊,怕作祠官祭碧鸡"(卷一二七,《碧鸡草堂上梁文》,《全宋文》第332册,第408页)。而另一方面,暮年已至,身边交游纷纷谢世,他绝然不知自己尚可再活近二十年,所以"未必封侯胜种瓜"(卷三四,《送游潮州二首》,《全宋诗》第36580页)的感叹转而为"未觉封侯胜种瓜"(卷四二,《忆昔》,《全宋诗》第36672页)的觉悟,一字之差,却反衬出其心态的转变。

对于晚年刘克庄来说,徐潭是莆田山水中慰藉其心灵、影响其创作的代表。在莆田这个丘陵地带,"某丘某水"太多了,刘克庄选址在徐潭隐居,固然有其自然条件的限制,但更重要的还在于徐潭的历史内蕴与其自我心态的一种深度契合。由于这种深度契合发生在老年刘克庄身上,因而他不仅选择徐潭作为寄身之处,更是慎重地将其作为葬身之地。他在《徐潭草堂上梁文》中说"命乃在天,死便埋我",八十岁所作《念奴娇·丙寅生日二和》词云"草堂绵蕝,百年栖托于此"(卷一八八,《后村词笺注》第191页),八十二岁所作《公论》诗云"前身定是徐先辈,延寿溪头了一生"(卷一〇一,《全宋诗》第36678页),都表示他要将肉身托于徐潭,逝后所葬也确是在徐潭之原。这种举动象征着莆田人文景观与刘克庄文学精神的融合,他在徐潭寻找到了寄托,也让徐潭增加了历史内涵。"徐潭住后村"①出现在后来文人对莆田名胜历史的书写之中,而清人翁方纲说"徐潭往迹徐刘阅,徐耶刘耶何分别"②,更是将刘克庄对徐潭的意义与徐寅作同等地位看待,刘克

---

① 孙枝蔚《溉堂集》后集卷三《为吴介兹题节霞阁》:"争墩不是先生事,只似徐潭住后村。"见《清人别集丛刊·溉堂集》(下),上海:上海古籍出版社影印本,1979年,第1356页。

② 见《复初斋诗集》卷十六《徐潭结习图为筼楼侄赋》,《续修四库全书》本,第1454册,第499页。

庄与莆田山水之间形成了一种深刻的内在联系。

三、荔枝:地域意象的典型

除了上文所论莆田山水之外,莆田的物产也在刘克庄的诗文中有广泛的反映,其中尤以荔枝内涵最为丰富,最具典型意义。福建荔枝闻名天下,《淳熙三山志·土俗类·物产》"果实"第一条即记载闽中荔枝之盛,其种类达二十八种之多。荔枝之于闽中,犹如牡丹之于洛阳,谢杰《荔支名记》曰:"荔支者,果之牡丹也。牡丹盛洛下,洛人士珍而谱之,荔独盛闽,谱可闽士阙哉?"① 荔枝对于当地文人之意义,足当重视。莆田今称"荔城",莆田荔枝又是闽中最上品,而具体到刘克庄所居之乌石山下,则更是莆田之最矣。《方舆胜览》引《郡志》曰"莆田荔支为天下第一,乌石荔支为莆田第一"②,可谓褒扬之甚,类似的诗句如宋代王十朋"莆中荔支胜闽中,乌石山前又不同"(《荔支七绝》,《全宋诗》第22920页)等,也有许多。至于宋人蔡襄《荔支谱》、明人徐𤊹《荔支谱》亦多录乌石山下、延寿溪边诸种上等荔枝,如"陈紫"、"宋家香"、"状元红"、"皱玉"之类。刘克庄居于盛产荔枝之地,其生活自然就离不开荔枝。荔枝在他的物质世界与精神世界中,都占有重要地位。他对荔枝有一种特殊的感情,《左目》诗云:"已盲犹赤痛,久不出鸡窠。丹荔曾遗毒,青灯亦一魔。抛书无味甚,节腹奈馋何。二癖依然在,徒劳问眼科。"(卷三六,《全宋诗》第36607页)将荔枝与读书看成其一生中同等重要的癖好,另外他还曾花巨款购买上好品种的荔枝树③。在刘克庄的文学作品中,荔枝蕴含着鲜明的地域色彩和具体的时空指向。换言之,刘克庄笔下的荔枝是不同于中国传统诗文吟咏中的一般荔枝意象的,而是莆田当地实实在在的荔枝物象的心灵化,其所蕴含的意义多为现实衍生的,鲜

---

① 邓庆寀《闽中荔支通谱》卷四,《四库全书存目丛书》本,子部第81册,第459页。
② 祝穆《方舆胜览》卷一三,北京:中华书局,2003年,第218页。
③ 《买陈紫》诗题下注云:"癸亥冬用钱二十万买丹荔一株,旧券云陈紫也。乙丑夏着子,形魁梧而味甘滋,为赋是诗。"(见《全宋诗》第36609页)

为历史传承的,是"现实意象",而非"历史意象"①。

荔枝进入文学作品,当自司马相如《上林赋》"答遝离支"始,之后陆续有荔枝诗、荔枝赋出现,此类诗赋多将其看作"异方风物",咏叹其难见与珍奇,如王逸《荔枝赋》即是。至唐,因杨贵妃好食荔枝而生出一段故事,文人们便将荔枝与政治联系在了一起,如杜牧《过华清宫》即是。明林古度《荔支通谱叙》云:"即杨贵妃一妇人女子,偶甘是物,而名为之益彰。自唐以后之谱荔者、赋咏荔者,又莫不借贵妃以为故实。"②由此,作为历史意象的荔枝,即有两条主要发展线索,即"异方风物"与"贵妃事件"。而后稍有演绎者,则"异方风物"转而为借荔枝喻怀才不遇,"贵妃事件"转而为借荔枝讽刺议论政事。这四类,可从明人邓庆寀《闽中荔支通谱》所录诸多"事类"、"诗赋"中得到印证,其中与政事瓜葛者尤为文人津津乐道。刘克庄所写之荔枝,却并非仅此而已,他的荔枝意象多数时候是跳出此类传统的。荔枝作为历史意象淡出了刘克庄的视野,而作为现实意象则在诗文中凸显出来。这种凸显,主要表现在荔枝于刘克庄诗文中的"实指性"和"特喻性"。

所谓"实指性"即指向当下生活世界中的具体物象。历史意象是没有实指性的,比如刘克庄笔下的"辽鹤"(或"归鹤"),这个意象常常出现在表达沧桑变换之感时,它是从书面引申而来,是一种语典。辽鹤之所以不断出现,不是因为刘克庄真实地看到了作为动物的鹤,而仅是利用其背后所代表的历史意蕴。现实意象则不同,它是有实指性的。刘克庄写荔枝,并非荔枝的历史意蕴打动了他,亦非他的文学表达需要利用荔枝的历史意蕴,而是因为荔枝参与了他的现实生活,成为他与当地文人交往的媒介、酬唱的主题和表达思念的载体,并且"日餐丹荔"、"晨起采荔"表现

---

① 本文所言"现实意象"与"历史意象"并非严格的意象分类,而只是一种表述策略。本来我们也无法真正地将意象作出整体性的划分,正如陈植锷所言"诗人的创作千差万别,意象的创造千变万化,实际上很难有一种分类方法能将一切诗歌意象囊括无遗"(见氏著《诗歌意象论》,北京:中国社会科学出版社,1990年,第144页)。

② 邓庆寀《闽中荔支通谱》,《四库全书存目丛书》本,子部第81册,第437页。

出他平常生活的乐趣。刘克庄集中有四十馀首有关荔枝的诗歌，其中次韵唱和者即有《和南塘食荔叹》《温陵太守赵右司惠诗求荔子适大风雨扫尽辄和二绝》《表弟方时父寄荔子名草堂红若欲与吾家玉堂红争名者次韵谢之》《次韵张秘丞皱玉诗》《和南塘荔支五绝》等等，在这些诗歌中，荔枝的各类品种如"陈紫"、"郎官红"、"草堂红"、"玉堂红"、"皱玉"、"法石白"、"太仓红"等都成为吟咏的主题，朋友之间就荔枝的色、香、味进行品评，对自家荔枝的种植生长状况进行绍介。"绝喜诗来相品藻，安知物有不遭逢"的写实性即已说明，这绝不是文人笔下的传统荔枝意象，而是交游生活必不可少的话题。刘克庄晚年与林希逸交情甚笃，一住莆田，一住福清，二人之间多有书信往来，其中《答林中书书》（卷一三四，《全宋文》第329册，第41—42页）四百馀字篇幅有泰半是议论荔枝的。与此相类，刘克庄《跋蔡忠惠帖》（卷一〇三，《全宋文》第329册，第308页）言及其家藏有徐师闵《荔枝谱》碑本，也透露出刘克庄有收藏"荔枝谱"的兴趣。如此等等，均见荔枝作为莆田物产，借其特有的地域性，深入到刘克庄的当地交游生活之中，从而影响其文学主题的选择。

荔枝也常常出现在刘克庄赠送友人的诗歌中，这些诗中的荔枝，多有其具体的时空指向，如《送张应斗还番易》"蕉荔漫山雾雨繁，虬须客子悔南辕"（卷七，《全宋诗》第36238页）之句，是以荔枝作为代表莆田的送别背景；《送项使君季约》中的"清斋灯火夕，闭合荔支时"（卷一三，《全宋诗》第36311页），是以荔枝作为阴历五月送别的时间表达；《挽陈岩方隐君二首》"篘成昔喜同浮白，荔熟今悲自擘红"（卷三五，《全宋诗》第36591页）中的荔枝则为睹物思人的载体。至于《寄时父二首》"轻红入谱因人重，淡墨遗贤岂命悭。欧九玉堂在天上，不如杜二草堂安"（卷三六，《全宋诗》第36609页）句下自注云："玉堂红，余家名荔。时父自名其家荔子为草堂红。"更是体现出荔枝在刘克庄诗文中的"实指性"。而另一方面，食荔采荔生活，则侧面呈现出刘克庄里居时的状态，尤有田园之趣。刘克庄专以"啖荔"、"采荔"为题的诗歌，并不在少数,且有《采荔子十绝》、《食早荔七首》等组诗,其中如"童子偷无怪,先生老尚馋。采时留绝顶,猿鸟要分甘","树头栗鼠往来频,时遣鬟童作傈巡。不是尚方要包贡,暮年赖此助精神"诸诗,都充满谐趣。

具有"实指性"的荔枝,指向的是实存空间莆田,这与前文所论莆田山水的"故乡"与"青春"主题有些类似,荔枝亦可看作只是寻常的故乡风物写入文学作品而已,并无特别意义。荔枝的特别意义仍然要归向"隐逸"主题,这即是刘克庄笔下荔枝的"特喻性"。

荔枝有其象喻意义,前文已经谈及,即由"异方风物"转而象喻怀才不遇、遭遇不公之类,如苏轼《食荔支二首》之"日啖荔支三百颗,不辞长作岭南人"、惠洪《初至崖州吃荔枝》之"天公见我流涎甚,遣向崖州吃荔枝"等诗句,都隐含一种旷达中的失意。因为荔枝多生长在南方边远地区,往往远离政治中心,所以生出近于"放逐"的寓意,大概也是顺理成章的。如陶弼《柑子堂》"子厚才名甲有唐,谪官分得荔支乡"、李纲《画荔枝图》"南闽荔枝名四方,非因谪官那得尝"等等,也是如此。荔枝在贬谪文人那里早已与官场失意联系在一起,贬谪之地常常不会是自己的家乡,这使得他们笔下荔枝的"放逐"意味就会非常浓厚。而刘克庄的里居虽有贬谪之意,却是回到家乡,荔枝意象所蕴含的多隐逸之趣而少放逐之悲。这种具有隐逸趣味的荔枝意象,与传统荔枝意象的内蕴相比,显然是具有特殊性的,即"特喻性"。

刘克庄七十岁所作《采荔子十绝》之一云"未知故山荔,何似首阳薇"(卷二四,《全宋诗》第36455页),此时是刘克庄第六次罢黜后的第五年,他已如前文论及徐潭时所言,真已生归隐之心了。他在这里将荔枝比作首阳之薇,其寓意是明显的。在刘克庄的一生中,吟咏的各种动植物十分繁多,但从来没有一种东西能像荔枝一样可以"首阳薇"相许,这是逸然高蹈的士人最看重的象喻之物,即便是刘克庄终生又爱又怕的梅花,也绝无此等地位。他在七十三岁作《荔厄一首》又云"不饶后村荔,如夺首阳薇"(卷三〇,

《全宋诗》第36528页),从"未知……何似"的问句变为"不饶……如夺"的肯定,这里将荔枝看作隐逸象征物的情感应该说是愈为醇厚了。景定元年(1260)上半年,七十四岁的刘克庄仍是奉祠里居状态,作《采荔二绝》云:

> 日三百颗沃馋涎,肘后丹方勿浪传。晚与放翁争旷达,荔枝颠向海棠颠。
>
> 思莼羹敢辞京洛,为海棠花客剑川。帝悯后村翁老病,即家除拜荔枝仙。(卷三二,《全宋诗》第36551页)

"荔枝颠"与"荔枝仙"已是他对自我身份的一种定位,"颠"乃喻其酷爱荔枝的程度,"仙"则喻其当时的生存状态。七十九岁作《食早荔七首》云:"向来唤做荔支颠,浪得颠名不记年。帝悯此翁颜色老,即家除拜荔支仙。"(卷三六,《全宋诗》第36601页)再一次对这种带有戏谑性的人生定位作出表达。荔枝在刘克庄笔下的"特喻性",正是建立在晚年刘克庄整体心态作出调整的基础上的。当刘克庄的人生理想已不在庙堂,而是回归寄托江湖之梦的莆田时,其中地域色彩浓重的物产——荔枝,才有别于传统"历史意象"的荔枝,成为刘克庄所独有的"现实意象"。

荔枝在刘克庄的诗文中之所以有"实指性"与"特喻性",显然是因为荔枝在此不仅是艺术世界中的,也是经验世界中的。由于是经验世界中的,那么就必然与诗人自身的生存状态、思想轨迹纠结在一起,而荔枝的地域性也让刘克庄具有拓展荔枝意象内涵的条件。倘若所居之地没有荔枝,大概也只能从书面中引申其意,作一些语典、事典使用,如此一来,刘克庄文学作品中的荔枝即成为传统荔枝意象中的成员,也就泯然众人矣。从这个意义上说,荔枝的象喻性意义远远大于其描述性意义,换言之,作为刘克庄笔下"现实意象"的荔枝,其"特喻性"意义胜过其"实指性"意义。因为"特喻性"所对应的正是刘克庄心灵深处的、具有象征意义的莆田。

总之,莆田作为实存空间,其本身隐性的人文传统与地域色彩即已影响着刘克庄的文学创作,而作为象征空间,刘克庄又不断地赋予莆田以意义,也不断地向莆田索求意义,刘克庄文学中的"故乡"、"青春"、"放逐"、"归隐"等主题在莆田不断地演绎,这种演绎对刘克庄的诗文在题材选择、意象塑造、主题表达、风格形成等方面产生了潜移默化的作用。可以说,莆田对刘克庄是由外而内的滋养、作用,而刘克庄对莆田则是由内而外的呈现、表达,他们之间相互勾连,共同丰富了彼此的内涵。从明代郑岳的《莆阳文献》到清代郑王臣的《莆风清籁集》,我们也可以清楚地看到这一点。由于刘克庄长期里居莆田,其文学受地域因素影响者,绝不仅仅是普通意义上的地域文化、自然景观与人文景观而已,另如地域学术(如闽中理学)、地域社会(如地方精英身份)、地域商业(如福建刻书业)等等,也通过各种方式渗透到文学之中,影响着刘克庄文学风貌的形成,这已是另外一些重要问题,将在以后各相关章节讨论。

第二节　家族情感与文学活动

地域文化滋养了刘克庄的文学,而对其影响更为直接的则是其家族成员与姻族亲友的互相促成。前文已及,刘克庄家族定居莆田东北乌石山下,人称"乌石刘氏"。乌石刘氏一族兴起于刘夙、刘朔兄弟,二人于宋高宗绍兴年间先后进士及第,又问学于理学名家林光朝,为艾轩门人,并与一时名流陆游、周必大、杨万里、朱熹、吕祖谦、赵汝愚等均有交往,时号"二刘先生"。乌石刘氏聚族于莆,传至刘克庄一辈已有兄弟十四人[①],姊妹七人,加上各种交错的联姻关系,在莆田及周边地区形成了很大的家族、姻族网络。"二刘"及子侄辈从地方到全国,已具相当的文名,刘克庄可谓出生在文学家族,所谓"某家故为儒"、"四六是吾家事",正是对这种文学家族身份的认同。但由于文献阙如[②],我们实在难以就

[①] 程著《刘克庄年谱》所附世系表,只列出十二人,但刘克庄《古田弟墓志铭》云"余群从十有四人"(《全宋文》第331册,第279页),馀二人未详。
[②] 《全宋词》、《全宋诗》、《全宋文》均未见刘克庄祖辈(夙、朔)、父辈(弥正、弥恭、弥邵;起晦、起世、起元)文字。

第一章　地域和家族：莆田文化与地方精英

其家族代际在文学风格上的继承与开拓进行探讨，代际"影响研究"也很难寻绎踪迹，其同侪之间的文学风格也各有特色，说他一族"自成一体，不失典型"，殊难以言。事实上也是如此，相关研究显示①，家族成员的文学趋同性并不那么必然。揆之常情，甚可理解。祖辈父辈传于刘克庄的，重要者恐怕不在具体的文学风格而在精神气质②。鉴于此，我们这里要探讨的并非将"乌石刘氏"作为一个独立观察单位，考察其整体所表现出来的"文学独特性"，而是以家族为切入视角，探求家族因素在刘克庄文学风貌形成上的作用。

刘克庄的诗词文虽然在美学风格、艺术手法上并不见得受到家族传统的影响，但在情感表达、心态调整和题材选择、体裁经营上却颇有家族痕迹。因家族情感的倾注，其文学内涵也发生了相应变化，具有家族背景与不具家族背景，还是不太相同的。并且族内族际的文学活动，也直接促成了刘克庄的文学创作。通过对其家族文学活动的考察，我们隐然看到了作为南宋文学重要力量的地域文人群体以家族网络为基点开始涌现出来，塑造了不同于北宋的另一种文学群像。

一、文学家族与情感认同

美国符号论美学家苏珊·朗格在其所著《情感与形式》中提出了"艺术是人类情感符号形式的创造"③的论断，又认为"艺术品本质上就是一种表现情感的形式"④。文学是一种语言的艺术，兼具语言符号与艺术符号之特性，因而文学也是一种"情感符号"。

---

① 参张剑、吕肖奂《宋代的文学家族与家族文学》第三部分，《文学评论》2006年第4期。
② 郑岳《莆阳文献列传》卷二七说刘凤、刘朔兄弟二人性格相异，但立朝大节相类："凤性挺特，不以色假人，朔则济以和易。至于轻禄位而重出处，厚名义而薄势利，尽言于朝，尽心于官，饬廉隅，公是非，殆不相让。"后文所言诸点精神特质，实可移评刘克庄。
③ 〔美〕苏珊·朗格《情感与形式》，刘大基等译，北京：中国社会科学出版社，1986年，第51页。
④ 〔美〕苏珊·朗格《艺术问题》，滕守尧译，北京：中国社会科学出版社，1983年，第7页。

这样的推断应不至于引起误会。刘克庄的文学作品作为其情感的符号,即处处表现出他内心复杂的活动,坚定、关爱、欢笑、希望、满足、从容等积极情感和彷徨、孤寂、悲伤、失落、怨怼、焦虑等消极情感交错其中,编织成一张五彩斑斓的情感符号之网。其中又以消极情感最具文学感染力,似是"不平则鸣"、"穷而后工"的另类注脚。这些消极情感中,除去因各种政争引起的人生"偶然"的失意之外,最重要的恐怕就是家族给予他的人生"必然"的痛楚了。

乌石刘氏在当地虽属名门,但因"二刘先生"享寿不永(夙享年四十八岁,朔享年四十四岁),名声日隆,家道却未兴已落,留给后代的只有"手泽书数橱"而已(卷一五一,《习静叔父墓志铭》,《全宋文》第 331 册,第 234 页)。"二刘"子辈"贫不能具膏火,旁妪夜绩者,光射公牖,辄携书就之"①,生活十分艰辛,所以刘克庄说其父刘弥正:"痛念先君,旧由冷族,少日罕逢于一饱,中年备厌于百罹。"②(《先君得遗表恩谢丞相启》,《全宋文》第 328 册,第 347 页)不像出身士大夫家庭,倒有几分寒门窭态。至刘弥正一辈,及第兄弟几人又是早早谢世,所以这个家族就经济上来说,在刘克庄一辈兴起前,始终未得宽裕。刘克庄在给儿子的诗中也说"翁生矮屋中"(卷二一,《送明甫初筮十首》,《全宋诗》第 36424 页),没有多少士大夫家庭的物质优越。但是"刘氏自两翁起家,三世登科第者八人,五入馆,一持橐"(卷一五一,《习静叔父墓志铭》,《全宋文》第 331 册,第 234 页),刘克庄自豪地说"二魁家有样,四世里兴贤"(卷三〇,《送德甫侄省试》,《全宋诗》第 36521 页),可见在精神层面,这个家族又具有极为丰富的遗产。用刘克庄的原话以蔽之,即"立节高,遗业薄"(卷一五一,《审渊弟墓志铭》,《全宋文》第 331 册,第 233 页)。物质的匮乏与精神的富足,让他既有对寒门生活的理解,又有对节义风骨的推崇。这种情感,反映

---

① 叶適《故吏部侍郎刘公墓志铭》,《叶適集》(上),北京:中华书局,1961 年,第 390 页。
② 此文《后村先生大全集》不载,《全宋文》据《翰苑新书》续集卷四辑补。

第一章 地域和家族:莆田文化与地方精英

在文学上,则是"慕祖"和"勉子"主题的凸显。

家族成员对祖德之倾慕与推崇,是一个家族向心力、凝聚力的表现。因乌石刘氏此前"名声日隆,未兴已落"的特殊性,也因家族长孙身份,刘克庄对祖辈的追怀就显得更为强烈。其作《跋放翁与曾原伯帖》所叙述的,就是这种浓郁情感的折射。淳祐六年(1246),刘克庄在江东提刑任,修书致曾黯,花尽心思求得陆游写给曾黯父亲曾逢的书信。之所以多次向人索求此函,只因这封信中陆游赞美了他祖父刘夙。跋文曰:

> 余大父著作为京教,考浙漕试,明年考省试,吕成公卷子皆出本房。放翁《与曾原伯帖》云:"主司刘某,天下伟人也,故足以得之。"家藏大父与成公往还真迹,大父则云"上覆伯恭兄",成公则云"拜覆著作丈",时犹未呼座主作先生也。成公父仓部娶茶山女。原伯,茶山长子,名逢,官至大理卿;仲躬,次也,名逮,官至侍从。皆成公母舅。放翁学于茶山,喜成公得荐书,贺元伯如此。余为仪真掾,原伯孙黯字温伯为扬子宰,出此帖于县斋。余曰:"君收放翁帖千百纸,此幅关我家门户,盍辍以见惠?"温伯不与。后与温伯同朝,求之,复不与。晚使江左,与温伯书曰:"初见帖时余才三十,今遂六十,君且八十,不得帖死有遗憾。"温伯亦怆然,缄帖饷余。(卷一〇二,《全宋文》第 329 册,第 276—277 页)

由上可知,刘夙为吕祖谦"座主",吕祖谦被录取,陆游因曾逢为吕祖谦舅父之故而写信祝贺,并称扬主司刘夙"天下伟人"。仅此客套的赞颂之词,刘克庄见之三十馀年久不忘怀,不惜三次向曾黯索求,并言此贴"关我家门户"、"不得帖死有遗憾",语气甚重。在七十一岁时,他作《跋二大父遗文》仍提及此帖。这其中固然有崇拜陆游的缘故,但也足以表现出他对祖父的敬仰和对家族声望的渴求。至于其他诗词文中所表现的这类情感,如"两翁仕不至丞郎,名节能流百世芳"(卷二五,《太守宋监丞新三先生祠刊二刘遗文以二诗纪实》,《全宋诗》第 36475 页),就更是不胜枚举了。

而"慕祖"常常是与"勉子"关联在一起的。据现有资料来看,刘克庄子侄辈似无进士及第者,但尽心场屋仍是他们中绝大多数人的选择,因门荫而步入仕途者亦不在少数,这个家族延续了其士大夫精英的基本性质。在刘克庄诗文中,多有对子侄的叮嘱与教导,如《送明甫初筮十首》"先绪微如线,未知谁亢宗。翁犹惭父祖,汝可复惭翁"(卷二一,《全宋诗》第36424页)、《送勋侄之官岭峡五言五首》"能除一方害,不忝二刘孙"(卷三二,《全宋诗》第36561页)等等,都是以祖辈的精神勉励他们在仕途与气节上为家族争光。

当然,作为一个具有优良传统的文人家族,"慕祖"与"勉子"是普遍存在的,刘弥邵对"二刘"文集的精心纂辑、刘克逊对刘弥正手稿的珍藏,都是值得称扬的家族行为。但是,这些情感都是内敛的,某种意义上甚至可以说只是一个社会角色所规定的应尽义务。我们前文所谓家族给予刘克庄的"人生'必然'的痛楚"并不是指这些,而是其文学中另一组强烈的主题"离别"与"死亡"。这一组文学主题不是作为社会的人才具有的,而是作为一个活生生的生命个体所必须面对的,家族血缘的亲情则让这一组主题更显哀伤凄婉。

二、家族情感与文学风格

"人生患不高年尔,到得年高万感俱"(卷一六,《九日登辟支岩过丁元晖给事墓及仲弟新阡二首》,《全宋诗》第36360页),这是刘克庄在六十一岁(淳祐七年,1247)所作的一联诗。应该说,即便是在当时平均寿命不高的情况下,六十一岁也算不得"高年",但他百感交集似地叹息出这悲伤无奈的句子,是有充分理由的。淳祐六年夏至淳祐七年春,死神频频降临这个家族,半年时间中,刘克庄五位至亲逝世:六年七月,叔父刘弥邵卒;九月初二,妻兄林公遇卒;九月初九,从弟刘希深卒;十二月,仲弟刘克逊卒;七年正月,从弟刘崴卒。这还不包括稍前突逝的从侄刘伟甫。噩耗接连而来,让刘克庄的情感活动一直停滞在悲痛之中。这几位亲人之中,叔父刘弥邵是他从小就学的老师,在莆田的童年基本

第一章　地域和家族:莆田文化与地方精英

由叔父指点学问;刘希深、刘克逊、刘宬和林公遇与他年龄相仿,交往最频,感情颇深;刘伟甫是早死于他的第一位成年侄儿。相对于几位只活了五十来岁的兄弟和英年早逝的侄儿来说,他是可称"年高"了。刘克庄所撰写的这几位亲人的墓志铭、挽诗、祭文、掩坎文、青词都可谓以血书者,情感十分浓烈,因这浓烈的情感而让诗文在风格上与一般之作区别开来。如为刘克逊所作《工部弟哀诗二首》:

> 忽然吹散恨难平,六十年间老弟兄。春草池塘成昨梦,夜床风雨付来生。归谋甫里田差晚,去与端溪石共行。部曲出门情态异,不如笼鹤有哀声。
>
> 去岁书来欲解麾,数行遗墨半倾欹。斑衣不遂娱亲志,白发因吟哭子诗。让枣犹如前日事,摘瓜空抱暮年悲。情知衰泪无堪滴,原上寒笳苦死吹。(卷一六,《全宋诗》第36361页)

这种手足之情的倾注,使得刘克庄一变其晚年七言律诗排奡疏朗的普遍风格,而具深情绵邈之味。第一首起句"忽然吹散恨难平,六十年间老弟兄"语言平淡却有悲慨不平之气自天地之间侵袭而来,下面"春草池塘"、"夜床风雨"和"让枣"、"摘瓜"是"盐入水中"之用典,较之其一般诗歌的堆砌铺排迥然有别。由"家族血缘"而"情感表达",由"情感表达"而"风格变化",这是家族因子在刘克庄文学创作中的具体"作用链"。

再如为侄刘伟甫所作《少奇墓志铭》,在因情造文上,也十分具有代表性:

> 嗟乎!人患无子也,有子也未敢望其成长也,成长也未敢望其秀美也。若夫成长矣,秀美矣,望之如此之久,成之如此之难,夺之如此之速!智足以知吾家典刑文献之传而不使之嗣守,材足以在圣门言语政事之科而不得以展究,瘗青春于长夜,埋白璧于黄壤,可悲也夫!少奇尝语强甫曰:"人修短不可期,某它日倘得伯父志乎?"强甫白其语,余为一恸。

>……铭曰:生而玉雪,在余目也。俄而电雹,去予速也。久而冰炭,搅予腹也。窆而松槚,近予麓也。悲夫哀哉,命之不可续也!(卷一五一,《全宋文》第 331 册,第 232 页)

志文层层推进,先揭示父辈之望于子辈的普遍情感,以排比句逐相推衍,再辅以强甫转述之语,由普遍情感拉回个别情感,读者亦可为之"一恸"。铭文则以四字同一句式"某而某某,某予某也"反复,押入声韵,所谓"入声短促急疏藏"(明释真空语),这给人急促难禁之感,悲戚之音压抑其中而积蓄待喷。梁启超论"奔迸的表情法"曾说"凡这一类,都是情感突变,一烧烧到'白热度';便一毫不隐瞒,一毫不修饰,照那情感的原样子,迸裂到字句上"①,正是这篇墓志铭的抒情风格。所以杨廉评价此文"譬如观刺绣,其纫针处,自有至妙"②,它与刘克庄所作一般墓志铭的理性谨严色彩不同,这也是家族情感作用于文学并使其变化的表现。类似的"死亡"主题,在刘克庄为家族成员所作的诗文中在在而有,不说他对母亲魏国夫人逝世的沉恸③,就是对夭折子侄、病逝族人、谢世姻亲的叹惋,都极为悲伤痛苦,又以下引所言为极致,尽显"奔迸的表情法":

>天乎!余何罪而至斯极也!自丙午(即淳祐六年,1246)至今(指景定三年,1262),丧魏国,丧三季,又丧伯姊、长妹,皤然八十之叟,以垂尽之光阴,供无涯之忧患,天乎!余何罪而至斯极也!(卷一六〇《六二弟墓志铭》,《全宋文》第 332 册,第 11 页)

---

① 梁启超《中国韵文里头所表现的情感》,《梁启超文选》(下集),北京:中国广播电视出版社,1992 年,第 30 页。
② 见本书附录三《上海图书馆藏明杨廉评点刘克庄文全录》。
③ 〔美〕伊佩霞(Patricia Buckley Ebrey)《刘克庄家族中的妇女》(The Women in Liu kezhuang's Family)一文,有涉刘克庄对家族女性的情感,包括母亲、妻妾等周边女性,可参看。原载《近代中国》(Modern China)1984 年第 10 卷第 4 期,后收入论文集《中国历史上的妇女与家族》(Women and the Family in Chinese History, New York : Routledge, Taylor & Francis Group, 2002)。

第一章 地域和家族：莆田文化与地方精英

这是七十六岁的刘克庄为五十六岁逝世的三弟刘克永所作墓志文。至克永逝世止，其亲兄弟四人，就剩下他一个了。在此前三个月，即景定三年六月二十六日，陪伴他三十五年的继室陈氏也在临安寓廨骤然离世。虽然在给陈氏的《山甫生母墓志铭》中，因陈氏的偏房地位和对前妻林节的始终难忘，让刘克庄行文极为克制，但有一个细节却表露出他对陈氏的依恋。《杂记》记载："六月二十九日召试馆职内宿，夜作策题，写未毕，忽晕眩不自持。"（卷一一二，《全宋文》第 330 册，第 198 页）在陈氏逝世后第三天，刘克庄工作时忽然晕厥，这很难说与陈氏的突然离去给他心理的打击没有关系。在给刘克永所写的墓志文中，他如此歇斯底里地恸哭，恐怕也饱含着丧妻之痛在。

说到丧妻之痛，不得不提到刘克庄对前妻林节的深情。林节为林璪女，二十一岁归嫁刘克庄，三十九岁病逝，与刘克庄相处十九年，期间风风雨雨多相搀扶。且不必言《祭亡室文》、《亡室丧归祭文》、《亡室还里祭文》、《亡室掩坎祭文》等文和挽诗中刘克庄的哀伤，但看其于林节逝后十五年所作词《风入松·癸卯至石塘追和十五年前韵》，就足以窥见林节在他心目中的地位。同时，此词也是再证"情感表达"至"风格变化"的作用链之佳例：

　　残更难捱抵年长，晓月凄凉。芙蓉院落深深闭，叹芳卿今在今亡！绝笔无求凰曲，痴心有返魂香。　　起来休镊鬓边霜，半被堆床。定归兜率蓬莱去，奈人间无路茫茫。缘断漫三弹指，忧来欲九回肠。（卷一九一，《后村词笺注》第 72 页）

历时虽久，与原作《风入松·福清道中作》"旧日风烟草树，而今总断人肠"的凄凉回首相较，和作对林节的思念之情丝毫未减弱。全篇哀婉蕴藉，一改激荡昂扬格调，与其常见的"作论笔法"为词殊不相类，其情其态绝似苏轼《江城子·乙卯正月二十日夜记梦》。

就人的情感角度来说，亲人逝世之可怕在于亡者的不可再遇，倘若真有天堂能再续今生情谊，那死亡也就并不可怕了。所以，死亡说到底是一种离别，只是它乃特殊之离别——永别。而人生在世,暂别也常让人心有不安。刘克庄与亲人的暂别同样具有动人的情感,增强了其文学的感染力。其离别诗歌中有对母亲的依恋与牵挂,如"不觉离乡久,南来驿使疏。羁臣一掬泪,慈母两行书"(卷五,《得家讯一首》,《全宋诗》第36209页),"儿童娱膝下,母子话灯前。却忆江湖上,家书动隔年"(卷六,《乍归九首》,《全宋诗》第36228页);也有对兄弟的思念与慰藉,如"亲闱最关念,频寄雁传声"(卷九,《送五六弟赴四明仓官》,《全宋诗》第36259页),"两鬓萧疏惊老大,一灯明灭话平生"(卷一三,《送表弟方时父》,《全宋诗》,第36318页),"悬知解印无南物,留面归看白发兄"(卷一九,《送惠州弟》,《全宋诗》第36385页);更有对儿子的万般不舍与拳拳关爱,如"早归共举屠苏酒,莫爱西湖柳色青"(卷二一,《送强甫注籍》,《全宋诗》第36419页),"别后安书如束笋,眼穿新岁雁来稀"(卷二一,《忆强甫》,《全宋诗》第36422页),"翘馆讵宜频造请,孤山虽好勿淹留"(卷二六,《强甫西上》,《全宋诗》第36478页),"归鸿数寄平安字,莫遣衰翁望眼穿"(卷二六,《送山甫铨试二首并寄明甫》,《全宋诗》第36486页),"三年不见心痗,十日无书眼穿"(卷二九,《送明甫赴铜铅场六言七首》,《全宋诗》第36511页)等等。这些诗句都是写给至亲的,无须掩饰与夸张,正如其《跋郑枢秘与族子仲度诗》所说:"凡人矫饰于外无所不至,惟闺门亲族之间可以观真情焉。"(卷一〇〇,《全宋文》第329册,第220页)因这情感的真挚,使得刘克庄在这些作品中蜕去了其诗歌清轻的一面,表现出厚重的质感,避免了晚年诗歌贪多务得的毛病,屡有佳什警句出现。列夫·托尔斯泰曾说:"不但感染性是艺术的一个肯定无疑的标志,而且感染的程度也是衡量艺术价值的唯一标准。感染越深,艺术则越优秀——这里的艺术并不是就其内容而言的,换言之,不问它所传达的感情的好坏如何。"①在刘克庄的文学作品中,"离别"与"死亡"这组主题引起的

---

① 〔俄〕列夫·托尔斯泰《艺术论》,丰陈宝译,北京:人民文学出版社,1958年,第149—150页。

第一章 地域和家族:莆田文化与地方精英　　67

都是消极的、"坏"的情感,然其感染性却因之增强,也可以说其艺术价值较之一般作品就显得更高些罢。

总之,恰恰是家族血缘亲情的倾注,让刘克庄的这部分文学充满了艺术感染力,使其在艺术价值上与应酬作品截然分开。这就是家族因素在其文学情感表达上所起的作用,它让刘克庄的这类文字充满了情感力量,是文学作为"情感符号"的最具温度者。

三、家族文学活动与地域文人网络

乌石刘氏作为一个具有优良文学传统的家族,其成员多有文学造诣。又因家族成员是刘克庄稳固的交游对象,所以在他长达几十年的里居生活中,家族及其周边姻族成为他文学活动的基本平台,影响了他的文学创作。在文学作为"情感符号"的同时,也是"游戏工具"与"交际媒介",家族成员之间通过赠和诗词、同题诗文写作等多种形式展开文学交流与灵感碰撞,以序跋撰写进行文学思想的切磋与讨论,促成了一次又一次的具有一定影响力的文学活动。

嘉定二年(1209),朝廷覆议朱熹谥号,二十三岁的刘克庄随父在临安,即代父作覆议状《侍讲朱公覆谥议》,此议被朝廷采纳。而据其所作《跋退斋遗稿》言"(其父)及使淮浙,官事鞅掌,文字或令某代劳"(卷一〇七,《全宋文》第 329 册,第 408 页),可知在更早之时,刘克庄就已能代父捉刀。也就是说,父亲在刘克庄年轻时即将其推向了文章写作的前台,这虽算不得什么文学活动,却充分体现出家族文学创作的浓厚氛围,也给刘克庄提供了练笔的机会和展示的平台。后来对他影响颇深的前辈傅伯成,即因读其所作《侍讲朱公覆谥议》而与之定为忘年之交。然而,毕竟刘弥正享年太短,代际之间的共同话语也不见得很多,家族内部的交流中,刘氏兄弟之间的文学互动更频繁、更密切。

刘克庄亲兄弟四人,三个弟弟克逊、克刚、克永,除克刚专心吏事而鲜有能诗记载外,克逊、克永均极有诗才,这也与刘克庄开一家之风气有关。叶适所言即是一证:

> 著作、正字及退翁兄弟,道谊文学,皆贤卿大夫,天下高誉之,不以诗名也。克庄始创为诗,字一偶、对一联必警切深稳,人人咏重。克逊继出,与克庄相上下,然其闲淡寂寞,独自成家,怪伟伏平易之中,趣味在言语之外,两谢、二陆,不足多也。①

叶適在此不仅点出了刘氏一门作诗之风以克庄为先导,而且褒奖克逊之诗能自成一家。戴复古也曾褒扬克逊的诗,并将其与兄长对举,《访古田刘无竞》云:"前说建阳宰,古田今似之。难兄与难弟,能政更能诗。文字定交久,江湖识面迟。人传花萼集,俱受水心知。"②"建阳宰"即刘克庄,将刘氏兄弟誉为"能政更能诗",也是中肯的评价。与此相类,王迈赞克逊诗集云"阅君吟稿日频哦,句法金镕字玉磋。自是集中多好处,从头点滴费朱多"③。刘克庄在《跋仲弟诗》中更是称扬之甚。但就时间来说,刘克庄与季弟克永的诗艺交流更长,《刻楮集序》云:"季嗜好与余同,小窗残烛,讲之二十馀年。"(卷九六,《全宋文》第 329 册,第 131 页)《六二弟墓志铭》将他们的这段切磋砥砺的情况讲得更清楚:

> (余)与君娱侍魏国(即克庄母)之日最长,上世手泽数橱,共灯开卷,常闻钟声未已。……始余与君共为诗,商榷此事于所谓西斋者二十馀年。余得之易,至数千篇,不如君之精善。汤公伯纪见君所作,叹曰:"是于诗外用工夫者。"林公肃翁亦谓君造五凤楼手也。(卷一六〇,《全宋文》第 332 册,第 11 页)

克永比克庄小二十岁,上引墓志铭又说他"既入小学,诵诗能了其义,归为母兄诵说",可以说克永的诗歌成长之路完全是

---

① 叶適《跋刘克逊诗》,《叶適集》(中),第 613 页。
② 戴复古《石屏诗集》卷五,《四部丛刊续编》本。按:"受"字原缺,据《江湖小集·石屏续集》补。
③ 王迈《臞轩集》卷十六,《问邵武守刘无竞克逊求邵武红朱三首》,《文渊阁四库全书》本。

第一章　地域和家族：莆田文化与地方精英　　69

克庄引导出来的。惜克逊、克永二人集子都已亡逸，《全宋诗》仅辑得克逊诗七首，他无一篇半句，已无法考察他们的诗歌创作与兄长克庄之间的内在联系。不过，今《后村先生大全集》有《和仲弟十绝》、《和季弟韵二十首》可稍窥他们兄弟之间的文学交流痕迹。

　　刘氏四兄弟，除刘克庄外，都只活到五十多岁。克逊与克庄年龄相仿，偏偏早逝，年轻时各自忙于公务，未得晚年相处；克刚专心吏事，亦与兄长少有诗文唱和；克永逝时虽已在克庄七十六岁时，或因经历、年龄的差距稍大（未入仕，比克庄小二十岁），二人的交流话题反映在现存资料上，也没多少。幸有被誉为"文采烨然"①的从弟刘希仁，不仅与克庄年龄相当、享寿相当、经历相当②，而且诗词的爱好相当，同处的日子又长，真可谓"出处平生大致同"（卷二二，《余除铸钱使者，居厚除尚书郎，俄皆销印，即事二首呈居厚》，《全宋诗》第 36437 页），"平生老兄弟，岁晚共婆娑"（卷二七，《仓部弟生日五绝》，《全宋诗》第 36498 页）。刘克庄集

---

① 陈宓《与福建漕运使令宪》，《复斋先生龙图陈公文集》卷一五，南京图书馆藏清钞本。
② 所谓"年龄相当"，刘希仁生年前贤未考知，笔者今考出当在 1189 年六月十七日，小刘克庄两岁。据刘克庄 1258 年作《仓部弟生日五绝》云"要知侬甲子，老弟已希年"，知"仓部弟"在 1258 年岁七十，由此上推，得"仓部弟"生于 1189。又《贺新郎·己未九日同季弟、子侄饮仓部弟兔庵，艮翁宫教来会》提及此"仓部弟"，而接下来即有《贺新郎·居厚、艮翁皆和，余亦继作》一词，前者涉及诸人有季弟、子侄、仓部弟、艮翁宫教（指李丑父），后首涉及居厚、艮翁，度其语气，前首中定有"居厚"其人，居厚即刘希仁字，排除季弟与子侄，"居厚"所对应者即"仓部弟"。《后村词笺注》第 121 页已疑"仓部弟"为刘希仁，今遂定之。《南宋馆阁续录》卷八载刘希仁乃"嘉定四年赵建大榜进士出身"，依上推生年，嘉定四年（1211）其二十三岁，不悖常情，可定。刘希仁的生日，钱仲据《鹊桥仙·居厚生日》"先向海山生大士，却诞卯金之子"（见《后村词笺注》第 204 页）句定为六月二十日，误。《六言五首为仓部弟寿》（《全宋诗》第 36528 页）小注"八月十七日"已点明，毋庸多考。所谓"享年相当"，刘希仁卒年未知，但咸淳八年（1272）尚序《后村先生大全集》，足见其享年亦颇高。所谓"经历相当"，刘希仁进士及第即入仕途，后屡以谤退，亦主崇禧观等闲职，长期里居莆田。

中，存与刘希仁相酬酢的诗二十七题九十一首，词七调十八阕①，这还不包括诸如《汉宫春·秘书弟家赏红梅》这类间接相关者，其唱和数量之巨，确乎难得。刘克庄在晚年欣慰地说"新诗有弟聊相属"（卷四〇，《用居厚弟强甫韵》，《全宋诗》第 36658 页），即是指刘希仁。从数量如此众多的唱和诗词，我们可以推测，刘希仁也是一位多产的文人，所谓"信手千诗兴未阑"②，应是对他文学创作夸张而不失其真的形容。虽今《全宋词》、《全宋诗》、《全宋文》毫无刘希仁踪影③，但就刘克庄集所存，已足以证明他们唱和之盛况。他们之间的诗词唱和内容，主要集中在庆寿，偶有任职和送别，这看似有些无聊，但正是因为庆寿无多少实质性内涵，使得写作诗词本身成为目的，庆寿某种程度上已落为二人切磋诗艺词技的一种"借口"。换言之，当内容成为虚设之后，其形式上的主体地位即得以凸显，这也就意味着刘克庄与刘希仁之间的诗词唱和作为文学活动的本质远远大于其作为社交活动的意义。他们之间的诗词有三和五和，乃至十和，这不仅仅是情感交流的你来我往，还是艺术技巧的争奇斗胜，体现出文学作为"游戏工具"的一面。

除了刘希仁，家族中从弟刘宬（称"古田弟"）、从兄刘希道（称"都官兄"）、族兄刘燧叔（称"计院兄"），以及众多子侄也是刘克庄的诗朋文友，屡见他们的文字交流痕迹。在促成家族成员进行文学活动的诸多因素中，有一股外在力量是不容忽视的，即当地文

---

① 除标明"居厚"者外，另如"秘书弟"、"仓部弟"、"桃巷弟"均指刘希仁。前二称已有考订，后"桃巷弟"《后村词笺注》第 316 页云"未知何人"，而刘希仁作《〈后村先生大全集〉序》署"姚巷刘希仁"，考《兴化府莆田县志·舆地志》有"桃巷"而无"姚巷"，"姚"当为"桃"之误。又《竹溪鬳斋十一稿续集》卷四有《和桃巷吏部用鄘韵三首》"平头八秩身逾健，信手千诗兴未阑"亦与刘希仁合，故定之。
② 林希逸《和桃巷吏部用鄘韵三首》，《竹溪鬳斋十一稿续集》卷四，《文渊阁四库全书》本。
③ 笔者蒐得刘希仁逸文三篇。一即《跋陈东遗稿》，据明正德刻本《宋陈少阳先生文集》附录得之；二即《〈林氏续孟子〉序》，据《文渊阁四库全书》本《续孟子》书序得之；三即《〈后村先生大全集〉序》，据《四部丛刊》本《后村先生大全集》书序得之，残。《全宋文》无刘希仁文，可增补。

第一章　地域和家族：莆田文化与地方精英

人活动的影响。如宝祐元年（1253）岁末，刘克庄有诗题《听蛙方君作"八老"诗，效颦各赋一首，内三题余四十年前已作，遂不重说，倡言别赋二题，足成"十老"》，分咏老儒、老僧、老道、老农、老医、老巫、老松、老鹤；至宝祐二年（1254）初，则有与刘希仁交流的《同秘书弟赋三老各一首》，分别咏赋老奴、老妾、老兵。其给刘克永写的《刻楮集后序》中又记载："前社友多咏诸老，如老儒、老僧、老道士之类，余亦效颦。以季所作观之，其过余远甚，使更假之年，吾未见其止也。"（卷九八，《全宋文》第329册，第161页）显然，包括方审权（号听蛙）在内的当地文人群体"老"字系列诗歌酬唱活动延伸到了家族内部。

再如，刘克庄曾参与郑清之、林希逸发起的"文房四友除授"一题的写作，此题为代拟四六文，纯属游戏，从弟刘希仁和侄儿翀甫也加入其间，创作了《四友除授制》。刘克庄作《跋翀甫侄四友除授制》，略述原委："此题安晚倡之，竹溪和之，后余联作，已觉随人脚跟走矣。既而胡卿叔献及仓部弟各出奇相夸，里中士友如林公掞、方至、黄牧竞求工未已。"（卷一〇八，《全宋文》第330册，第10页）这里所谓"里中士友"显已点明地域文人群体的积极参与。也是在这篇跋中，刘克庄说出了"四六是吾家事"之语，并强调"不独为吾祖争气，亦为汝伯刷耻"，在文体上表现出较强的家族认同。这又是家族外的文人活动影响家族文学之一例。

不过，事情往往不只一个向度，在当地文人群体唱和影响家族文学活动的同时，家族文学活动对地域文学群体也产生了影响。淳祐十年（1250）十二月，刘克庄作《梅花十绝答石塘二林》以至十叠，成一百首（故又称《梅百咏》，卷一七，《全宋诗》第36364—36368页）①。"石塘二林"指刘克庄内侄林同、林合，此兄弟二人及其父林公遇，既是刘克庄的姻亲，也是他的诗文同道。刘克庄与他们之间有诸多诗词唱和，并作有《林同〈孝诗〉序》、《二林诗后

---

① 今存六十二首，并一残句，夺三十七首。其中四叠夺三首，五、六、七叠全夺，八叠夺前四首。

序》、《跋林合诗卷》、《再题林合诗》等文。《梅百咏》是族际文学活动的代表性产物,也可纳入家族文学活动的视野。此咏一出,和者蔚起,不仅波及范围广(远至漳浦、建阳),而且持续时间长(二十年后,仍有和者),充分体现出文学是"交际媒介"的一面。族内族际除林同、林合二人相酬唱外①,还有桂伫作梅绝句,刘克庄《跋桂伫梅绝句》云"老鹤收声只自悲,戛然清唳警衰迟"(卷一八,《全宋诗》第36372页),应与此有关。族外士人和者,据刘克庄所作《跋黄户曹梅诗》云"和余《百梅绝句》者二十馀家"(卷一〇八,《全宋文》第330册,第5页)。叶寅《爱日斋丛钞》也说"十十而百,李氏之后,莆田唱酬为盛"②,并频引刘克庄诗句,专门谈及这次酬唱事件。其中今可考知姓名者有:赵时焕(克勤)、赵时愿(志仁)、何谦、方元吉、方楷、王庚(景长)、林天麟、方至、方蒙仲、陈珽、袁相子、林仲嘉、吴垚、徐汝乙、黄祖润、黄珩、魏定清、赵克勤、江咨龙、徐用虎、陈则(迈高)等③。这些士人中,有部分为稍远者,如建阳(魏定清)、漳浦(江咨龙)、仙溪(陈则)等地,其主体则是莆田周边

---

① 林同、林合酬唱今已不见,但刘克庄有《□□□□□□卷后》末句云"咏梅合属姓林人",叶寅《爱日斋丛钞》卷三云"二林遂成《百梅卷》",今据其所引或可补诗题及首句为:《题石塘二林百梅卷后》"和篇亹亹逼衰陈,肯犯齐梁一点尘"。之下一诗题也夺,但提及"梅花"、"寒斋"(林公遇号),亦当是给林氏兄弟关于梅花诗的篇章。二诗均见《全宋诗》第36413页。

② 叶寅《爱日斋丛钞》卷三,《守山阁丛书》本。所引和诗诸人名单与《后村先生大全集》有异,择善从之。

③ 据以下篇目考知:《赵礼部和梅花十绝送林录参,微而婉,哀而不怨,杂之万如诗中,殆不可辨。老拙不敢当也,别课一诗以谢》、《诸人颇有和余百梅诗者各赋一首》、《又题袁卿相子一首》、《答吴垚和梅百咏》(按:"垚"原缺,《爱日斋丛钞》作"尧"。以上卷二〇,《全宋诗》第36398—36399页)、《林知录和余梅百咏》(同上卷二五,第36469页)、《总管徐侯汝乙和余梅百咏辄课七言一章以答来贶》(同上卷三七,第36621页)等诗;《徐贡士百梅诗序》(卷九八,《全宋文》第329册,第177页)、《跋黄户曹梅诗》(卷一〇八,《全宋文》第330册,第5页)、《跋黄珩和梅绝句》(同上第9页)、《跋陈迈高梅诗》(同上卷一〇九,第20页)、《魏司理定清梅百咏序》(同上第40页)、《跋江咨龙注梅百咏》(同上卷一一〇,第65页)、《跋徐贡士用虎百梅诗注》(同上第101页)等文。按:《诸人颇有和余百梅诗者各赋一首》之三,原误署作"鲍",今据《爱日斋丛钞》及诗句"诗境千梅匝草堂"知为方信孺(号诗境)侄孙方元吉。

的在职官吏和在野士人。如赵时愿为克庄旧友赵庚夫子;何谦与克庄多有交往,克庄作有《跋何谦诗》、《跋何谦近诗》、《我轩何君墓志铭》等;方元吉为克庄至交方信孺侄孙,克庄作有《跋方元吉诗》等;方楷与克庄常有唱和;方至可算克庄门人,年轻且常随他学诗学文;方蒙仲与克庄交往频繁;林仲嘉,福清人,与克庄好友林希逸友善。

族际的一次咏梅唱和,能具有如此大的辐射效应,诚然与时代尚梅思潮有关,但也应归功于本已存在的家族—地域士人网络。可以说,借助《梅百咏》的唱和事件,我们已能基本勾勒出此时的莆田地域文人群体:以刘克庄为核心,以家族姻族与士友交游为网络,以相同主题为抒写对象,进行自发的、不定期的文学交流的松散群体。在没有诸如"欧门"、"苏门"等具有全国性高级地位的文学集团的晚宋,这种以家族——地域为联结纽带,以当地知名作家为核心的文人群体成为一种常见的模式,具有相当的代表意义。

晚宋时期,文化重心下移趋势十分突出,文学中家族——地域之间的互动性随之增强。一个家族之中的文学积极分子,常常又是这个地域中文学群体的骨干。前文提及的刘克逊、刘克永、刘希仁都是如此,刘克庄的表弟方遇(字时父),也是一位重要的江湖诗人。而林同更是因其《孝诗》收入了《江湖集》,被目为正宗的江湖派中人(虽然笔者不赞同,但传统如此认为)。这都是我们从家族角度来观察地域文人群体的结果。从"情感符号"、"游戏工具"到"交际媒介",家族文学的视野,让我们看到了三者从不同侧面体现出文学的艺术本质、文化意义和社会功能,也是情感认同、家族活动与晚宋地域文人网络互动关系的典型缩影。

第三节 地方精英的身份与文学风貌的形成

上两节重点阐述了地域空间和家族网络在刘克庄文学风貌形成上的作用,这两个因素之所以能够直接地、深刻地,而不只是侧面地、泛泛地影响他的创作,与刘克庄里居莆田时间极长有着非常密切的联系。因而,我们有必要就其长期里居与文学创作之间的关系进行再深入地检讨。

美国宋史学界曾提出一个重要的命题,即南宋的"精英地方化"①。这一命题得到了西方汉学界的基本认同,但又遭到大陆学界的许多质疑②。抛开由"精英地方化"引申出来的一系列结论③,仅就"地方精英"这一概念所指称的群体而言(这一群体或又称作"乡绅"),在南宋是普遍存在的,且这一群体的规模和影响力远超前代(包括北宋),虽将之看作南宋较前代而言的独特现象略显牵强,但把它视为南宋社会的重要现象则是可以接受并符合实际的。正如葛兆光所言:"尽管参加科举的人数,从十一世纪的近八万人增长到十三世纪的约四十万人,但是,毕竟很多人仍然处在权力中心之外。"④这批"权力中心之外"的士绅就是地方精英的主体。本文引入"地方精英"概念,即借以研究刘克庄作为长期里居莆田的重要文人,对当地文人群体的聚集作用,并探析因之生发的文学嬗变。

---

① 以下列二书为此观点的代表:韩明士(Robert Hymes)《官宦与士绅:两宋江西抚州的精英》(*Statesmen and Gentlemen: The Elite of Fu-Chou, Chiang-Hsi, in Northern and Southern Sung*),剑桥大学出版社,1986年版(Cambridge:Cambridge University Press,1986);包弼德(Peter K. Bol)《斯文:唐宋思想的转型》(*This Culture of Ours: Intellectual Transitions in T'ang and Sung China*,Stanford:Stanford University Press,1992),中译本由刘宁译,南京:江苏人民出版社,2001年版。此二书之前,有郝若贝(Robert Hartwell)《中国的人口、政治与社会的转型:750—1550》(Demographic, Political and Social Transformation of China 750-1550)一文导夫先路,载《哈佛亚洲学刊》(*Harvard Horuard Journal of Asiatic Studies*)1982年第2期。
② 参看包伟民《精英们"地方化"了吗——试论韩明士〈政治家与绅士〉与"地方史"研究方法》,《唐研究》第十一卷,北京:北京大学出版社,2005年,第653—671页。张剑《宋代家族与文学:以澶州晁氏为中心》(北京:北京出版社,2006年)"馀论"部分,亦对此提出了质疑。
③ 如韩明士认为的"精英与国家政权分道扬镳"(氏著第212页)等结论,就值得斟酌。
④ 见葛兆光《中国思想史》第二卷,上海:复旦大学出版社,2000年,第377页。

第一章 地域和家族：莆田文化与地方精英

一、祠禄制度与地域文人群体

如果我们把莆田及周边地区的文人看作是一个网络，那么，刘克庄显然是这个网络的主要串线人。父辈的人脉平台、早年的游历生活以及本身的才具能力，让他拥有了足够的社会影响和广阔的社会关系，一旦他长期稳定地居住于家乡，必然形成以其个人为核心，具有相当辐射范围的场域。他晚年所说"公论无过月旦评，吾衰安敢主乡盟"（卷四二，《公论》，《全宋诗》第36678页）的推辞之语，正反衬出公议推举其主盟地域文坛的现象。在形成莆田地域文人网络的诸多因素中，刘克庄的长期里居可谓具有决定性作用，倘若没有他这位关键人物在当地久居形成的引心力，恐怕当地文人就是一盘散沙，相互之间的交往与酬唱定会锐减。鉴于此，我们先简单梳理一下刘克庄出入莆田里居的时间：

时　段	合计时长	原　因
1187年—1200年	共十四年	出生莆田，未离开。
1213年7月—1215年10月	两年三个月	丁外艰。
1219年3月—1221年冬	两年八个月	得谤，监南岳祠。
1222年岁末—1223年8月	约八个月	出桂林，入都改秩，暂居。
1224年夏—1225年初	约六个月	改秩归里，暂居。
1228年秋—1229年初	约三个月	卸任归里，暂居。
1229年初—1234年春	约四年十个月	得谤，主仙都观。
1236年春—1237年春	一年	得谤，主玉局观。
1237年秋—1239年10月	约两年	得谤，主云台观。
1241年冬—1244年秋	约三年	得谤，主崇禧观。
1246年岁末—1251年春	约四年	得谤，主明道宫；又丁内艰。
1252年2月—1260年8月	八年六个月	得谤，提举明道宫。
1262年10月—1269年正月	六年三个月	致仕归里。

从以上表格可见，在刘克庄入仕（1210年）以后，他仍有相当长时间里居莆田，自1229年始（时克庄四十三岁），里居时间愈来

愈长,中间间隔的外任时间则最长也不过两年。而表格"原因"一栏显示,刘克庄多次因谤罢职后,并不是如苏轼等北宋朝臣,或更早如唐韩愈、柳宗元那样被贬他处,而是奉祠里居。这一奉祠之制,即祠禄官制在客观上促使了刘克庄的久居乡里,是刘克庄转变为地方精英的重要契机,也是促成其身份转换最终完成的根本性制度原因。

对祠禄官制的研究,在制度本身及展开层面,宋史学界已有相当成果①。这一制度为宋朝特有②,隋唐未兴,明清不继,自北宋真宗始设,到徽、钦时兴盛,转至南宋高宗时成冗滥之况,其后情势有增无减,致使祠禄之制泛滥终南宋一朝。据梁天锡统计,祠禄官员数在神宗时为一百左右,徽宗时增至七百左右,高宗时超过一千,而孝宗时则多达一千四百员以上③。这个数据若考虑到南宋版图的缩小和人口的减少,其比例增长是十分惊人的。它也是宋代冗官现象之一隅,无疑给赵宋朝廷带来了极大的财政负担,所以史学界对其影响的评价较为消极。如梁天锡即认为它除了造成财政负担外,还对士风与吏治产生了许多负面影响:(1)党人奉祠,党祸益烈;(2)贪吏奉祠,聚敛成风;(3)失职于祠,吏治日坏;(4)失检于祠,士风大变④。这些结论都是可信的。但是,我们还应当注意其积极的一面。尤其是它对南宋时期文学、学术发展的影响,更应给予正面评价与充分估量。

梁天锡说:"虽然,宋理学家若朱文公之辈,每藉祠禄以养生,

---

① 以梁天锡《宋代祠禄制度考实》(手写影印本,台湾学生书店承印,香港龙门书店发行,1978年)、金圆《宋代祠禄官的几个问题》(《中国史研究》1988年第2期)、汪圣铎《关于宋代祠禄制度的几个问题》(《中国史研究》1998年第4期)为代表,其中梁著为专著,考订最为精详。
② 汪圣铎在上引文章中将祠禄制分为广、狭二义,本文取狭义,即指"专职的但却无实际执掌的宫观官",借名以领取朝廷俸禄。关于这一制度的兴衰沿革、奉祠资格和祠禄收入等具体情况,可参考上引梁著。
③ 见梁天锡《宋代之祠禄制度》附表,《宋代祠禄制度考实》第567页。
④ 见《宋代祠禄制度考实》"影响篇"第二章第二节。

第一章 地域和家族:莆田文化与地方精英

即开办书院讲学者亦偶有之,然千中无一也。"[1]他已然看到了祠禄制的积极意义,只是因站在经济、政治立场,仍有意回避而对此不作讨论。祠禄官制的广泛实行乃至泛滥,客观而言,在制度上促成了一批颇具才学的士人离朝在野,成为地方精英群体,并使得这一群体得到空前的扩大,同时又为这批不能一展政治抱负的士人提供了良好的生存环境,具有社会福利性质。这种福利让他们有较为充裕的时间和基本的经济保障,可以相对从容地专注学问、研习诗文。由于祠禄制度又有"任便居住"一项,所以他们还具有非常自由的人身活动空间和思考创作空间。换言之,祠禄制度保证了一群政治失意但有真才实学的士大夫的物质基础、创作时间和自由氛围,为他们专心著述、游戏诗文提供了有利条件[2]。刘克庄在谈论诗歌创作时,也透露出这一信息,他说:

> 诗比他文最难工,非功专气全者不能名家。余观他人诗,及以身验之,良然。顷游江淮幕府,年壮气盛,建业又有六朝陈迹,诗料满目,而余方为书檄所困,留一年阅十月,得诗仅有二十余首。及出幕奉南岳祠,未两考,得诗三百,非必技进,身闲而功专尔。(卷九九,《跋黄恕诗》,《全宋文》第329册,第203—204页)

在刘克庄看来,即便是诗料满目,如果没有充裕时间和悠游状态,也不可能大量写作诗歌,达到"名家"之境。而奉祠虽然在政治上失意了,却因"身闲而功专",为文学创作提供了良好条件,是故他亦曾以"不教俗事到吟边"(卷二一,《明道祠满》,《全宋诗》第36421页)自况主明道宫时的生活状态。从青年的自请监南岳庙,到暮年的多次提举明道宫,刘克庄的社会身份正是借由"奉祠"完成转型,诗文风格也随之而变。

---

[1] 见《宋代祠禄制度考实》第351页。
[2] 如周永健《宋代祠禄制度对士大夫的影响》(载《湖北职业技术学院学报》2007年第3期)一文,即探讨了祠禄制度对以朱熹为代表的一批南宋理学家学术研究的积极影响。

在刘克庄失意在野的长时段里,泛滥的祠禄制度不仅促使他个人"身闲而功专",而且还让他身边的一些重要文友也常处此境之中。如林希逸、刘希仁、李丑父等均曾因各种缘故,奉祠里居。这群奉祠文士成为当时莆田地域文人群体的骨干成员,也奠定了其基本格局。因为就组织结构而言,围绕刘克庄而形成的地域文人群体实可分为四个层次:挚友亲人、学子晚辈、当地官吏和游士僧道。其中挚友一层是主干,学子、官吏是羽翼,游士是辅助。循此结构,从时间上来看,这一网络的初具雏形当在淳祐七年(1247年)前后,即上表原因栏所示"得谤,主明道宫"时,之后人员稍有调整补充,并渐趋稳定。林同《竹溪鬳斋十一稿续集序》中曾言及此段时间,莆田人物汇聚刘克庄周边之盛:

> (淳祐八年)后村先师时方辞宗正少卿之召,先皇以魏国(指刘克庄母亲)年高,就畀宪节,即家建台。一时麾节照映之盛,真有壶山之所未有。宾僚乎其间者,盖莫不人自磨濯奋励,求以所讲习、所蕴蓄、所设施而于学问、于文章、于政事有可以表表自见者,鼍下之音,囊中之颖,又夫孰无是心哉![①]

淳祐七年之前,刘克庄已经经历了小吏、幕僚、地方大员、朝廷要员等诸种身份的转变,可以说从江湖到魏阙,均已具盛名,与江湖诗人和庙堂群臣都结下了深厚情意,具有了较高威望和很强的号召力。且淳祐七年始的里居生活,持续五年未间断,之后的两次暂断,也并未解散这一群体,反倒因刘克庄的再次入朝影响再次增大而得以巩固。期间,挚友王迈、方蒙仲、刘希仁、林光世等均在莆田,之后徐明叔、洪天锡、林希逸等也相继里居,故而"宾僚乎其间者"彬彬极盛。诗歌作品则以卷十六《丁未春五首》为界[②],其后三十二卷绝大多数作品都是在地域文人群体渐趋稳定时创作,屡有他们之间的唱和之作,这也足以体现出这个群体对于刘克庄

---

① 见《全宋文》第353册,第282页。
② 需要指出的是,刘克庄在世时刊布的《后村居士集》收诗止于第十六卷,许多评论据此而发,实显偏颇。

第一章　地域和家族:莆田文化与地方精英　　　　　　　　　　79

文学创作的意义。从空间上来看,这一群体以莆田为核心,不仅包括周边的兴化、仙游,还包括东至福州福清,西至泉州晋江、同安的一大片区域。

为见其网络具体构成,下面分列这一地域文人群体的主要成员如次:

(一)挚友。这一群体与刘克庄常有唱和,除了前节所述家族成员如刘希仁等外,以下列几位为代表:林希逸(竹溪,福清)、李丑父(艮翁,莆田)、王迈(实之,仙游)、方遇(时父,莆田)、徐明叔(仲晦,晋江)、吴燧(警斋,同安)、林光世(水村,莆田)、林秀发(实甫,莆田)等。

(二)学子。除了前节所述家族晚辈如林同、林合等外,以下列几位为代表:林泳(大渊,福清)、方至(善夫,莆田)、方楷(敬则,莆田)、赵时愿(志仁,莆田)等。另外还包括当地诸多应试场屋的后辈。

(三)官吏。因刘克庄文名之盛,当地要员与一般小吏,均与他有文字交往。包括莆田县知县、县丞、主簿、县尉等,又因兴化军军治在莆田,所以还包括兴化军知军、通判、判官、曹官,以及次等如学官、教授、知录等。同时也涉及周边仙游、兴化二县。虽然这一群体主要是在刘克庄的生日回启中表现明晰,诗歌酬唱也多为礼节性的,但仍有部分官员是诗词同道,重要者如赵与䜣(以侍丞知兴化军,称"乡守赵侍丞"等)、潘墀(以宫教知兴化军,称"潘侯"、"潘使君"等)[①]、宋谦(称"宋侯")、陈珽(曾任主簿、户曹、判官)、王庚(教授)、黄祖润(户曹)等。

(四)游士。这一层主要是日者、相士、术者、道士、僧侣等,流动性比较大,但其中部分也曾反复参与过某些文学活动。如月蓬道人、日者程士熙等即是。

以上所列即淳祐七年后,在莆田及其周边形成的以刘克庄为核心的地域文人群体的大致构成,这当然不包括早年的活跃分

---

① 以上据清林岵瞻《莆田县志稿》"职官"、清廖必琦《(乾隆)兴化府莆田县志》卷七考知。按:"赵与䜣",原误作"赵子䜣",据《(弘治)八闽通志》改。

子,如敖陶孙(臞翁)、赵庚夫(仲白)、方信孺(孚若)、赵汝谈(南塘)等人。这一地域文人群体的前三者,都是安居一方的乡绅或以入仕为目的的学子,他们与游走江湖的谒客具有本质的不同。关于上列文士与刘克庄的具体文学活动,将在第二章详细讨论。这里值得提出并颇有兴味的是,这个名单若与刘克庄早年游历各方时结交的诗友相类比,能见出许多问题。其早年诗友具代表性者有戴复古、赵师秀、周文璞、陈起、翁卷、高翥、曾极、孙惟信、翁定等人。与前列诸人相较可见:

第一,刘克庄晚年与早年的交游群主体,发生了较大变化,早年多江湖诗人,晚年多地方士绅。戴复古、翁卷、高翥、孙惟信等人是典型的江湖游士。而"江湖"与"地方"两个名词看似相类,却有质的不同,前者是动的,后者是静的。前者多漂浮生涯,后者是专守一方。前者中的人物是谒客,多以诗歌作为干谒的工具;而后者中的人物是乡绅,诗歌只不过是他们交际生活的部分。因诗歌在他们眼中的地位不同,所以诗歌创作的审美趣向也相异,前者有"先锋"心态,学晚唐体以反拨江西诗风,而后者却安然其间,无明显挑战意识。刘克庄晚年诗歌回归江西诗派,并试图调和"捐书以为诗"与"资书以为诗"的矛盾,不能不说与诗友变化有密切关系。

第二,对于所谓的"江湖诗派",或有必要重新审视。(1)时间:如果我们承认有此一派①,且是以刘克庄为领袖的,那么,结合前文所述,此派显然不应该在淳祐七年(1247)刘克庄里居莆田后依然存在,其所存在的时间绝非跨越整个晚宋。因为此后与刘克庄相交往者已鲜有"江湖诗人",而多为"乡绅诗人"。且曾极(约1230年卒)、高翥(1241年卒)、孙惟信(1243年卒)等人均已在此前陆续谢世,戴复古(约1248年卒)则死于此时左右。(2)成员:这又涉及"江湖诗人"与"乡绅诗人"两个概念。"江湖诗人"的概念多有争执,但其主体为游士谒客,则是传统公

---

① 笔者并不赞同此派之成立,相关论述将在第二章展开。

第一章　地域和家族:莆田文化与地方精英

认的。张宏生指出"江湖诗人与江湖谒客的关系,天然是不可分的。谒客每即诗人,诗人多兼谒客"①,如果他的判断不错,那么"江湖诗人"显然不包括"乡绅诗人"。"乡绅诗人"一般在相对固定的范围活动,有一定的经济来源,如莆田周边形成的地域文人群体。他们不是谒客,也鲜有干谒经历,多数人曾努力场屋或得门荫而为地方小吏②,依靠俸禄或者其他方式,稳定地居住在一方。将"乡绅诗人"拉入"江湖诗派",是没有道理的。同理,被传统认为是江湖诗人的刘克逊、林希逸等人也不应当纳为江湖派中人,尽管他们的诗作收入了《江湖集》。(3)地位:将晚宋诗坛看作是江湖诗人(即谒客、游士群体)为主导力量的传统看法,需要修正。更不可将江湖诗派的内涵与外延无限放大为整个晚宋诗坛。晚宋诗人群体,以社会身份划界,大致可分为三群,即官僚诗人群、乡绅诗人群、江湖诗人群。这三个群体成员组成容有交叉或转换,他们之间也多有联系。江湖诗人群确是这一时期新兴的重要力量,但绝非主导。倒是官僚诗人群与乡绅诗人群占据诗坛更为长久,成为左右当时诗坛发展的力量。我们应该承认晚宋诗坛的复杂性,不可将"江湖诗人"的标签随意张贴。

以上问题涉及较深,特别是江湖诗派的界定,更须专门探讨。此处点到为止,将在第二章讨论。

总之,晚宋时期的地方精英(乡绅)阶层空前扩大,由于祠禄制度泛滥的推波助澜,如刘克庄等颇具盛名者亦里居乡间,这即生"核裂变"之效,使得地域文人群体的力量日趋凸显。他们中间许多成员以乡绅诗人的身份,积极地参与到晚宋文学发展的大潮之中,一定程度上影响到整个文坛审美风尚的转变。同时,地域文人之间的相互作用,也改变了刘克庄的文学风貌,让他晚年的诗歌创作与传统意义上的江湖诗人颇不

---

① 见《江湖诗派研究》,北京:中华书局,1995年,第8页。
② 得门荫之任子,在南宋也成泛滥之势,一定程度促成了乡绅诗人群体的庞大,这一点综论已提及。

相类,其日常应用性四六启文的写作也陡增,并在各体文学的主题选择上,出现了新变。

二、长期里居与文学主题衍变

"江国事稀聊袖手,钧天梦断久灰心"(卷一一,《和仲弟十绝》,《全宋诗》第 36287 页),里居时的思想意趣与奋然入仕相迥,这是刘克庄无奈的感叹,也折射出其文学主题的衍变。所谓"聊袖手",在文学上表现为对国家大事的疏离,其文学批判性减弱;所谓"久灰心",则表现为游戏诗文的状态。长期里居引起的文学系列性变化,正可由这两点窥其一斑。

青少年时期的刘克庄,除了随父寓居临川、临安诸地外,还有过三次重要的游历生活:一即入江淮制置使李珏幕府,在金陵(1217—1219);二即入广西经略安抚使胡槻幕府,在桂林(1221—1222);三即入行在临安改秩(1223—1224)。这三次游历让他广交天下诗客,遍览名胜山川,期间创作了一系列纪游、羁旅、山水诗文。如赴桂林途中,就创作了体裁多样的近三十首诗歌,即诗集卷五自《发枕峰》至《未至桂州叶潜仲以诗相迎次韵一首》,途经临川、萍乡、醴陵、衡阳、零陵等地,一路纪行,其中竟有长达二十多韵的五言三首,气韵流转之间,甚得江山之助。在桂期间和由桂归闽途中,也大量创作了这类写景纪游诗歌。这类游历各方的作品,是其《南岳五稿》所表现的主要题材,也是后来陈起将其《南岳稿》刻入《江湖集》的恰当理由。最为重要的是,这些游历生活让他接触了战争前线,切近了南宋时代的最强脉搏,为他创作颇具批判性的作品、发出时代之强音,提供了丰厚资源。包括卷二《闻城中募兵有感二首》、《书事二首》、卷四《赠防江卒六首》以及卷八的十首新乐府(《筑城行》、《开壕行》、《运粮行》、《苦寒行》、《国殇行》、《军中乐》、《寄衣曲》、《大梁老人行》、《朝陵行》、《破阵曲》)等系列诗歌,还有早期词作如《沁园春·维扬作》、《贺新郎·送陈真州子华》等,都来自入幕、游历的生活经验。这些诗词直指时政之多弊,哀痛民生之多艰,被当代文学史家誉为其诗歌中"成

第一章　地域和家族：莆田文化与地方精英

就最高"者①。此观点虽显片面，但可见出这类作品所代表的思想高度，甚得后世肯定，这些诗歌也正是其所云"忧时元是诗人职，莫怪吟中感慨多"（卷三，《有感》，《全宋诗》第36178页）的具体表现。

对照而言，长期的里居生活让刘克庄远离前线，疏离政事。他虽仍在心底关注国家，却无法直击现实。似乎身处隔绝之地的他，常常发出这样的疑问："不知边信近何如，但见朝朝发虎符"（卷三一，《书事十首》，《全宋诗》第36543页），"诸将时时送捷书，未知西事近何如"（卷三三，《闻竹溪得玉局祠二首》，《全宋诗》第36566页）。他深知自己的状态，"时事浑如坐井窥，逢人不敢问边机"（卷三五，《诸公载酒贺余休致水村农卿有诗次韵》，《全宋诗》第36588页），所以他只能无奈地"作烘虱诗和友，把相牛经教孙"（卷三一，《得江西报六言十首》，《全宋诗》第36545页）。欲对时事批判，却已成无源之水。于是其悲天悯人的情怀，转而表达在苦旱、久雨等村居诗之中，有"虽作尧时击壤民，田家忧乐尚关身"（卷二五，《秋旱继以大风即事十首》，《全宋诗》第36473页）之句；其关注政事的淑世精神，也寓于读史、送人等诗文里，嘱咐友人"将何告明主，事事法隆乾"（卷三六，《送陈监簿造朝》，《全宋诗》第36600页），依然感叹"渐觉风寒逼堂奥，寄声诸老急筹边"（卷二四，《无题二首》，《全宋诗》第36462页）。但是，毋庸讳言，刘克庄诗文中的批判意识确实减弱了不少，多数时候里居的安逸已经让他看不到社会的千疮百孔，在"磐石时时垂钓，茅簷旦旦负暄"（卷二五，《村居即事六言十首》，《全宋诗》第36466页）的氛围之中，甚至有了"幸生太平世，不乐复何为"（卷二六，《田舍即事十首》，《全宋诗》第36480页）的幻觉，里居创作的诗词常常都只是表现出闲适的一面，已难觅痛彻的反思精神。

与之相应的是，纪游性诗歌减少，乃至质变，呈现出与《南岳五稿》完全不同的诗歌面貌。里居时期，刘克庄仍创作有少量的

---

① 程千帆、吴新雷《两宋文学史》，上海：上海古籍出版社，1991年，第464页。

纪游诗歌,地理位置也仅在居处附近。这些纪游诗已经脱去了游历时的景物铺叙和羁旅色彩,体制上鲜有之前动辄二十韵的大篇出现,在写作手法上也有所变化,颇具代表性者即《纪游十首》(卷三四,《全宋诗》第 36574 页)。这组诗写于景定五年(1264),克庄时已七十八岁高龄,而且这年春天他足伤眼盲,估计因在家养病太久,所以出来走走。诗开篇言"倦后入蒲龛,欣时出草庵",之后即写出游之事:"扪萝伏虎岩,把钓斩蛟潭。偶有樵夫过,呼来与共谈。"而其下七首诗,名为纪游,实乃怀人,并自注所怀者姓名十人。其旨归明显,借景忆旧而已,完全抛开景物,不涉一般的纪游笔墨。当然,这种"名不副实"的产生,不仅关乎空间的变化,也关乎时间的推移,毕竟知交零落殆尽,是这组纪游作品见景生情的前置条件。而里居时期民俗的大量进入诗文,就主要因空间的变化了。刘克庄赋闲期间,让其对莆田的民俗风情有细致的观察和了解,于是将其所见的灯夕、观社、赏戏等节日活动都写入诗词,具代表性者有"灯夕"系列诗、《田舍纪事十首》、《闻祥应庙优戏甚盛二首》、《神君歌十首》、《观社行》等诗,这些作品融入了浓厚的地方风俗因素,对认识南宋民俗有特殊价值,特别是观社、赏戏之作,更为研究宋代莆仙戏曲留下了宝贵资料①。

"销磨未尽惟吟癖,锻了新诗改旧诗"(卷三八,《老欢》,《全宋诗》第 36634 页),刘克庄长期里居期间,主要生活就是作诗改文,"久灰心"的他在与诗朋文友的切磋琢磨之中寻找慰藉。因而,长期里居让他的诗文创作大丰收,在各体文学创作中,都有反复的酬酢。表现突出的有:诗歌中"梅花百咏"唱和,"差"、"须"韵唱和,《七十四吟》唱和,老病六言唱和,水村落成唱和,目痛六言唱和,休致唱和,《观社行》唱和,以及与林希逸父子的多次单独唱和等等;词中《汉宫春·秘书弟家赏梅》四和,《贺新郎·生日用实之来韵》五和,《贺新郎·己未九日同季弟子侄饮仓部弟艮庵艮翁宫

---

① 具体可参看岩城秀夫《宋代"演劇"窺管——陸游劉克荘詩を資料として》、王耀华《从刘克庄诗作看宋代福建的戏曲》、万宝璋《空巷无人一国狂——从刘克庄诗词看南宋莆田杂剧百戏》诸文。

教来会》六和,《沁园春·和林卿韵》十和,《念奴娇·丙寅生日》六和等等;文中诗友题跋,回诸士友、诸地方官吏启,地方性祠、堂、仓、楼、桥等建筑物记等文体,也迅速增加。这类创作在里居时大量涌现,构成了刘克庄文学总体风貌的主要面相,它们常被传统文论看成无病呻吟、情感苍白之作,这当然有一定道理,但也不可忽视唱和诗词在因难见巧、争奇斗胜的竞技过程中突出了文学本体,丰富了运笔技法,而且唱和酬酢总以不重复、重创新为佳,从而增加了文学中的新变因子。题跋、启、记则在对文人日常生活的渗透过程中,拓展了文学社会功能。

尤其值得一提的是,这种赋闲于诗文创作的人生状态催生了一批游戏色彩极浓的作品。这些作品除了具有一般唱和诗文的性质外,还带有文字游戏的特点,在技巧上更重锻炼琢磨,并进一步地发挥出文学的宣泄功能与愉悦功能,也充分表现出宋代文人创新避熟的自觉意识和谐趣雅致的生存状态。对刘克庄个人而言,这种游戏之作也是其里居时期解脱精神困境、淡化放逐之悲的特殊渠道,有抚慰心灵、安顿生命的作用。下面试举两例以说。

(1)省题诗。宝祐六年(1258),时刘克庄七十二岁,奉明道宫里居,创作了一组诗,四十八题五十首,裒为一卷(即《大全集》第二十八卷)。题为《竹溪直院盛称〈起予草堂诗〉之善,暇日览之,多有可恨者,因效颦作〔五〕①十首,亦前人广骚、反骚之意。内二十九首用旧题,惟"岁寒知松柏"、"被褐怀珠玉"三首效山谷,馀十八首别命题,或追录少作并存于卷,以训童蒙之意》。诗题将这一组诗的缘起、组成、用意等均作了说明,乃因林希逸称赞《起予草堂诗》,刘克庄觉有遗憾不满,技痒以作。《起予草堂诗》已佚,当是一部蒙学或科场教材②,其中所载即是模拟的"省题诗",以便学子学习利用。所谓"省题诗",或称"试帖诗"、"试律诗"等,乃是科举诗赋考试的一种试题,它用历史上的成语、典故、诗句为题,形式上则要求五言六韵,

---

① 按:"五"字原脱,据文意补。
② 由刘克庄《跋起予草堂诗》一文可窥此书性质,亦有助了解此卷省题诗的创作因由,文长不录。见《全宋文》第329册,第415—416页。

而韵部也当自题目中出,内容亦需紧扣题目,不忌犯题。如刘克庄所作《腐草化为萤》,即押兹、为、衰、奇、推、时六韵,而韵从题中"为"字出,内容如"与星斗光彩,助月吐神奇",显是状题中之萤。这种实用性诗体,对于此时的刘克庄来说,显然已无实际的利害关系,仅是一种遣兴的游戏罢了,因为这种诗体创作与一般诗歌创作相较,别有一种趣味在。葛立方所言即具代表性:

> 省题诗自成一家,非他诗比也。首韵拘于见题,则易于牵合,中联缚于法律,则易于骈对。非若游戏于烟云月灵之形,可以纵横在我者也。王昌龄、钱起、孟浩然、李商隐辈,皆有诗名,至于作省题诗则疏矣。①

即便是大诗人,作这种诗体也不一定能作好。所以,在《跋起予草堂诗》一文中,刘克庄列举了该集诗歌在内容、技巧上存在的诸种问题,而诗友林希逸对该集的谬赞,就更激起了他挑战的欲望与竞技的兴趣。林希逸《竹溪鬳斋十一稿续集》卷十七、十八即为"省题诗",共存一百三十五题一百三十八首,其中与刘克庄同题者有四十一题。另外,参与省题诗歌竞技的,还有林去华、刘希仁②。他们跳脱一般的诗歌唱和,以省题诗的特殊形式进行切磋,"以诗人之情性,而寓之举子之刀尺"③,借以锻炼自己的写作技艺,也由之另辟蹊径,寻绎诗歌写作的精妙,亦即其《跋林去华省题诗》所云:"安知暗中无摸索曹、刘、沈、谢者?"(卷一〇〇,《全宋文》第 329 册,第 208 页)

(2) 拟人制诏文。淳祐六年(1246),郑清之作文房四友除授一制、一诏、二诰,共四篇;林希逸回应,作谢恩三表一启。此八篇于淳祐八年(1248)结集,名《文房四友除授集》④,由林希逸刊刻于

---

① 葛立方《韵语阳秋》卷三,上海:上海古籍出版社影印宋刻本,1984 年,第 43 页。
② 王迈《臞轩集》卷一二有《读林去华、居厚主簿省题》,可知此二人也创作过省题诗,惜诗已佚。
③ 杨万里《周子益训蒙省题诗序》,《诚斋集》卷八十三,《四部丛刊初编》影宋写本。
④ 今《百川学海》丛书所收《文房四友除授集》已非此本,详参祝尚书《宋人总集叙录》卷八,北京:中华书局,2004 年,第 373—379 页。

郡斋,时希逸为兴化军知军,正在莆田。此时的刘克庄亦在莆田里居,得见此集,一一仿之,戏作八篇①。将物品拟人以成文者,早已存在,尤以韩愈《毛颖传》最负盛名,此种拟人制诰则在南宋而盛②。林希逸的结集刊刻加上刘克庄的唱和仿作,让这类拟人制诰的同题竞作在莆田文人群体中广泛流行,并由"文房四友"扩而至"岁寒三友"③。这种文体,以善谑为上,内容必须抓住对象的特点进行调侃,最好能"翻空出奇,幻假成真"(卷一〇九,《跋吴必大检察山林素封集》,《全宋文》第330册,第37页),并见出物件本身与官职之间存在的隐性关系,绝不可重复前人,而要发前人未发,正所谓"突然看到事物中不寻常的关系,而加以惊赞,是一切美感态度所共同的"④,以达到戏谑的效果。与此同时,又必须考虑到制、诰、表、启乃四六之文,所以其用典必富,语言以典雅为宗,不可白描生造,非学养深厚、才气纵横者,实难得其妙处。写作拟人制诰,就实用性来说,可锻炼公文写作能力,以努力词科之用。而对于刘克庄,这实亦"才思郁积无所泄,而姑见于游戏如此"(上引《跋吴必大检察山林素封集》),他的拟人制诰是想在技艺上有所突破,以达到"融液点化,千变万态,无一字相犯"(卷一〇八,《跋翀甫任四友除授制》,《全宋文》第330册,第10页)的境界。

① 即《中书令管城子毛颖进封管城侯制》、《代毛颖谢表》、《石乡侯石虚中除翰林学士诰》、《代石虚中谢表》、《陈玄除子墨客卿诰》、《代陈玄谢启》、《赐褚知白诰》、《代褚知白谢表》八篇,见《全宋文》第327册,第138—144页。《百川学海》本《文房四友除授集》有刘克庄序,叙及此次唱和缘由。
② 可参祝尚书《论宋季的拟人制诰》,《北京化工大学学报》2002年第3期。
③ 据刘克庄《大全集》卷一〇六《方至文房四友除授四六》、卷一〇八《跋翀甫任四友除授制》、卷一〇九《跋吴必大检察山林素封集》、卷一一一《方名父松竹梅三友除授四六后语》、《汤野孙长短句又四六》及林希逸《竹溪鬳斋十一稿续集》卷十三《跋方持叟岁寒三友制诰》、《跋蔡伯英四友集》等文可知,与刘克庄、林希逸有交往的文人参与文房四友、岁寒三友除授撰写者,就多达十馀人。可考姓名者有刘希仁、胡颖、刘翀甫、方至、方名父、林公掞、黄牧、张立道兄弟、吴万叔、吴必大、蔡伯英等等。地方文人网络在每一次文学活动中,都有显现,此亦一例。
④ 朱光潜《诗论》,上海:上海古籍出版社,2001年,第30页。

以上两例,只是刘克庄游戏文学之一隅,在这些游戏作品中,我们看到了文学作为语言艺术的本质的凸显,以及创新因素在创作过程中的强调。这种游戏之作在其里居期间频频出现,例如还有禽言诗、器官六言诗、檃括词、独木桥体词、俳谐赋等等,在以后的相关章节我们还会继续探讨。长期的里居失意迫使刘克庄不断地寻找各种心灵寄托之所,这包括前文谈到的莆田山水,更包括他一直从事的诗文创作。在因难见巧的翰墨游戏中,"文章经国之大业"消解为"文章心灵之愉悦",它们的作用就不只是锻炼了笔力,激活了文思,还让刘克庄完成了从对外寻求功业向对内慰藉灵魂的转换。这种转换,又反过来促使其文学创作添入了更多的闲笔因素,塑造出与游历时期、为宦时期、立朝时期不同的文学风貌。

总之,由于刘克庄的长期里居,其在江湖游士、州府长官、朝廷重臣和地方精英诸种身份之间,更多时候是以最后一种面目出现的,这使得其交游群、兴趣点、接触面都发生了一系列相应的变化,这些变化又影响其文学创作的审美趣味、主题选择乃至写作笔法,从而在根本上决定了其文学的总体风貌,也决定了后人对其文学总体成就的定性和评价。

第二章 江湖和魏阙:身份转换与文学活动

在上一章,我们强调了地方精英身份在刘克庄文学总体风貌形成上的作用。这一身份(或称"社会角色")在宏观层面是具有决定意义的,毕竟其大部分作品都是以这种社会身份创作的。但这显然不是塑造其文学诸种面相的唯一身份,上一章所提及的江湖游士、州府长官、朝廷重臣和地方精英四种身份以及它们之间的相互转换,才是立体、多样的而非平面、单一的刘克庄。诚如本书综论所言,晚宋文坛的结构层与立体面颇为多样,而这种多样很大程度上取决于创作主体的身份多样,因而,探讨身份转变与文学活动就对深入研究个体作家具有十分重要的意义。本章所要谈的就是以四种身份为基点①,切入刘克庄的文学活动,以勾勒其文学活动的整体轮廓。并由对文学活动的探讨,揭示其文学题材、体裁乃至情感内核的嬗变轨迹及其与当时文坛各层面的交流、碰撞情况。

第一节 题外谈"江湖":江湖诗人与乡绅诗人

在传统的文学史叙述中,晚宋文坛已经深深地烙上了"江湖"二字。不仅有"江湖诗派"之名,而且由之诞生了"江湖文派"、"江湖词派"等名词,以至于几乎让"江湖"等同于晚宋文坛整体,这当

---

① 主要是江湖游士、地方精英、朝廷重臣三种身份,因为刘克庄任州府长官时间不长(如知袁州仅半年多),且其时多专心吏事,所以不专列章节探讨,只在谈"朝臣身份"一节稍带论及。

然是十分偏颇的认识,需要强力纠正。鉴于此,在谈刘克庄的初期文学活动之前,有必要就"江湖"及相关概念作一些说明。这虽是溢出本章中心的议题,但又是本章展开的前提,因为之前的文学史一直仅仅把刘克庄作为一个"江湖诗人"在讨论。

"江湖"一词的语源梳理,这里似已无必要,借助电子检索,我们可以穷尽性地列举"江湖"语义的流变过程。在晚宋时,与"江湖"相对应者有两个概念:一即"魏阙"(或"庙堂"),二即"山林"。也就是说,晚宋时候的"江湖"是这样的一个空间:它与官方相对待,是非官方的;它与隐居相对待,是非隐逸的。它是一个存在于民间社会,并于此展开相关社会活动的虚拟空间。"江湖"的存在,完全依赖于一种人,这种人处于游动的、无根的、干求的状态,他们以各种非官方性质的身份在各个地域之间游走,我们通常将之称作"江湖游士"。所以,严格地说,"江湖"与"游士"之间,是唇齿相依的关系,没有"游士"不成"江湖",没有"江湖"也就没有"游士"。由此,我们基本可以断言:一切冠上"江湖"二字的偏正名词,都是建立在"游士"这一社会身份的基础上的。

由上,再谈"江湖诗人"。按照语义,"江湖诗人"就是游士阶层中的诗歌创作者,因而在很大程度上它可被称作"游士诗人"。晚宋时,存在一批这样的诗人,这是毫无疑问的。但是,"江湖诗人"这一名词显然是建立在诗人社会身份的基础之上的,而必须考虑到的是,社会身份是可能发生改变的,二十岁时是"江湖游士",三十岁、四十岁时这一身份可能就已经完全改变。所以,"江湖诗人"是一个动态的名词,应随主体的社会身份变化而变化。当某位诗人不再是游士时,其"江湖诗人"的身份,就应该淡出对其社会属性的定位。

不可否认的是,社会身份的趋同将影响到诗歌风格的趋同,所以,同时存在一种流行于"江湖诗人"中的诗歌,我们可将其称作"江湖诗"或"江湖体"。"江湖体"的内涵一旦基本确定,又可以反过来突破诗歌创作的主体,也就是说,在"江湖体"的文学内涵基本确定以后,即便不是"江湖诗人",也可以创作出"江湖体"来。

第二章 江湖和魏阙:身份转换与文学活动

再进一步说"江湖诗派"。作为一个"后视性"概念,我们确定其是否成派,可从以上提到的两个名词——即以人为中心的"江湖诗人"和以作品为中心的"江湖体"来予以确定①:首先,假设有此一派,那么归入"江湖诗派"者,应当长期或主要是以"江湖诗人"(即"游士诗人")的身份出现在诗坛者;第二,成员诗歌作品,应该也必须是创作有大量的"江湖体"或其代表作为"江湖体"者。同时满足这两个条件,始可入"派"。遗憾的是,同时满足这两个条件者少之又少,除了个别诗人如戴复古、高翥等可算作符合条件外,其他被传统纳入"江湖诗派"的大家如刘克庄、林希逸、方岳等均不符合这样的条件,小家更是多不符此。所以,"江湖"不足以言"派"②。简略的结论:晚宋时,有"江湖诗人",有"江湖体"(或"江湖诗"),但没有"江湖诗派"。

同样以社会身份为考虑基础,我们尝试提出"乡绅诗人"这一概念。结合综论所言"地方精英"与上一章分析祠禄官制与地域文人群体所论,我们可以看到有一群诗人,他们也是处于民间或半民间的状态,但并不以干谒、游走为基本生活状态,而是较为稳定地居住在家乡或者任低职于基层。这群人与"江湖诗人"最为本质的区别就是:他们基本处于稳定的状态,不管是居处环境还是经济来源,都有所保障,其成员构成有闲居官僚、底层小吏、仕进后生以及未出仕也未游历的部分士人(可算作隐士,但因从未

---

① 鉴于陈起刊刻的《江湖集》与江湖诗人之间的关系,是先有江湖诗人,后有《江湖集》的关系,而非相反(参王水照《南宋文学的时代特点与历史定位》引钱锺书语,《文学遗产》2010年第1期)。所以窃以为,即便承认"江湖诗派"的存在,其成员也与诗歌是否收入《江湖集》无多少关联,更何况《江湖集》的真正面目我们已经无法确切掌握。关于这一问题,各家持说不一,可参叶邦义、胡传志《20世纪80年代以来的江湖诗派研究》(《阴山学刊》2004年第1期)。
② 不承认有"江湖诗派"的代表性论著有:刘毅强《南宋"江湖诗派"名辨——简论江湖诗派不足成派》(载《华东师范大学学报》1993年第3期),赵仁珪《宋诗纵横》(北京:中华书局,1994年),史伟、宋文涛《"江湖"非"诗派"考论》(载《社会科学家》2008年第8期)等。各家论证角度并不相同,但结论基本一致。另有季品锋《江湖派、江湖体及其他》(载《文学遗产》2006年第4期)一文阐述钱锺书对此问题的潜在意见,值得重视。

出仕,也无所谓"隐")。就本质来看,他们仍然在国家政权的体制内,但又较为游离,附着于地方而非中央,参与地方的社会活动与文化建设。如刘克庄、林希逸、方岳、乐雷发、严羽等等,都曾在较长时间内处于这种生活状态之中。

当然,正如上文所言,非"江湖诗人"也可以写出"江湖体",所以"乡绅诗人"概念的提出,并不排斥他们在身份为"乡绅诗人"时,仍有人会创作部分的"江湖体"诗歌。提出"乡绅诗人"的概念,并不是出于刻意的创新,而是因为用"江湖诗人"概括这样一群诗人,是对他们各自不同的社会身份带来的不同诗风区别的抹杀,很不科学。学界惯性地将晚宋诗坛的诗人都毫无例外地纳入"江湖诗派",然后再对这个诗派许以"庞杂"、"不统一"等标签,这显然已经表露出文学史家所面对的尴尬处境。为什么我们要将毫无江湖游历经历的方岳也纳入江湖诗派?为什么我们要将诗歌整体风貌并不典型反映江湖气的林希逸也一定纳入这个诗派?为什么创作了一组理学气十足的《孝诗》、且长期里居乡间的林同也是江湖诗人?一大串的"为什么"摆在我们面前,许多论著都在为这种"谎言"圆谎,可这是圆不了的。我们必须承认晚宋诗坛的复杂性,不可以将"江湖诗人"等同于"晚宋诗人"、"民间诗人"、"晚宋时的民间诗人"等概念,更不可以给处于这一时期的任何诗人都贴上"江湖诗人"的标签。另一方面,我们也必须承认,"乡绅诗人"是基于社会身份而衍生出来的概念,并不具完全的文学意义,它和"江湖诗人"一样是一个动态的、随主体身份而变化的名词,但是因为诗人的社会身份往往深刻地影响到诗歌题材、体裁、主旨、审美趣味乃至艺术手法,所以它又是一个准文学概念,具有其特定的文学价值指向。

以上是对两个诗人群体概念提出的一点浅见,以为接下来的论述提供条件。

第二节　游士身份:泛接诗界与广纳政缘

从嘉定元年(1208)至绍定元年(1228)的二十年间,决定刘克

第二章 江湖和魏阙:身份转换与文学活动

庄社会地位的身份(阶官)有两等:一是以门荫补将仕郎,成为选人(幕职州县官),这是一个用来补缺小吏的身份,属于"选人十阶"①的第十阶,即最低阶。此后十馀年,刘克庄都在选人这一阶段,陆续为靖安县主簿、以怀安尉摄福州右理曹、真州录事参军、沿江(江淮)制置使司准备差遣、广西经略安抚使司准备差遣,止嘉定十七年(1224)。二是嘉定十七年,刘克庄入行在临安改官宣教郎②,成为京官(承务郎以上),并于宝庆元年(1225)知建阳县,踏入了较有前途的仕进之路。宝庆元年至绍定元年的三年间,为刘克庄身份转换过渡期,即从此期间开始,其自我的社会角色意识已经逐渐发生转变,愈为自觉地由小吏向官员身份靠拢。总体来说,这二十年间除后三年稍微稳定外,其他时段其身心都是处于游移不定的状态,而后三年又因遭受"梅花诗案"打击,心魂亦颇不宁静。因而,将这一阶段的社会角色定位为"游士"大体不错。在游士阶段,是刘克庄"少走四方,狂名已出"(卷九四,《陈敬叟集序》,《全宋文》第 329 册,第 80 页)之时,所谓"余少走四方,于当世胜流多所款接"(卷一〇九,《跋李炎子诗卷》,《全宋文》第 330 册,第 44 页),他泛接诗界、广纳政缘,展开了许多因时而生的文学活动,并于其中形成了其早年的主导诗风、文风,也赢得了颇响的文名。就文体而言,这一时期的创作集中在诗歌和四六表启,偶涉词作和书信、序跋、祭文、墓志铭等应用文体,下面即以其创作的主要部分——诗词和四六——分别探讨此时文学活动的展开。

---

① 即于"崇宁七阶"外加三阶未出官阶次(或称"假版官",无品级。通仕郎、登仕郎、将仕郎)。参龚延明《宋代官制辞典》,北京:中华书局,1997 年,第 577 页。
② 本文所言"改官",特指由幕职州县官改为京官。"改官"是决定以荫入仕者仕途的关键一步,对于"改官"的性质认识,可参宋赵升《朝野类要》卷三"改官"条:"承直郎以下选人,在任须俟得本路帅抚,监司、郡守举主保奏堪与改官状五纸,即趋赴春班改官。谢恩则换承务郎以上官序,谓之京官,方有显达。其举主各有格法限员,故求改官奏状,最为难得。如得,则称门生。"北京:中华书局,2007 年,第 70 页。

一、游幕生活与诗词创作

刘克庄十五岁离开莆田,随父先后寓居临川和临安,在此二地度过了近十年的青春时光。少年的客游生活,让他接触了许多东南景致与人物,也让他了解了当时繁华都市临安的风流文会。嘉定元年(1208),二十二岁的刘克庄因屡试科举而不得中,遂废举业,专攻古文。他的诗歌创作则更早于此时,然因嘉定十二年(1219)的发箧焚稿,我们只能读到其早期诗歌的一百首,即《南岳旧稿》了。词作能系年者,在此间亦不过两阕感怀词。所以,从嘉定元年(甚至更早的时候)到嘉定十二年十多年间的诗词活动,我们已经无法详细考索。从他后来的一些回忆文字中,大体知道其间亦是诗友往来频繁,如《后村诗话》续集卷四所记其在靖安县主簿任时,曾极与李壁论克庄诗;后集卷二记老选人缪瑜携诗访克庄等,都显露出其时诗名日隆的痕迹。

若寻绎《南岳旧稿》所存百首诗歌,其主体可分为这样两类:一是写景纪游,二是赠人怀人。这两类诗歌题材与其游士身份极为吻合,从中我们似乎也可以窥出这段时间的文学活动,主要是结伴游历和诗友互访。百首诗歌所涉诗友有薛明府、川郭、钱道人、邹景仁、敖陶孙、袁祕监、赵庚夫、刘道士、余铸、周监门、赵藩、韩淲、曾极等。此间大多是沉于民间的士人,有诗界名流如上饶二泉,也有未知名之小吏,还有方外道人,虽所涉人数不多,但已反映出刘克庄当时交游面之广。或许因为资料缺失的严重,我们大致可看出这一时期的特点就是"散",并无集中、稳定的诗友和较为大型的唱和活动。

但在这寥寥百首诗歌中,也透露出比较特别的文学活动信息。我们不妨将所涉诗题分两组排列出来,就可见其于何处特别:

第一组:《小寺》、《夜过瑞香庵作》、《示观老》、《幽居寺》、《大目寺》、《吴大帝庙》、《铁塔寺》、《雪峰寺》、《盖竹庙》、《晋元帝庙》、《清凉寺》、《魏胜庙》、《临溪寺二首》、《孺子祠》、《报

第二章 江湖和魏阙:身份转换与文学活动

恩寺》、《华严寺逢旧苍头》;

第二组:《题寺壁二首》、《跋小寺旧题》、《书山壁》。

显然,第一组都是与寺庙有关的,而第二组则是诗歌传播的特殊形式"题壁"。百首之中,第一组诗竟占十七首之多,这从一个侧面说明了早期刘克庄诗歌创作许多是在旅途完成,因为寺庙在当时具有旅馆功能,因而寺庙成为了他文学活动的一个重要空间。这一特点在后来就明显减弱,成为其游历江湖时期的特别印痕。同样,题壁也与行役、寺庙紧密联系在一起,是一种特殊的文学活动展开形式。刘克庄所作题壁诗不多,都集中在早期,其中意蕴不言自明。众所周知,这种题材上的寺院风光与宿寺感受,与贾、姚晚唐体诗风真是如影相随。刘克庄自言"字瘦偏题石,诗寒半说云"(卷一,《北山作》,《全宋诗》第 36134 页)、"题遍青山题白云"(卷一,《书山壁》,《全宋诗》第 36148 页)简直与宋初九僧学晚唐体如出一辙,似乎在游士与晚唐体之间具有天然默契一样。由此,我们大概可以从一个侧面体察到刘克庄早年学习晚唐体的一个动因吧。

其后,在嘉定十二年至绍定元年的近十年中,刘克庄诗歌创作所存相对而言亦不算太多①,集中为卷二至卷八,共七百馀首;词可系年者,有三阕送别词,均是佳作。其间文学活动可拈出单表者,有以下三块:一是监南岳祠,回到莆田,与方信孺等之间的交游活动;二是入桂、在桂及出桂时期,一路所书及与在桂同僚的交游活动;三是入都改官,途中所作及与陈起等的交游活动。下面即将此三次活动逐一介绍分析,以见其此时身份与文学创作的关系。

(一)与方信孺、孙惟信、翁定等的文学活动。

方信孺(1177—1222),字孚若,比刘克庄大十岁,嘉定十二年奉祠里居莆田,与刘克庄监南岳庙回乡恰好同时。《宋史》有传,

---

① 相对后期而言不多,其原因是诗作已经严格汰择,请参本书第五章第二节"两部宋刻本的学术启示"。

言其"性豪爽,挥金如粪土,所至宾客满其后车。使北时,年财三十。既龃龉归,营居室岩窦,自放于诗酒。后赀用竭,宾客益落,信孺寻亦死矣"①。也就是文中所谓的"既龃龉归,营居室岩窦,自放于诗酒"成为刘克庄此时文学活动的主要依托对象。刘克庄作《宝谟寺丞诗境方公行状》记载他"尤好士,所至从者如云,闲居累年,家无担石,而食客常满门"(卷一六六,《全宋文》第330册,第367页),这些食客中就包括赵庚夫、孙惟信等江湖诗人,刘克庄此时在莆田,也因地缘的关系与盟主方信孺及其门客建立了常来常往的密切关系。当然,这一群体的核心是散财好客的方信孺,而非"小人物"刘克庄,其成员则以仰慕方信孺的江湖游士为主,也包括方氏家族如方信孺之子方左钺等和周边地区的在野士人②。

方信孺"有山水癖"(见上引《诗境方公行状》),这一癖好为围绕在其身边的诗友创作诗歌提供了绝好的条件,更是强烈地反映在刘克庄的诗歌之中。我们可以拈出两处名胜,还原当时刘克庄跟随方信孺徜徉山水、优游诗文的状态。

一是方湖。刘克庄集有卷二《方湖泛舟得南字》、《孟夏泛方湖得同字》、《又得湖字》,卷四《夜饮方湖》、《次方寺丞方湖韵》诸诗,记叙了他们一群诗友在方湖分韵赋诗、次韵等酬唱活动。所谓"方湖",实际上叫做"寿湖",因为属方信孺所有,故刘克庄称其为"方湖"。《宝谟寺丞诗境方公行状》中记载方信孺奉祠还乡后"凿田为寿湖,中累海石为山,环植荷柳松菊,间著茅亭木栈,徜徉其间,若与世相忘者"(卷一六六,《全宋文》第330册,第366页)。刘克庄诗句"入荷似觉傍无岸,穿石方知上有岩"(卷二,《方湖泛舟得南字》,《全宋诗》第36156页)、"地占百弓多是水,楼无一面不当山。荷深似入苕溪路,石怪疑行雁荡间"(卷二,《方寺丞新第二首》,《全宋诗》第36157页)与此吻合。从诗题的"分韵得某字"看,他们是一群诗人,至少有五个吧,因为分韵常以诗句为之。在

---

① 《宋史》卷三九五《方信孺传》,第12062页。
② 据刘克庄七十八岁所作《纪游》(卷三四)诗,所记有方信孺、郑子敬、陈宓、赵庚夫、林元质、王元邃、柯东海等,其中多数在这个时候就是围绕在方信孺周边的士人。

这群人中有孙惟信,他本是一位游走四方,与江湖诸子如赵师秀、翁定等有着广泛联系的诗人,此时作为方信孺的门客也在莆田寓居。所以,才有刘克庄写的卷二《戏孙季蕃》、《同孙季蕃游净居诸庵》、《送孙季蕃》、《月下听孙季蕃吹笛》,卷八《赠高九万并孙季蕃》以及《沁园春·送孙季蕃吊方漕西归》等诗词。通过方信孺的方湖唱游,刘克庄得以深交而非泛交诸位江湖诗人,特别是孙惟信、翁定等,与他们进行了深入的诗歌交流,为其"南岳"二稿及后来诸稿的艺术日臻成熟,提供了良好的外部环境,也为其日后广为其他江湖诗人所知,创造了更好的人脉基础。

二是西浖瀑布。《宝谟寺丞诗境方公行状》又记载:

> 距城二十里,西浖瀑泉千丈蜚落云杪①,公见之大喜曰:"此岂减雁荡、开先,而千百年无人知者。"即募壮夫,平崄道,通绝巅,筑银河观,下为玉虹亭,曰:"吾老于此矣。"匹马一童,兴至即往,一月中大率半宿瀑上。(卷一六六,《全宋文》第330册,第367页)

据《兴化府莆田县志》:"西浖瀑布泉,在龟山东南,悬崖万仞,飞流如练。"②其山名西冲山或西重山,景致优美。明林登名《莆舆纪胜》"西浖瀑布泉"条所载更详:"龟山之北注长基为井洋潭,东注大夫山为钟潭,东南注西浖水为瀑布泉。莆泉水以瀑布名者非一,而西浖最奇。西浖悬崖之间,泉直下千仞,注一潭,复坠下一带,千仞皆如悬挂白练,他泉鲜有如此。"③方信孺可谓此瀑泉的"发现者",他在此结庐而居,并带来了诸多诗友的吟唱与图画,使得自然景观转而具有人文景观的意蕴。如陈宓有《题西浖》(《龙图陈公文集》卷五)、胡仲参有《和林梅膡西浖瀑布图韵》(《江湖小集》卷十四《竹庄小稿》)、胡仲弓有《观西浖千丈瀑布》(《苇航漫游稿》卷四)等,均透露出随方信孺游玩西浖瀑布时的场景。

---

① 按:"西"字,原误作"而",今据文义改。
② 清廖必琦《(乾隆)兴化府莆田县志》卷一《舆地志》,民国十五年刻本。
③ 明林登名《莆舆纪胜》卷八,翁炳燊星楼钞本。

在刘克庄这段时间的诗歌中,西淙瀑布频繁出现,成为他与方信孺交谊最有代表性的空间形象。所著诗题有《题方寺丞西重山瀑布亭》、《别翁定宿瀑上》、《瀑上值雨》、《方寺丞招宿瀑上不果》、《西淙山观雨》、《宿山中十首》、《七月二十日自瀑上先归方寺丞遣诗夸雷雨之壮次韵一首》、《和方孚若瀑上种梅五首》、《再和五首》、《赋西淙瀑布(得断字)》、《十月二十二夜同方寺丞宿瀑庵读刘宾客集》、《宿别瀑上二首》等,多达三十五首。这一组诗歌勾连在一起,勾勒出一幅生动的"西淙瀑泉雅集图",他们在其中雅致而脱离尘俗的逍遥生活,清晰历历,如在眼前。或许是因为盟主方信孺的"气高天下",又或许是这西淙瀑布千丈注下的气势,让刘克庄这组诗歌的写作,基本摆脱了前期晚唐体的雕琢苦吟与弱小格局,一变而为颇有些狂放气势的篇章,在流转之间蕴蓄笔力,不再精致雕刻五律,转而为七律、五古乃或联章组诗,其篇章字数的增加,意味着其诗歌格局的扩展。即便同是写景之作,也不再是之前的白描写景,变而为用多种手法,特别是用博喻来夸张、渲染。如观雨"六丁白昼诛炎魃,百怪苍渊起蛰雷。毒蟒喷时林尽黑,怒龙裂处石中开",又如写雷雨"山深龙虎飞腾变,海运鲲鹏瞬息移。凛凛前锋如赴敌,堂堂回势似归师"都已善用比喻,气势如虹。特别是写西淙瀑布,更是铺演有法,颇为可观:

> ……久晴雨瓢翻,忽暖冰柱泮。恍如白浪涌,翔舞下凫雁。又疑黄河决,禜祭沉玉瓉。不然蟒出穴,或是虹吸涧。客言下有潭,龙伏不可玩。攫拿起云气,喷薄苏岁旱……(卷五,《全宋诗》第 36198 页)

此诗俨然苏轼《百步洪》的手法,又杂以韩愈古诗奇崛之气,哪里还在贾岛、姚合的藩篱之中呢!另外值得指出的是,刘克庄集中所著第一篇超过四韵的作品,就是五言排律《跋方云台文稿二十韵》,方云台即方信孺,这与其看作是巧合,不如看作正是方信孺引导他所作长篇五排,开拓了其诗境。叶适《题刘潜夫诗什并以将行》云:"寄来南岳第三稿,穿尽遗珠簇尽花。几度惊教祝融泣,一齐传与尉佗夸。龙鸣自满空中韵,凤味都无巧后哇。庾信不留

第二章 江湖和魏阙:身份转换与文学活动

何逊往,评君应得当行家。"①《南岳第三稿》所载多为此期作品,叶适的评价显然正是对其这一时期诗歌风格转变的正面肯定。

在刘克庄诸以西淙瀑布为背景的诗中,我们不仅读到了以方信孺为核心的诗人群体对其风格转变之影响,也看到了其中交游所带来的深挚情感,当他不得不离闽入桂时,其依依之情油然而生,所以才有"十里荒荆手共开,屐痕历历在青苔"(卷五,《宿别瀑上二首》,《全宋诗》第 36202 页)的深情咏叹。而这一群体,也迅即因为方信孺的家财散尽和疾病突逝宣告结束。我们不妨引刘克庄《跋孚若赠翁应叟岁寒三友图》一文,以为这一群体文学活动终结的标识:

> 孚若晚摈不用,赐金挥尽,嬖奴宠姬皆辞去,然好客愈笃,往往质筒衣、粥厩马以续车鱼之费。后无可质粥,客亦辞去,惟余与应叟一二人留其门。悲夫,尚忍言之! 应叟归,道城南,行西淙之下,谒新丘,登旧山,台倾池平,竹树枯死,余知其必发羊昙之哀、动唐衢之哭也。诸人既跋诗画,余独记旧事,且系小诗云:"易结千金客,难扶六尺孤。凭君传搁泪,一为洒西峬。"②孚若葬处。(卷九九,《全宋文》第 329 册,第 182 页)

应叟,即翁定。文中所记,是人去楼空,颇为萧索可悲之事。刘克庄与方信孺的交情,最后以一句"诗里得朋卿与我,酒边争霸世无人"(卷七,《挽方孚若寺丞二首》,《全宋诗》第 36231 页)成为绝响。他虽日后仍常于梦中回到西淙、忆起孚若,而事实却是"溪头一片无情月,偏照愁人泪满衣"(卷七,《李园有怀孚若》,《全宋诗》第 36237 页)。短短一年多时间,形成了刘克庄诗歌生涯中的第一次诗友集会高峰,又因他离闽入桂,特别是盟主方信孺的去世而骤然散落,但他于此中所得,深深地影响了后来的诗歌生涯。

---

① 叶適《水心文集》卷八,《叶適集》,北京:中华书局,1961 年,第 121 页。
② 此诗未见诗集载,可辑补《全宋诗》。

（二）入桂、在桂及出桂时期，一路所书及与在桂同僚胡槻、叶岂潜的交游与创作活动。

嘉定十四年秋，刘克庄应广西经略安抚使胡槻之邀，考虑再三，决定携妻入桂。在此前，他曾有诗云"自古诗从登览得，莫辞绝境共追攀"（卷五，《海口三首》，《全宋诗》第36200页），从入桂到出桂的一年时间中，可谓亲躬而专力地实践了这联诗句。如果我们把这次入桂、出桂过程看作一次整体性文学活动，其诗歌则几乎构成了一次山水旅行的序幕、高潮、落幕的完整链条，以致将文学创作与自然景观最为紧密地熔铸在一起，其所呈现的山思江情、雨姿雪态、羁旅悲欢、交游嘉会均让人惊服。这次入桂经历，给刘克庄人生历程和诗歌作品补入了大量之前甚至之后都没有的山川瑰奇壮丽之气和自然千变万化之趣，是对其人格的崭新陶冶和诗情的巨大激发，其中密集地创作诸多长篇大幅之作，更是其诗歌生涯中难得一见之景。

以《发枕峰》为起始，至《未至桂州叶潜仲以诗相迎次韵一首》止，可以算作序幕，是他入桂纪行之作，共三十题三十四首。这一组诗歌的创作，并无诗友于其间相互琢磨，而是得于江山之助，作品多以地点为名，状写一路所见、所遇、所感，有些仍是五律白描之作，如"一茎新鬓白，数点晚山青"（卷五，《嵩溪驿》，《全宋诗》第36203页）、"路由高顶过，云在半腰生"（卷五，《黄黑岭》，《全宋诗》第36207页）、"笛起渔汀上，鸥飞县郭前"（卷五，《祁阳县》，《全宋诗》第36207页）等，清新可人。但其中最引人注目的则是两首五言长篇：《牛田铺大雪》（二十八韵，五排）和《谒南岳》（二十四韵，五古），特别是前一首，真是一泻千里，极尽能事，兹录于下：

　　暝色蟠空起，狞飙激地吹。渐看云布濩，稍有霰纷披。蔌蔌初飘瓦，轻轻已点墀。居人朝未觉，客子夜先知。巧似庄严就，匀如剪刻为。充庭冰氏喜，缟户染人疑。洒密苔缄遍，擎多树压垂。高峰迷顶踵，远渡失津涯。窘兔低蹲草，僵禽默堕枝。马难分牝牡，乌不辨雄雌。倏忽斜还整，冥蒙合又离。半埋官路堠，乱打寺廊碑。猛势欺袍絮，寒光照鬓丝。

第二章 江湖和魏阙：身份转换与文学活动

店荒敲尽闭，桥滑步尤危。破釜羹霜菜，残炉燎湿萁。废妆怜妇怯，露骭笑儿痴。乍起毛皆猬，深藏手亦龟。犬惊邻吠急，鸡噤野鸣迟。偏滞南辕路，翻思北戍时。旌旗鸣雁塞，刁斗乱鹅池。呵笔堪飞檄，收灯可覆棋。暮营蒙虎卧，晓猎臂鹰随。浴铁成何事，披蓑自一奇。空山吟忍冻，穷巷咭充饥。授简悲才退，烘衣感气衰。稍欣茅瘴薄，已觉麦畦滋。病怕村茶冷，愁嫌市酒醨。带间三十韵，聊补昔人遗。（卷五，《全宋诗》第 36205 页）

这首诗是刘克庄行至江西萍乡牛田铺时偶遇大雪所作，前四联是写大雪初起之时，后面连续十八联都是铺叙大雪及大雪带来的一系列特别景象，从近处雪之形状写到远处山水、动物之情态；从自然之改变写到行人之感受，多角度地紧扣标题，渲染"大雪"二字，而整篇不见"雪"的出现，几可称作"白战体"。其体句式多变，用笔灵巧，又是五排，较之五古更是严于声律，难度可想而知。这是刘克庄诗集中韵幅最长的一首，其所云"带间三十韵"，现在只看到二十八韵，或许后来有所修改。这一时期，自与方信孺诗人群体结交以来，特别是游山玩水之际，刘克庄就特别专注于五言长篇的写作，这首排律可谓代表。与《牛田铺大雪》侧重写景不同，《谒南岳》则将叙事与写景糅合一起，以五古的形式发而为诗，其中所记与寺僧的对话，所写南岳云、景的变幻，所论谒岳的感受，转笔流畅，过接自然，融为一体，读来趣味横生。

如果说入桂的三十馀首诗作拉开的是一个人的畅游序幕，那么到了山水甲天下的桂林，一群诗友的携玩出游，次韵分韵，显然就是众人的狂欢高潮了。以"桂山前未到，今日是初游"（卷五，《游水东诸洞次同游韵二首》，《全宋诗》第 36208 页）的次韵开始，刘克庄在桂林度过了短暂的十个月时间，与老友叶岂潜和胡槻、张潞等同僚俊彦酬唱山水，最是欢愉，《行状》记云"八桂佳山水，胡与公倡酬，几成集"。集中卷五后半部分与卷六前半部分，合为在桂之作，近百首。这也是其诗歌生涯中最为集中创作五言长篇的时期，动辄上十韵，这组作品鲜有文学史家予以关注，实际上造成了对刘克庄"兼擅众体"评价的偏离。

我们不妨将其中五言长篇标题及韵数悉列如下：《上巳与二客游水月洞分韵得事字》（十二韵）、《三月十四日陪帅卿出游一首》（二十韵）、《吊锦鸡一首呈叶任道》（十六韵）、《象弈一首呈叶潜仲》（二十四韵）、《癸水亭观荷花一首》（十四韵）、《栖霞洞》（十韵）、《五月二十七日游诸洞》（十二韵）、《泛西湖》（十四韵）、《慈氏阁》（十韵）、《辰山》（十四韵）、《曾公岩》（十韵）、《秋日会远华馆呈胡仲威》（十韵）、《伏波岩》（十韵）、《八桂堂呈叶潜仲》（十韵）、《题胡仲威文稿》（十韵）、《戴秀岩》（十二韵）、《中秋湘南楼饯张昭州》（十一韵）、《凤》（十韵）、《荔支岩》（十二韵）、《佛子岩》（十韵）、《龙隐洞》（十二韵）、《琴潭》（八韵）、《辰山道人》（十韵）、《榕溪隐者》（十韵）、《程公岩》（八韵）。

以上所列二十五首诗题，均为五言古诗，而且都集中于在桂的几个月间，其阵容之庞大，出乎意料，特别是写景诸作，展现出一幅幅雄奇的桂林图画，真是唱响了游桂的强音。这一现象的出现，毫无疑问与刘克庄自觉地突破自我格局，专意古体有关，他后来撰《瓜圃集序》就自道"十年前始自厌之，欲息唐律，专造古体"（卷九四，《全宋文》第329册，第81页），但又显然离不开桂林山水与在桂同僚的玉成。不管是游览之作，还是呈献之作，其中都有与同僚的切磋、竞技的意思在。

这组诗歌，以佳山水促成佳篇章，然同前时追随方信孺一样，刘克庄也只是一个"小人物"罢了，其游士身份仍然不时地显露出来。其不同处在于，此时的桂林携游，没有明显的核心人物了，倒是多了几分散漫的味道。与刘克庄唱酬最多的恐怕不是经略使胡槻，而是同僚叶岂潜。《送陈子东序》记云："予从事广西经略使府，潜仲适佐漕幕。岭外少公事，多暇日，予二人游钓吟奕必俱。神厓鬼洞，束缊盲进，唐镜宋刻，剜苔疾读，登巇放鹤，俯湫呼龙，平生乐事莫如桂州时也。"（卷九四，《全宋文》第329册，第68页）所忆所怀，最是真切。

离桂一路，诗歌创作低落一些，游桂的落幕同样也意味着五言古诗创作高潮的结束。"殊乡无喜事,应为买归舟"(卷六,《鹄》,《全宋诗》第36223页),刘克庄就在这首轻快的五绝中启程回乡,一路虽仍作有《发湘源驿寄府公》①、《书堂山》、《访李公晦山居》、《道傍松一首》等五古长篇,但已非主体。其一路创作,也已没有初入桂林时的激动,只偶尔写写所见所感,并在"快著征衫鞭瘦马,要看二十里梅花"(卷六,《怀安道中》,《全宋诗》第36227页)的急切心情下,回到莆田。这次入桂经历,是刘克庄人生之乐事,也是其诗歌创作与自然景观的一次大碰撞,在诗体五言古诗的选择上,恰与桂林瑰丽的山水从内容到形式形成了契合。

(三)入都改官,途中所作及与陈起等的交游活动。

或许是因为入都改官,耽于俗事的缘故,较之前两次诗歌创作高潮,刘克庄这次去行在临安,所留作品并不多。诗歌以《福州道山亭》为始,至《桥西》止,仅得二十一首,历时六到八个月。颇为有趣的是,似乎是专门对上一次决意五古的反拨,这次出行所作则改为专攻七绝,集中创作了一组七绝纪行,其题也多换之为简洁的两个字:《起来》、《入浙》、《寄人》、《记梦》、《出都》、《题壁》等等。这十来首七绝虽体裁统一但手法多变,不管是抒情表意的篇章安排,还是起承转合的语言修辞,都各有特点。不过就总体而言,这次临安之行,于诗歌创作上并无太大收获,但于其文学活动的展开,却有很大收获——认识了商人兼诗人陈起。

关于刘克庄与陈起的交游过程,由于史料的散失,我们已难以全面考索,但可以确定的是,这次入杭改官,应是他们二人正式订交之始。《赠陈起》云:

> 陈侯生长纷华地,却以芸香自沐熏。炼句岂非林处士,鬻书莫是穆参军。雨檐兀坐忘春去,雪案清谈至夜分。何日我闲君闭肆,扁舟同泛北山云。(卷七,《全宋诗》第36233页)

揣度口吻,完全是初次交游的语气,诗歌乃是抓住陈起最为突出

---

① 按:"源",原误作"潭",据《四部丛刊初编》本《后村先生大全集》改。

的一些特点展开,如"纷华地"、"芸香"、"鹭书"、"闭肆"等,没有太多的其他具体本事,两人尚未见得有多么熟稔。不过,从"雪案清谈至夜分"、"扁舟同泛北山云"看,他们之间又已经有较多的接触了,两个人此时的关系应是在"君子之交"的程度,不温不火。这种关系,由于刘克庄的《南岳》诸稿刻入《江湖集》,后来又遇上"梅花诗案"而变得更为紧密与默契。

这里有一个问题需要略加说明,即《南岳旧稿》的初刊时间。洪天锡所撰《墓志》云:"桂闱以准遣足其考,时《南岳稿》、《油幕笺奏》初出,家有其书。叶公正则评公诗,许以大将旗鼓。赵公履常称公散语与水心不相上下。"林希逸所撰《行状》云:"公归自桂林,迂道见南塘于三山,读公《南岳稿》,称觞赏不已,自此遂为文字交。"由这两则可靠材料看,既然叶适、赵汝谈均已阅读到《南岳旧稿》,那么它已经刊行的可能性就非常大①。而"公归自桂林,迂道"云云,时间显然是在这次刘克庄至临安认识陈起之前。由此可知,《南岳旧稿》在陈起《江湖集》收入它之前,就已经有一个本子在流通了。而陈起《江湖集》所刊《南岳》诸稿应该就是在刘克庄这次入都时带去的,所以他才有《寄人》一诗中的"老携诗卷入京华"(卷七,《全宋诗》第 36232 页)之句。

刘克庄诗坛地位的确立,无论如何都离不开《南岳五稿》的刊行。虽然之前有《南岳旧稿》的流播,但其影响仍然无法与陈起将《南岳五稿》一道刻入《江湖集》以传播相比拟。故而,刘克庄这次入都改官与其被看作是一次文学活动,不如说是一次出版活动,而且是一次决定其人生轨迹重要方向的出版活动。这次入都以后《南岳五稿》的付梓刊行,既意味着其江湖诗人名声的完全确立,也预示着其真正江湖身份的质的转变,某种意义上正可谓是一种总结与终结。

以上是对刘克庄政治身份作为选人、社会身份作为游士时的几次重要文学活动的考察。

---

① 当然仍不能排除手抄本的可能。关于书籍的刊刻问题,第五章将展开讨论。

前文已言,自临安改官归后,其政治身份就已变成京官,接下来的三年也就成为其身份意识的自觉转变期。宝庆元年(1225),即刘克庄改官归乡第二年(实质相差仅几个月),理宗即位,刘克庄有幸得众贤荐举,旋被任命知建阳县。《陈敬叟集序》记云:"宝庆初元,余有民社之寄,平生嗜好一切禁止,专习为吏。勤苦三年,邑无阙事,而余成俗人矣。"(卷九四,《全宋文》第329册,第80页)因而,期间三年并未有太多文学活动与诗歌成绩,就卷八所存作品来看,其中赠、题、挽、送、寄、答成为主体,足以反映这段时间的诗歌完全沉于交际之中,并无太多新收获。不过,其间仍有几位诗友需要特别拈出姓名,以示其间虽未专意于诗,仍不废诗友切磋,他们是:熊大经(四题二十二首)、叶时(二题四首)、陈孔硕(四题四首)、林清之(一题七首)、赵汝谈(一题五首)等。

宝庆三年(1227),众所周知的"梅花诗案"发生,乃有"诗禁"之实,刘克庄的诗歌活动也就基本处于停滞状态。至绍定元年秩满,刘克庄解任归里,其间已无所获①,其身份定位又开始转入另一个时期——地方精英。这将在本章第三节继续探讨。

二、初涉政事与黾勉四六

刘克庄早年是以诗闻名,但我们又不可忘记其早年能与《南岳稿》并称者,乃四六集《油幕笺奏》。所以,一个四六家刘克庄的文学活动理所应当是我们必须关注的。在其暮年所著回忆性日记《杂记》中,有如下一段文字,记叙了刘克庄早期四六文写作登堂入室的大概过程,文云:

> 余少未为人所知,水心叶公称其诗可建大将旗鼓,西山真公自为正录时,称其文,延誉于诸公。初筮靖安主簿,年二十四,庚使絜斋袁公被旨来摄豫章,辱致之幕。教官拟《贺冬

---

① 诗集卷八末尾有刘克庄最为著名的一组乐府(即《筑城行》等十首),其创作时间应是归里之后,不计。

年表》①,不合,忽蒙改委,公不易一字。因白事,留语:"主簿它日必以四六名家。"余答:"非素习,黾勉为之耳。"公曰:"君年事未也,而四六乃有李汉老风骨,它日岂易量?"余谢不敢。当时但知李公《汉宫春·梅》词而已,实未见其四六也。退以告郡士万枏伯材,自述空疏之愧。万曰:"李公有一位在郡中居。"②从其家借《云龛集》与诸家所作诵习之,稍为上官代管记,大小状皆以薄技得之,它无缪巧。故谏议忠简傅公每见其文击节,荐于朝曰:"使为文字官,必称职。"时余方在选调。上登极,举贤能材识,公已告老,又以余应诏。谢以小启,公自答云:"取旧知而论荐,应新诏之搜罗。虽非当时有味之言,庶几文若不休之意。"后南塘赵公为西宗,评余四六云:"驯雅简洁,全法半山。"又云:"老胡双眼犹能别宝,更须参取欧、苏,使之神化不测。"它日见余一二篇,又云:"某在兄云雾中。今知前所见一卷,就某所好一体耳。"时南塘四六独步一时,西山书云:"安得好时节,使兄与南塘对掌!"其后南塘直玉堂,余亦忝内外制。(卷一一二,《全宋文》第330册,第196—197页)

在这段文字中,至少有三点值得我们注意:第一,刘克庄黾勉四六,与其初涉政事有密切关系,其中入袁燮幕可视为起点;第二,其初期四六文与李郂《云龛集》有一定渊源关系;第三,在早期的四六文学创作活动中,傅伯成、赵汝谈、真德秀三位前辈的首肯与指点,其为重要。由于《云龛集》的散佚,第二点我们已无法展开,而一、三两点则构成了刘克庄此间四六文创作最为重要的两个方面。在刘克庄作为游士的二十年间,有两次集中的四六文创作:一是在李珏幕府代撰诸多表、奏、青词等,后结集为《油幕笺奏》(在今《大全集》卷五〇),这显然与其自身的工作职责相关;二是

---

① "表",原作"素",据《刘克庄集笺校》(中华书局,2011年,第4672页)改。
② 按:"位",似当作"侄"。

第二章 江湖和魏阙:身份转换与文学活动

改官前后,创作了一批谢启(卷一一六),如谢举著述、谢改官、谢举改官、谢应诏荐举等,这也是因其社会身份转变而引起的四六创作小高潮。下面就这两次四六文创作活动作一论述。

(一)在李珏幕府的文章写作活动。

刘克庄入袁燮幕府,是在嘉定三年(1210),其所代拟诸作已不见载,但其四六禀赋则正因袁燮的慧眼独具而为世人所知。嘉定十年(1217),李珏建阃金陵,时刘克庄正为真州录事参军,遂应邀入幕为制置使司准备差遣。此后两年,刘克庄不但屡次上书直陈军事见解,参与幕府军事谋划,而且常以文士之笔为李珏代撰诸多表奏书檄之文,此间"未尝有臧宫、马武之心,不过任陈琳、阮瑀之事"(卷一一六,《改官谢丞相启》,《全宋文》第328册,第36页),一时帅阃内外文名盛极,部分作品即结集为《油幕笺奏》。此集共收文章三十四篇,以表启为主体,其中谢表(笺)十五篇、贺笺五篇、各类启文十一篇、疏文一篇、青词两篇。从题目看,刘克庄代李珏所作都是极为重要的表启,如《谢抚谕诏书表》、《谢转大中大夫表》、《镌职谢丞相启》、《谢二府启》、《回京湖赵置制启》,或关乎国事,或关乎升降,颇可见幕主对其之重用。

这三十余篇文章,一方面基本勾勒出制置使李珏这段时期经历的重大事件,镌职、复职背后正是军事上的失利、得利,也是青年刘克庄经历的边防战事;另一方面又初步显露出刘克庄早期四六的风格,表笺简洁典重,启文通达雅致。毫无疑问,它们的写作首先是一项职事工作,其次才是于其中体现出审美要求的文学活动。因而,对这类文章的分析就必定存在两个层面,一个是本事,即文章写作的来龙去脉,这关乎思想内容;一个是手法,即文章的遣词造句、谋篇修辞,这系于艺术形式。同时,这两个方面又是相互制约、相互影响的,什么样的内容就需要用与之相适应的语言,是为得体、本色。换言之,不管是谢表、贺笺,还是启义、青词,它们的应用性与审美性都是必须同时关注的,是应用之中的审美,审美笔下的应用。

初入幕府,适遇宁宗下诏谕慰边励将①,于是《油幕笺奏》第一篇即《谢抚谕诏书表》,据此表内容,应作于嘉定十年夏。开篇第一联云:"虏渝信誓,爰兴细柳之屯;帝有恩言,申念采薇之戍。"(卷五〇,《全宋文》第 327 册,第 145 页)意即因敌背信誓而设边阃,以帝之恩诏而遣士卒。《辞学指南》在分析表之作法时云:"一表中眼目全在破题二十字,须要见尽题目,又忌体贴太露。"②刘克庄此联深得三昧,不但一语含蓄地点出了题中的兴师、慰兵之意,而且语言十分讲究。"爰兴细柳之营"用《史记》周亚夫事,"申念采薇之戍"用《诗经·小雅》篇意,二事均系乎军务,而其妙者"柳"对"薇",植物对植物也。其下诸联,气脉顺畅,毫无雕琢、割裂等四六常见之病:

> 虏渝信誓,爰兴细柳之屯;帝有恩言,申念采薇之戍。命传急驿,欢动连营。(中谢)窃以胡马南侵,谓齐盟之可弃;王师北伐,乃大谊之当然。由圣朝每示于包荒,故丑类敢从而干纪。一自天声之震,果令贼胆之寒。始欲肆于狼贪,俄已闻于兽散。伏念(臣)误当闻寄,实董戎昭。所惜者可为之事机,所愤者未雪之雠耻。传檄而英豪丕应,调兵而将吏无哗。义士出奇,馘酋渠而献捷;遗黎效顺,举城邑以愿归。国势既尊,人心咸奋。我疆我理,方期旧境之复还;靡室靡家,尚恐征夫之况瘁。值骄阳之蕴暑,拜温诏以如春。兹盖恭遇皇帝陛下刚与时行,勇由天锡。谓戎车四牡,久暴露于边头;故细札十行,示激昂于士气。沛然发号,闻者属心。臣敢不肃奉睿谟,遍孚群听?拊循意切,岂惟感动于武夫;渗漉恩深,尚有愿观之癃老。(卷五〇,《全宋文》第 327 册,第 145 页)

语气谦逊,而颇有喜色与豪气。其中如"我疆我理,方期旧境之复

---

① 佚名编《续编两朝纲目备要》卷一五载:"嘉定十年六月戊午,诏厉将士。"并录诏书全文。北京:中华书局,1995年,第282—283页。
② 王应麟《辞学指南》卷三,《历代文话》第 1 册,上海:复旦大学出版社,2007年,第970页。

还;靡室靡家,尚恐征夫之况瘁"、"值骄阳之蕴暑,拜温诏以如春"两联,既是写实,又具概括性与表现力,可称警策。其于句式变换,亦能在四六句式的整饬之中注意虚字的交替使用。这篇当然不是刘克庄最为出色的四六文,但已能见出他初入边阃的手笔,确实已经不同凡响。

　　据《景定建康志》卷十四载,嘉定十年七月二十五日,李珏转大中大夫,于是刘克庄又代撰《谢转大中大夫表》。虽与前文同是谢表,但上乃以李珏的制置使身份而写,其立意在公,此则以李珏个人身份而写,其属文为私,写法自然就不同。整篇都能贴于谦让,言辞呈愧,而谢意无穷。其中警策如"际风云之会,曾微横草之功;累日月之劳,徒起取禾之诮"(卷五〇,《全宋文》第327册,第146页),一用《汉书》终军之典,一用《诗经·伐檀》之语,亦属在行。大体来说,刘克庄于这二十篇表笺之文,已经深得其体制了,显露出较为出色的典故驾驭能力和词汇组织能力。所谓"表章工夫最宜用力。先要识体制,贺、谢、进物,体各不同"①,他在谢表与贺表之间的差别,也能于细微处把握得当。如《贺皇太子冬至笺》,首联"缇室吹灰,迎长伊始;青宫主鬯,受祉维新",破题十分巧妙,不似谢表的破题总在谦虚自抑的口吻中用典破题,转而为侧笔虚写,贺而不谄。因是贺冬至,所以先紧扣"冬至"二字,从缇室说起,《后汉书·律历志》说缇室之内"气至者灰动";次又扣紧"太子"二字,"青宫"即太子居处。而所谓"迎长伊始",即抓住冬至为阴气之极而阳气始起之日,从这天开始白天又慢慢变长了,以此与太子的"维新"相对。将天地阳气再生与太子受祉维新作比,虽无言贺之词,实蕴奉贺之意。这篇贺笺,只七联,较之谢表篇幅短些,而其意已尽,破题至于结尾,与谢表的写作手法呈现出较大的差别。仍是在《辞学指南》中,王应麟分析说:"大抵表文以简洁精致为先,用事不要深僻,造语不可尖新,铺叙不要繁冗,

---

① 王应麟《辞学指南》引真德秀语,《历代文话》第1册,第970页。

此表之大纲也。"①刘克庄此文庶几得之。不管是谢是贺,就表文的一般属性而言,其体制规定性是一样的,仍属一种陈情叙意的上行公文,只是所对应的态度不同罢了。刘克庄入李珏幕,可谓在这种上行公文的写作上得到了充分的锻炼,为其日后此类文章的写作提供了良好的演练平台。

与表笺等上行公文不同,启文的应用范围更广,对象也多样些。在为李珏代撰的十一篇启文中,刘克庄的才气更为自在地驰骋展现。其中《镌职谢丞相启》、《复职谢丞相启》和《谢二府启》(《四家四六》②本作《复学士谢二府启》)三篇是一组文章,它们与表文中的《降直学士谢表》、《复宝谟阁学士谢表》具相同的本事。嘉定十年(1217)五月,宋宁宗下诏伐金,又一次宋金战争开始。至十一年三月,李珏以江淮制置使兼知建康府的身份指挥战争,并对以李全为代表的"忠义军"寄予厚望。李珏主战,多次派兵进入金境,镇江都统刘琸率兵由盱眙军渡过淮河攻打泗州③,同时镇江忠义统制彭惟诚也参与其中④,不料全军覆没,金兵甚至乘机攻入盱眙。泗上之败,给宋军带来一定损伤,郑性之就曾说"京口一军自泗州失利之后缺额极多,老弱大半"⑤。事出,朝廷震动,李珏自难辞其咎,虽然说"患则公当,衅匪公启。疆归玺出,人享其利;钲动鼙震,公受其诋"(卷一三六,《祭李尚书文》,《全宋文》第 332 册,第 156 页),但依法总要对制帅进行处罚,所以李珏被镌职并降为直学士,不久又官复原职。

这一组启文的写作,语言较表文更为畅达,虽然仍是谨守四六法度,但许多联句并不用典,而是直以胸臆出之,比较自然顺溜,颇似散文中的对句。如《镌职谢丞相启》"知主上兼爱南北,宁

---

① 王应麟《辞学指南》卷三,《历代文话》第 1 册,第 971 页。
② 关于此书情况,我们会在第五章详谈,此处省略。
③ 参《宋史》卷四〇六《崔与之传》,第 12259 页。
④ 参《宋史》卷四〇《宁宗纪》,第 769 页。《续编两朝纲目备要》卷一五、《宋史全文》卷三〇均有极略记载:嘉定十一年三月癸巳,镇江忠义统制彭惟诚等败于泗州。
⑤ 刘克庄《毅斋郑观文神道碑》引语,《全宋文》第 331 册,第 148 页。

忍开边;知庙堂不问甲兵,专谋保境。我虽守信,虏自败盟。首挫其淮右之锋,复断彼山东之臂","谓赏罚军国之纪,必合至公;然胜负兵家之常,无庸深咎。况已自归于司败,特为少屈于刑章"(卷五〇,《全宋文》第 328 册,第 13 页);《复职谢丞相启》"我师气奋,将四面以穷追;彼众谍知,乃一宵而潜遁。盖却虏乃庙堂之算,而平淮皆将士之劳"(卷五〇,《全宋文》第 328 册,第 14 页)等,都是写实的语言,只是以对句的形式出之而已,这大概就是所谓的"启犹可随己创意"①吧。

在李珏幕,刘克庄不但为其代撰了诸多四六体制的文章,同时也从自己的角度上书过李珏多篇文章。其中具代表性的有四六文卷一一六《贺制置李尚书启》和散体文卷一二八《丁丑上制帅书》。较之为幕主代作启文,刘克庄写作《贺制置李尚书启》,心情应该轻松随意许多,所以篇幅比较大,达四十七联。其中四六句式不占主体,而多有七六隔句对、六九隔句对,一联最长可达三十字。在单句对中,十一字对一联,十字对二联,九字对达三联,勃郁其间,气势混转,实又有别于其他启文。散体文《丁丑上制帅书》,论理明晰,推阐严密,所用句式多排比,以成对比之格局,用意诚笃,考虑周全,而言语节制有礼。其论时局剀切,对当时各种心态把握到位,将"怯者欲和,勇者欲战,持重者欲守"的各方意见归纳得很精准,又对如何可战、如何可守进行了鞭辟入里的分析。文章所表现出的刘克庄清醒的政治头脑和出色的军事才能,都依赖于其语言本身的整饬和严密,是一篇绝好的议论散文。

总之,在李珏幕府是刘克庄作为幕士最为辉煌的一段时间,让他看到了一展抱负的曙光,文学才能也得以在应用文字的撰写中进一步发挥。不管是为制帅代撰诸作,还是个人此时所写诸多文章,都因其初涉政事,专任文字官员,而表现出黾勉之态。后因与李珏在守战问题上出现分歧,更因清议归怨幕划失宜,刘克庄自请南岳祠,这次入幕宣告结束,同时也意味着四六公文的代撰

---

① 清王之绩《铁立文起》后编卷八引《指南录》,《历代文话》第 4 册,第 3824 页。

活动结束。

（二）改官前后的启文创作活动。

嘉定十六年，漂泊江湖多年的刘克庄入都改官。据宋制，改官可分磨勘改官、赏酬改官、职事改官、捕盗改官等。刘克庄的改官是"磨勘改官"，需五位"举主"举荐，而举主每年荐举的名额十分有限且负有连坐责任①，所以极为难得。前引《朝野类要》甚至说："其举主各有格法限员，故求改官奏状，最为难得。如得，则称门生。"举荐人与被举荐人之间，可以看作老师与门生的关系，可见这是一项重要的社会关系。

在《后村先生大全集》中，我们仅能看到一篇《改官谢丞相启》，而在《四家四六》中则仍存有《谢胡总领举改官启》、《谢制置李尚书举改官启》两篇改官启文②。据荐举制度推测，我们几乎可以肯定他至少为改官创作过六篇启文（谢五位举主加上谢丞相），以答谢荐举他的上级官僚。这些启文虽为一事而起，却并非一时之作，从标题看《改官谢丞相启》是改官后所作，其馀谢举主之文则当是拿到荐书时即撰谢启，而荐书并不会同时拿到手。不过，现存两篇谢举主启基本作于同一时段。《谢胡总领举改官启》一文，大概作于嘉定十年，所谓"胡总领"指胡槻，他于嘉定五年至十一年出任淮西总领，从文中所言"韡袴从军，自是粗官之分；弓旌聘士，误居辟客之中"（《全宋文》第328册，第346页）可知克庄其时已入李珏幕府，在《赴辟广西通帅启》中刘克庄又曾说"未报旧知，更衔新惠"（卷一〇六，《全宋文》第328册，第33页），"旧知"即指为其举荐，而"新惠"即邀其赴桂；《谢制置李尚书举改官启》一文，据"边事方殷，莫裨末议；身谋甚巧，先取荐书"、"半载而强，一筹不画"（《全宋文》第328册，第345页）两联，亦可定在嘉定十年。

除了胡槻、李珏，刘克庄的其他三位举主我们已无法知晓。

---

① 可参苗书梅《宋代官员选任和管理制度》第四章第三节"叙迁制度"和何忠礼等《南宋史稿》第十章第一节"南宋的官职制度"。

② 《全宋文》据《翰苑新书》补辑。

第二章　江湖和魏阙：身份转换与文学活动

他在改官前，为了获得举主赏识信任，想必进行了较大的努力，和政界中高层开始了比较密切的一种交往，同时也利用了其祖、其父等家族社会关系。但更为重要的，恐怕还是自身的文学资质与为政才能。所以，在改官前后刘克庄又被"举著述"。

宋代铨选制度中，有"荐举"一项，它与"辟举"不同，乃是推举有才能的人作为朝廷的备用人才，并无直接对应的官阙。荐举分"常程荐举"和"特诏荐举"。在"特诏荐举"中有一特别形式名"十科举士"，此乃哲宗元祐元年（1086）司马光所定。后此法因司马光的离任不废而罢，至高宗绍兴三年（1133）又恢复了，但也并不是太重要。在十科中第七项叫做"文章典丽可备著述科"[①]。刘克庄即被荐举此科，故称作"举著述"。与此相关，集中有《谢傅侍郎举著述启》、《谢聂侍郎举著述启》、《谢胡礼侍卫举著述启》三篇启文，分别写给傅伯成、聂子述、胡卫三人。大概因为所举正是"文章典丽"科，所以这几篇启文都特别讲究文辞，颇有文采。可以说，在刘克庄此期的启文中，写得最有情感、文采最为飞动的，就是其中的《谢傅侍郎举著述启》了，直可谓是"尽以胸中之郁结，发为笔下之淋漓"（卷一〇六，《谢聂侍郎举著述启》，《全宋文》第328册，第35页），启文云：

> 瞻耆英于洛社，尝听绪馀；荐墨客于汉廷，误蒙印可。常恐终身之抱璞，乃逢具眼之赏音。谊重嘘枯，感深出涕。窃以洙泗之盛，始分设教之科；汉唐以来，代有能言之士。然晁、董名儒而不免科举之累，若燕、许大手而惟工台阁之辞。才之难全，古所共叹。暨我本朝之盛际，森然诸老之名家。六一之文唱于汉东，宛陵之诗鸣于庆历。未几一变，遂宗王氏之新经；厥后横流，别出江西之宗派。正大之理破于穿凿，浑厚之体溢为尖新。有如命世之宗工，方绍斯文之正统。岂伊孤陋，亦玷品题。伏念某家故为儒，幼尝承学。善和书卷，

[①] 关于"十科取士"，可参看宋谢深甫《庆元条法事类》卷一四选举门"十科"条，民国燕京大学刊本。

颇窥上世之旧藏;杜曲桑麻,粗有先人之薄业。自执手周南之后,多卧疾漳滨之时。念顷为举子之词章,屡不合主司之程度。既无用于斯世,遂专攻乎古文。凡匦铭鼎识之聱牙,若冢刻山镵之奇怪。《大易》之系,《关雎》之乱;太史所录,《离骚》所吟。匹马扬州,动成鼓城笳之感;蹇驴钟阜,多故宫废苑之游。每发于羁旅行役之间,未脱乎山林草野之气。尚恐俗人之窃笑,云何哲匠之见推。谓其有记览之功,怜其抱刻苦之意,期之以讨论修饰之事,借之以温润典裁之襃。知己则深,揆才不称。兹盖伏遇某官名塞宇宙,识穷天渊。标致萃于山岳之高,文词协乎律吕之正。闻谏议之伏合阁,愿拜阳亢宗;论公孙如发蒙,独惮汲长孺。进有百篇之论疏,退无一饭之忘君。粤从为绿野之游,了不作黄阁之梦。独有怜才之一念,未尝弃士之寸长。某敢不激烈铭知,专精讲学?文章小技,敢于世俗以求名;节谊大贤,愿以师门而为法。(卷一一六,《全宋文》第 328 册,第 27—28 页)

傅伯成与刘克庄父亲交情甚笃,于刘克庄亦有知遇之恩。克庄丁外艰时,傅即特意至莆田过访他,时刘克庄作《上傅侍郎启》表达了感谢之意,也颇含仰慕之情。在这篇谢启中,刘克庄就径以"师门"相称,显然是门生口吻了。文章破题缘谢表习惯,先谦逊了一番,结于"谊重嘘枯,感深出涕"八字。《四六话》卷下曾指出:"表启中最以长句中四字为难,以其语少而意多,因旧为新,涵不尽无穷意故也。"①所谓"长句中四字",是指除段首外的在各种句式交叉使用时的那联四字对句。一篇启文之中,"长句中四字"其实是组织文章的关纽,因为一般四字联都放在文意转折或总结部分,必须有承上启下、语少意多的性质。此联的用辞造句既影响到文章整体的构架,又直接关乎文气的顺畅。刘克庄这篇启文的"长句中四字"联有:"谊重嘘枯,感深出涕"、"才之难全,古所共叹"、"岂伊孤陋,亦玷品题"、"知己则深,揆才不称"四联,另有"家故为

---

① 王铚《四六话》卷下,《历代文话》第 1 册,第 27 页。

儒,幼尝承学"、"名塞宇宙,识穷天渊"两联虽为四字联,但乃处段首,不视作"长句中四字"。深入文章结构内部,显然此四联犹如文章之纲,其蓄意与用辞都很讲究。

即以"谊重嘘枯,感深出涕"一联说,张咏《昇州到任谢表》有"感深出涕,恩极难言"①之句,晁补之《代河北提刑王朝散谢上表》有"德厚察幽,感深出涕"②,李刘《转朝请郎谢监司》有"仁深引类,义重嘘枯"③,其语真是够"旧"了。但细味以上诸联,张咏的"感深出涕"对之以"恩极难言"最为拙劣,"出"为动词,与副词"难"不工对;李刘的"仁深引类,义重嘘枯",虽于对仗并无不妥,但"引类"、"嘘枯"实际都是较虚的动作,互为对仗,亦不甚好。就刘克庄与晁补之两联,以"嘘枯"、"察幽"这类虚的动作,对之以实在可见的动作"出涕",其巧妙似之。而刘克庄所用"嘘枯"的力量更大,对之以小,其艺术张力更胜一筹。从意上说,此联正是破题段的总结,又为后文的铺叙埋下了伏笔,合于"因旧为新"之轨则。

在刘克庄此文中,最为动人者当然不在四字联的"纲",而在其他诸联之"目"。文章所述文运脉络、自身沉浮、举主风度,均以雅致的词汇和工稳的对仗用之,其中如"正大之理破于穿凿,浑厚之体溢为尖新"、"善和书卷,颇窥上世之旧藏;杜曲桑麻,粗有先人之薄业"、"匹马扬州,动成鼓城笳之感;蹇驴钟阜,多故宫废苑之游"、"标致萃于山岳之高,文词协乎律吕之正",议论、叙述都无雕琢,清新流动,多有古文气势在其中,亦足称警联。

"举著述"的结果似尚未下来,朝廷又因理宗即位而下诏求贤,刘克庄再遇"特诏举荐",并被叶时选为建阳令,由此以京官的身份得官阙而知建阳。因而,就有《谢乡郡应诏荐举启》、《谢傅谏议应诏荐举启》、《通建守叶尚书启》等文。这组文章可以算作改官前后的第二次四六创作高潮的又一重要组成部分,也是其游士身份宣告结束的标志性文章,在之后的启文创作中,他就是以官

---

① 张咏《乖崖集》卷九,《文渊阁四库全书》本。
② 晁补之《鸡肋集》卷五五,《四部丛刊初编》本。
③ 李刘《梅亭先生四六标准》卷一〇,《四部丛刊续编》本。

员的身份写"谢升陟"、"谢堂除"、"谢举自代"等文章了。作为应用性极强的表启等四六文,它们的写作总是首先表现为职事活动与社会活动,其次才是文学活动。刘克庄在游士阶段的表启撰作,更是具有这样的浓厚性质。

综括来看,游士阶段的刘克庄不管是诗词的创作,还是文章的撰写,都还未进入丰收期。不过,此期的他虽然由于社会角色的规定性和本身的不成熟,还无法完全关注自我生活、完全按照自我的艺术理解进行文学的创作与表达,但已经掌握了充足的社会资源和艺术经验,尤为宝贵的是积聚了较为强烈的革新意识,为其后来的各体诗文创作大丰收提供了重要资源。

随着改官的成功,刘克庄的社会地位也发生了变化,特别是三年的知建阳生活结束后,不管是外界对他的看法还是其自身的定位,社会身份都不再是游士,而是官员。入仕生活是他所期望的,后却因各种政争而陷入无穷无尽的里居生活之中,他的人生生涯并未从游士阶层顺利而完全地进入官僚阶层,而是在它们的中间状态乡绅阶层徘徊了几十年,并带来了文学创作的另一种风貌。

第三节　乡绅身份:游戏诗文与主盟地方

宝庆三年(1227)的"梅花诗案",幸有郑清之从中斡旋,刘克庄得免贬斥,不过因诗祸,他知建阳秩满后也只好解任归里,实质上也就闲废了。自此后,其生涯如下:从绍定元年(1228)秋开始,至绍定六年(1233)冬,是刘克庄人生的第二次低谷(第一次即监南岳祠),里居五年;端平元年(1234)至淳祐十一年(1251)十八年间,是刘克庄在出仕与里居之间反复更迭最为频繁的时段,屡次里居相加约占十一年;淳祐十二年(1252)夏至景定元年(1260)秋,是其摒弃出仕念头,安心里居的八年;景定四年(1263)至咸淳五年(1269),则是晚年出仕后再致仕归乡养老的七年。据上,刘克庄自绍定元年完全脱离游士身份直至逝世,共四十二年间,有三十一年是里居状态。其时社会身份是被贬官员或赋闲官员,参与地方事务是其主要社会活动,诗文创作则是其主要生活状态,我们由此将里居的刘克庄看作是乡绅。这是刘克庄一生最为重要的一个身份,里居时期自然也成为其文学的丰收期,与前期相比,他本人已逐渐成为文学活动的中心与重心,不再附着他人。

由于在这四十二年间,刘克庄身份转换比较频繁,即里居与出仕交错,所以我们无法像探讨其游士身份那样,将其作为乡绅时的每一次重要文学活动都依照时间顺序单列出来讨论,同时由于乡绅身份是刘克庄文学创作时的主要身份,大部分文学作品都是这时创作,所以,我们也无法面面俱到地谈及。文学活动情况相迥,写作策略自然不同。本节只能是抓住乡绅身份的特殊点与关键词,就其诗词形态与序跋撰写进行初步探索。

一、从"后村体"谈起:闲适唱酬与组诗形态

在第一章第三节,我们已经探讨过刘克庄长期里居与文学主题衍变之间的关系。从大的方面看,其间文学主要表现在心态的不同与诗文形态的变化上。这种变化,常常与文学活动展开形式有着密切的对应关系,如诗友间的反复唱和、互相慰藉直接影响到组诗与叠韵形态的变化,自适心理的要求促成诗文闲适、游戏成分的增加等等。刘克庄诗文典型风格的形成,就是在这样的文学生态下渐趋稳定并自成一家的。要认识期间文学活动与诗文形态的关系,我们不妨从"后村体"谈起。

在中国诗歌史上,有一批优秀的诗人以个人之名而获专"体"之称。如《沧浪诗话》中所言"以人而论"的"陈拾遗体"、"太白体"、"王右丞体"、"东坡体"、"山谷体"、"诚斋体"等等均是此类。这些取自人名的诗体,皆因这位诗人创造了一种带有很强个人特点的诗歌风格,且这种风格具有相对稳固而一致的审美核心,在某一方面或某几方面不同于其他诗人诗作,从而形成专名之"体"。历史上获得专名之体的诗人均是一时大家,显示出高超的艺术造诣和深远的诗史影响。关于刘克庄,虽当时未见有人提出

"后村体"的概念,却在后世文献中出现了几组"效后村体"作品,其内蕴写意涵颇堪玩味。

据考察,"后村体"一语最先见于宋末元初诗人陆文圭《墙东类稿》。陆文圭(1252—1336),字子方,江苏江阴人,宋亡隐居江阴城东,号"墙东先生"。由于宋末文献散失严重,我们已无法证实他与刘克庄是否有直接交往,不过,他对刘克庄的诗歌是相当推崇的。他在《跋苔石翁诗卷》中云"渡江初,诚斋、放翁、后村号三大家数"①,将刘克庄与杨万里、陆游同视为南宋诗史的顶级人物,足见其褒扬之甚。陆文圭作了一首《效后村体》七律,其后却鲜有响应者。直至清人文昭(1680—1732)《紫幢轩诗集》、汪如洋(1755—1794)《葆冲书屋集》等,始再现以"效后村体"为题的诗作,它们并未构成相对连贯的线条,仅有寥寥的散点。对于"后村体",学界从未谈及,其诗史意义确实不大,但透过这一名词,我们至少可以认为在部分诗人心目中,刘克庄已树立了一种自具面貌的诗歌风格。而后人对"后村体"的仿效诸作,无疑给我们推测这一带有刘克庄个人强烈印记诗体的核心内涵与主要特征提供了捷径。

现将陆文圭《效后村体》诗录下:

> 十载村居学养恬,未忘习气有人嫌。课童薙草心先快,助仆移梅力尚兼。不分乌鸦啼锦树,绝怜紫燕傍茅檐。路逢野老闲相问,新岁凶穰可豫占。②

这是一首七律,声律谨严,格调差可,内容是写村居生活,大致表现出作者隐居乡间时闲适而略带无聊的意趣,笔法稍有特别处在颈联有两种动物出现,其他也读不出引人注目处了。

另一"效后村体"的作者文昭,乃清朝宗室,字子晋,号紫幢,为清初诗坛领袖王士禛的入室弟子,他作有《"十寒"诗仿刘后村体同老友尤玉田埰作》共十首,分别咏写寒山、寒林、寒郊、寒戍、寒寺、寒

---

① 陆文圭《墙东类稿》卷九,《文渊阁四库全书》本。
② 陆文圭《墙东类稿》卷一八,《文渊阁四库全书》本。

城、寒巷、寒井、寒斋、寒闺,也是七律,为避繁赘,选录四首如下:

> 郁苍非复旧时容,众木都凋独见松。一抹冷云封绝顶,半竿瘦日下危峰。荒林雪满有樵径,落叶霜铺多虎踪。薄暮鸟还人去尽,不知何寺忽闻钟?(《寒山》)
>
> 出郭浮烟四望浑,家家旭日散鸡豚。倪黄淡写高低树,向背晴分远近村。荷筱丈人乘早市,带禽猎马返平原。墙阴不属阳和管,留得晨霜一片痕。(《寒郊》)
>
> 一城如斗傍山垠,平野枯荄散马群。烟远似云当雉见,冰坚成路向河分。风翻鸦阵连天没,雪误鸡声带月闻。昨夜柴车门外宿,燎寒生火地留熏。(《寒城》)
>
> 曩烟一带屋相凭,对面排肩唤总鹰。犯雪扣门闻吠豹,近年乞米有来僧。霜痕罩瓦千檐月,人影临窗半夜灯。见说南头壕下水,凌晨风紧已成冰。(《寒巷》)①

再分别选录汪如洋《即事五首效刘后村体》和《后即事五首叠前韵仍用后村体》诗四首:

> 冷暑风光再阅秋,初寒催着敝羊裘。三军巨鹿方酣战(时乡试武闱),十日平原得少留。菊似陈人将委地,燕如逐妾已辞楼。生涯莫谓萧条甚,酒肉朱门付一沤。
>
> 日到天南晷觉长,案无尘牍不知忙。四三谲叟侵狙赋,龠合痴僮算鸽粮。座剩寒毡因盗弃,门稀短刺信庄荒。真成退院缁流样,只少伽蓝奉炷香。
>
> 狂踪落拓记京华,警我西山日易斜。空里画形宁类饼,苦中寻味得如茶。惰农莫便希登稼,贫女无烦厌浣纱。呼马呼牛终自若,况论麋鹿与鱼虾。
>
> 雁雁云头字迹迷,长安真与日边齐。痴儿憒事怜黄犊,

---

① 俱见文昭《紫幢轩诗集·松风支集》卷二乙集,《四库未收书辑刊》第八辑第二十二册影清雍正刻本。

死友伤心谶白鸡(时秋门新殁京寓)。攲枕偶然魂趁蝶,乘车大抵穴寻鼷。何时退筑家林好,倪米迂颠一任题。①

汪如洋,字润民,号云壑,浙江秀水人,乾隆四十五年(1780)状元,他的诗作被誉为"清圆朗润,不袭槎枒楛瘦之习"②,从这几首作品来看,确实出手不凡。

由此来看,"效后村体"目前共有二十一首③,它们无一例外都是七律,其主题多是表现村居野趣者。而颇有趣味的是,诗作中间总是出现各种动物,这似是村居题材不可或缺的物象。文昭之作更有特异处,乃是以"十某"标题出现的唱和组诗,这一特别形式亦与刘克庄常用的组诗形态相关,比如刘克庄曾有"十老"组诗,即卷二十《听蛙方君作"八老"诗,效颦各赋一首。内三题,余四十年前已作,遂不重说,倡言别赋二题,足成十老》等,遍咏老儒、老僧、老道、老农、老医、老巫、老吏、老松、老鹤、老妓,与文昭"十寒"同是以一个形容词统摄多种不同吟咏对象的组诗。不用说,这些特征于诗史上并不是刘克庄个人所仅有的,但正如禁体物语的白战诗之于"欧阳体"、集句诗之于"荆公体",皆是以个人特力专注,自具特点,而冠号成体的。

"体"作为一个文学批评概念,它又不仅具有风格形式的意义,还存在内容题材的意蕴。因而,在三个"效后村体"的作者这儿,他们所仿效的"后村体"也存在着眼点与着重点的不同。陆文圭着重在村居生活,他宋亡后的隐居生活颇与刘克庄的闲居乡里相似,因而借效仿诗作而拟与后村气息相通,找到心灵的慰藉;文昭着眼在组诗形态,特别是以相类的情感色彩,如"寒"、"老"等,来书写完全不同的事物,展示诗歌创作的无限可能与可塑空间,

---

① 俱见汪如洋《葆冲书屋集》诗集卷二,《续修四库全书》集部第1476册影清刻本。
② 见清王昶著、周维德辑校《蒲褐山房诗话新编》"汪如洋"条,济南:齐鲁书社,1988年,第138页。
③ 即陆文圭一首,文昭十首,汪如洋十首。文昭诗题中提到的"老友尤玉田垛"的"十寒诗",也附录于《紫幢轩诗集》中,然检上海图书馆藏尤垛《筠斋诗稿》稿本,未收这组诗作。从文昭标题行文及尤作风格判断,应非"效后村体",故不纳入考察范围。

表现出文学竞技的心理;汪如洋的仿作,在我看来是在诗风上最似刘克庄的,颇得后村律诗精髓,隶事自如、属对精巧、意脉条达、气格不俗,许多地方已经接近刘克庄七律的顶峰之作。钱锺书先生在《容安馆札记》中论吴泳《鹤林集》诗歌时,说吴泳"诗染指晚唐,参以康节,轻捷中时逞新巧,似刘后村体"①,这里的"刘后村体"应就是纯风格角度的了,与汪如洋着眼相似。汪如洋这十首作品虽题"即事",实亦是写自己远离京城政治的一种落寞,与刘克庄晚年村居时大部分诗作在内在精神上也有可通处。又次韵连作,亦甚似后村习气。汪乃一朝状元,仕途顺利却年轻早逝,青年峻笔已能拟出刘克庄晚年诗作的味道,实属难得。

关于"后村体"的深层诗学内涵,由于资料的匮乏,本已难于追究,但这些诗作直接告诉我们:最能代表刘克庄诗歌典型的,是那些描写村居生活的七律,其组诗形态亦颇有后村特色。这确与刘克庄自身的创作实际相符合,如宝祐三年(1255),刘克庄作有《即事三首》(卷二一)并自和两次,共得九首,这九首诗实可看作一组,诗风近似、内容丰富而情感趋同:均以村居生活为背景,其间也是各种动物以比兴、比喻、拟人诸种手法出现,抒发的是"空巷冶游惟病叟,半窗淡月伴昏黄"的孤寂和"管箫声散人归晚,独有萤穿马季帷"(卷二一,《全宋诗》第36422页)的落寞,其形态则以次韵的方式组合形成交响组诗,正是一组"后村体"。

"后村体"没有在诗歌史上引起更大的波澜,但它恰好启示我们:作为乡绅的刘克庄,其诗歌创作特色,实可抓住三个相互联系又各有侧重的关键词:村居——唱和——游戏。这当然不是其间诗歌创作的全部,更不是文学活动的全部,却是此间其诗歌的突出特点与新变,并由之引起了诗文形态的系列变化。

(一)村居。

从诗集的卷九至最末,村居的生活气息一直非常密集地间杂在刘克庄赠答、感兴、酬唱乃至病痛的诗作之中,其主要内容又有

---

① 见《钱锺书手稿集·容安馆札记》第2册,北京:商务印书馆,2003年,第876页。

种艺、访花、时序、节俗、气候、农事甚至是闲逸、读书等。所涉诗体也比较多,有五律、七律、五绝、六绝、七绝,又以七言为主体。七绝如《留山间种艺十绝》:

> 鄙事关人智浅深,漆堪成器楮堪衾。自怜到死犹迂阔,纯种梅花作墓林。(梅)
>
> 羞与春华艳冶同,殷勤培溉待秋风。不须牵引渊明比,随分篱边要几丛。(菊)
>
> 一生着数落人先,白发栽松故可怜。待得伏苓堪采掘,此翁久矣作飞仙。(松)
>
> 萧艾敷荣各有时,深藏芳洁欲奚为。世间鼻孔无凭据,且伴幽窗读楚辞。(兰)
>
> 岁岁春风花覆墙,摘来红实亦甘香。当时若种瑶池本,却恐河清未得尝。(桃)
>
> 谀言自昔架空虚,薏苡非珠偶似珠。半夜庭中金屑满,老夫明日费分疏。(桂)
>
> 两树亭亭藓砌傍,未论包贡奉君王。世无班马堪熏炙,且嗅幽花亦自香。(柚)
>
> 春风满面喜津津,纵有嗔拳不忍嗔。尚恐傍观安注脚,笑他何事与何人。(笑花)
>
> 一卉能令一室香,炎天尤觉玉肌凉。野人不敢烦天女,自折琼枝置枕傍。(末利)
>
> 搅醉妨眠挟雨声,碧丛宜看不宜听。而今一任萧萧滴,华发鳏翁彻夜醒。(芭蕉)(卷九,《全宋诗》第 36261 页)

以组诗的形式,分写十种植物,抓住对象的特征,或描摹、或用典,其情感则归向村居的寂寥和感伤,这是刘克庄被贬而心态尚未转变时的普遍情感。这组作品看似咏物,实是抒怀,尤其是第一首"梅"和最后一首"芭蕉",以我观物,以物喻我,隐含痛彻之情,堪称佳作。类似的七绝组诗还有卷十《田舍即事十首》、卷十三《三月二十一日泛舟十绝》、《三月二十五日饮方校书园十绝》、卷十七《梅花十绝答石塘二林》及十叠、卷二十《病起窥园十绝》、卷二五

《秋旱继以大风即事十首》等等,充分发挥七言绝句擅长抒情的特点,将村居所见所感寓之笔端。另外如卷二五《村居即事六言十首》、《溪庵种艺六言八首》等六言绝句组诗也是如此。

在第一章第一节,我们谈过刘克庄里居莆田之于他的意义,作为象征性空间,莆田的村居生活,曾带给他许多痛苦,不过客观而言,村居也引起诗歌题材上农事、田园的出现,这些作品不管是苦中作乐,还是笑中带伤,这里总还是有另一种人生乐趣在,或许也是一种特殊的弥补吧。《村居即事六言十首》所写"磐石时时垂钓,茅檐旦旦负暄"、"有时散发松风,有时一剑秋空"、"乱书翻覆未了,一灯明灭频挑"(卷二五,《全宋诗》第 36466—36467 页)诸联,都是可乐的生活情境。在众多以村居为中心的诗作中,喜雨、苦旱类最有乡土气息,也时刻显露出刘克庄悲天悯人的情怀。特别是卷二七《夏旱五首》、《喜雨五首》、《久雨五首》、《喜晴一首》,接连十馀首诗呈现给我们一幅连贯的村居生活图画,从大旱到大雨,再从久雨到天晴,短期内经历了苦雨、苦旱和喜雨、喜晴恰相背反的村居生活经验,诗句"昔忧腹不谷,今恐耳生禾"(卷二七,《久雨五首》,《全宋诗》第 36497 页)等也颇见刘克庄诙谐的笔调。

(二)唱和。

大概由于村居情感的丰富与创作时间的充裕,组诗成为了刘克庄普遍采用的诗歌形态,其间同题创作一般都在两首及以上,十首一组者亦颇常见。从数字来看,十首及十首以上的组诗有一百零二组,其中包括两组大型咏史组诗《杂咏一百首》、十组咏物组诗《梅花十绝》(即《梅花十绝答石塘二林》、《二叠》至《十叠》)、一组"省题诗"五十首作品;五至九首的组诗七十五组,包括一组长篇五古《观社行》五首;至于二至四首的组诗,就不计其数了。若以六十岁为界限,十首及十首以上的组诗,之前仅十九组,之后有八十三组;五至九首者,之前二十组,之后五十五组。数差也十分明显。虽然诗集中总是独诗与组诗二者交错,但组诗显得更引人注目。独诗所表达的情感,不乏强烈者,但没有组诗那般极尽能事。在刘克庄早年专意五言古体之后,少有篇幅长、铺叙密的作品,其浓烈的情感与多样的意趣常是以组诗的形态出现,或律或绝,形成既独立又相连的同题作品,个体篇幅虽不长,整体篇幅却蔚然可观。这些作品从各个角度、各个层面叙述、议论、抒情,体制与长篇相异,表情达意的效果许多时候却与之相类甚至胜出。组诗的延展性远迈长篇独诗,它所能容纳的内容更丰富,表达的情感更复杂,在作者思想情感头绪繁杂或所面对的物象比较芜杂时,组诗的内在形态与之更相契合。形成组诗的方式,除了像上举各种"即事十首"之类的同题写作多首以成组诗外,就是次韵竞作了,这其中又分为"自觉次韵"(自唱自和)与"唱酬次韵"(人唱我和、我唱人和)两种,我们可以各加关注。

先说"自觉次韵"以成组诗。这类组诗的创作动因,必是情感难抑与技痒难禁合力促成,其中比较重要的有卷十六《甲辰书事二首》并十和(二十首),《即事三首》并自和两次(九首),卷三十四《锦湖新亭告成宸翰大书水村二字以落之二诗辄附贺客之后》并五和(十首),卷三十四《左目痛六言九首》、《后九首》并各和一遍(三十六首)等等。这类组诗,围绕同一主题次韵而作,常常是情感极为充沛,而独诗无法宣泄至尽,故自觉地一和再和。如《甲辰书事》乃是因被濮斗南上疏又罢而起,《杂记》记载:

> 余为广漕被召,为金渊所论,予祠。明年以尚右郎官召,为濮斗南所论,皆言其披襟南宫。余每与游丞相及安晚诸公书言:"某中年婚嫁迫人,但得一粗官,苟俸禄以送老足矣,虽涸郡边城或总饷亦愿为。乃无故加以此名,幸无它过。今年之斥此罪也,明年之斥又此罪也。初负此谤未五十,今六十矣。恶名着身如染癞沐漆然。"(卷一一二,《全宋文》第330册,第198页)

"今年之斥此罪也,明年之斥又此罪也"的郁闷遭遇,让他整组诗都在"谤"、"祸"之间感慨,"还乡何止交游绝,鸥鸟逢渠也自惊"(卷一六,《九和》,《全宋诗》第36351页)的痛抵心扉,实难自抑,故发而为自和组诗,尽情发泄了自己遭遇毁谤的愤慨,感叹"一橐萧然五鬼随,竟缘名盛与文奇"(卷一六,《四和》,《全宋诗》第36349页)的仕途无助和官场黑暗。其他诸组诗,也是如此喷薄而

第二章　江湖和魏阙:身份转换与文学活动

出,写尽愁苦、哀痛、愤懑,以表现其疏狂和怅惘。

与同题次韵不同,卷二十《和乡侯灯夕六首》、《又和喜雨四首》、《又和感旧四首》、《又即事二首》、《又闻边报四首》、《又即事四首》六题组诗一起形成大型组诗,却是同韵而异题,比较特别。诗题涉及灯夕(节俗)、喜雨(气候)、感旧(感兴)、即事(闲适)、边报(政事)五类关联性不大的题材,其韵则同为"寒"、"山"、"关"、"寰"、"湾"和"骖"、"南"、"柑"、"参"、"酣"两组。各组诗歌所表达的情感也有合有反,"溪村可是无风景,几点渔灯照碧湾"(卷二〇,《和乡侯灯夕六首》,《全宋诗》第 36404 页)是节日的闲适,"茅檐卧听雨声寒,晨起油云遍海山"(卷二〇,《又和喜雨四首》,《全宋诗》第 36405 页)是遇雨的欣喜,"恩许乞身镜湖曲,老难效命玉门关"(卷二〇,《又和感旧四首》,《全宋诗》第 36406 页)是感友之不遇,"老不预人家国事,自撑一叶向深湾"(卷二〇,《又即事四首》,《全宋诗》第 36407 页)是悲己之放逐。它们是在因难见巧的审美动因下,创作的一组仅在音韵层面相关,而无内容相关的组诗。如果说同题次韵主要出于情感宣泄的需要,那么异题次韵显然就多有诗歌竞技的成分了。同时还可以看出,自觉次韵许多情况下也与唱酬次韵具有相同的创作动因,即都是作者自身强烈的文学创作冲动驱使下的诗歌交际、竞技活动,其不同者在于唱酬次韵与文人群体的关系更大,其外部驱动力更强。

唱酬次韵与文人群体,实质上是刘克庄作为地方精英(乡绅)时,诗歌创作中最为核心的问题,他的多数作品都是唱酬次韵的组诗,以致让这种原本较为特殊的形式在刘克庄诗集中成为一种常态。其次数之多、规模之大、涉及之广,足以构成半部刘克庄诗歌创作史。限于篇幅,这里无法全面展开,且就其中"差"、"须"韵唱酬与"宿囊山"唱酬两次活动作一简述,以见唱酬次韵在诗风形成与村居活动中的重要地位。虽有挂一漏万之憾,或得窥豹一斑之功。

一般而言,自近体诗歌定型后,七律是最具次韵唱和潜质的诗体,最受次韵诗人的青睐,这从诗史实际即可看出,绝句、五律、古诗以及排律的次韵要少许多。其缘由大概是因为七律的篇幅适中,既不至于太长以致次韵难度太大,挤掉了反复酬唱的空间;也不会因太短而失去次韵的竞技趣味。在结构上,七律可多用虚字,恰合交际情感的表达,其句法、字法技巧性又最强,发展也颇成熟,诗艺与诗思足以在其中施展。刘克庄也爱选择七律进行唱和,下举两例均如此。

1. "差"、"须"韵唱和。宝祐五年(1257),刘克庄举明道宫里居莆田,其友温陵徐明叔(字仲晦)、徐茂叔(字茂功)①兄弟向他索要近稿,刘克庄答以二诗,即《仲晦昆仲求近稿戏答二首》:

> 过去生平一念差,偶因薄技忝清华。宁吟韩子将归操,不草韦郎起复麻。绮语预愁无间狱,纶言见笑当行家。而今老矣全瘖了,匹似枯株不着花。

> 辛苦搜肠更撚须,适资谈者指瑕瑜。中郎碑好犹名愧,吏部铭高未免谀。徐悆燕泥能道否,遗言鹤唳可闻乎。从今一字休思索,千古文人一律愚。(卷二六,《全宋诗》第36483页)

诗中以自嘲的口吻,抒写了作为诗人的无奈,并以极端言辞说"千古文人一律愚"。这似点中了诗友们的心灵敏感处,刺激了他们的创作欲望。于是,不仅徐明叔、徐茂叔次韵回赠二首,还有诗友洪天锡、方蒙仲亦次韵唱和之,其后吴燧也加入到"差"、"须"韵的唱和队伍,多人往返数次才罢。于是刘克庄陆续写有卷二六《君畴、仲晦②、茂功、蒙仲和余"差"、"须"韵二诗,再答二首》,卷二七《君畴、仲晦、蒙仲再和余"差"、"须"二诗,警斋侍郎又继之,趁韵走谢》、《奉酬吴洪二公三和之什》、《诸公和"差"、"须"二诗不已,又得二首》八首次韵诗。这一次韵活动,从宝祐五年冬持续到宝祐六年春,参与者呈逐渐增多的态势,典型显露出地域文人群体的切磋琢磨之功。

这十首七律,不仅是"诗可以群"传统的延续,而且体现出以

---

① 由卷一〇六《跋清源新志》(《全宋文》第329册,第374页)一文考知:徐茂功,名茂叔。
② 按:"仲",原误作"仰",今据文义改。

才学为诗的倾向,组诗多次出现"自注"就是明证。如"作圣德诗无乃怪"自注"范公云:被怪鬼坏了"(卷二七,《全宋诗》第36492页);"千层坠为一毫差"自注"柳诗:那知千仞坠,只为一豪差"(卷二七,《全宋诗》第36492页),都表现出逞才使学的一面。同时,诗中"瑜"字韵颇为难押,又体现出极浓的竞技心理。刘克庄曾说"作诗难,和诗尤难。语意相犯,一难也;趁韵,二难也"(卷一〇九,《跋魏司理定清梅百咏》,《全宋文》第330册,第40页),我们看到在这组诗中,刘克庄已用"瑕瑜"、"(阮)元瑜"、"(何)长瑜"、"(纪)少瑜"、"倍(周)瑜"以足韵。除前一为一般词汇,后面均为人名,所谓"倍瑜"乃"年龄倍于周瑜"尔,其中极思苦求之态,尽露无遗。惜乎其他诸诗友的唱酬诗作今已不存,不知各位都以何凑韵,但愈和愈险、愈和愈难则是可以肯定的。周裕锴在论及元祐诗风的趋同性时,强调了苏黄诸人在"以才学为诗"、"以交际为诗"、"以游戏为诗"、"以竞技为诗"上的共同点[①],从这一次韵活动中,我们可以看出刘克庄晚年的诗歌创作,确然继承了这种宋调的典型。在这个意义上来说,老年刘克庄如此热衷七律组诗的唱和,很大程度上恰是他回归元祐——江西诗风的一种表现[②],诗友们的相逐相戏也促使这一群体向元祐诗风集体性靠拢。

也正是因为刘克庄晚年诗风带有极浓的宋调典型痕迹,所以晚清"宋诗派"的王礼培(1864—1943)才会对他的晚年诗作极力推崇,云:"余谓后村晚年沉着简炼,自荡天机,若鸟啼花发,声色只在山水溪径间,空翠湿衣,尘梦不到,其句法学山谷,其字法入长吉,瘦峭幽微,自非陆范平熟一路所可拟。"[③]王氏将刘克庄晚年诗作直接与江西诗派宗师黄庭坚联系在一起,抓住了刘克庄晚年

---

① 周裕锴《元祐诗风的趋同性及其文化意义》,《新宋学》第1辑,上海辞书出版社,2001年,第187页。
② 这一结论与我对刘克庄六言诗的研究结果相同(参拙文《刘克庄六言诗初探》,《中国诗学》第11辑,人民文学出版社,2006年),我们还可从其他方面同样论证晚年刘克庄这种诗风的转变。
③ 王礼培《小招隐馆谈艺录初编》卷二"论宋代诗派",民国铅印本。

诗歌与黄庭坚所开辟的江西诗派的深层关联,认为其晚年诗歌美学风格乃以"瘦峭幽微"为主流,并且断定超越了陆游、范成大的平熟套路,自得一体,自荡天机。这样的评价,可谓具有极为独到的眼力,在刘克庄诗歌接受史上具有极为重要的意义,点中了后村晚年诗作的关键。钱锺书先生曾认为"南宋江湖派诗,盖出入于晚唐、江西二派之间,然不无偏至,秋崖则偏于江西,后村则偏于晚唐"①,这应是对其早年诗风的准确判断,但若仍以此"偏至"来衡量,刘克庄经历"晚年变法"之后,其诗风实已完全从"晚唐"走向了"江西"。可以肯定地说,他晚年诗歌的最终归宿是明确指向江西诗派的。

2. "宿囊山"唱酬。咸淳元年(1265),时七十九岁的刘克庄以致仕官员的身份里居。这年九月,与挚友李丑父、林希逸相聚于囊山海月堂,同宿三日,作《与林中书、李礼部同宿囊山三首》并四和,共十二首(卷三七)。囊山是出入莆田的交通要冲之一,其上风景优美(有"古囊峢岘"之称)、寺院闻名(慈寿寺),刘克庄一生曾多次借宿于此,而这次却最具特殊意义。在这组诗中,集中描写了三人同聚畅谈、感慨生平、赏帖作诗的美好时光,诗句"三儒夜话俱忘寝,户外纵横卧仆夫"(卷三七,《全宋诗》第36615页)颇有画面感,"二妙相从寂寞滨,山灵怪有此嘉宾"(卷三七,《全宋诗》第36615页)也充满谐趣,三人的亲密无间及刘克庄对两位挚友的深情都一览无遗。同时,诗中又表达出自己放达的人生态度,"常敬渊明归去早,村翁晚始觉迷途"(卷三七,《全宋诗》第36615页)、"交疏认鹿为山友,客少呼猿作野宾"(卷三七,《全宋诗》第36616页)已经明确显露出刘克庄此时主动而自觉的隐逸理想。

囊山相别之后,林希逸作《怀樗庵二首》,刘克庄又四和之。李丑父更因"所居与后村为邻,赓酬无虚日,晚岁传稿尤富"②。后

---

① 《钱锺书手稿集·容安馆札记》第1册,北京:商务印书馆,2003年,第554页。
② 林希逸《湖南提举宫讲太史礼部李公行状》,《竹溪鬳斋十一稿续集》卷二四,《文渊阁四库全书》本。

来林希逸回忆道:"乙丑,余留徐潭,公(李丑父)载酒一再又与后村同饯,宿古囊三日①,赋诗饮酒甚乐。"②而刘克庄所感更为强烈:

> 余行天下取友多矣,或前密后疏,或始合终离,非直交游之难,殆亦有数存焉。若夫自童至耋,和如埙篪,合如符节,中更艰难险阻,生死不相背负,若余与亭山、竹溪三人者,指不多屈。余与肃翁先归,君至自湘,尝会于海月堂,剧谈数夕,又会于余之樗庵,亦数夕。其至言精论有可以使石点头、龙出听者,未知鹅湖会散之后,人间更几百年有此乐否?(卷一六四,《李艮翁礼部墓志铭》,《全宋文》第332册,第125—126页)

"生死不相背负"的情谊定位,"人间更几百年有此乐否"的反问语气,已见出三人的情感非同一般。自囊山聚别,三人就未曾再共同雅集了,囊山唱和也由此涂上了感悟人生的色彩,赋予了安顿生命的意义。

与上举"差"、"须"韵唱和不同,虽然同是反复次韵,但这次囊山唱酬更具心理自适的功能,诗歌竞技的意识弱许多。在这组诗歌中,刘克庄所关注的不是诗歌技巧与才学的施展,而是与挚友内心的深层交流,是人生归于解脱、理想归于隐逸的生命黄昏时无尽的感慨,毕竟此时唱酬诸位都已是年逾七旬的老人。诗歌的反复次韵,在这里淡化现实、直指心灵,成为半宗教性质的精神寄托之所。

综上,唱酬次韵是刘克庄里居时期的重要生活状态,这种组诗形式也是他晚年诗歌风格与诗歌形态的主要实现方式。如果说游士阶段的诗歌创作,多得江山之助,属"自然的馈赠",那么乡绅阶段的创作则多起于朋友的切磋,是"交际的结果"。其他如与王迈、方蒙仲、林泳、吴燧、林光世等诗朋文友之间,同样存在大量

---

① 按:"囊"原误作"裳",据北京大学图书馆藏南阳讲习堂钞本改。
② 林希逸《湖南提举宫讲太史礼部李公行状》,《竹溪鬳斋十一稿续集》卷二四,《文渊阁四库全书》本。

唱和组诗,就不详作介绍了。

除了诗歌创作,词也存在类似的情况。刘克庄的词作,以和韵组词(两阕及以上)形式出现的,共有十四组五十八阕,其中三和以上的也有十组,和次最多者达十和,即咸淳二年(1266)所作《沁园春·和林卿韵》。这些作品同样有"自觉次韵"与"唱酬次韵"之别,绝大多数也都是里居莆田时所作,特别是在晚年,刘克庄更是热衷于同调组词的反复次韵,让词在具备诗歌"言志"功能时,凭借长短句擅长表达积郁情感的优势,一唱三叹又酣畅淋漓地抒发出比诗歌所载更为曲折幽眇的情感,《念奴娇·丙寅生日》六和就颇具代表性。

这是一组自寿词,丙寅即咸淳三年(1267),刘克庄已八十高龄,历尽沧桑,疾病在身,回顾八十年人生旅程,其胸中积郁的情感是可想而知的。首唱云:

老逢初度,小儿女、盘问翁翁年纪。屈指先贤,仿佛似当日申公归邸。跛子形骸,瞎堂顶相,更折当门齿。麒麟阁上,定无人物如此。　　追忆太白知章,自骑鲸去后,酒徒无几。恶客相寻,道先生清晓,中酲慵起。不袖青蛇,不骑黄鹤,混迹红尘里。彭聃安在,吾师淇澳君子。(卷一八八,《后村词笺注》第190页)

这阕词用典繁密而切当,信手拈来,驾驭轻灵,上片叙述潦倒龙钟、事业无功之态,下片抒发友人零落、人生孤寂之感。起于"小儿女盘问翁翁年纪"的生活小景,结于"彭聃安在"、"可师可友的君子难寻"的渺茫反诘,其情感才起又收,显然未得到尽情的宣泄。所以二和云:

并游英俊,从头数、富贵消磨谁纪?道眼看来,叹人生如寄家如旅邸。教婢羹藜,课奴种韭,聊诒残牙齿。草堂绵蕝,百年栖托于此。　　岁晚笔秃无花,探怀中残锦,剪裁馀几。腰脚顽麻,赐他灵寿杖,也难扶起。离绝交游,变更名姓,日暮空山里。老儋复出,不知谁氏之子。(卷一八八,《后村词

笺注》第 191 页）

紧接首唱的"淇澳君子"，这里从"并游英俊"的富贵消磨起兴，再转至"人生如寄、家如旅邸"生命意识的感叹，书写颓唐晚境。下片承"草堂绵蒇"，继续以老境"腰脚顽麻"的实写之语，衬以欲寄身"日暮空山里"的想象之词，在对自我个体生命的看似否定中，折射出作者一生思想的升华过程。

这组词共六和，属"自觉次韵"而非"唱酬次韵"，从首唱至于最终，刘克庄始终以自我调侃的口吻，达到自我净化、自我安慰的目的。形式的次韵所承载的却是自寿的任情与任真，"轮云世故，千万态、过眼谁能殚纪"（卷一八八，《六和》，《后村词笺注》第 196 页），它所关注的不是自然的年龄增长，而是心灵的人生历程；不是个体的老病衰残，而是周遭的物是人非。这组自寿词的次韵，是刘克庄村居心态的典型反映，更是他一生境况的浓缩与自省，是组词中的重要作品。

此外，其他组词如《贺新郎·生日用实之来韵》五和、《贺新郎·己未九日同季弟子侄饮仓部弟免庵艮翁宫教来会》六和、《汉宫春·秘书弟家赏梅》四和等，也是组词中出色的作品，且从题目即可看出具有"唱酬次韵"的性质。这与诗歌创作的情况十分相似，也得益于周边诗友的切磋琢磨。

总之，唱和是刘克庄里居莆田、作为乡绅时诗词创作的重要形式，成为他切磋诗艺、交际友朋、记录心路、宣泄情感、寄寓人生、安顿灵魂的主要途径，充分体现出其优游文学的人生处境和地域文人群体频繁交游的雅致状态。同时，唱和也是组诗（组词）形成的重要方式，塑造了刘克庄诗词的主要面相，是决定其文学总体水平的重要内容。

（三）游戏。

在上述同题写作、次韵唱和之外，还有一种组诗形态，乃是游戏之作。如卷二十二《昔陈北山、赵南塘二老各有"观物十咏"，笔力高妙，暮年偶效颦为之，韵险不复和也》《诘旦思之，世岂有不押之韵，辄和北山十首》《又和南塘十首》的咏物三十首，卷二十四《禽言九首》,以及第一章第三节已介绍过的卷二十八"省题诗"四十九首,卷四十二《叙伦五言二十首》和诸多"戏作"等等;又有词中的"独木桥体"词《转调二郎神》五和等等。它们或在用意上别出心裁,或在笔法上另具一格,或在语言上颇显妙异,共同点则都是以游戏的心态所创作的、以戏谑为主要目的的作品。在创作这些作品时,刘克庄的关注点并不在于"说什么",而在于"怎么说",因为它们的题目因袭性都很强,一般都是历史上或者身边的文人早已写过的,要于其中穷力图新,旧题新意,殊非易事,可谓充分刺激了作者的创变之思。

即以"观物十咏"说,时为宝祐三年(1255),题中所言陈北山(孔硕)、赵南塘(汝谈)都已作古多年,刘克庄此时想起"效颦",显然是出于好玩的目的。最开始因觉其中的韵脚太险,于是"不复和",只作一般地仿效咏物,分别讽咏了"五憎"——蚊、蝇、蚋、虿、蛙和"五爱"——蚕、蜂、萤、蝉、龟。"诘旦思之",以为"世岂有不押之韵",于是又各和一遍,于"效颦"之外另得二十首"次韵"之作。朱光潜在《诗论》中将游戏作品分作"谐"、"隐"和"纯粹的文字游戏"三类①,刘克庄这三十首"观物十咏"实质上就是其中的"隐",是以诗歌的语言来描摹动物又不露痕迹,同时因韵脚的限制,较之一般的"隐"又多了一层语言本身的趣味。如写蚊子:

伺夜偏乘隙,逢人辄噬肤。不饶豫让炭,肯恕玉环酥。暗室愁逢蝠,虚檐巧避蛛。吾无红拂妓,姑命小奴驱。(自作,卷二二,《全宋诗》第 36428 页)

细比蝇须类,凶加豹脚名。飞飏新得势,么喝远闻声。抱怨芳筋露,惊眠玉颊䞓。天公许姑息,长养更生成。(和北山,卷二二,《全宋诗》第 36429 页)

聚群雷乍喊,乘暗月初斜。至黠穿怀袖,虽微具爪牙。麈挥那肯去,扇障不能遮。近水尤喧聒,殊妨赏藕花。(和南塘,卷二二,《全宋诗》第 36430 页)

---

① 朱光潜《诗论》第二章"诗与谐隐",第 17 页。

以不同的角度来下"隐语",描写蚊虫,并无多少寄托,也无多少情感,其所追求的就是"谜面"与"谜底"切合而不重复,是语言的游戏。其他诸如以诗写禽鸟的叫声(禽言)、叙述人伦关系(叙伦)以及一韵到底的词作(独木桥体)都是刘克庄沉迷诗文本身的表现。

这些创作,若揆之以传统诗教,无疑是"害道"的闲言语,但用今日西方形式主义的观点来看,它们恰恰洞穿了文学作为语言艺术的本质,直抵文学之真谛,此时"内容只是形式的动因(motivation),是为某种特殊的形式运用提供的一种机会或一种便利"[①]。换言之,这些游戏之作虽然从内容上看,并没有什么太大的意思,但作为一个语言的艺术品,它们的形式本身就烙上了作者的情感与寄托,在游戏中刘克庄得以栖息其间,品味语言与心理(谐)、语言与物品(隐)甚至语言自身的文字、音韵(纯粹文字游戏)之间的奇妙关系,在游戏中释放优裕的生命,这是里居莆田的刘克庄所选择的"诗意地栖居在大地上"的方式之一。

以上对刘克庄里居时的闲适唱酬和诗词形态作了探讨,特别就其诗词唱和中组诗、组词形式的问题,作了详细的个案分析,因为这确实是作为乡绅的刘克庄诗词创作中十分突出的现象,与他里居的生活状态有着直接而密切的关系。不过,就研究史来看,论者对刘克庄这种诗词反复唱和的组诗形态多持否定态度,或言无真情实感、或言片面追求数量、或言笔秃无花、或言平庸无聊,甚至言为其"创作中的糟粕"[②],这些意见当然有一定道理。但是,我们若以"了解之同情"来看待这些作品,就有不一样的看法。

就闲适唱酬来说,刘克庄的几起几落,都伴随着政治上的得谤与失意,里居莆田实在是迫不得已的事情,因而文学创作慰藉心灵的作用就自不待言。另一方面,唱和诗是诗歌交际功能的拓展,也是诗歌内在发展的逻辑必然,特别是从元祐诗风开始,其交际功能日趋凸显,刘克庄晚年诗风力图摆脱前期的唐音困扰,势

---

① 〔英〕特雷·伊格尔顿《二十世纪西方文学理论》,伍晓明译,西安:陕西师范大学出版社,1987年,第4页。
② 王述尧《刘克庄与南宋后期文学研究》,上海:东方出版中心,2008年,第196页。

必向这种宋调典型靠拢。刘克庄曾经说:"蒙仲文人,非诗人,安能评诗?"(卷一〇九,《跋刘澜乐府》,《全宋文》第 330 册,第 36 页)在他的意识中显然明确地区分了"文人之诗"与"诗人之诗",而与他唱和的诗友多数不是"诗人"(这一提法我们在综论已谈过),这自然也让他们的群体风格都向"文人之诗"回归。这些前文都已有阐释,毋庸赘述。

就诗词形态来看,组诗形式实质上突破了独诗的单调与单薄,构成了一张诗歌之网,将复杂的情感、繁稠的物象、博富的典实相互交织,与诗人心灵五味杂陈的感受具有深度的同构性与契合性。可以说,组诗形态在刘克庄的村居诗歌创作中,也是一种"有意味的形式",它表现出的是文学家刘克庄回归诗文的生活状态、闲适的创作心境和充满新变色彩的竞技意识;组诗的创作突破了游历经验中的山水雨雪等自然风物,纯粹以自我感受为源泉,辅之以丰赡的书册故事,按照自己的生活细节与艺术经验,颇为自觉地进行诗歌艺术的革新与嬗变。它是刘克庄诗词创作中主体意识凸显的标志,也是他倾心融冶"诗"与"我"为一体的结果。于艺术成就而言,其缺点确实明显,但于刘克庄本人的意义则功莫大焉。无论如何,作为勋业难成、青春颓去的村居乡绅,外部环境与内在心态都促使他如此去创作、如此去生活,这是个人的无奈,也是历史的必然。

二、主盟莆阳文坛:指点后学与序跋撰写

由于游历时期的文名广播,也因为村居的时间闲多,此间的刘克庄不仅倾心于指向自我的诗词创作,也热心于指向他者的序跋撰写。序跋的撰写,对象比较复杂,有诗词文集、学术著作、地方文献、字画碑帖、书信手稿等等,因而它们常常具有社会活动、学术活动、文学活动的三重性质,同时反映出刘克庄的文化交游、学术观点、文学思想和小品散文写作等多方面的情况,是史料文本与文学文本的结合体。我们这里仅从文学活动的角度,以其乡绅身份的文学影响和文学创作为焦点,来审视刘克庄的序跋文,

第二章 江湖和魏阙:身份转换与文学活动

特别是诗词文集序跋。

据统计,刘克庄为有直接交往的时人诗文别集共撰写序跋一百四十五篇,涉及一百二十六人,这还不包括为选集总集、前人前辈诗文集撰写的序跋和为非直接交往的诗人所撰写的序跋,也不包括对象是学术著作、地方文献、字画碑帖、书信手稿等其他性质的序跋。如此众多的序跋,绝大多数是写于里居时期,因为多篇序跋都有为官太忙,无暇撰写,拖延至里居才写的记载。这批序跋,可以说充分表现出刘克庄鲜明的乡绅角色意识,彰显出刘克庄广泛的文学影响,更意味着刘克庄作为"泛地域性"文坛盟主地位的确立。

我们可将统计出的有直接交往的序跋对象一百二十六人粗分为四种身份:族人姻亲、挚友故交、乡守小吏、后辈社友,并依次列表如下:

姓名	占籍	身份	来源
刘克永	莆田	族人姻亲	卷九六《刻楮集序》、卷九八《刻楮集后序》
刘克逊	莆田	族人姻亲	卷九九《跋仲弟诗》
刘希仁	莆田	族人姻亲	卷一〇八《跋居厚弟诗》
刘翀甫	莆田	族人姻亲	卷一〇八《跋翀甫侄四友除授制》
林同(公遇子)	福清	族人姻亲	卷九六《孝诗序》、《林同诗序》,卷九八《二林诗后序》
林合(公遇子)	福清	族人姻亲	卷九八《勿失集序》、《二林诗后序》,卷一〇六《跋林合诗卷》、卷一〇七《再题林合诗》
方遇	三山	族人姻亲	卷一〇〇《跋表弟方遇诗》
以上族人姻亲七位			
方大琮	莆田	挚友故交	卷九五《铁庵遗稿序》
赵庚夫	莆田	挚友故交	卷九六《山中别集序》
方审权	莆田	挚友故交	卷九七《听蛙诗序》
方信孺	莆田	挚友故交	卷九七《诗境集序》
王太冲	莆田	挚友故交	卷一〇一《跋王元邃诗》
何谦	莆田	挚友故交	卷一〇六《跋何谦诗》、《跋何谦近诗》

续表

姓名	占籍	身份	来源
方汝一	莆田	挚友故交	卷一〇六《跋方汝一文卷》
林兴宗	莆田	挚友故交	卷一〇六《跋林景复北地诗》
赵志仁	莆田	挚友故交	卷一一〇《跋赵志仁百韵柞木诗》
陈尧道	兴化	挚友故交	卷九八《平湖集序》
林希逸	福清	挚友故交	卷九四《竹溪诗序》、卷九六《竹溪集序》
刘子寰	建阳	挚友故交	卷九四《刘圻父诗序》
陈以庄	建安	挚友故交	卷九四《陈敬叟集序》
翁定	建安	挚友故交	卷九四《瓜圃集序》
唐璘	古田	挚友故交	卷一〇〇《跋唐察院文稿》、《跋唐察院判案》
郑性之	三山	挚友故交	卷一〇〇《跋郑枢密与族子仲度诗》
李遇	侯官	挚友故交	卷一〇七《跋李洞斋梅供诗卷》
黄幹	闽县	挚友故交	卷九九《跋黄勉斋书卷后》
裘万顷	新建	挚友故交	卷一〇一《跋裘元量司直诗》
赵汝鐩	袁州	挚友故交	卷九四《野谷集序》、卷一〇〇《跋赵明翁诗稿》
王埜	金华	挚友故交	卷九四《王子文诗序》
赵希㵆	衢州	挚友故交	卷一一一《赵静斋诗稿后序》
李义山	丰城	挚友故交	卷九八《李后林诗序》
赵葵	衡山	挚友故交	卷九七《信庵诗序》
许介之	衡阳	挚友故交	卷一〇〇《跋许介之诗卷》
黄恺	未知	挚友故交	卷九九《跋黄恺诗》、《跋黄恺文卷》
以上挚友故交二十六位			
李贾	邵武	乡守小吏	卷九九《跋李贾县尉诗卷》
刁通判	清漳	乡守小吏	卷一一〇《跋刁通判诗卷》
赵崇彪	剑浦	乡守小吏	卷一〇六《跋赵崇彪诗》
姚镛	剡溪	乡守小吏	卷九九《跋姚镛县尉文稿》
徐汝乙	信安	乡守小吏	卷一一〇《跋徐总管诗卷》、卷一一一《跋徐总管雨山堂诗》
胡嘉	天台	乡守小吏	卷一〇六《跋胡计院七思诗》

第二章 江湖和魏阙:身份转换与文学活动

续表

姓名	占籍	身份	来源
陈珽	临川	乡守小吏	卷九九《跋陈户曹诗卷》
赵楷	湖南	乡守小吏	卷一〇〇《跋赵司令楷诗卷》
赵与𧦬	未知	乡守小吏	卷九四《赵寺丞和陶诗序》
董叔宏	未知	乡守小吏	卷一〇〇《跋董明府叔宏溪庄图咏》
周梦云	未知	乡守小吏	卷一〇六《跋周梦云诗文》
何统制	未知	乡守小吏	卷一〇七《跋何统制诗》
赵时镖	未知	乡守小吏	卷一〇七《跋赵崇安诗卷》
黄祖润	未知	乡守小吏	卷一〇八《跋黄户曹梅诗》
颜权县	未知	乡守小吏	卷一一〇《跋颜权县福清诗卷》
以上乡守小吏十五位			
徐用虎	莆田	社友后生	卷九八《徐贡士百梅诗序》、卷一一一《跋徐贡士百梅诗注》
方端仲	莆田	社友后生	卷一〇〇《跋方实孙乐府》、《跋方实孙咏史诗》
柯岂文(东海子)	莆阳	社友后生	卷一〇〇《跋柯岂文诗》、卷一一〇《跋柯岂文近诗》
林少嘉	莆田	社友后生	卷一〇六《跋林灏翁诗》
方武子	莆田	社友后生	卷一〇六《跋方景绚诗》
方汝玉	莆田	社友后生	卷一〇六《跋方汝玉行卷》
方至	莆田	社友后生	卷一〇六《跋方至文房四友除授四六》
黄牧	莆田	社友后生	卷一〇七《跋黄牧四六》
方元吉	莆田	社友后生	卷一〇八《跋方元吉诗》
刘景山	莆田	社友后生	卷一〇九《跋刘景山教学诗》
方梅卿	莆田	社友后生	卷一〇九《跋方梅卿和御制闻喜燕诗》
李岩孙	莆田	社友后生	卷一一〇《跋李岩孙诗卷》
方名父	莆田	社友后生	卷一一一《方名父松竹梅三友除授四六后语》
方俊甫	莆田	社友后生	卷一一一《跋方俊甫小稿》
傅渚	仙游	社友后生	卷一一〇《跋傅渚诗卷》
林泳(希逸子)	福清	社友后生	卷九八《林太渊文稿序》

续表

姓名	占籍	身份	来源
林文之	玉融	社友后生	卷一一〇《跋林子彬诗》
陈天定	三山	社友后生	卷九七《陈天定漫稿序》
严某	三山	社友后生	卷一〇〇《跋严某和坡诗》
张天定	三山	社友后生	卷一〇六《跋张天定四六》
黄挺之（师参子）	三山	社友后生	卷一〇九《跋黄挺之诗卷》
翁应星	崇安	社友后生	卷九七《翁应星乐府序》
范君	建安	社友后生	卷九九《跋梅谷集》
吕炎	建阳	社友后生	卷一〇〇《跋吕炎乐府》
郑大年	建阳	社友后生	卷一〇九《跋郑大年文卷》
魏定清	建阳	社友后生	卷一〇九《跋魏司理定清梅百咏》
章南举	建阳	社友后生	卷一一一《跋章南举小稿》
严愨	建安	社友后生	卷一〇九《跋严愨上舍诗卷》
张仲节	建安	社友后生	卷一一一《跋张文学诗卷》
李炎子	邵武	社友后生	卷一〇九《跋李炎子诗卷》
江咨龙	漳浦	社友后生	卷一一〇《跋江咨龙注梅百咏》
蒲寿宬	泉州	社友后生	卷一一〇《跋蒲领卫诗》
陈则	仙溪	社友后生	卷一〇九《跋陈迈高梅诗》
黄孝迈	闽清	社友后生	卷一〇六《跋黄孝迈长短句》，卷一〇八《跋黄孝迈四六》、《再题黄孝迈长短句》
李耘子	昭武	社友后生	卷九九《跋李耘子诗卷》
曹梦祥	长乐	社友后生	卷一〇九《跋曹梦祥石岩集》
真志道（德秀子）	浦城	社友后生	卷九九《跋真仁夫诗卷》
贾仲颖	永嘉	社友后生	卷九四《贾仲颖诗序》
宋庆之	永嘉	社友后生	卷九七《宋希仁诗序》、《宋希仁四六序》
王与义	天台	社友后生	卷九六《王与义诗序》
通上人	天台	社友后生	卷一〇八《跋通上人诗卷》
章仲山	天台	社友后生	卷一〇九《跋章仲山诗》
刘澜	天台	社友后生	卷一〇九《跋刘澜诗集》、《跋刘澜乐府》

续表

姓名	占籍	身份	来源
戴复古	天台	社友后生	卷一〇九《跋二戴诗卷》
戴颐	天台	社友后生	卷一〇九《跋二戴诗卷》
董朴	天台	社友后生	卷一〇九《跋董朴发斡文稿》
林子黥	临安	社友后生	卷九八《林子黥诗序》
王元度(十朋孙)	乐清	社友后生	卷九九《跋王元度诗》
宋自适	金华	社友后生	卷九九《跋宋自适诗》
宋吉甫	金华	社友后生	卷一〇一《跋宋吉甫和陶诗》
宋自达	金华	社友后生	卷一〇一《跋宋自达梅谷序》、《跋宋自达诗》
蒋广	宜兴	社友后生	卷一〇九《跋蒋广诗卷》
汪荇	黟县	社友后生	卷一〇一《跋汪荇文卷》
程垣	安徽	社友后生	卷一〇一《跋程垣诗卷》
赵戣	休宁	社友后生	卷一〇一《跋赵戣诗卷》
叶介	休宁	社友后生	卷一〇一《跋叶介文卷》
王用和	秦溪	社友后生	卷一〇七《跋王用和行卷》
毛震龙	衢州	社友后生	卷一〇九《跋毛震龙诗稿》
赵崇櫵	永丰	社友后生	卷九七《赵逢原诗序》
徐宝之	庐陵	社友后生	卷九九《跋徐宝之贡士诗》
施元龙	上饶	社友后生	卷一〇六《跋术者施元龙行卷》
杨浩	长溪	社友后生	卷一〇六《跋杨浩禋祀赋》
傅自得	南城	社友后生	卷九九《跋傅自得文卷》
包生(包逊子)	南城	社友后生	卷九九《跋南城包生行卷》
张季	盱江	社友后生	卷九九《跋张季文卷》
欧良	盱江	社友后生	卷一〇九《跋欧良司户文卷》
刘镇	南海	社友后生	卷九九《跋刘叔安感秋八词》
章樵	未知	社友后生	卷九七《晚觉闲稿序》
何秀才	未知	社友后生	卷九九《跋何秀才诗禅方丈》
朱相士	未知	社友后生	卷九九《跋朱相士赠卷》

续表

姓名	占籍	身份	来源
林去华	未知	社友后生	卷一〇〇《跋林去华省题诗》
李敏肤	未知	社友后生	卷一〇一《跋李敏夫行卷》
赵孟佺	未知	社友后生	卷一〇六《跋赵孟佺诗》
吴必大	未知	社友后生	卷一〇九《跋吴必大检察山林素封集》
程公坦	未知	社友后生	卷一〇九《跋梅窗程公坦诗卷》
黄克昌	未知	社友后生	卷一一〇《跋黄贡士诗卷》
高端礼	未知	社友后生	卷一一〇《跋高端礼诗卷》
汤埜孙	未知	社友后生	卷一一一《跋汤埜孙长短句又四六》
以上社友后生七十八位			

（说明：该表已排除诗文集之外的序跋，也已排除非时人或非直接交往者的序跋。排表次序大体先取身份，自亲而疏；次取籍贯，自近而远；再取来源卷数，自小而大。表中诸人籍贯主要来源于刘克庄文集，亦有从其他文献考知者，为避繁琐，不再出注。）

从上表可以看出，刘克庄的主要影响范围是在以莆田为中心的八闽地区，同时辐射到浙、赣、湘等区域，呈现出明显的"泛地域性"。人员的身份也呈现出多样性，有朝臣，有地方官吏，也有仕进后生、江湖游士等。顺便说一下，由于来者身份各不相同，刘克庄在序跋中发表文学见解时，也常常各说一套，有时甚至相互抵触，这并不能说明刘克庄自身不明白问题的关键，而是正如《论语·先进》中记载孔子所言"求也退，故进之；由也兼人，故退之"一样，是"因材施教"的结果。当我们把这批序跋当作文学思想的史料处理时，就必须要考虑到这一点。

据表格身份栏显示，人数由多至寡，依次为社友后生、挚友故交、乡守小吏、族人姻亲，这个次序与身份的本身基数一致。就绝对数量上来看，后三者人数较少，不过恰与刘克庄的关系较为密切，他们的创作实践交流最多。社友后生虽占据了主体，但这批人在创作实践上，其实与刘克庄交流最少，多数仅仅慕名而来，追求名流印可而已，只有少数可目为刘克庄的"门生"。如有位叫叶应祥（字大明）的"日者"（相士），因得了一篇刘克庄的"赠序"（非序跋文，但情况与此类似），就自称为"后村门生"，被文天祥调侃了一番。文天祥《赠叶大明》一诗云:"大明标榜叶氏子,自称后村门下士。误言木吉字为灾,后村曾发一笑来。其师流传说如此,宁知祸福乃不尔。犀腰貂首徒劳人,甘藜藿荤无苦辛。我生有命殊六六,木字循环相起伏。袖中莫出将相图,尽洗旧学读吾书。"①当然,这样轻浮的江湖人总是少数。大部分的社友后生多为心里佩服刘克庄,一心要得其序跋墨宝,亲聆指点,但面见交流机会也不多。特别是非莆阳地区的,常有宾主相欢而时空相隔的无奈。有位诗人章燉,刘克庄颇爱其才,但因其为吴楚人士,二人之间就无法通畅交流,刘克庄《答章林伯燉》一诗云:

> 自笑狂吟浪窃名,敢将孤垒敌长城。才高君策追风骠,计急吾陈背水兵。远道书来如面见,异时序反托诗行。残年无复游吴楚,樽酒何由得细评。(卷二七,《全宋诗》第36491页)

这位章燉,刘克庄曾为其作有《晚觉闲稿序》。在序中,刘克庄发自内心地表彰章燉能够突破"唐律","贯穿融液,夺胎换骨,不师一家;简缛秾淡,随物赋形,不主一体"(卷九七,《全宋文》第329册,第140页),而且其间又有大篇险韵,"窘狭处运奇巧,平易中现光怪"。这些在刘克庄看来,是"近人不离唐律"语境下极为难得的成绩。所以诗中说"异时序反托诗行",但又"无复游吴楚",不能再樽酒论文。在七十馀位社友后生中,这类情况比较普遍,只有莆田地区的后生才能常得后村亲炙,是名副其实的"后村门生",其中有代表性的如方至。

方至,字善夫,莆田人,方子容(字南圭,与苏轼善)的后裔。刘方二氏,联姻颇多②,但这个方至直系与刘克庄直系并无多少关系,方至追随刘克庄主要出于后辈对前辈的钦慕。在刘克庄的诗文创作中,多次提到方至。如卷一八《题方至诗卷》、《送方至》,卷三三《送方善夫赴鹭洲山长二首》等等。基本上,刘克庄在莆田地

---

① 文天祥《赠叶大明》,《文山先生全集》卷一,《四部丛刊初编》影明刻本。
② 请参简杏如《宋代莆田方氏家族的婚姻》,《台大历史学报》第24期,1999年12月。

区的几次大型诗文唱和,都有方至的身影在。序跋中有《跋方至文房四友除授四六》(卷一〇六),"文房四友除授"的文章模拟活动我们前面已经提过,方至显然就是在刘克庄的影响下创作了这组作品。前文又提到过"梅花百咏"唱和,刘克庄作《诸人颇有和余百梅诗者各赋一首》(卷二〇),方至的名字也赫然在目。在《题方至诗卷》后注中,刘克庄又曾说:"余尝有五言咏史二百首,君亦继作。"(卷一八,《全宋诗》第 36373 页)可见,这位后生真是紧随克庄,一有诗文活动,即积极参与其中,表现出入室弟子般的虔诚与热情。刘克庄也对这位门生较为喜爱,不仅说过"老去怜才癖转深,爱君笔力擅词林"(卷一八,《送方至》,《全宋诗》第 36379 页)的赞誉之词,而且在方至赴鹭洲山长时"柴门病后少曾开,今日人扶出郭来"(卷三三,《送方善夫赴鹭洲山长二首》,《全宋诗》第 36570 页),盛情相送。

方至努力场屋,登第释褐,继赴江西白鹭洲书院作山长,期间仍不忘行弟子礼,时刻与刘克庄保持着紧密联系。欧阳守道《与刘后村书》中说:"山长(即方至)来时,蒙寄赐壬戌送行诗,近又得闻竹溪先生《夜坐见忆》联书及二韵,先生于后进拳拳之甚矣。"① 两人之间始终往来密切。

欧阳守道又有一篇《题方山长〈鄙能小稿〉》,其中透露出许多重要信息,为方便论述,照录全文如下:

> 余在中秘时,连岁考太学公试,得莆田方君善夫之文,皆置前等。初以为君精举子业而已,余寓舍与后村刘公邻,君见先生,退必过予,间示予以四六等作,往往体正而意圆,词工而事富,质之先生则盖甚许可之,然后愧余之知君浅也。君登第而予去国,君当得教授,来长吾郡白鹭洲。讲授馀暇,过予尤数,又得见近作数十篇,通旧作为一集,题曰《鄙能》。如"岁寒三友召除辞谢"之类,视旧为文房四友作,尝经先生

---

① 欧阳守道《与刘后村书》,《巽斋文集》卷四,《文渊阁四库全书》本。另,此文作于咸淳二年(1266),因文中言"某今年五十有八",而欧阳守道生于 1209 年,下推即得。

品题者,愈出愈奇,不知先生见此又如何其叹赏也。嗟夫,斯文固有师友渊源,一后村先生居莆中,莆士如君出入其门,沾被膏馥者,不知其几。先生再出,掌内外制,君亦游太学,在乡在国,皆得在其笔墨之侧,染化深矣。君专以文自娱,而大肆其力,他日躐武前辈,非君而谁?予深敬之,又自惜也。先生尝谓予曰:"吾如子年时,留意文字正切,子盖勉之。"盖有意于教之也,而予力不足。今别先生两年,见君寄寿先生致仕后词曰:"但有门生来集序,已无省吏催词草。"而先生手启谢君曰:"学广文多,笔精墨妙。以岁寒之谊,为晚景之荣。"君今年甫四十有一,而先生垂八十矣。一世文宗待后进若敌己然,君得所依归,真如欧苏门下士,文气安得不日壮乎?感叹之馀,题其卷首。①

这篇文章起于赞誉方至《鄱能小稿》所载受刘克庄影响下撰作的诸四六文,同时又最为真切地说明了几个问题:一、方至确实可以看做是后村门生,这是毋庸置疑的;二、"莆士"入后村门者,数量可观,方至只是其中之一,刘克庄作为地方文坛领袖的地位也是毋庸置疑的;三、刘克庄作为"一世文宗",已经在相对广泛的范围得到承认,欧阳守道亦有私淑后村的迹象。而所谓"欧苏门下士",反映出后村一门实质具有准文学集团的性质;四、文中所言"一后村先生居莆中",明确指出了刘克庄里居对于其宗主地位确立的重要性,其引方至"但有门生来集序,已无省吏催词草"之句,也一定程度折射出序跋文与文坛盟主地位确立之间的照应关系。

从方至的个案材料所得出的结论,是具有代表性的。刘克庄里居莆田日久,其时已明确意识到自己实质性盟主身份,他竭力地在序跋文中宣扬自己的文学观点,传播自己的文学主张,提携后进,表彰各种突破藩篱的文学创作,在理性把握唐宋诗文艺术质素的基础上,希图扬长避短,在一定的文坛范围产生了较大的影响。此时的刘克庄,既不像作为游士时那样依附他人,也不像

---

① 见《巽斋文集》卷二二。

作为朝臣时那样偏重官务,而是成为社会各个阶层文人之间相互交流的津梁式人物。比如他比较赏识黄牧的为人与四六文创作,就作有《与淮阃贾知院书》(卷一三三)、《与方蒙仲制干书》(卷一三三)等推荐黄牧入幕府。总之,与刘克庄交往并将其诗文作为模仿对象,或将他的文学观点作为指导原则的士人,既有叶应祥那样的真正游士,也有章橪那样的地方诗人;既有方至那样的莆田本地的后进社友,也有欧阳守道那样的在任职期间认识的中高层官僚。一张文人之网,成于莆田,而扩张至东南;成于地方,而扩张至中央。序跋文所反映出的,虽只是这张网络的"冰山一角",却正是其文学思想充分渗透文坛创作实际的主要渠道。

除了上列诸序跋,我们还可以罗列出一系列的其他诗文集序跋。如为前辈诗文集作有陈炳《退庵集序》、林光朝《艾轩集序》、林亦之《网山集序》、陈藻《乐轩集序》、徐寅《徐先辈集序》、辛弃疾《辛稼轩集序》、王柟《合斋集序》,在评价前人诗文成就时,提出自己的独特观点;又有时人携家中长辈文稿索序者,如张友以祖张傃斋得《张尚书集序》,王旦以祖父王阮得《王南卿集序》,张掾以其父张潞得《张昭州集序》,刘燧叔以其父刘榘得《刘尚书集序》,韩斗以其父韩永诗稿得《韩隐君诗序》,吴垚以其父吴周得《吴归父诗序》,宋铖以其祖宋藻得《宋去华集序》,叶应祥以宗人叶朝瑞诗得《叶朝瑞诗序》,杨思谦以祖杨汝南得《杨彦侯集序》,曹怡老以父曹豳得《曹东畎集序》,游义肃以祖游九功得《游受斋集序》,何谦以父何伸得《跋何伸诗》,更有宋吉甫以祖子孙三世之诗集得《跋宋氏绝句诗》等等。这些序跋,虽然不是直接指点时人诗文创作的,却在它们的传播过程中同样具有指点后学的作用。

概言之,以长期的诗文创作实践和系统的诗文理论反思为基础,借助游走四方、多次入朝的广泛影响力,刘克庄在里居时期撰写了大量序跋文字,多层次、多角度地阐述了他的文学思想。其文学上的一系列主张,也由此通过核心成员稳定、周边成员众多的文人群体传播开来,并因而在以莆田为中心的南宋东南部地区,逐渐形成了"后村门下士"的隐性文人网络,最终确定了他主

第二章 江湖和魏阙：身份转换与文学活动

盟一方的"文宗"地位。我们仍可以欧阳守道之语总结作为地方精英的刘克庄积蓄思想、指点后学的状况，即所谓"山林滋久而学问深"、"门户不立而名节在"①。

以上是从社会影响角度来观察刘克庄的序跋文。另一个重要的问题是，作为一种散文创作，序跋撰写本身也是他文学创作的重要组成部分，具有颇高的文学价值。这里暂时撇开刘克庄的乡绅身份，对其序跋文先作一番普遍性观察。

从接受史角度审视，四库馆臣对刘克庄文章的评价值得重视："文体雅洁，较胜其诗，题跋诸篇，尤为独擅。"②暂且不管馆臣们对刘克庄诗歌的偏见，就其所言题跋乃后村散文独擅者，确属眼力独到。刘克庄题跋之作，不仅早有《后村题跋》③单独行世，即以今人选注《刘后村小品》也是以此为主，其思想性和史料性自然无须多言，这里关注的是其文学性，一种小品美文。

序跋虽常连称，但又有所差异，林纾《春觉斋论文》说"序贵精实，跋贵严洁，去其赘言，出以至理"④，在相当程度上，序与跋具有一致性，都是一种带有评价性的文体，但其美学风格差异也较明显。序文的焦点一般在客体对象，时刻需照顾到所序著述，因而语言较平实，强调议论的切中肯綮；而跋文的焦点可以在客体对象，也可以在主观感受，即便纯然以所跋作品为起兴，自说自话，亦不失跋文本色，所以跋文较序文更为活泼，更具作者个人色彩。刘克庄的序文共七十五篇，跋文则多达四百馀篇，跋的数量远胜于序，而且质量也胜序一等。如果说数量的悬殊乃是序文对象较跋文单一的缘故造成⑤，那么质量的差距则多少归因于文体性质与作者个性的疏密关系上了。

---

① 欧阳守道《代人贺刘后村先生启》，《巽斋文集》卷二三。
② 永瑢等《后村集撮要》，《四库全书总目》集部一六，北京：中华书局，1997年，第2171页。
③ 此书单行本最早为明毛氏汲古阁《津逮秘书》本，书或即为毛晋始辑。
④ 林纾《春觉斋论文》，《历代文话》第7册，第6364页。
⑤ 序文多为书籍而作，跋文则除了书籍外，还有字画、碑帖等等。

"序者,序典籍之所以作也"①,序文对象是书籍,此文体曾在宋代科考中作为试题之一体出现过②,足见其内在规定中的议论性与严肃性。刘克庄的大部分序文都依旧式而来,鲜有叙事成分,即便有也是数语带过,不作委曲笔致。其文说理较平实,在序中惯用欲扬先抑的手法,起篇总爱以前人如何好或时人如何不好伏笔,几成程式。如卷九四《瓜圃集序》起作"近岁诗人如何如何"、《退庵集序》起作"自先朝设词科如何如何"、《野谷集序》起作"古人之诗如何如何"、《竹溪诗序》起作"唐文人皆能诗如何如何"等等。然后再以较多笔墨,议论文集作者能够继承前人之好或避免近人之失。这样的写法,正面评价自然可谓整饬,而反面来说就不免有些呆板。所以,刘克庄也曾对此有尝试性突破,如《王南卿集序》即先叙述写序机缘:

> 余发番禺,送者系路,秋暑犹在,宿酲未解,坐舟中如炊甑。偶得顺风张帆,伸首蓬外,紫翠插空,舟人曰罗浮山也,意稍舒豁。明日,县尹王旦携其先大夫义丰公遗文五卷示余,读之终编,泱然如甘露之蠲渴,洒然如清泉之濯垢也,可谓能言之流矣。(卷九四,《全宋文》第329册,第90页)

开篇并无丝毫议论痕迹,全以自己的行程为线,状写酷热情形下的个人经历,却似一段游记写法。然后以读集为"甘露之蠲渴",让之前所状酷热之景有了着落,而不至完全游离于文本中心之外。这种写法就比他一般的序文要生动许多。另有多篇序文,刘克庄也尝试了其他作法,取得了较好的效果,如卷九七《中兴五七言绝句序》采用设问体,以主客问答展开;《宋希仁四六序》善用比喻,以造房、烹饪、冶炼、织锦、布兵等多个比喻起兴;等等,都各具一法,面貌可喜。

不过这样的笔法,终归属少数,毕竟序文具有较浓的公开性,

---

① 王应麟《辞学指南》卷四,《历代文话》第1册,第1021页。
② 词科考试即有"序"之一体,参王应麟《辞学指南》所载。

常与文集的刊刻联系在一起①,是正式场合的正规文字,以谨严为准。它的写作受到撰写对象的严格限制,无法自由地抒发自我,从打动读者的角度看,序文是赶不上跋文的。这并不在作者不善用笔,而在文体的内在规定性。

刘克庄所撰四百馀篇跋文,前文提及的诗文集题跋约占三分之一强,剩下的约三分之二是大量的鉴画赏帖之作。这些跋文的传播范围有限,具有一定的私密性,可以较为自由地抒写自我性情。因而,在里居时期,刘克庄的题跋创作成为一种与诗词创作一样,具有游戏性质的写作。跋文的篇幅长短不拘,三两句可为一篇,五八段也可为一篇,其自由的形式与随意的心态是相符的。诚然,题跋依旧受制于对象,但因具私人性,所以其写作之议论、叙事、抒情、考辨,都可随心所欲,跋文的撰写自然渗透了刘克庄更为真切的心理感受。如景定五年(1264)所作《跋郑子善通守诸帖·黄庭经》,寥寥数字,与其说在题跋书帖,不如说在感叹自身:"此帖宜年少目明者。伯纪小余七岁,犹能于鸿蒙缥渺间望天仙,余目力不逮伯纪,揽卷茫然。"(卷一一〇,《全宋文》第330册,第56页)所述与帖本身关系不大,而是就自己的眼力不济发了一通牢骚,其后所言"揽卷茫然"颇有点情景速描的味道。这类借物叹怀的题跋,在后村作品中不为少数。

就语言艺术层面来说,题跋之作也较序文更见精致。如《跋傅自得文卷》在各种谈文论艺的序跋中就表现出高明的穿针引线和谋篇布局能力:

> 日余出守宜春,行旴、抚乱石中,盛寒大雪,人迹既绝,鸟影亦稀。有一士独载贽追余,问其姓名,南城傅生自得也,践雪淖行二百馀里矣。余窃怪生求余之急如此,岂有谒哉。坐而叩之,无他说,袖文一卷蕲余商榷而已。余忍笑曰:甚哉,生之迂也!然绝奇其人,又奇其文。后余斥居田里,世所僇笑,以为狂人,户外无屦,几案上无故旧书,生复勤勤寄声,其

---

① 这一点请参考本书第五章第一节。

求余之急犹前日也,生之迂不愈甚乎!夫人皆为文,文不能皆奇,由俗学窒之、俗虑汩之耳。迂则不俗,不俗则奇,非极天下之迂不能极天下之奇,生其懋焉!或曰:今人之文主于适用,不主于奇,何也?曰:非恶夫奇也,恶夫迂也。迂者去富贵利达常远,而去淡泊枯槁常近也,生其择焉。生族父泳之,余友也,故生诸文皆有泳之风。泳之不可复见。因书以贻生,善为之,汝伯不死矣。(卷一〇〇,《全宋文》第329册,第207页)

文章先以生动语言叙一事,引出文眼"迂",再翻转一层,进叙一事以言傅生之"迂",两事相类,两"迂"相复。在叙傅生"迂"之时,又已埋下伏笔"奇其人,又奇其文",将"人之迂"与"文之奇"巧妙地暗相勾连。叙事完毕,转而议论文之"奇",此字又为文章一关键。进而将"迂"与"奇"的关系阐明,推演为"迂则不俗,不俗则奇,非极天下之迂不能极天下之奇"的独特文论观点。至此,文章本已达到高潮,而刘克庄又宕开一笔,于此处引入设问对答之体,以尽论"文之奇"与"人之迂"的关系。前部分是由"迂"而论至"奇",这里又反推回去,以"奇"而递述于"迂"。整篇跋文,短短二百馀字,却融叙事、议论、抒怀于一体,不仅写事明快,而且立论新颖,紧扣"迂"、"奇"二字,做足了文章。此篇笔法之讲究,可谓并驾于"欧曾苏王"而无愧色。

与题跋文集书卷的巧构妙思、议论风生同样精彩的,是其题跋画帖的善于描摹勾勒、写景造境。如《跋王摩诘渡水罗汉》一文:

此轴必有十六僧,所存者卷末三僧尔。"王摩诘"三字,恨无摩诘它字可参校。上用圆角印,其文为"野释",岂摩诘别号耶?世画渡水僧,或乘龙,或履龟鼋,类多诡怪恍惚,不近人情。今最后一僧先登于岸,虽目视云际孤鹤,然脱衣坐磐石上,欠伸垂足,若休其劳苦者。前一僧未渡才数寸浅水,而中一僧乃倒锡杖以援之。三僧者皆至人大士,而涉川之际谨重如彭祖之观井,曷尝以芦渡杯渡为神哉?乌乎,此固非摩诘不能作欤!三僧抑禅家所谓老古锥欤!(卷一〇二,《全

宋文》第329册,第271—272页)

先就此残卷作了评述,继而对画中人物进行了栩栩如生、历历在目般的转写。其间所述"三僧"的状态,灵动如画,真可谓画在跋中复活。我们虽未得见此实物,亦足以在脑际浮现出三僧渡河的动感画面。特别是对登岸僧的摹写,从"目视云际孤鹤"的头部,到"脱衣坐盘石上"的身体,再到"欠伸垂足"的腿脚,读者若为画家,真可径画而出之矣。

又如《跋马和之觅句图》,寥寥数语而真切非常:

> 夜阑漏尽,冻鹤先睡,苍头奴屈两骹,煨残火。此翁方假寐冥搜,前有缺唇瓦瓶,贮梅花一枝,岂非极天下苦硬之人,然后能道极天下秀杰之句耶!使销金帐中浅斟低唱人见此卷,必发一笑。(卷一〇二,《全宋文》第329册,第279页)

绘画本是空间的艺术,刘克庄笔下状此图,却先从时间"夜阑漏尽"写起;画本是静态的,而这里却连用多个动词"屈"、"煨"、"搜";画本无一句诗在,他却说"道极天下秀杰之句"。至于所写细节"缺唇瓦瓶"与"梅花一枝"则显出整个画面意境的淡雅枯瘦。这固然应先归功于画家的功夫,但刘克庄的描摹却完全将一幅静态的画面写活了,将自己的体验、自己的情感融入所观图画之中,让这"跋中之画"极具艺术感染力。林希逸有首《马和之觅句图》绝句,云:"先生隐几奴煨火,斜插疏枝破瓦尊。鹤梦未回更几转,吟时应是月黄昏。"①所状为同一幅画,基本意象也不少,而诗句的艺术感反倒逊于题跋,亦可见后村描摹功夫之胜。跋文结尾的一句议论,又溢出画面本身的趣味,折射出刘克庄个人性格诙谐的一面。他如《跋杨通老移居图》(卷一〇二,《全宋文》第329册,第280页)一文则酷拟韩愈《画记》,以"一人物如何"的句式充斥整篇,却于此单调句式中摇曳多姿,尽其能事。

总之,刘克庄的绘画类题跋,使艺术媒介实现了由图像而文

---

① 林希逸《马和之觅句图》,《两宋名贤小集·竹溪十一稿诗选》,《文渊阁四库全书》本。

字的转换,这不仅未损它初有的动人感,还增加了一层更为深厚的人文意味,实质是一次艺术形象的再创造。这种再创造,不仅关乎画家原画的基本意象,更是刘克庄本人心灵意境的选择结果。面对同样的艺术作品,倘若没有里居时的闲淡心境,其跋文定将呈现出不同的风貌。由此看来,这几百篇跋文所取得的艺术成就,又不得不归功于让刘克庄个人苦闷不堪的里居生活了。正是在这闲暇中的赏玩,让画与文之间多了一脉相连的气息,题跋的写作也就不再是一般的客观叙述,而融入了作者更多的个人体验与艺术感觉,使其成为乡绅刘克庄的又一生活寄托。

综上所述,序跋文是刘克庄里居时诗词之外的又一文学创作大宗,它们的大量涌现不仅仅是刘克庄指点后学、影响文坛的重要途径,昭示着其"泛地域性"文坛盟主的确立;而且许多序跋的撰写,特别是一些碑帖字画题跋,更是刘克庄里居时期的重要心理寄托所在。在探索序文撰写手法多样化的同时,刘克庄的跋文也表现出更为灵动的态势,是其散文创作中引人注目的部分,取得了突出的艺术成就。

在地方精英时期,刘克庄的文学创作大丰收,除了以上论及的诗词和序跋外,还有许多的碑志、书信、祭文、建筑记、青词等文体创作,同样取得了一定的成绩。不过,因为它们的写作并没有太多突出的地方精英身份印记,我们就不在这里作更多的讨论了。总体说来,刘克庄这一时期的创作能够自由发挥艺术个性,着力追求诗文自我面貌的铸造,笔法与精神都有明显突破前期游士身份的努力痕迹。他以一种主动积极的姿态,全面激发自我的创作潜能,获得了较高的文坛盛名,并以此成为奠定其文学总体风貌的主要面相。

第四节 朝臣身份:奏议公文与兼撰两制

与江湖游士、地方精英两个身份相较,刘克庄任职州府与入都立朝的时间,零零碎碎,加在一起并不算太多。但这却是决定

第二章 江湖和魏阙：身份转换与文学活动

其社会地位与社会影响力的重要身份。从文学角度来说，任职期间各体诗文创作都有，但一般性诗文锐减却是不争的事实，因此本节的篇幅也会相应地缩减。我们这里要谈的，依然不是其任职时所有的文学活动，而只关注作为官员身份的特殊性文学活动。这种特殊性，主要不是表现在交游变化带来的一般诗文创作新貌上——尽管这也是不可忽视的一个重要方面——而是指与其职事活动紧密联系在一起的文学活动，即公文性文章的撰作。

在细说公文写作之前，作为讨论官员身份文学创作的题中应有之义，我们先就刘克庄此间诗文新变的总况作简略概述。端平元年（1234）在刘克庄人生中无疑具有划时代的意义，也就是从端平更化开始，刘克庄得以第一次立朝。虽然之后不断被弹劾，但仍能在地方与中央反复任职，期间与一大批中上层士人展开了密切的政治与文化活动，这直接带来了其诗词创作中交际功能的进一步凸显，与皇帝的唱和和御制诗也于其间出现。不断的改职，又促成了一批谢启、辞免状、到任表的写作。另外，作为官员，他还为一些中央与地方的祭祀性活动创作了许多祝文、青词、功德疏、祈雨疏等。而判文的写作也是一项极具职业特点的准文学活动。最值一提的是，在地方任职期间，刘克庄还撰写了多篇乐语[①]，成为其四六文创作中数量极少，而质量较高的一类文体。此外，任职期间的日记写作，也是其文学创作中随笔性散文的一种新开拓。这些都是任职时期诗文创作出现的新特点、新内容。

不过，作为官员——特别是朝臣——的刘克庄，其倾注精力最大者还是在于朝廷公文的撰写。从文体来看，主要包括散体的奏议与骈体的制诰两类。这也是刘克庄一生中区别于其他任何社会角色而最具身份印记的两类文章。是故，下文即以此两类文章分别讨论刘克庄在朝时期的文学活动。

[①] 包括卷一二七《宴张都承乐语》、《宴前湖南赵帅乐语》、《宴唐经略乐语》、《宴新帅刘侍郎乐语》、《宴吉倅王实之乐语》五篇，均是在任地方官时所作。因其文体特性而表现出四六文创作的另一种风貌。

一、奏议公文与立朝大节

刘克庄一生四次入朝,《墓志铭》即云"公前后四立朝,惟景定及二年,端平一年有半,馀仅数月",其时间与职务分别为:(1)端平元年(1234)秋至端平三年(1236)春,共一年半,历官宗正簿、枢密院编修兼权侍右郎;(2)淳祐六年(1246)八月至十二月,共四个月,历除太府少卿,秘书少监兼国史院编修、实录院检讨官,御史兼崇政殿说书,权中书舍人行上四房文书;(3)淳祐十一年(1251)四月至十一月,共七个月,历任秘书监兼太常少卿、直学士院,又兼崇政殿说书、史馆同修撰,起居舍人;(4)景定元年(1260)九月至景定三年九月,共两年,历官起居郎兼权中书舍人,权兵部侍郎兼中书舍人兼直学士院,兼史馆同修撰,兵部侍郎兼中书舍人,权工部尚书兼翰林侍读学士等。

就在朝期间职事活动与文学创作的关系来说,兼撰两制显然是最为典型的表现,不过它们的撰写主要在于"代王立言",虽仍不乏自我主张的表达,却稍嫌隐晦,这一点我们将在下文详谈。在此以外,作为一个具有强烈参政愿望的入朝官员,上书言事的奏议才是其政治立场与立朝大节的集中展现。所谓奏议,涵括文体名目甚多,吴曾祺《文体刍言》即将奏议类分为二十八目,包括奏、议、驳议、谥议、册文、疏、上书、上言、章、书、表、贺表、谢表、降表、遗表、策、摺、劄子、启、笺、对、封事、弹文、讲义、状、谟、露布等①。这些文体中的大部分,刘克庄均有涉及,但主要的政治观点则表现在几篇劄子和奏状之中。特别是各类劄子,所谓"劄子者,宋之创制,与奏疏无别义也"②,它们作为面向皇帝的上行公文,一般都是构思缜密的政论散文,其内容并不在解决具体事务,而在于对重大事件与士人风气提出独到的政治见解或治国方略,须具有高屋建瓴的理论属性。刘克庄文集今存十四篇劄子,包括作于

---

① 吴曾祺《涵芬楼文谈》附《文体刍言》,《历代文话》第 7 册,第 6639 页。
② 来裕恂《汉文典·文章典》卷三,《历代文话》第 9 册,第 8637 页。

第二章 江湖和魏阙:身份转换与文学活动

端平元年的《备对劄子》三篇,端平二年的《轮对劄子》两篇;淳祐六年的《召对劄子》三篇、《转对劄子》一篇;淳祐十一年的《召对劄子》两篇、《直前劄子》一篇;景定元年的《召对劄子》两篇等。它们集中呈现了刘克庄四次入朝时对重大政治问题的看法,在忠言谠论之中显示出其立朝大节。

这种文章的撰写,其重心自然不在文学修辞的琢磨,而在观点的表达,但观点表达准确、得力与否又依赖文章笔力的功底,并非枯涩而简单地条列自我见解而已。从内容来说,这些劄子并不似游士时期散文的自我书写,也不类于里居时期序跋的情感寄托,而是承载个人公众形象的文字,饱含着自我内心的远大抱负,是政治理想的一种实现途径。这就使得其下笔极为谨慎,谋篇布局极为考究,在充分考虑到内容要求的同时,又十分讲求文章语言本身的艺术性。其中句式的变换、典故的引证、虚词的更迭、语言的反复、疑问的设答等等,无不围绕观点的论证展开,寓鲜明观点与严密推理于不动声色的语言修辞之中,以达到说服帝王的目的。为了更好地说明问题,我们不妨举《备对劄子·一》为例,加以探析。

端平元年九月,渊默十年的宋理宗亲政已近一年,其间选贤黜佞,整顿内治,欲进行一系列的改革,其情势极为顺应士大夫的呼声。刘克庄即在此形势下,撰作《备对劄子》三篇,系统阐述了他对内治、战事、经济三大重要方面的基本看法,其内容主要在于提问题而少歌颂,许多方面都论述得极为中肯。其中第一篇是论内治改革与士风的,针对当时更化所出现的动摇现象,强调改革应踏实坚持,不可好高骛远,其论述谨严,层层推进,具有重要的现实意义。而就文学层面来说,气势与情辞并举,整饬而精练的语言也体现出奏议文的典型风格。为免割裂之害,兹于此不避冗赘,全文迻录并作分段如下:

> 臣恭惟陛下更化以来,登庸一相,号召诸贤。江湖远屏之人,山林久幽之士,隔绝千万里而不见录者,访求如不及;近臣骨鲠之言,小臣狂狷之议,菀结二十年而不获伸者,吐露

无馀蕴。士大夫常恨不遇圣主,今主德可谓圣矣;又常恨不遇贤相,今相业可谓贤矣。此韩愈、石介作为颂诗之日也。然而臣窃有忧焉。

昔人主未尝不欲治而卒趋于乱,自昔大臣未尝不欲得天下之誉而卒受天下之谤,自昔士大夫未尝不欲以名节自许而往往为富贵利禄所变者,立志不果,执德不固,持循于久者易变,矫揉于暂者难恃也。以臣之愚,窃迹近事,明主方厉精更始而或者恐其惰终,大臣方奉公履正而或者过于责备,善类方合而间有异同龃龉之迹,国是方定而已有反复动摇之戒,不幸有近于先贤程颢之所忧者,其故何欤?盖天下所恃与吾君吾相共起太平者,诸贤而已。彼其忠似迂,直似讦,上富春秋则进圣人血气之戒,上喜功名则守儒者根本之论;内无许、赵之宠而攻后宫者相继,外无丁、傅之横而议戚畹者不已;或欲核内帑以佐经费,或欲远奄嬖以肃朝纲。陛下虽始乐闻,乃已厌听,批依而不果依之类是也。事之不稽于众者则言,今之不便于民者则言,黜陟用舍之未协于公论者则又言,大臣外虽翕受,内或惮改,报行而不果行之类是也。听者或从或违,类有私主;言者自鸣自止,亦不坚执。始初清明,其兆已尔,岁月稍失,主意懈于上,庙谟摇于下,臣恐观望迎合之说进,中伤报复之计行,贤者稍稍引退,中人以下皆循然以求容,群小投袂复起,而天下之事去矣。

臣闻"靡不有初,鲜克有终",又闻"坚凝之难"。昔我仁祖嘉祐之末,琦为相,修参预,所用之人、所行之事常如庆历之初,故四十二年之治侔于三代。若夫朝用马、范,暮摆章、蔡,朝变新法,暮主绍述,其祸有不忍言者。然则陛下虽有改旧图新之意,果可保其终乎?臣敢以此为明主规也。人之常情,恶直喜佞,权位既重,容受愈难。熙宁大臣始用吕公著为中司,公著不合而徐禧、邓绾之徒进;绍圣大臣初引陈瓘共语,瓘不合而林希辈遂为上客矣。然则庙堂之上,虽以进贤退不肖而为己任,果可保其终乎?臣敢以此为大臣规也。立

第二章 江湖和魏阙:身份转换与文学活动

初节易,保晚节难。寇准暮年未免动色于使相,宋祁终身不能忘情于两地。种放、常秩既召,名誉顿减于遗逸之日;唐介、邹浩既贵,风采反不及论事之时。然则班行之内号为有行义操守者,又可保其终乎?臣敢以此为士大夫之规也。

臣愿陛下与二三大臣思致诸贤之难,亦既致之,信任勿贰可也;若尊显其人,忽弃其言,谓之貌敬可也。而一时诸贤又思保令名之难,苟欲保之,壮老一节可也;若激昂于前,委靡于后,谓之晚缪可也。言治于今日者多矣。臣愚以为君相不必慨慕前古,常如端平之初元足矣;士大夫不必过持高论,毋改平日之大节足矣。臣位卑言高,罪当万死,惟陛下裁赦。
(卷五一,《全宋文》第 327 册,第 235—237 页)

与重臣们动辄万言的上书封事比较,刘克庄这篇劄子的篇幅并不算长,与其官位品级倒也颇相吻合。此文遵循"一文一事"的宋代公文管理制度,专就"端平更化"中的内治改革问题进行论述。

第一段引出忧患。乃以两联长排比句为主体,第一联是对"登庸一相,号召诸贤"的详细阐述,道出了端平之初政治更化的大势;第二联则从第一联的具体表现上升到主德相业高度,饱含了对"圣上"英明的赞誉。而恰又于此赞誉之中引出文章主题"忧患"。含蓄委婉,简练切当,有开门见山之效果,也符合"主文而谲谏"的奏议传统。从讽谏的角度来说,文章的褒扬之词仅以自"江湖远屏之人"至"吐露无馀蕴"的第一联长句对比,即将朝野两方在当时的表现以及更化的积极作用凝缩其中,充分体现出惜墨如金的原则,而自此以下诸段则集中于对"忧患"的阐述。

第二段论述忧患。先述忧患之起,又以三句排比为始,对象由"人主"而"大臣"而"士大夫",依次推进,论述以前的政治人士并非主观上不想治理好天下,而在于不能持之以恒地贯彻当初的理想,特别拈出"持循于久者易变,矫揉于暂者难恃"的道理,成为本文的核心观点。继而用"以臣之愚,窃迹近事"为转,将讨论前人"易变"、"难恃"的准则衡之今日。于是再以"明主"、"大臣"、"善类"、"国是"四者逐层递推,言当今亦有此病,并设问展开讨论

"其故何欤"。接着，罗列了士大夫在皇帝面前的六种表现，依然是以三联对句出之。又据此推出皇帝与大臣对此类表现的态度，将"听者"与"言者"、"主意"与"庙谟"因此而发生的改变总结为"贤者"、"中人以下"、"群小"三种力量的消长，最后的结果即是"天下之事去矣"，揭示了忧患之因果链条。

  第三段解决忧患。即对症下药，提出解决办法，依然是从明主、大臣、士大夫三者入手，每论一方即引证本朝故事为说，共引述十七位北宋官员的八类故事，且善用一正一反相互支持论点。在语言上则多用反复，每节后又均以"果可保其终乎？臣敢以此为某某之规也"作结，层次分明。

  第四段乃第三段的馀绪，其规劝皇帝则又以"……可也"的句式排开，最终将诸种论述依然归于"常如端平之初"、"毋改平日之大节"两个维度，即强调踏实而坚定地执行更化之初的政策。

  这篇文章的内容是在强调改革应从实际出发，勿为高论，切莫好高骛远，实际上是在"变"与"持"两者的矛盾上作文章。端平更化能否成功，关键在坚持，而最忌讳朝令夕改。文章线索简洁明了，论述严密不苟，用辞稳妥，态度恳切，可谓颇合"审利害、明义理、达人情，则奏议之体得矣"[①]的要求。而据上文的细读并以文章学角度审视，其奏议文在艺术上至少有两个方面值得我们注意。

  第一，刘克庄的散文善于运用对句排列，将情势的各方面进行概括对比。从语言层面来说，这或许受其专意四六文写作的潜在影响。习惯于用四六文般的联句对举的形式写作散文，成为其古文创作之中突出的特点。我们许多时候只关注到四六文受古文影响而具有的开阖气势，却忽视了古文写作受骈文影响而形成的对举格局与语汇反复。从实际内容的展开来说，这种"容骈入散"的写法有其独到的效果，即要么两股相交，形成合力，支持论点；要么两股相反，形成张力，阐明形势。而在具体写作过程中，

---

① 来裕恂《汉文典·文章典》卷三，《历代文话》第9册，第8633页。

其实又不局限于两股并进而已,出现了三股、四股等形式,又利用各种词汇、短语的反复,作为联句突出的外在形态,让古文具备了骈文一般清晰的段落语汇层级标志。在论理上,多股并举的格局,实际上起到了对比、映衬、强调等作用,让论述具有多层复合结构的性质,推理因此就较之一股直入的形式显得更为严密。刘克庄曾赞誉林光朝的文章"高处逼《檀弓》、《穀梁》"(卷九四,《艾轩集序》,《全宋文》第329册,第85页),可见《檀弓》实亦他自己所看重的文章典范。而《檀弓》多用复笔、善用助语的特点①,恰恰也成为刘克庄散文的突出句法形式。王质说"句法求之《檀弓》,则音节响亮"②,这实亦点出了刘克庄散文的一个特点。句法的整齐与错综并举,不仅使得音节响亮,而且让文章得以融纤徐宛转与气势雄浑于一体,表现出畅达而谨严的总体风格。

第二,刘克庄的散文多爱引征故实,其驱使典故的功夫,不仅在诗词中有明显表现,在散文中也毫不逊色,甚至表现得更为充分。不管是论理还是叙事,刘克庄总能信手拈出古事,贴切地类比形容。这不但让文章论说更为精详、叙述更为丰满,而且典型表现出其优裕的学养和浓厚的书卷精神,使得其文充满学者之文的独特气象。关于这一点,杨廉对其散文的评点也是极佳佐证。如评《陈孺人墓志铭》云:"后村墓文,叙事之外引证古事,篇篇如此,此皆笔力思致有余,所谓贾予徐勇者也。视韩、柳、欧、苏,青出于蓝,后人亦难乎措手矣。"直以引证古事之笔力,许为韩柳欧苏之并驾;又评《乙酉答真侍郎书》说:"宋人文字多引本朝前辈议论,今人绝无此格,惟用古事,不知用前辈事更切。"③对其善用本朝故事,亦作了中肯的评价。这些例子,都与《备对劄子》中大量援据本朝故实以说理一样,体现出刘克庄散文善于用事的特色。刘克庄以渊博的学识驾驭文字,而得文章滔滔汩汩之态,正所谓"经以周密之意,贯以充和之气,饰以雅健之辞,实以渊博之学,济

---

① 参聂安福《宋人"文法〈檀弓〉"说解读》,《文学遗产》2010年第2期。
② 潘昂霄《金石例》卷九引,《历代文话》第2册,第1460页。
③ 俱见本书附录三《上海图书馆藏明杨廉评点刘克庄文全录》。

以宏通之识,然后其文彬彬"①。

上文乃以一篇劄子为例,详述了刘克庄散文,特别是奏议文所善用的笔法以及因此而形成的风格特色。从他的朝臣身份来观察,这种文章笔法的使用,都是围绕观点的论证而展开,在说服帝王的语辞之中,表达了他的政治立场。他的十四篇劄子,基本都能犯颜直谏,鲜明地表现出其直率的个性。如《轮对劄子·二》竟敢直言宋理宗"更化既久,责治未进,稍厌君子,复思小人,朝野謷传,莫不失望"(卷五一,《全宋文》第327册,第246页),这段文字在充分体现出宋代议政的自由氛围的同时,更体现了刘克庄个人嶔崎磊落、勇于承担的政治品格。

奏议文的写作,显然也与他积极行使自己的参政权利有着密切关系。比如景定二年(1261)在任中书舍人时,刘克庄即联合给事徐经孙,利用手头的"封驳权"撰写了多篇缴奏,驳正厉文翁除沿江制置使的制敕。先后撰有《缴厉文翁依前资政殿学士知建康府沿江制置使江东安抚使兼行宫留守暂兼淮西总领奏状》、《再缴厉文翁除官奏状》、《三缴厉文翁除官奏状》等文。又撰有"学士院缴奏"一系列文章,缴奏李桂、史宇之等人的违失之处。这些文章的撰作都对他公众形象的塑造,起到了重要作用。同时,它们也丰富了刘克庄奏议文创作的总体面貌。虽然这些文字赶不上劄子那般系统密理,而是针对具体问题阐述意见,却也一定程度表现出刘克庄散文善用对比、精于用典的特色,风格仍趋于畅达而谨严。

总之,奏议公文的撰写是刘克庄作为朝臣时文章写作之一大宗,所谓"淫雨有疏,大水有疏,和籴之害有疏,拯饥之弊有疏"(《行状》),其内容虽然稍显芜杂,却无不体现出他作为官员勇于任事的优秀品质,并展现出他与在朝官僚之间的各种交往以及其中复杂的人事关系与政治局势,成为其散文创作中颇具史料价值的文字。更为重要的是,以文臣立朝的刘克庄,依然重视应用文

---

① 来裕恂《汉文典·文章典》卷三,《历代文话》第9册,第8617页。

字中的内在艺术要求,用较为讲究的文学笔法,赋予了这批文章独特的审美价值,因而也使得它们成为其文学世界中一个不容忽视的组成部分。

二、兼撰两制与"四六孤行"

刘克庄在《答陈主簿开先书》中曾总结自己一生的写作历程云:

> 五十以前,笔力方健,尽洩于诗及散语。六十始摄书命,六十五始入禁林视草,七十四始□□□□,诗及散语束阁而四六遂孤行矣。七十六□□□□,七十八而挂冠,四六绝笔而诗与散语稍稍温习,八十齿衰才尽。(卷一三四,《全宋文》第329册,第57页)

这段话尽管并不十分准确——比如五十岁以前他也创作了许多漂亮的四六文——但是却大致反映出其一生文学创作中诗文各体重心的转移趋向。特别是所述文学创作与任职之间的互动,更是简要地点出了在朝职事与四六文创作之间的密切关系。自"六十始摄书命"至"七十八而挂冠"一段,实际上均是在阐述自己的四六文创作历程。其中"七十四始□□□□"虽然有四字阙如,而据后文"四六遂孤行矣"之语并结合其经历,我们大致可以判断所缺四字应为"兼撰两制"之类的文字。毫无疑问,所谓的"四六孤行"显然是朝臣身份在刘克庄文学创作历程中打下的深刻烙印。

按照宋代官制,权中书舍人、中书舍人等草外制,直学士院、翰林学士等草内制,而对于士大夫来说,能够入院草制是一件极具荣誉的事情,所谓"中兴以来,尤严内制之选,未尝官备,足见才难"[①]。刘克庄的四次入朝,除端平元年未牵涉制诏的撰写外,其余的淳祐六年权中书舍人,淳祐十一年直学士院,景定元年中书舍人兼直学士院等,或者草外制、或者草内制,以至于最后的兼两制,无疑将其职事与四六文的写作更为紧密地关联在一起。今

---

① 周麟之《谢除翰林学士表》,《海陵集》卷六,《文渊阁四库全书》本。

《后村先生大全集》存制诰文近九百篇，主要还是在刘克庄景定元年第四次入朝时所作。此前，在淳祐六年和十一年的两次，他因在朝时间短（分别为四个月和七个月），在职时间更短，所作并不多。如淳祐六年在权中书舍人任上仅七十馀天，草外制仅七十道。不过，这七十道外制，在当时却已获得颇高评价，《行状》说："公在省八十日，草七十制，学士大夫争相传诵，以为前无古人。"这一结果，不仅得益于刘克庄自身的四六文功底，也得益于真德秀等前辈对他这方面的特别提点。

我们在讨论其初涉政事而创作四六文时，已谈及过傅伯成、真德秀对其四六文创作的指点。这里还有一则材料，更是将真德秀当年对刘克庄四六文创作的器重表露无遗：

> 西山先生晚在翰苑，宾客满门。一日谓余曰："某为词臣，终日困于应酬，忽一旦有宣锁，且奈何？宜稍谢客温习。"余曰："先生何虑此耶？"先生曰："此事久不拈弄则荒疏，君它日必居此地，不可忽老夫之言。"因曰："文字须有素备，荒速中安得有佳语？"余请其说，先生曰："如街谈巷语及士大夫所传某人除某官之类，即题目也。暇日试拟为之，临时或可采用。"后余忝掌内制，朝野多传朙禋有大除拜，追记老师遗言，拟作数制。后失其稿，仅存三篇，而书其末如此。（卷五三，《跋拟制三道》，《全宋文》第326册，第61页）

刘克庄拟撰诸制，带有宿构性质，这是吸取了真德秀的经验。他不仅早年即在真德秀的鼓励引导之下，注重自己制诰文写作能力的锻炼，而且在职掌内制时，依然不忘时常拟作，激活文思。可见对于两制的撰写，刘克庄确实倾注了许多的精力。后人评价两宋四六文时曾说："大则培植声望，为他年翰苑词掖之储；小则可以结知当路受荐举，虽宰执亦或以是取人，盖当时以为一重事焉。"① 刘克庄显然对此有清晰认识，其在朝的主要精力，即放在了四六制诰的撰写之上。

---

① 刘壎《隐居通议》卷二一，《海山仙馆丛书》本。

第二章 江湖和魏阙:身份转换与文学活动

从现存材料来看,景定元年入朝的兼撰两制,留下的制诏不仅数量最巨,质量也因"孤行"而达到顶峰。宋末元初的刘壎撰《隐居通议》,卷二十一专论骈俪之文,其于陆游四六文之后即特别列出"刘后村诸制"条,详加讨论。可见在刘壎眼中,南宋四六之文,刘克庄应是除陆游之外的一大作手,位居第二。而其所举诸例,又正是刘克庄景定年间所作制文,给我们分析刘克庄制诏文提供了重要的论据。刘壎在"摘抄其(指陆游)妙语,以训诸幼"后,云:"以上皆《放翁集》中语,凡此皆以议论为文章,以学识发议论,非胸中有千百卷书,笔下能挽万钧重者不能及。后来惟刘潜夫尚书,极力追攀,得其旨趣,壮年所作绝似之,晚年稍变槎牙苍郁之态,觉枯槁矣。"①刘壎赞誉陆游四六文的同时,也对刘克庄的四六文作了评价,即能得陆游四六之旨趣。他虽然觉得刘克庄晚年四六枯槁,却于其下讨论的正是晚年的制文,并亦十分推崇。可见他所谓的"枯槁",只是相对刘克庄壮年之作而言的一种文章状态,而并非觉得这种"枯槁"不好。

《隐居通议》卷二十一首先引述的是刘克庄作于景定三年(1262)的《李瓒特授保信宁武军节度使督视河北京东等路军马齐郡王制》和《李全特追复彰化保康军节度使开府仪同三司京东镇抚使依旧京东忠义诸军都统制制》(卷五四,《全宋文》第326册,第86—88页)二文,并特别拈出后文中"雄心方骛于白檀,异梦奄罹于黑幰"、"昔周封蔡仲,志郭邻之怨;汉爵弓高,原马邑之责"②两联,予以细致解读,云:

> 以上皆刘潜夫克庄笔也,时以工部尚书兼直学士院,一宗制诏,尽出其手,笔力高妙,不假雕镂,而用事尤精切。如"白檀"、"黑幰"、"弓高"、"马邑",用之李全,无以加之。"白檀"出《汉书·李广传》;"黑幰",晋陆机夜梦黑幰绕车,手决

---

① 刘壎《隐居通议》卷二一,《海山仙馆丛书》本。下文所引《隐居通议》之文,均在卷二一,不再注。
② 按:"弓高"二字,《全宋文》阙,今据《隐居通议》补。

不开,天明遂遇害;汉韩王信以马邑降匈奴,后其子颓当复归汉,诏封为弓高侯,正与李全事体同,其妙如此。时又有奖谕诏,乃平舟杨元极栋当制,有曰"齐地开十二,奉图籍以归本朝;禹服广数千,知衣冠之为正统",觉文气不及后村活动矣。

四六之文的锻炼,除了整篇的脉络贯通之外,其最引人注目、最容易出彩处,即在于联句的精致、对偶的工稳。刘壎在这里不仅将刘克庄制文中的精策联句特意拈出,加以详尽分析,以为"笔力高妙,不假雕镂,而用事尤精切"、"与李全事体同,其妙如此",而且将其与同题的杨栋之作进行比较,更能见出刘克庄制文的高妙之处。刘克庄在四六文中的这种艺术追求,无疑是以"胸中有千百卷书"为基础的,而由此亦充分表现出其职事活动与文学活动几已合二为一的态势。刘壎又记载云:

> 是时,亡友范去非从包宏翁尚书在朝,尝录此二制①并《山东李璮封齐王制诰》一宗,从行都邮递,缄以示予,谓皆出后村刘公视草。予读《山东制诰》,见其雄奇超卓,信非后村公莫能也。此前一制,镕意铸词,亦似出刘之笔。其后赵次山仕闽归,惠余后村文集,阅视之,但有《山东制诰》,而《安南前制》(指封陈日煚制)乃不载。未几,后村卒,其家尽会萃其平生所著,别刊少本,为《大全集》。曾履祥仕闽归,又惠余一部,复阅视,亦无前一制,如此则或出佗学士视草,未可知也。
>
> 尝记故友车震卿云:景定间,留行都待班引时,后村当制,一日下直,震卿谒之于寓舍,公方苦痰眩,不能迎客,延入卧内,则见其伏枕,而又若有所构思者。已而,且呕且视草,震卿问之,则方撰《贾忠肃涉封魏王制》也。谓震卿曰:"适苦思得一联,云'忠臣义士,知祖遯誓江之心;故老遗黎,悲宗泽过河之志'。"震卿极称其佳,且以"祖"对"宗",以"誓江"对

---

① 按:"二制"指"安南国王陈日煚封大国王制"和《安南国陈威晃特授静海军节度处置等使特进封安国王食邑三千户食实封一千户特赐效忠顺化功臣制》二文,前文今不见后村集,后文今在《后村先生大全集》卷五四,《全宋文》第 326 册,第 89 页。

> "过河",又精切。公谓:自当制,每得大词头,多是无案底者。意盖谓山东归朝,出于创见,无旧样子也。然安南逊位,亦可谓无案底矣。吾因震卿之说,遂信前一制决出于公。然集中不载,岂出于他人之笔乎?

这则材料至少有三点信息值得注意:第一,范去非专门邮递刘克庄所撰制文给刘壎,足见当时后村四六之受士人欢迎,而赵次山、曾履祥诸人亦以后村文集作为馈赠的礼品,也折射出刘克庄当时文名之盛;第二,车震卿所记刘克庄"下直"(即下班后)草制,竟是在一身重病的情形之下,其呕心沥血的构思情境,恍如眼前,足证后村于制诰撰作的重视与用心;第三,后村所撰之联颇为精切,而这是"无案底者",即无所依傍、无前人类似作品可借鉴,不是"依样画葫芦",而是自创新意,这亦足见其撰作之苦心孤诣。

从刘壎的一系列记述之中,我们可以看出,刘克庄在景定年间进行了大数量、高强度的四六文写作,其文学创作上的"四六孤行"现象,显然完全是职事活动的结果。我们这里尚无力对刘克庄近九百篇制诰文进行审美角度的汰择,以凸显其制文作为四六美文的文学价值,但是有一点是毋庸置疑的,即其所撰大量骈文,能够体现其最高水平者就在兼撰两制时所创作的制诰之中。罗大经曾说:"制诰诏令,贵于典重温雅,深厚恻怛,与寻常四六不同。今以寻常四六手为之,往往褒称过实,或似启事谀词,雕刻求工,又如宾筵乐语,失王言之体矣。"[①]能够在得"王言之体"的同时,又不完全掩盖自我四六的个性特点,恐怕正是刘克庄四六制文得到后人较高评价的重要原因。

《行状》云:"至于骈语,虽祖半山、曲阜而隐显融化,键奥机沉。表制之外,诰启尤妙,自成一家。他人或相仿效,神气索然矣。甲子以来,又为浑深简到之语,尝语余曰:'吾四六又一变矣。'"应该说,林希逸对刘克庄四六文的评价是中肯的。而刘克庄对自己四六文风格变化的高度自觉,也已说明其在"四六孤行"

---

① 罗大经《鹤林玉露》甲编卷四"词科"条,北京:中华书局,1983年,第59页。

语境下本就十分注重骈文自我风格的锻造。大概也是缘于这样的现实,所以元人程端礼即将刘克庄四六作为后学模仿的一种范式,其云:"四六章表以王临川、邓润甫、曾南丰、苏东坡、汪龙溪、周平园、陆放翁、刘后村及《宏辞总类》为式。"①径直将王安石一脉延展至刘克庄,视其为宋代四六章表撰作的殿军式人物,可见刘克庄四六公文确实取得了瞩目的成绩。而其地位的确立,与兼撰两制时期的创作又具有必然的联系。

以上是对刘克庄在朝时期的四六制文创作所作的简单概述。由于兼撰两制时期的四六文创作活动太过密集,刘克庄没有留下太多与其间创作相关的具有本事性质的文字,我们亦无太多材料对其作典型的个案分析。但从上文论述中可以看出,朝臣身份下的文学家刘克庄,乃是将自己最丰厚的才学、最活跃的文思都倾注其间,由此成就了他作为一代四六名家的地位。

顺便说一下,从刘克庄晚年所撰《杂记》中,我们不难发现,他用较多笔墨记录了在朝时期专心琢磨制诰撰写的状态。如其中一条记载理宗对制诰文的批改云:

> 上圣学尤高,词臣进小字本,或用事稍晦,或一两字未安,必反复询究,或御笔径改定。完颜氏垂灭,李梅亭草某制,用"销金"字,取汉人销金石之语,上改"销"字为"糜"字。程沧洲草禫赦,用"皇灵"字,上改"皇灵"为"国威"。余拟《科举诏》,草《杨镇建节》、《吕文德加恩》制,进小字本,上于中间疑一二字,皆宣谕下问,即具出处回奏。政再改进,上或依改本,或批不必改。凡圣笔所定,无不曲当,此类不能悉记。
> (卷一一二《杂记》,《全宋文》第 330 册,第 190 页)

这里提到的刘克庄所撰多篇文章,只有《科举诏》一文留下了他的原文与理宗的修改文本在《拟撰科举诏回奏》之中,文云:

> 臣某今月廿六日遵依圣旨,拟撰科诏进呈,至灯后准御

---

① 程端礼《读书分年日程》卷二"学作文"条,《文渊阁四库全书》本。

第二章 江湖和魏阙:身份转换与文学活动

笔,令臣"不必拈出王曾等人,尤见本朝得人之盛不可缕数之意。韩子合称名,馀依所拟"。臣伏读圣训,如发蒙然。幸以翰墨小技待罪视草,词意有未稳处,仰荷明主亲洒奎画,不啻面命耳提。谨以"览赋而得王曾、陈俊卿,读经义而得陆九渊"改作"先正先儒场屋之作,有传诵至今为矜式者",并"韩子"改作"韩愈",共十八字,随奏进呈,伏乞睿照。(卷五三,《全宋文》第326册,第41页)

这篇诏文并不是四六文,但这类文章实质上也是刘克庄兼撰两制时期的重要职事工作与文学活动。就朝臣身份而言,这篇《科举诏》的拟作与修订,显然是其公文撰作中平衡"代王立言"与自我文学特点二者关系的典型缩影。

综上所论,在朝臣时期,奏议制诏等公文写作成为刘克庄主要的文学活动,而谨严的奏议风格、雄丽的制文特点,让其文学世界呈现出更为丰富和多样的色彩。至于刘克庄在馆阁之中的更多文学活动,如他与其中大批优秀士人尤焴、赵时焕、游似、汤中、赵葵等的诗文酬酢等,无疑也给其诗文创作带来了新的因素,限于能力,我们这里就不再展开。仅从文学角色来看,如果说游士身份与乡绅身份时期,刘克庄更多表现为一位诗人,那么,朝臣时期的刘克庄则更多表现为一位散文家与四六家。另一方面来说,刘克庄身份的不断转换,又不仅仅意味着其个人文学面相的变化多样,也折射出晚宋文坛整体所呈现出的纷繁局面。

第三章　政争和出处：文化性格与文学生成

作为一名典型的宋代士大夫，刘克庄一生与晚宋政治发生了千丝万缕的联系，其集中表现形态就是各种政治风波。应该说，对照之前的群体性党争①，刘克庄所经历的政治风波，都与"党"没太大关系，更多的时候是他个人与周边的各种政治事件、政坛人物发生冲突，在冲突中即便存在群体性地反对某一政治人物或政策，这个群体也是临时的，并不具结党的性质。且这种现象在晚宋文人与政治互动中，具有一定的代表性。因而，刘克庄与晚宋政治发生的各种紧张关系，并非表现为群体性"党争"，而是个体性"政争"②。故其谈论历朝党祸亦不言及自身，而是简略地说"党祸东都最惨，唐次之，本朝又次之"（卷一〇一，《跋山谷书范滂传》，《全宋文》第329册，第253页）而已。正因为这种政争带有极强的个人色彩，所以其起因常有个人性格的因素在，其结局也总是影响个人性格的再造。

刘克庄虽植根于乡土民间，却时常徘徊于政权中心，对其文化性格形成起决定性作用的不是长期里居时的平淡无波，而恰是短期出仕时的波谲云诡。在他"漫长而短暂"③的政治生涯中，政

---

① 关于晚宋的整体政局与文人心态的关系及相关其他著作，综论中第二部分已涉及，此不赘述。
② 关于刘克庄在晚宋政争中若干事件的基本情况，孙克宽《晚宋政争中之刘后村》（原载《大陆杂志》第23卷7、8期，后收入《元代汉文化之活动》附录，台北：台湾中华书局，1968年）一文颇可参详。本书行文中对一般性史实将从略。
③ 说其漫长，是因为从二十三岁入仕到七十八岁致仕，刘克庄仕途线长达五十六年；说其短暂，是因为其真正为官在任的时间前前后后加在一起不过十五年左右罢了。

争伴随始终,而每一次政争最后都以他的奉祠里居结束,这真是"悲剧"。不过,"悲剧"的不断重演,也促使他反复地思考自我的出处矛盾,作为具有充分主体意识和个性自觉的文人,刘克庄在汲取传统文人精神和历次政争经验后,形成了自己对待用舍行藏、荣辱得失的人生态度,并由此生发出独有的多样性文化性格。在他的文学创作中,其文化性格直接影响到文学精神的塑造,实质上形成了"政治风波——人生态度——文化性格——文学创作"的链条。本章所要探求的,正是这一链条的实际作用过程。

第一节　屡陷政争与心态反复

不管是在游幕时期,还是在立朝时期,刘克庄都针对时事发表过许多系统性的个人见解。如卷一二八《丁丑上制帅书》、《戊寅与制帅论海州书》;如卷五一《备对劄子》三篇、《轮对劄子》两篇等,都分别就国家至关重要的内政、经济以及边防、和战等问题作了剀切的议论分析。这些政论散文,是一位怀有高度责任感和使命感的士大夫必有的文字,不仅表现出刘克庄高扬宋代士大夫淑世精神的一面,更体现出他熟稔社会各领域、各阶层的"能吏"形象。

但历史并不纯粹,在刘克庄议论时政、欲展抱负的同时,各种谤议相随而至。我们可将其一生历次落职或请祠情况胪列如下:

时间	弹劾人	事由	结果
嘉定十二年(1219)	自请	金军入淮,外议归怨幕划	监南岳祠
宝庆三年(1227)	李知孝、梁成大	梅花诗案	秩满归里
绍定二年(1229)	赵至道	嘲咏谤讪	主仙都观
端平三年(1236)	吴昌裔	贪荣背师	主玉局观
嘉熙元年(1237)	蒋岘	鼓煽异论	主云台观
淳祐元年(1241)	金渊	清望自拟	主崇禧观
淳祐三年(1243)	濮斗南	起废太骤,谤讪朝政	主崇禧观
淳祐六年(1246)	章琰	贪荣去亲,卖直欺君	主明道宫
淳祐十一年(1251) 淳祐十二年(1252)	郑发	观望畏敌	主明道宫
宝祐四年(1256)	丁大全唆邵泽	恃才傲物	主明道宫

除了嘉定年间是因舆论压力而自请予祠外,其他诸次多是被台谏论罢,而此时的台谏常常掌控在权相手中。所以,本质来说,刘克庄陷入的多次政争,是与权相的斗争。所涉权相除上表已注明的丁大全外,主要是史弥远与史嵩之。下面即将几次重要政争中刘克庄的表现,以及政争之后刘克庄个人的心态作一论述。

一、"谤不止"与"不终弃":政争中的挣扎

二"史"专权,本是当时舆论都很关注的事。在史弥远专政时期,刘克庄只是一个在"选海"边缘徘徊的底层小吏,照理说尚不至于卷入高层政争,却因一桩"苕川事变"而引出"梅花诗案",且馀波不息,仕途受损一生;在史嵩之专政时期,刘克庄也立朝未稳,又因秉直的个性连续被疏罢,并且在"嵩之致仕"一事上,论列尤峻,又遭弹劾。关于"苕川事变"与"嵩之致仕"二事,刘克庄留下了较多的文字,我们不妨即以此二事为重点,纵观其于政治风波中的处世态度与心态反复。

(一)苕川事变。

所谓"苕川事变",或称"霅川事变",即史弥远废立并杀济王之事,因济王竑被废置在湖州,湖州有苕溪,故云"苕川"。就刘克庄来说,对于史弥远废济王竑而立理宗昀,实在是不可置喙的事,因为毕竟木已成舟,理宗已是当今皇上,哪里还可就废与立作褒贬呢?但是,于济王废则废矣,史弥远还要诬蔑他谋反,并以此赶尽杀绝,逼死济王,就不得不说伤了有正义感士大夫们的心。在这件事上,真德秀、邓若水、洪咨夔、胡梦昱、魏了翁都发表了激烈的意见,直指史弥远的专权①。在野士人,对此也有相似的反应。刘克庄就在《乙酉答真侍郎书》中议论道:

上孝友闻天下,近日之事,辍朝不怡,圣意可见。昔永熙

---

① 具体经过,请参周密《齐东野语》(北京:中华书局,1983年)卷一四"巴陵本末"条以及陈邦瞻《宋史纪事本末》(北京:中华书局,1977年)卷八八"史弥远废立"条。另有胡知柔《象台首末》(《文渊阁四库全书》本)汇集了部分相关材料,亦可资参考。

第三章 政争和出处：文化性格与文学生成

之世，廷美贬卒，德昭暴薨；明受之变，元懿夭殒，此则诚有可恨。今故王乃是为盗迫胁，在朝廷宜下哀痛之诏，流涕恸哭，致孔怀终鲜之恨可也，厚葬美谥，尽送往饰终之义可也，今皆未之闻焉。在东朝则非鸤①鸠平均之意，在上则少鹡鸰在原之情，万世谓何！哲庙之待徐邸、祐陵之待简王，即是本朝家法，诚能将明此事以扶人纪，第一义也。（卷一二八，《全宋文》第328册，第358页）

此信作于乙酉，即理宗即位的第一年宝庆元年（1225）。信中言辞并不激烈，意思则集中在"洗冤"，而非"废立"上。刘克庄对史弥远本无太多成见，甚至被列为史弥远爪牙"四木"的胡榘、聂子述都与其关系不错，在反对史弥远专权的阵营中，刘克庄实在是一颗不足关注的小卒。而且此信最后也说"某久无一字脚入都，非侍郎寄声，此书亦自懒作"，其态度是显而易见的。但恰是在这件事上，权相掌控的台谏制造了一出"梅花诗案"。

"梅花诗案"留下的是一笔糊涂账，不但它的前因后果无法落实，而且起讫时间也众说纷纭，其中细节亦无从考索。更为重要的是，在这件事上，以曾极、刘克庄为代表的民间诗人，并没有与李知孝、梁成大等台谏官僚之间形成对话机制。对于刊刻在《江湖集》中诗歌的牵强性阐释，刘克庄们丝毫没有申辩的权利，只有被贬斥的命运。就算诗中有讽咏的成分，也不足以罗织罪名，何况那几句诗与济王事在时间上对应不上②，可谓毫无关系。因而，这次诗祸算不上什么政争，而是一次典型的政治迫害。而就是这样一件"莫须有"的罪名，却多次影响刘克庄的仕途。

于"梅花诗案"，最初因有郑清之从中斡旋，刘克庄算是全身而退，在建阳县令任上，至绍定元年（1228）秩满归里。他在这时于此没有太多的顾虑，以为就此过去了。而事实也确似如此，到绍定二年（1229）初，即有除承议郎、调潮州通判的命令下达，官品

---

① "鸤"，原作"鸣"，据《宋集珍本丛刊》影国家图书馆藏清抄本《后村先生大全集》改。
② 请参张宏生《江湖诗祸考》，《江湖诗派研究》，第358—370页。

还提了一级,由京官升为朝官。所以,在诗祸之初,刘克庄只是天真地将这件事看作人生的一首短暂插曲,在诗文中鲜有表达对诗祸的抗争,甚至在卷一一七《除潮倅谢丞相启》、《谢台谏启》中,有几分真诚谢意,也都是颇可理解的。谁知诗祸影响却愈演愈烈,变成了一首主题歌。潮州之命刚下,监察御史赵至道就再以"嘲咏谤讪"弹之,刘克庄遂被命主仙都观,由此竟闲废六年,后来所谓"昨者匆匆掷印归,六年岑寂闭柴扉"(卷九,《贫居自警三首》,《全宋诗》第36270页)已是心有馀悸的写照。

这次赵至道的弹劾,使刘克庄猛然意识到"梅花诗案"对其仕途晋升的严重性,所以在《除仙都观谢丞相启》中开篇即言"杂端论罪,已宽饕餮之刑;君相原情,复赋支离之粟"(卷一一七,《全宋文》第328册,第56页),《谢台谏启》也说"抨弹罪大,宜不齿于搢绅;拉拔恩深,俾栖身于香火"(卷一一七,《全宋文》第328册,第57页)。不满的情绪表达也开始于此时,在《答杨羿》中有"枣本流传容有伪,笺家穿凿苦求奇"(卷九,《全宋诗》第36260页)之句,在同卷《跋某人诗卷》中也隐晦地说"请君忙改艺,诗好误终身"(《全宋诗》第36261页)。四十年之后,刘克庄作《送子敬赴潮倅七言二首》,仍记录下当时的"惊魂":"四十年前忝此除,偶因诗祸免题舆。故交反眼炎凉异,岁月惊心露电如。"(卷四五,《全宋诗》第36706页)

简单地说,"梅花诗案"本身在刘克庄看来并不可怕,可怕的是以此为借口的一次次弹劾。在除仙都观的启文中,他屡屡表达自责之意,其所要达到的目的,即希望"梅花诗案"的影响就此而止。《谢台谏启》结尾说:"某敢不稽首薰脩,苦心刻厉?濯清泉,坐茂树,敢放逸以求安?临深渊,履薄冰,当战兢而至死。"(卷一一七,《全宋文》第328册,第58页)正是这一意愿的明显表达。

至端平更化,史弥远时代宣告结束,郑清之为相,弥远党人梁成大、李知孝也已被罢免,刘克庄则以被誉作"端平八士"之一的身份入朝。在这样的情势下,他自以为"梅花诗案"已经成为历史,因而以一种有惊无险的口吻,写下了卷十《病后访梅九绝》。

组诗中不但有"幸然不识桃并柳,却被梅花累十年"的感慨,而且有"后来谁判梅公案,断自孤山迄后村"的自负,甚至说"区区毛郑号精专,未必风人意果然。犬彘不吞舒亶唾,岂堪与世作诗笺"(俱卷一〇,《全宋诗》第 36276 页),笔头已明确直指台谏的罗织罪名。在给郑清之的信中,刘克庄回忆说:

> 忆昨试邑建阳,适为要路所嫉,组织言语,横肆中伤,几逮对御史府矣。时大丞相方在琐闼,深惟国体,力解当权,谓文字不可罪人,谓明时不可杀士,某之所以获全要领,我公之赐也。(卷一二九,《与郑清之书·一》,《全宋文》第 328 册,第 370 页)

其心态显然如释重负,而颇感激郑清之的援助。在多通与郑清之信函中,刘克庄不断地语及此事,一方面可见其感恩戴德之心,另一方面亦足见其当时惧祸之极。

无论如何,端平元年至二年的两年时间中,刘克庄在郑清之的庇佑和真德秀的关照下,确实比较顺利地立朝为官了。挣脱史弥远的魔爪,刘克庄仍以其骨鲠之士的率直,前陈"苕川事变"的意见于理宗。端平二年七月十一日作《轮对劄子·一》,贴黄云:

> 臣窃见苕川之事出于迫胁,向者止议其罪,不原其情,近者虽复其爵,未雪其枉,皆议臣过计,非陛下本心。臣犹记讣告之初,震悼辍朝,亟命有司讨论赠典,陛下本心盖如此。文致潜逆,削夺封爵,乃当时小人之谋,缴驳论列,各有主名,岂陛下本心哉?美官归此曹,恶谤从陛下,此曹之罪不讨,则陛下之谤不解。陛下何不下尺纸之诏,曰"故王素有东海王疆、宁王宪之志,不幸遭变,朕于同气友爱素隆,而某人等实间朕骨肉,离朕手足,使太母不得全鸤鸠平均之德,使人主不得尽脊令急难之情。朕既痛心疾首,追咎往事,前日缴驳论列之人,宜伏江充、苏文之诛"。德音辨诬则四海之心悦矣,厚礼改葬则九原之憾释矣。至于圣恩牵复,纶言一盼,无第可告,无孤可付,天下之人莫不闻而哀之,陛下孔怀终鲜之痛宜如

> 何耶!议者亦谅陛下之心矣,以国本之未立也。臣以为隐然示人以未继绝之故,不若晓然以示人将继绝之意,先事播告,待国本之立而举行焉,不亦可乎?陛下仁圣甚似①祖宗,好学礼贤,无失德于天下,而乾象错异,民情危疑,变故日生,警遽日至,岂非此一大事未允天人之意而然与?(卷五一,《全宋文》第 327 册,第 244 页)

这段议论与事发初给真德秀的信,正出一辙,让理宗维护自己的名声,只是多了"此曹之罪不讨,则陛下之谤不解"一层意思,将对史弥远相党的谴责挑明了。

至此为止,刘克庄已经逐渐摆脱上次诗祸的阴影,进入了较为正常的为官轨道,他个人对一般性弹劾具备了一定的免疫力,且对仕途仍充满期待。即使在端平三年,遇上吴昌裔的弹罢,刘克庄也并不以为意,其态度乃一笑置之②。

岂料,苕川之议又成为弹劾的口实。《宋季三朝政要》载:

> (嘉熙元年)六月,行都大火,由巳至酉,延烧居民五十三万家,士民上书咸诉济王冤者。侍御史蒋岘,史党,独唱邪说,谓火灾天数,何预故王事?遂劾方大琮、王迈、刘克庄鼓扇异论,同日去国。并斥进士潘牥姓同逆贼③,语涉不顺,皆论以汉法。自后群臣无敢言者。④

这次被弹劾,刘克庄一反之前的容忍宽恕,表现出对弹劾者的不

---

① 按:"似"字原脱,据《宋集珍本丛刊》影国家图书馆藏清抄本补。
② 关于端平三年的吴昌裔之劾,名义为"贪荣背师",可参王宇《刘克庄与南宋学术》的解读,第 49—52 页。另外,尚可补充一则材料,《与郭小坡书》中云:"师死不去,或者罪之,所以有丙申之逐。"(卷一三〇,《全宋文》第 328 册,第 406 页)也指向"背师"之名。这次弹劾并未对刘克庄产生太大影响,《行状》记载"寻除漳州。毅斋郑公言于朝,谓去非其罪。丁酉,改知袁州。"
③ 按:牥,原误作"昉",据《宋史·潘牥传》改。
④ 佚名《宋季三朝政要》卷一,《守山阁丛书》本。

屑与忿恨。这位蒋岘,还曾与其有段交情①,由此论罢,真是始料未及。在《除云台观谢丞相》中说:"集贤堵墙之士,莫不耸观;昭阳学舞之人,居然相妒。竞挤去国,俄起典州。"(卷一一七,《全宋文》第 328 册,第 72 页)所用词汇"居然相妒"、"竞挤去国",足以表达他的态度。另外,由于大环境的改变,权相高压政治暂有收敛,他也不再持有惧祸心理。接到蒋岘被罢逐的消息后,还与王迈为此专门唱和,接连写了好几首《读邸报》感怀诗,讥刺蒋岘"外观殊伟岸,内禀极恷柔"(卷一一,《和实之读邸报四首》,《全宋诗》第 36296 页),在《潘庭坚墓志铭》中也讽怨蒋岘"其意不过欲钓取高位尔"(卷一五二,《全宋文》第 331 册,第 259 页)。这些情况,都已显露出刘克庄对待政争态度的转变端倪,而转变背后则意味着其对出处的思考有了更进一步的深度。

至嘉熙元年,刘克庄"身十年而三黜,肠一日而九回"(卷一一七,《除云台观谢丞相》,《全宋文》第 328 册,第 72 页),苕川一事亦由此鲜再被提起,画上了不圆满的句号。

再接下来,淳祐元年和三年的两次被劾,我们不作细说。这两次论罢的官方理由为"清望自拟"与"起废太骤",其中真正起因连刘克庄自己都不能理解,我们也很难找到确凿证据推断其缘由。如果准许猜测,那恐怕只能归咎于他的个人性格与出身,颇让台谏官们看不顺眼而招来妒忌了。或许又是史嵩之党人对他的不满造成,因为金渊、濮斗南都是史嵩之集团的人物。但这些都没有可靠材料支撑。淳祐三年,濮斗南论罢他后,刘克庄在给游似的《与游丞相书》中说:

> 某首春十六日准省札,除侍右郎官。此皆某官念旧之谊高,怜才之意切,因元会之除吏,以孤生而窃名,恩德甚厚,亲朋咸喜,而某独以省愆未久、起废太骤为忧。方迟免牍之回,已有喷言之及,尚从宽典,仍畀旧祠,某死罪死罪。凡人负

---

① 《潘庭坚墓志铭》记云:"(岘)本善余三人,余为玉牒所主簿,岘为丞。"(卷一五二,《全宋文》第 331 册,第 259 页)。

> 谴,必有罪名,使天下晓然知之。惟某所坐最为黮黯不明,今年之劾曰图作南宫也,明年之劾曰图作西掖也。恭惟国朝清望官选于高科异等而不选于任子,选于馆阁而不选于俗吏,流品既异,途辙亦殊。谁倡此名,凿空架虚,嫁其祸于盐米之俗吏、荫补之庸夫。此言流播,非独某之耻也,其羞朝廷、辱缙绅甚矣。盖避之岭海不得免焉,避之田里不得免焉,待之十年之久而不得免焉。其实雕篆篆组,童年所嗜,今将耳顺,一字不记,而恶名著人,如腻不可洗濯,如癞不可熏沐。每自伤悼曰:身不死,谤不止,乌呼冤哉! 又自宽释曰:圣上方开数路以取士,大臣不以一眚而废人,罪垢馀生,苟未溘死,但当扫去浮华,敛归平实,以待清议之见察而公朝之不终弃耳。
>
> (卷一二九,《与游丞相书·四》,《全宋文》第 328 册,第 392—393 页)

在他自己的论述中,原因是说"今年之劾曰图作南宫也,明年之劾曰图作西掖也",也就是说台谏官们是出于对其才具直逼高位而有的担心与排斥,这当然如其所言,是"黮黯不明"的。文中又言及自己出身是任子,而不是科第,所以不会有"作南宫"、"作西掖"的可能。刘克庄于这不解之中,显然已经深刻体味到政治的无奈与可怕。但是,毕竟几次政争都没有完全压垮他的信心,而且每一次罢黜后的再起用,其官位与品级都在提升。他在淳祐三年的被劾中,学习到的是"扫去浮华,敛归平实",锋芒不可太露而已。同时,大概也就是这两次让人摸不着头脑的被弹劾,让他意识到"谤不止"似已为宿命,《与高枢密书》说"端平之劾此罪也,嘉熙之劾此罪也,淳祐之劾亦此罪也"(卷一三〇,《全宋文》第 328 册,第 404 页),其气愤、无奈、责备甚至沮丧都夹杂于此;但朝廷的屡次起用,又足以让他对"不终弃"产生期待,所以在上引《与高枢密书》中接着即说自己"一何冥顽不灵,久而未知悔哉"。这"谤不止"与"不终弃",不只是前已经历的,还有后未到来的,其实也就总结了他一生的仕途生涯与政治理想之间的矛盾。不过,此后的三次政争虽大体仍合此意,但刘克庄在对待"不终弃"的态度上却

第三章 政争和出处：文化性格与文学生成

逐渐改变了许多。

（二）嵩之致仕。

淳祐六年（1246）八月十五日，六十岁的刘克庄以太府少卿召抵行在；二十三日，即入对三劄，是为《召对劄子》三篇。此前，从嘉熙三年史嵩之为右丞相兼枢密使，到淳祐四年丁忧，朝廷围绕史嵩之起复一事的论争已至白热化，最后以史嵩之归里守制为结[①]。但守制完毕，迫于舆论压力，究竟如何安置史嵩之，在刘克庄入朝之时，理宗仍未决定。刘克庄的这三篇劄子，首劄即将问题集中于"委任之失"与"谋谟之误"，论理宗用相是"取其似是而非者而相之"，语言激烈，已内含指斥史嵩之的意思。

同年十二月，史嵩之于守制末乞致仕。九日，理宗御笔："嵩之预乞挂冠，今已从吉，可依所乞守本官职致仕，已降宫观指挥更不施行。"（卷八〇，《掖垣日记·录丞相柬并御桨》，《全宋文》第330册，第210页）时刘克庄正权中书舍人，草外制，史嵩之的致仕制正由他执笔，由此卷入事件中心。所作《掖垣日记》及《跋语》（卷八〇，《全宋文》第330册，第202—213页）详细记载了他参与其间的前前后后，事件经过请参其文，文长不录。

大概说来，就是因为史嵩之致仕的制词当由刘克庄来起草，而他认为对于史嵩之不可行"褒词"，但若行"贬词"，则应当有"罪名"方可按据。在十三日作《奏乞坐下史嵩之致仕罪名状》中，刘克庄论奏史嵩之有"无父之罪四"、"无君之罪七"，希望作为理宗御笔行贬词的理由。然在当时，理宗有意庇护嵩之，而舆论却一致需要压制嵩之，所以刘克庄说"臣欲书黄行词，则恐得罪公议；欲举职执奏，则恐上忤威颜"（卷八〇，《掖垣日记·乞寝史嵩之职名奏状》，《全宋文》第330册，第205页），处境颇为尴尬，同时也有向理宗施压之意。理宗开始非但没有给出史嵩之贬词的按据，反倒要让史嵩之"除观文殿大学士致仕"，这岂是公议所能接受

[①] 具体请参周密《癸辛杂识》（北京：中华书局，1988年）别集下"史嵩之始末"、"嵩之起复"、"史嵩之致仕"诸条，及陈邦瞻《宋史纪事本末》卷九六"史嵩之起复"条。

的?刘克庄坚持以"公议交功难下笔"为由,不草此制,并据理力争,要求史嵩之应于阶官下带永国公致仕。刘克庄揣度这一做法已经"忤触威颜",即上疏求去。然而,"省吏节略予奏状中'合于阶官下带永国公致仕'之文,止将'所守何职'四字报行,谤之所由起也"(卷八〇,《掖垣日记·跋语》,《全宋文》第 330 册,第 211 页)。舆论因获得错误信息而直指草制者,让刘克庄两面不讨好,终被御史台弹劾。这单独来看是误会所致,整体来看却是非理性政治事件中不可避免的结局,总有人要成为牺牲品。

在整个事件中,刘克庄坚持自己的立场,实质与公议所论属同一阵营,他甚至已经写好了《史嵩之守金紫光禄大夫永国公致仕制》。这篇制文乃行"贬词",文中说史嵩之:

> 始犹沽誉,欲招徕名胜之流;及既盗权,专呼吸阴邪之党。内擅朝而震主,外挟虏以要君。仇公论而失士心,倍权法而敛民怨。变遭陟岵,礼缺戴星,致清议之交讥,咎墨缞之非古。我闻在昔,求忠臣于孝子之门;人谓斯何,岂天下有无父之国?起庐之命,幸而中寝;行道之言,有不忍闻。靡俟终丧,遽先请老。自恃身谋之周密,安知众口之沸腾。或昌言欲坏延龄之麻,或力执不下卢杞之诏。宇宙虽广,有粟得而食诸?霜露既濡,啜泣何嗟及矣!其听还于官政,以扶植于纲常。(卷六一,《全宋文》第 326 册,第 229—230 页)

这篇致仕制,历数史嵩之的罪状,全然不像一般致仕制那样安抚老臣,倒似一篇审判词,其情感与立场是鲜明的。可以说,以这样的口吻来为史嵩之作致仕制文,是他与众多反史士人一起向理宗争取的结果,此文却因他突被论罢未得公布。他在编集时不忍舍弃这篇没被朝廷使用的制文,乃于文后跋云:"《史嵩之致仕制》,方誊稿付吏,适以台评去国。然旧稿诸公多见之者,不忍焚弃,姑存于编末。"(卷六一,《全宋文》第 326 册,第 230 页)可见确实很受伤。

这次论罢刘克庄的台谏官是殿中侍御史章琰,与此前诸种情况不同,特别是与阴险的蒋岘迥异,章琰是一位很正直的人,史载他"弹击无所避"。在对史嵩之的态度上,章琰与李昂英等一直很坚决,而他给刘克庄的罪名却是"贪荣去亲,卖直欺君",这真让刘克庄有苦难言,实已陷刘克庄于公议的对立面。不过,这时的刘克庄毕竟已经懂得官场"谤不止"的"规律",仍以平和的态度离京了。

淳祐七年(1247),郑清之再相,刘克庄又一次在"谤不止"之后经历"不终弃"的幸运。在《与郑丞相书·十》中刘克庄回忆上一次的被劾,云:

> 某昨在讲筵,每因燕见,必进辨奸之说,言语比之他人尤为苦切,我公试质之于上,必尚记忆,反受畏祸摸棱之名,冤乎哉!玉音镌谕,使为平词,某不奉诏,自当诛矣。安敢更播之于外?进不敢枉道,退不敢洁名,所以竭小臣之忠爱,报明主之知遇也。奏稿具存,天下后世必有知此心者。(卷一二九,《全宋文》第 328 册,第 380 页)

文中说理宗让他为史嵩之草制"使为平词",所谓"平词"就是不褒不贬之辞,而刘克庄坚持行"贬词",已经是违背皇帝旨意了。这确实是"欺君",却不可算作"卖直"。

"进亦忧,退亦忧",事情的再三反复,实质已蕴涵着从量变到质变的可能。从端平入朝开始,刘克庄走出史弥远相党炮制的"梅花诗案"阴影,始终以"谤不止"后的"终不弃"安慰自己,鼓励自己,使得其心中政治理想的火焰总在明灭之际徘徊,欲灭而再明,再明又近灭,由此往复不已。经过史嵩之致仕一事,再经淳祐十一年、淳祐十二年郑发的论罢,刘克庄已是六十六岁的老人。在他个人看来,一个任子出身的人,已经被赐同进士出身并做到了起居舍人的位子,也很满足了。淳祐十一年时,刘克庄即六请监祠,两请挂冠,可谓归意已决,绝非一般性的欲推还就。在两篇《乞挂冠状》(卷七八,《全宋文》第 327 册,第 338—339 页)中,他的说辞是"痁疾时作",这当然是重要的原因,但更重要的是其内心已悟彻仕途、看透人生,同时又夹杂着一点点忧谗畏讥的因素。政治理想虽谈不上完全破灭,却也已随青春韶华去而不返,经历这么多复杂的政治风波,刘克庄已经醒悟过来,政坛风云远非一介书生可以理解。比如在郑清之与潘凯、吴燧、唐璘之间,他竟然天真地向郑清之推荐吴燧,这位对郑清之十分不满的人,直换取"千辛万苦唤得来,又向那边去"(《行状》)的感叹。我们曾经在第一章从地域与家族角度讨论过淳祐十二年对于刘克庄的意义。不管是莆田山水隐逸色彩的变浓,还是人生感慨的加深,总之,从这一年开始,多次的政争郁结才真正表现为一种心理质变,一种心态反复不定之后的坚定与义无反顾。

面对复杂的历史现场,中间有太多的纷繁关系,限于篇幅这里就不再详谈。最后想要说的是,刘克庄心底总有一丝书生的理想主义,从入仕之初的二十三岁直到淳祐十二年的六十六岁,他花了四十馀年时间切身体味,才彻悟官场勾心斗角的规则,或者说才放弃政治上的追求。《答乡守潘宫教书》一文说:"某一生坐虚名负累,所得毫芒,而所丧丘山。六十入已误,六十五三入又大误,幸皆不旋踵斥去。今距挂冠仅有一岁,已卜首丘,治冢舍,冥心待尽,庶几全而归之,以从先大夫于九原尔。"(卷一三一,《全宋文》第 428 册,第 420 页)在"谤不止"与"不终弃"的矛盾中,六十六岁的刘克庄最终还是以个体的警醒与自觉,从主观上想远离谤议,放弃再起用。

至于景定元年,他以七十四岁高龄再次入朝,那已不关本意,其真心是想"洗涤平生之谤议,保全晚节之廉耻"(卷七六,《江东丐祠状》,《全宋文》第 327 册,第 276 页)而已,所以他在《乞引年奏状》的贴黄中说:"臣自端平初元至今,四尘朝列……皆以罪去,今幸未罪戾,望圣恩哀怜,从臣所乞,使朝野之人皆知今者之归出于自请,足以煎洗三黜之羞,结果一生之事。"(卷七七,《全宋文》第 327 册,第 310 页)十分期盼以光明正大的姿态致仕归里,而非

第三章 政争和出处：文化性格与文学生成　　179

之前的罢黜状态。这次入朝其实是刘克庄人生中最为辉煌的时段，地位日高，声名已盛，其间论时政、进故事、撰制诰，无不左右逢源，表现出相对成熟的政治智慧和一代文宗的宏大气魄，最后也基本达到了他"煎洗三黜之羞"的目的。然因其事与贾似道关系密切，故备受后人诟病。特别是此后所作诸多与贾似道有关的诗文，更是被斥为"晚节有亏"的罪状。关于涉"贾"诗文，前辈时贤有很多的讨论，在本书绪言中已有简单交代，而且其事也非政争的范围，此处从略①。

二、"故我"与"今我"：政争后的反思

淳祐十年（1250），有位画师陈汝用，为刘克庄作了一幅画像，

---

① 除绪言提及的几篇专题文章外，关于涉"贾"诗文的评价问题，沈松勤《南宋文人与党争》第九章第二节、刘婷婷《宋季士风与文学》（中华书局，2010 年）第二章第二节、王蓉贵等《后村先生大全集》点校本前言，有相关论述，均不失为一家之言，可参考。另外，由于笔者认为这是一个后人"责贤者备"而提出的问题，在刘克庄本人的文化性格形成中并不重要，所以本书不再辟专节予以讨论。这里仅提出一个前人考虑未及的视角，予以简单阐发，或亦可备一说。
　　我们要讨论刘贾二人的关系，就不可以今日旁观者的眼光去打量，虽然我们对历史人物的评价可能更为客观，但影响他们二人关系的恰好不是客观评价，而是各自的主观看法。换言之，对于解决二人关系的问题来说，历史上客观存在的贾似道究竟如何并不重要，重要的是，在刘克庄看来，贾似道是怎样一个人。他眼中的贾似道，才是真正还原二人关系的关键。即便客观上贾似道是一个无恶不作、祸国殃民、一无是处的人，但在刘克庄眼中恰恰是一个文韬武略、才气飞扬的英雄，那么，刘克庄对他的赞誉之文就不是简单的谄谀，而是真心的推崇。相关史料表明，刘克庄认为贾似道不仅是自己的世交故人，有恩于己，而且是一位颇具才略的官员，还是一位善待文士的宰相。（这里所谓"相关史料"不是刘给贾的书信，而是刘克庄在其他各种私密场合所留下的文字，如给他人的信件、自己的书画题跋中等，足以证明其真心。）贾似道对待文人士大夫的那种宽容态度，与前期的史弥远等的强力打压政策形成了鲜明对比，我们且不管其主观动机如何，就客观效果来说，确实让当时的一大批士人都有许为知音的冲动。所以即使是社会公议的代表——太学生，也是"直至鲁港溃师之后，始声其罪"（周密《癸辛杂识》后集，第66—67页），鲁港溃师已是德祐元年（1275）的事，距刘克庄逝世（1269）都已七年了。从这个角度来说，我们虽然很难理解刘克庄推崇贾似道的程度那般之深，但是我们又不得不承认，他对贾似道的推崇，并不是气节有问题，而只是历史环境促成的一种必然，具有相当的合理性，似不应求全责备。

刘克庄写了一篇短文送他,文曰:

> 画者为余记颜多矣,朝衣朝冠辄不似,儒衣儒冠辄又不似,暮年悉发箧而焚之。陈生汝用独为长松怪石,飞湍急瀑,着余幅巾燕服,杖藜其间,见之者皆曰逼真,他画师见之者亦曰逼真。昔顾恺之画谢幼舆,曰此子宜置之丘壑中。陈生得其诀于虎头耶?(卷一○六,《又赠陈汝用》,《全宋文》第329册,第372页)

这段文字,实际上涉及刘克庄自我的定位。在官员(朝衣朝冠)、文人(儒衣儒冠)、闲士(幅巾燕服)之间,刘克庄认为闲士最"逼真",最符合自己的形象。这一形象的选择背后已经透露出其时的心态。

淳祐十一年(1251),刘克庄作有《止酒赋》(卷四九,《全宋文》第326册,第25页),此赋虚设一位"中山之族人"、"高阳之旧徒"的酒之化身,以主客对答的传统赋式展开全文。"酒"说:"子尝穷愁,浩叹长吁;我沃子胸,子颜为舒。子尝苦思,叩竭搜枯;我浇子舌,子唾成珠。顷刻非我,无以自娱,谓没齿之绸缪,忽晚节之阔疏。""我"则对曰:"凡余之所悲伤感慨者乃今我,而客之所记忆责数者乃故吾。"在卷二○《题晤上人诗卷》、卷一三○《答南雄翁教授书》、卷一三一《答陈卓然书》、卷一三四《答陈主簿开先书》等作品中,"故我"与"今我"亦常相对举,这样对举固然是基于时光流逝上的物是人非,但又不仅仅如此。

当我们把上引淳祐十年所作短文作为背景,我们就有理由将刘克庄四处说到的"故我"与"今我",作出超越自然时间之外的阐释,特别可以看作是政争促成的心理空间转换的象征。因为,此类将今与昔强烈对举的情况,绝大部分出自淳祐十一年之后。而淳祐十二年[①]《答翁仲山吴明辅书》中说:"某宦情世法已置膜外,是身衰病,会当变灭,毁誉安在?恩怨奚有?"(卷一三一,《全宋文》第328册,第419页)已经明确了"今我"所具有的超越性。

[①] 文中言史嵩之致仕一事的"旧疏藏之六年",故可推知此文作于淳祐十二年。

第三章 政争和出处:文化性格与文学生成

当有一个"故我"出现在"今我"面前时,即已说明刘克庄内心对现在与过去的状况对比有着强烈的感受,这种强烈感受又反过来促使他深度反思"故我"与"今我"的不同。对照上文论述的几次政争,其反思同样有一个曲折的过程,先是清狂无畏、积极进取与自嘲自解、忧谗畏讥的递相反复、彼此消长,最后才是不以为意的怡然自适。这一过程并不是以系统而严密的论说语言来进行,而是通过诗文创作来反映的。

嘉定十二年的金陵出幕,自然是刘克庄仕途的第一次挫折,这时刘克庄才三十三岁,当然不会对政治失去应有的期待与热情。《蒙恩监南岳庙》"丈夫不办封侯事,犹要名标处士间"(卷二,《全宋诗》第36150页)的豪气,要说明的并非他想当处士,恰是要封侯。《乌石山》"催去韶华是暮钟"(卷二,《全宋诗》第36150页)的语言,也只是"为赋新词强说愁"而已。在《南岳第三稿》中收有嘉定十四年作的《邻家孔雀》、《邛杖》诸诗,所咏均为"弃物",其中寓意,也是不言自明的。诗句写邛杖"主人尚要防衰老,会有重拈入手时"是明显地寄托自我尚有再用之时。这是清狂无畏占据主导的一个时期,这种心态直到"梅花诗案"发生,并又于建阳任上卸任,也未曾改变。

直到赵至道再以"嘲咏谤讪"弹劾他,刘克庄才表现出自嘲自解的一面,但仍不无清狂。如绍定三年(1230)所作《答黄镛》云:

> 少年妄意假韶鸣,忧患欺人两鬓星。此去真当盟社友,向来不合诳山灵。百年如夜何由旦,万古惟天只么青。若到桐城逢旧友,为言多醉少曾醒。(卷九,《全宋诗》第36264页)

虽有了"少年"与"两鬓星"的对比,却仍然在"百年如夜何由旦"的疑问后对以"万古惟天只么青",尾联再折回"多醉少曾醒"的自况。绍定六年(1233)作《上巳》云:

> 樱笋登盘节物新,一筇踏遍九州春。似曾山阴访修竹,不记水边观丽人。豪饮自怜非少日,俊游亦恐是前身。暮归

> 尚有清狂态,乱插山花满角巾。(卷九,《全宋诗》第36271页)

"豪饮自怜非少日"、"暮归尚有清狂态"的自嘲自解,也是以"一筇踏遍九州春"的积极进取为底色。

与此相比,经过端平三年,特别是嘉熙元年(1237)蒋岘的弹劾,积极进取的因素就在文学作品中减弱一些,而自嘲自解的心态则随之增强。嘉熙元年所作《一剪梅·袁州解印》云:

> 陌上行人怪府公,还是诗穷,还是文穷。下车上马太匆匆,来是春风,去是秋风。　阶衔免得带兵农,嬉到昏钟,睡到斋钟。不消提岳与知宫,唤作山翁,唤作溪翁。(卷一九一,《后村词笺注》第17页)

"诗穷"、"文穷"的谐问,"春风"、"秋风"的匆匆,自然是一段故作轻松的言语;"昏钟"、"斋钟"或是写实,而"山翁"、"溪翁"则不免有几分心中难抑的落寞。积极的心态仍然在词中隐藏,但已淡化许多,我们读出的更多是一种自嘲自解的无奈罢了。前文说过,蒋岘的这次弹劾,是刘克庄始料未及的,他的态度也因此表现得比之前的罢黜更为激烈。词牌"一剪梅"刘克庄仅用过两次,且表达的情感都较轻快,这次刘克庄正是因为不愿意触及被论罢的事实,才尽力如此突出地表现轻松的心情。这种表达技巧与后来已经不在意仕途时却尽力表现仕途之悲,在本质上具有一致性。即都以反面的笔触来表达真实的心态。心底愈在意,笔底愈不愿触及;心底愈不在意,笔底愈可尽情描摹。

在词作中,至嘉熙二年(1238)所作《最高楼·戊戌自寿》,才以正面的笔触来写这段时间的感受:

> 南岳后,累任作祠官。试说与君看。仙都玉局才交卸,新衔又管华州山。怪先生,吟胆壮,饮肠宽。　去岁拥旌旗称太守,今岁带笭箵称漫叟。慵入闹,惯投闲。有时拂袖寻种放,有时携枕就陈抟。任旁人,嘲潦倒,笑痴顽。(卷一九一,《后村词笺注》第18页)

这种强烈愤懑下的自嘲,才是此时刘克庄真实情感的再现。随之而来的,则是积极进取心态的再度消沉。

应该说,在淳祐元年(1241)之前,政争之后的清狂无畏与自嘲自解两种心态虽然此消彼长,其方向则是以自嘲自解逐渐占主导,但波动幅度都不是太大。从淳祐元年(1241)到淳祐十一年(1251),则是刘克庄自嘲自解已占主导,而心态反复最频繁的时段,进取因子逐渐消弭,情感导向逐渐向怡然自适靠拢。这个阶段,政争态势下的刘克庄才慢慢开始个体的自觉反思,主体取向不再只是跟随情感变化,更多地添入了理性思索的成分。

淳祐七年郑清之再相时,刘克庄信中有这么一句话:"自我公再持魁柄,当世士大夫以至朋友亲戚皆意某死灰再然,某独谓宰相当收拾天下士,岂私于门下客乎?"(卷一二九,《与郑丞相书·一○》,《全宋文》第380页)世人皆谓刘克庄"死灰再然",这个词汇中间透露出的,是淳祐六年章琰弹劾他之后,其心已如"死灰",也就是说其时自嘲自解的"不终弃"与怡然自适的"终弃"也已经形成了一种此消彼长的态势。"死灰"即是放弃之态已生,而"再然"则是不弃之意又起。另一方面观察,则此时刘克庄对自己的"死灰复然"有了一定的警觉,这不只是来自外界的提醒,更是出于自我的反思。

淳祐三年(1243),刘克庄作《沁园春·癸卯佛生翼日,将晓,梦中有作。既醒,但易数字》一词云:

> 有个头陀,形等枯株,心犹死灰。幸春山笋贱,无人争吃;夜炉芋美,与客同煨。何处旛花,忽相导引,莫是天宫迎赴斋?又疑道,向毗耶城里,讲席初开。　这边尚自徘徊,笑那里纷纷早见猜。有尊神奋杵,拳粗似钵;名缁竖拂,喝猛如雷。老子无能,山僧不见,谁误檀那举请哉!山中去,便百千亿劫,休下山来。(卷一八七,《后村词笺注》第66页)

词中将自己塑造成一个"形等枯株,心犹死灰"的头陀,其遭遇则是有旛花引导他向天宫赴斋、城里讲席,而当"这边尚自徘徊"时,那里却已经被猜忌了,所以他决定"山中去,便百千亿劫,休下山来"。这阕词,是写梦,却又正是他自己真实际遇的写照,笔头最后落定在"休下山来",亦正是死灰(心犹死灰)——复燃(忽相引导)——归去的发展线索。可见,对于这样的命运波折,刘克庄早已是料定了的。

如果说词作还是蕴藉的,没有政争的直接表达,只写"见猜"而已,那么诗歌则要直白许多。在诗中,刘克庄的自嘲自解已经不只停留在情感的宣泄上,而开始了对事件的清晰认知。淳祐四年(1244)所作《三月二十五日饮方校书园十绝》之九云:"早退分明胜一筹,年行六十复何求。东门瓜与南山豆,谁道君恩薄故侯。"(卷一三,《全宋诗》第 36323 页)所言已有旷达的味道,虽然这时仍纠缠着再仕的渴望。《甲辰书事二首》十和(共二十首),也是这种思考在诗歌中的集中表现。我们可以四和两首为例:

> 一橐萧然五鬼随,竟缘名盛与文奇。可曾天下无麟凤,何必山中有虎黑。蜂虿尾犹如许毒,蜘蛛腹得几多丝。圣贤不校吾家法,车及蒲骚岂足师。
>
> 谁谓斯文无定价,独怜之子坐虚名。主司头与笔俱点,宰物心如秤样平。骏马却还国西域,病鸥堕落屋东坑。老夫谢绝人间事,亦为诸贤喜且惊。(卷一六,《全宋诗》第 36349 页)

这组诗已经有足够的反思迹象,所谓"五鬼"既可指韩愈《送穷文》中所谓的"智穷、学穷、文穷、命穷、交穷",又可喻指其一生中多次遇到的阴险台谏官。而对"名盛"与"文奇"两个词汇的特别拈出,亦足见其对政争中个人因素遭致排挤的认识。对政争"谤"之表达在这十和中也随处可见,如原唱的"捷书犹湿谤书随,太息斯人得祸奇"、二和的"动而得谤亦名随,生子看来不必奇"、五和的"出门机阱已相随,竟放灵均逐伯奇"、六和的"人心何止矛般险,世道于今砥似平"、九和的"盛德能容人有技,忮心尤忌士知名"(俱《全宋诗》第 36348—36351 页),等等,无不表现出其自嘲自解中对"谤不止"的理性思考。

当然,这段时期毕竟还是心态反复纠缠的时段,不管是积极

第三章 政争和出处：文化性格与文学生成

的也好、消极的也罢，那都是"故我"而已。后来所谓"六十再入已误，六十五三入又大误"（前引《答乡守潘宫教书》），确是"故我"知错犯错、不思悔过的结局。"今我"的出现，则是建立在最后真正强烈要求跳出政争的母体——政治之上。而淳祐十一年（1251）六请祠禄、两请挂冠的奏状，是其典型文本。文中虽然不免许多官场上的客套话与大道理，却依然饱含刘克庄个人的情感心绪与冷静思索。

这八篇文本，包括六篇"乞祠申状"和两篇"乞挂冠状"。第一篇《乞祠申状》的理由在疾病缠身："惟是所感之疾甚拙，发歇无时，深虑颠仆于宗庙祠祀之际，失容于旆厦诵说之间，况身为词臣，居讨论润色之任，而有错乱迷罔之疾，不但负上眷知，亦且为世僇笑。某自量此疾，若非力求退闲，休养精神，决无可生之理。"（卷七八，《全宋文》第327册，第332页）这当然不是生造的借口，确实是事实，但又绝非事实的全部，甚至不是最重要的部分。

由于申状屡被驳回不允，第三篇所言已道出部分真意：

> 盖臣向来再入再去，皆因论列，今兹之去乃其自乞，庶几晚节可以归见鲁卫之士。①（卷七八，《全宋文》第327册，第334页）

这句话看上去说得轻松，一笔带过而已，实则充分表露出刘克庄此时强烈要求归里的真实理由，就是不愿意再因为被人论罢而归乡，不愿意再卷入政争，以明晚节。然此次申奏又不允，且在此间又生谤议，故在第五篇乞祠申状中，刘克庄已很急切："兹以白首之年，受阿党、邪说之谤，若更顽钝不去，四维扫地甚矣。"（卷七八，《全宋文》第327册，第336页）话已经说到这份上，也已是急切得无计可施了。至《乞挂冠状·二》则说：

> 如某者犬马之齿六十五，以疾乞骸，不足为高。欲望钧

---

① 按：这篇在《四部丛刊》本《后村先生大全集》中即标为"三"，而《全宋文》则另立一名为"乞祠奏状"。

> 慈俯矜危悃,采鹿何之故事,考淳熙之已行,特赐敷陈,亟颁俞允,亦使朝野知明主亲擢一士,虽言议风旨之无取,然进退出处之粗明。(卷七八,《全宋文》第 327 册,第 339 页)

"进退出处粗明"是乞归之词,也是刘克庄自己内心真实的想法。这时的刘克庄才有了与"故我"划清界限的意愿,反思的自觉色彩已经很浓了,"今我"呼之欲出。

淳祐十二年的再论罢,一个饱经政争之苦,完全认清自我并放弃仕途期望与政治理想的"今我"刘克庄终于出来了。在自嘲自解的政争起伏中,最后还是归于不以为意的怡然自适。此前作《回交代叶判县劄》回忆说:"某少时妄喜功名,二十年间,浮江淮,放浪岭海,时命大谬,始欲入山读书。"①(《全宋文》第 329 册,第 66 页)还只是"欲入山读书"而已。至《答余安远令师夔书》则描述自己的状况为:"某衰朽杜门,乡国故旧、江浙交游散在四方,一笔勾断,都无只字往来……某年事高,世味薄,已决意挂神武衣冠,它无可言。"(卷一三三,《全宋文》第 329 册,第 36 页)其形象已经大为改变了。《答李元善侍郎书》也说:"某自顷放还田里,声销响绝,与世相忘,不喜与人交游,而于当世富贵通显之士尤望而畏之。不特是也,其于当世名誉议论之所宗主者,亦甚怕也。"(卷一三一,《全宋文》第 328 册,第 423 页)自"今我"成型后,此类文字层出不穷。

如果说上引书信还有点自我标榜的味道,那么诗歌则定是心迹流露了。在被蒋岘论罢时,刘克庄写的是:"病觉风光于我薄,老知书册误人多。罪言著就深藏取,自笑狂生壮志蹉。"(卷十一,《再和二首》,《全宋诗》第 36291 页)仍有悲愤不平郁结其间。而淳祐十二年(1252)写的是"西山幸有薇堪采,免被人驱去复还"、"自笑此翁犹矍铄,与云俱出鸟俱还"(以上卷一九,《居厚弟示和诗复课十首》,《全宋诗》第 36386—36387 页),"谤书堪丑毋庸辨,闷赋虽工未易排"(卷一九,《用强甫蒙仲韵十首》,《全宋诗》第

---

① 此文《后村先生大全集》不收,《全宋文》据《翰苑新书》别集卷六辑补。

36388页)、"老爱家山安畏垒,早知世路险瞿唐"(卷一九,《和季弟韵二十首》,《全宋诗》第 36389 页),其情其态都已自在许多。到宝祐五年(1257)则已是"老身虽厄心常泰,听取商歌绕屋声"(卷二六,《书感》,《全宋诗》第 36485 页),心态更趋放达。这种痕迹在词中,在意象内涵的变化中,都很明显,就不再举例。

这些诗文,虽偶尔仍有消极的、颓靡的基调出现,但其背后更多的是刘克庄个人里居的自适以及对梦想未圆苦难的超越。诗文情感的宣泄并不是让它们更强烈,而是让心理趋向平和。"故我"多难,其情也悲;"今我"反顾,其意也适。政争的结果是磨灭了梦想,也是成熟了心智,得失之患,已不足言。这才是个体生命的归宿。

刘克庄最后颇带悲壮色彩地被罢归里,六十六岁的他,完成了其人生的一大转型,这个转型与其说是政争下的无奈逼迫,不如说是由此刺激出的理性选择。他的主要文化性格,即在屡陷政争与心态反复的个人体验中塑造而成。他当然没有达到苏轼般的旷达高度,却也在许多悲愤失意中寻觅到了自己特有的超越苦难的途径。尤值一提的是,"故我"看重社会责任,"今我"看重心灵家园,它们二者的交织直接促成了刘克庄文化性格的多样性与多元化,同时也让其文学精神在矛盾中变得更为丰溢而富有质感。

第二节 文化性格与文学精神

景定元年(1260),刘克庄作《七十四吟十首》组诗,中有句云"游戏人间又一年,非儒非佛复非仙"(卷三一,《全宋诗》第 36539页),这句话也可以反过来说"亦儒亦佛复亦仙",所指均是其思想性格融合儒释道而驳杂不纯的特点。不过就思想核心来说,儒家的淑世精神一直作为主线贯穿其生命始终,虽其他因素时弱时强,然从未动摇儒家思想的基石地位。正是基于儒家士大夫的传统精神,出处问题就成为刘克庄一生的核心问题,也是对他的文化性格起决定性作用的重大人生课题。因而，透视这个问题即可看作解开其思想内核与文学精神的金钥匙。刘克庄在历次政争中，逐步修正以至改变他的出处观，并由此丰富、完善和提升了自身的文化性格，这是政争给予他的一笔人生财富，也给他的文学带来了相应变化。

如众所知，作家主体的文化性格与其文学精神之间具有内在的对应关系，有什么样的文化性格就会有什么样的文学精神，这是"文如其人"、"风格即人"命题的共通处，也是它们的合理性所在。作为"非儒非佛复非仙"的文学家刘克庄，其文化性格的复杂与多元，直接反映为文学精神的丰赡繁富。前文我们探求了刘克庄在历时环境中"故我"与"今我"的对比，但在他复杂的性格系统中，各种性格元素并非前后独立的，而是同时具有并相互牵连的，只是在某些时候其中一项会占主导而已。如果围绕刘克庄的出处观，作共时性的观察，即会发现他其实一直处于充满矛盾的性格冲突中，两个自我一直纠缠不已。经世济时与放情山水、奋发踔厉与顾望迟疑、清狂不羁与颓靡不振、重名轻利与忧谗畏讥，组成了他立体而多面的自我形象，优点与缺点都很明显。特别需要指出的是，传统文学史中所呈现的那位积极昂扬的爱国文人，并不是刘克庄形象的全部，甚至不是主要部分。若从他各时期的诗文作品出发，我们看到的则是郁结中的疏狂、焦虑中的旷达、失意中的自适和颓唐中的真率，这四个方面为其文化性格的主要面相，与作品中雄奇的笔力、开放的心境、闲逸的性情和日常的书写形成对应，并由此构成其人格与文学互动的主体系统。下面即依次各作阐述。

一、疏狂：雄奇的笔力

狂，是历代文士颇感兴趣的性格标识与精神形态，这个词汇不但被豪放超逸如李白者列为自己的本性，说"我本楚狂人"；就是温柔敦厚如杜甫者也曾云"自笑狂夫老更狂"。可见，狂是传统士大夫性格系统中多少皆有的因素。它又可组合成疏狂、清狂、

第三章 政争和出处:文化性格与文学生成

迂狂、骄狂、粗狂、狂狷、狂简、狂妄、狂佞、狂怪等形容词,虽同在一"狂"字统摄下,却存在不一样的内涵。刘克庄爱说自己是狂士,其狂则在疏狂与清狂,此二词意涵一致,均指向对抗流俗、蔑视平庸、张扬个性、放逸不羁的性情。他的《鹧鸪天·腹疾困睡和朱希真词》首句即云"前度看花白发郎,平生痼疾是清狂"(卷一九一,《后村词笺注》第323页),将清狂视为自身顽固不化的疾症;《一翦梅·余赴广东,实之夜饯于风亭》结句则说"旁观拍手笑疏狂,疏又何妨,狂又何妨"(卷一九一,《后村词笺注》第37页),乃以疏狂自命并带着高傲的自信。类似的言论,还有许多。疏狂、清狂是刘克庄对自己性格认识最为突出的一点。

由于孔子于《论语·子路》中有"狂者进取"之说,所以在儒家思想统治的历朝士大夫中,"狂"许多时候就与入世有着密切的联系。朱熹注解《论语》此句时即说"狂者志极高而行不掩"①,意思是狂者志向高远而行为真率不掩饰。他们内心总是与外部世界发生积极的联系,哪怕其表面采取的是消极的态度与高蹈的行为,其实质也多少具有入世的指向,仍抱有修身治国的理想。刘克庄在《贺新郎·再和前韵》词中说"少狂误发功名愿"(卷一九〇,《后村词笺注》第30页),即将狂与功名关联在一起,而就其疏狂的一面来看,确是表现为个体高扬意识与时代忧患精神的结合。

在刘克庄积极追求人生价值、实现政治理想的时候,狂的性格表露得最为明显。他曾说"清狂畴昔有三稿,警策即今无一联"(卷二一,《明道祠满》,《全宋诗》第36421页),代表他清狂性格的诗歌当然不会是悠闲的写景之作,也不会是一般的寄人之作,更不会是愁闷的挽赠之作。能见证他年少疏狂的作品,是那些蓄满青春理想与家国情怀的感兴之作。这些作品或指向个人,寄托人生的抱负,如"拟披醉发横箫去,只寄乡书与剑回"(卷一,《蒜岭夜行》,《全宋诗》第36140页);或指向时事,感慨国家的恢复,如"老

---

① 朱熹《四书章句集注》,北京:中华书局,1983年,第147页。

身闽地死,不见翠銮归"(卷一,《北来人二首》,《全宋诗》第36134页);或指向民众,关心一般的兵民,如"几多精甲没黄沙,野哭遥怜战士家"(卷一,《扬州作》,《全宋诗》第36139页)。一个任子出身的小吏,其视线却注视着"达则兼济天下"者所关注的东西,这才是刘克庄的清狂所在。他的狂是指向个人的,同时更是指向社会的,是无力个人与顽固外界强烈冲突下一种郁结心态的迸发。因而,刘克庄的清狂并不在于个人的傲世与忤世,而是饱含着对流俗的抗争和对衰世的哀鸣,是他无法实现政治抱负而震烁出来的性格力度。刘克庄的诗文作品,一旦涉及时事即精神立振,他说"纵使胸中横绿野,未应度外置苍生"(卷三,《又真止堂一首》,《全宋诗》第36170页),民胞物与的胸襟让他的疏狂具有更高的道德承载。如果把他入世的精神仅仅看做为了获取功名,就未免太小看了这位狂人。

"少狂费尽一生心,丛稿如山雪满簪"(卷四六,《抄戊辰十月近稿七首》,《全宋诗》第36722页),刘克庄将无法施展的才华连同疏狂的个性,一并投入到文学创作之中。疏狂的性格,让他的文学作品在语言层面表现为雄奇的笔力、飘逸的想象以及用词色彩的重拙、句式结构的排奡。而与这样的修辞风格相适应的,依然是其承载入世理想的忧患精神。如《端嘉杂诗二十首》中的两首云:

幅裂常包割地羞,扫平忽雪戴天雠。穿庐已蹀完颜血,露布新函守绪头。

闻说关河唾掌收,拟为跛子看花游。可怜逸少兴公辈,说着中原得许愁。(卷一一,《全宋诗》第36298页)

诗歌因金国灭亡而作,痛快、欣喜充溢其间,第一首的"蹀血"、"函头",词汇的色彩都很浓重,第二首一句"跛子看花"更是将自己喜欲狂的情态表现出来。这样的诗歌当然没有一般意义上的狂傲之态,却在字里行间积蓄着一种疏狂之气。又如《又闻边报四首》:

第三章 政争和出处:文化性格与文学生成

> 篱援萧疏堂奥寒,西从蜀岭北淮山。少狂曾似身摩垒,
> 衰暮今无力拓关。烽火终年烦斥堠,车书何日混舆寰。伙飞
> 冗惰楼船敝,谁为朝家备海湾?
> 八骏西游造父骖,六飞草草幸东南。故宫久叹生禾黍,
> 急驿毋烦贡荔柑。自古庙谟劳圣虑,即今军事有人参。行宫
> 一穗祥云起,应解三边黑祲酣。
> 玉帛朝驰盟暮寒,覆车胡不鉴燕山。未闻一范出乘塞,
> 忽报六符来叩关。孙氏已凭江立国,孔融误以许为寰。洛花
> 岁岁无消息,极目芦洲更蓼湾。
> 一车两马不烦骖,草地蠕行到极南。春燕无栖各依木,
> 佛狸有使辄求柑。按中军请东阳徙,获左车谁北面参。凭语
> 吴儿莫游冶,塞鸿回处阵云酣。(卷二〇,《全宋诗》第
> 36406—36407页)

这组作品虽是次韵之作,却毫无拼凑感,一气呵成,其情感力量因为系于国家边事,更显得深沉充沛,甚有老杜"沉郁顿挫"的悲慨。诗歌中既有典故的驱使自如,"故宫久叹生禾黍,急驿毋烦贡荔柑"、"未闻一范出乘塞,忽报六符来叩关";也有写景的含悲带愤,"伙飞冗惰楼船敝,谁为朝家备海湾"、"洛花岁岁无消息,极目芦洲更蓼湾"。在句式上如"孙氏/已/凭江立国,孔融/误/以许为寰"、"按中军/请东阳徙,获左车/谁北面参",折腰格的使用,让七律深得峭拔之绝,而这与心中的一股不平之气与疏狂性情是相一致的。

郁结中的疏狂总是夹杂着一种沉痛,这主要仍不在个人的功名,而在国家的抱负,这在他的词作中有突出表现。如《贺新郎·实之三和有忧边之语,走笔答之》:

> 国脉微如缕。问长缨何时入手,缚将戎主?未必人间无
> 好汉,谁与宽些尺度?试看取当年韩五。岂有穀城公付授,
> 也不干曾遇骊山母。谈笑起,两河路。　少时棋柝曾联
> 句。叹而今登楼揽镜,事机频误。闻说北风吹面急,边上冲
> 梯屡舞。君莫道投鞭虚语。自古一贤能制难,有金汤便可无

张许？快投笔,莫题柱。(卷一九〇,《后村词笺注》第 80 页)

这是刘克庄与王迈《贺新郎》调五和中的三和。首唱的标题是"生日用实之来韵",其下片的"老去山歌犹协律,又何须手笔如燕许？援琴操,促筝柱"的退隐色彩是首唱词的基调,至二和此基调亦未大变。但到了三和,因为"有忧边之语",所以一改前两次的颓靡,变而为振作与激越,起于"国脉",结于"投笔",国家战事始终萦绕在刘克庄的心中。"木落山涸水见涯,感时短发半苍华"(卷三,《九日次方寺丞韵》,《全宋诗》第 36166 页),这种急切与感伤的情感,源于对时事的关注与现实的不尽如人意。当现实如此而无法改变时,刘克庄即以疏狂的情态出现在文学作品中。即便是退隐归田,也并不与这种忧时精神矛盾,"老退尚馀忧国念"(卷二三,《冬至二首》,《全宋诗》第 36441 页)、"暮年未敢忘忧国"(卷三八,《次韵庚使左史中书行部》,《全宋诗》第 36630 页)是其心声的吐露。他又在《七十四吟》说过"尚有一襟哀郢泪,久疏夜饮省春遨"(卷三一,《全宋诗》第 36538 页),这"一襟哀郢泪"是他人生中的强音,也是他疏狂个性超越个人得失的内涵所在,更由此赋予了其文学作品雄奇的艺术质素和恒久的道德价值。

二、旷达:开放的心境

刘克庄的狂,最终没有走向乖戾的骄狂或狂怪,而是性情的疏狂、清狂,这和他性格中旷达因素的逐日衍羡相关。狂和旷虽然同出一心,但在刘克庄这里,狂更多的是指向人与世界的关系,而旷则侧重在处理人与人之间的关系上。总体来说,刘克庄并不是一个十分看得开的人,如果说疏狂是本于一个自然的他,那么旷达完全是出自一个社会的他。其旷达的性格,是随着人生阅历的增加、政治斗争的波折慢慢成长起来的,是植根于复杂的社会网络之中,而不是他自我天性的流露。

有一则事例,颇为大家注意,即其与吴泳(字叔永)、吴昌裔(字季永)兄弟的关系,王宇对此已有从忠恕思想角度的解读(前文已注)。然就事件的经过与后来刘克庄的表现来看,对这件事

第三章 政争和出处：文化性格与文学生成

的态度与其说是忠恕思想在起作用，不如说缘于其自身性格的旷达。《杂记》记云：

> 后余为季永所论，叔永与游果山联骑饯余湖山，叔永云："某不意舍弟如此。"余曰："人各有所见，昔黄鲁直除右史，苏黄门不肯押省札而寝，不以鲁直乃坡公之客而少恕。其来久矣，何足怪也。"游公笑云："天下乃有故事亲切如此。"一笑而散。（卷一一二，《全宋文》第330册，第194页）

端平三年吴昌裔之劾给刘克庄仕途带来一定影响，吴泳、游似出郭相送，刘克庄不仅以"人各有所见"的同情之了解宽慰吴泳无须记怨，更以自己对本朝故事的熟稔为之解。此时的刘克庄五十岁，待人有如此阔达的胸襟，并非他完全不在意仕途——毕竟端平再起正是一展抱负之机——而在于他已经经历了多次政争，具有了跳脱当前困境的眼光，能够打开心结，处理矛盾。到了六十岁，和吴泳的词"洗空恩怨、唤起交情"，旷达时已成为稳固的形态居于其性格系统之中。该词调寄《沁园春》，云：

> 我所思兮，延陵季子，别来九春。笑是非浮论，白衣苍狗，文章定价，秋月华星。独步岷峨，后身坡颖，何必荀家有二仁。中朝里，看叔兮衮斧，伯也丝纶。　　洛中曾识机云。记玉立堂堂九尺身。叹苕溪渔艇，幽人孤往，雁山马鬣，吊客谁经。宣室厘残，玄都花谢，回首旧游存几人。新腔美，堪洗空恩怨，唤起交情。（卷一八七，《后村词笺注》第67—68页）

虽是和吴泳自寿词，而此词却以较多笔墨写吴氏兄弟二人，"叔兮衮斧，伯也丝纶"，并以陆机、陆云为比。最后落笔"堪洗空恩怨"语，刘克庄在《与吴叔永尚书书》中还特意加以说明，不是有积怨才这样说，而是用韩愈《听颖师弹琴》的语典："前和高词，末章所谓'洗空'者，即是采用退之《听琴》之语，韩与颖师岂尝有纤芥哉！妄意谓尚书乐府之妙不异颖师之琴，实无他肠。"（卷一三〇，《全宋文》第328册，第406页）宽容、乐观及至超然地对待人际中的矛盾，抛开褊狭与执拗，这是刘克庄旷达性格成长所留下的痕迹。

当然,旷达不只在人际关系的处理,主要还是表现为对世态炎凉、仕途险恶的超越。我们可以其各时期所作除祠禄官的谢启作一观察。祠禄官虽然实质上是被罢黜,带有贬谪性质,但名义上则仍保留一定的俸禄,带有福利性质,所以得到祠禄的士人仍需要撰写谢启上奉台端,以表谢意。刘克庄作有五篇除祠官的谢丞相启,兹将文中能够代表谢启基调的句子依次摘录如次:

《除仙都观谢丞相启》:"初传白简,慈亲动饷鲊之疑;还着青袍,幼女泣佩鱼之去"、"公朝恻然无终身永弃之心,天下知其有改过自新之路"。(卷一一七,《全宋文》第328册,第56页)

《除玉局观谢二相启》:"众破胆而怖风霜之威,独披襟以受春秋之责"、"行吟泽畔,略无怨灵修之词;回首渭滨,终有怀大臣之意"。(同上,第71页)

《除云台观谢丞相启》:"每欲洁身而去,辄为造命所留"、"端居故里,守周燮之东冈;赐号散人,分陈抟之西华"。(同上,第72页)

《除崇禧观谢丞相启》"坐隔蓬莱之云气,卧游句曲之洞天"、"东西惟命,既难叱驭以驱驰;左右服勤,尚可垂鱼而定省"。(卷一一八,同上,第78页)

《再除崇禧观谢丞相启》"婚娶幸而粗毕,耕钓足以自娱"、"瞻彼天渊,各遂鸢鱼之飞跃;譬之江海,岂为凫雁而少多"。(同上,第80—81页)

第一篇把遭遇弹劾、奉祠归里的境况写得很可怜,慈亲、幼女的行为,表达出的恰恰是刘克庄自己的失落,所以文中说要"改过自新",计较功名的色彩还很浓。接下来几篇,刘克庄的旷达情怀渐次增强。除玉局观时,已能知"行吟泽畔"的人生位置,却依旧有"回首渭滨"的牵挂;除云台观时,则用周燮"度其时而动"(《后汉书·周燮传》),陈抟隐居西华之典,表达他对仕途的重新认识,不过仍隐含着态度的执著,只是这次执著于"洁身而去";到了两次除崇禧观,即将出仕与归隐都看开了,所谓"垂鱼而定省"已约略

第三章 政争和出处：文化性格与文学生成

带有"欲仕则仕，不以求之为嫌；欲隐则隐，不以去之为高"①的味道。

由此看来，刘克庄的旷达是在紧张而焦灼的心态下反复锤炼出来的旷达，旷达的另一面其实是重重的焦虑感。这种焦虑感如果不经心灵的洗礼直接表现出来，就是患得患失、斤斤计较，而如果能够以博大的胸怀净化、升华它，那么就可塑造成富有深刻人生内涵和处世哲理的旷达。换言之，刘克庄的旷达是与其始终处于让人焦虑、愤懑的环境下分不开的，没有经历这样的人生体验，就不会有真正意义上的旷达。

旷达的胸怀，让他的文学作品不时地显露出开放的心境，特别是随着年龄的增长，诗文中所表达的心境更平静、更开放。五十岁左右，刘克庄作《念奴娇·寿方德润》一词：

> 卯君来处，与眉州仙子，依稀同日。一自前朝龚蔡后，颇觉壶山岑寂。谁料端平，继居遗补，复有斯人出。幅巾林下，姓名玉座长忆。　　须信诒语尤甘，忠言最苦，橄榄何如蜜？诸老萧疏星欲晓，留取南都铁壁。洛社自佳，镜湖虽好，莫问君王乞。年年岁岁，大家同做真率。（卷一八八，《后村词笺注》第239页）

方德润即方大琮，嘉熙元年与刘克庄同被蒋岘论罢。这阕词上片是誉人，且不说。下面是劝人之语，其实也是自劝之语，所谓"须信诒语尤甘，忠言最苦，橄榄何如蜜"确已胸有气度，所以冯煦也就这段话评论刘克庄说："其宅心忠厚，亦往往于词得之……胸次如此，岂剪红刻翠者比邪？"②结句"年年岁岁，大家同做真率"写出的正是他此时心态的渐趋平和。

寿人之词或许还有点故作姿态，他自己的感怀即事之诗，应更贴近其真实心态。《又即事二首》之一云：

---

① 苏轼评陶渊明语。见胡仔《苕溪渔隐丛话·前集》卷三，北京：人民文学出版社，1962年，第15页。
② 冯煦《蒿庵论词》，《词话丛编》本，北京：中华书局，1986年，第3596页。

> 放逐谁曾为解骖,自治芜秽垦山南。西畴会有两歧麦,东府底须三寸柑。芋美尤于饥后觉,榄甜少待味回参。采薇散发无穷乐,寄语痴人勿蓁酣。(卷二○,《全宋诗》第 36406 页)

此诗作于宝祐二年(1254),时刘克庄已六十八岁了,整首诗都是写如何在穷酸的日子里生活,无人"解骖"相助,便自垦山南,颔、颈两联写四种农作物,充满恬淡意趣,结语吟咏"采薇"的无穷乐,安贫乐道的情态连同豁达的生活态度一并展示出来。较之五十岁的词作,这首诗歌的情怀已非口头的言说而已,实为来自生活的真质。类似的作品,在刘克庄晚年诗词中比较多,如《冬至二首》:

> 病逢佳节径投床,卧听群儿笑老苍。仅可六藏数龟息,安能三黜入鹓行。脉微药焙常储火,足冷茅檐定有霜。多谢天公相暖热,起披败絮负朝阳。(卷二三,《全宋诗》第 36441 页)

写冬至病时状态,尾联"多谢天公相暖热"句,在感念天地的语言中,蕴涵着刘克庄洞察生命真谛后的澄澈的人生境界。

他曾说"晚与放翁争旷达,荔枝颠向海棠颠"(卷三二,《采荔二绝》,《全宋诗》第 36551 页),将陆游的旷达作为自己的追崇对象,而这种旷达乃寓于平常的生活之中,如同陆游深爱海棠,他则深爱荔枝,都是醉心于自然界的植物,并非执著于社会中的声名与利益。林希逸在《行状》评价刘克庄说:

> 穷达得丧,是非毁誉,寄之歌咏,一付嬉笑。梅花数句,以诗得谤也,而略不以为悔;巴陵一疏,以言获谴也,而不自以为高。前后四立朝,共不盈五考,非无蚍蜉之撼,含沙之射,而未尝恨其人。

这段语言虽未言及"旷"、"达"二字,却是对刘克庄性格中旷达因素的简要阐释与准确定位。

三、自适:闲逸的性情

如果说疏狂与旷达,更多地来自刘克庄人生"出"的一面,是在危亡的国家、错综的社会中激荡而出,那么"处"带给他的就是生活的自适与真率,是个人内心闲逸性情的平静流溢。宋人追求自适,较前代更为强烈,这不仅源自思想界明心见性的领悟功夫,也是士大夫人文旨趣与理性精神的一种体现。周裕锴认为宋诗的"自适"在于"化劳心的苦吟为娱心的闲吟"、"化钟情的酸楚为乐易的闲暇"、"化执迷的怨怒为戏谑的调侃"①。就刘克庄来说,"处"时的"寄之歌咏,一付嬉笑"(上引《行状》),正是他追求自适的重要方式,这在第二章的第三节"闲适唱酬"已有过初步探讨,不管是村居的田园种艺诗词,还是诗友唱酬的游戏翰墨,都是呈现其闲逸性情的典型文本。

嘉熙三年刘克庄自寿,连作四阕《水龙吟》,抒发的均为里居的闲适心情。第二阕有句"起舞非狂,行吟非怨,高眠非傲"(卷一八九,《后村词笺注》第33页),他将自己起舞、行吟、高眠的行为,都排除在杨恽之狂、屈原之怨、陈登之傲的传统之外,意即这些动作都不具有强烈的情感色彩,其所指无非就是一个"适"字。而更为突出地表达其自适的词是第四阕,文云:

> 平生酷爱渊明,偶然一出归来早。题诗信意,也书甲子,也书年号。陶侃孙儿,孟嘉甥子,疑狂疑傲。与柴桑樵牧,斜川鱼鸟,同盟后,归于好。　　除了登临吟啸,事如天莫相谙报。田园闲静,市朝翻覆,回头堪笑。节序催人,东篱把菊,西风吹帽。做先生处士,一生一世,不论资考。(卷一八九,《后村词笺注》第36页)

围绕"酷爱渊明"一语,全词都在书写如何学习陶潜归隐田园,宁静地生活,要"一生一世,不论资考",自适的追求明白而强烈。毋庸讳言,这组词虽有闲逸性情的流露,但其背后却藏着更深的失

---

① 参周裕锴《宋代诗学通论》甲编第二章,上海:上海古籍出版社,2007年,第65—68页。

意悲愁，不过，既然找到了平衡心理的方法，这种失意也自然转化成了自适。他在第二阕还有一句"制个淡词，呷些薄酒，野花簪帽"（卷一八九，《后村词笺注》第34页），这些行为在这里并非完全的文学虚拟，而是其真实生活的写照，深具闲适之意。因而，即使是隐含人生悲伤失望的诗词，那也是他通过"制个淡词"以达到自适目的的手段罢了。

"闲吟不与君争巧，自作村田乐散怀"（卷四七，《谢诸寓贵载酒三叠》，《全宋诗》第36730页），与疏狂的个性、旷达的胸襟相比，自适的性情更加直指心灵深处，它所代表的人生是最具艺术品格的人生。因为自适所追求的正是心灵的自由与情趣的淡泊，与艺术精神之间具有深层的同构性与契合度，是故它也常常成为非功利性自我价值实现的重要途径。这让刘克庄的文学，特别是里居时期的文学，屡有游戏的作品，我们在前面几章对此都有所探讨。而这种"游于艺"的精神，又恰可看作其自适性格的集中表现。

刘克庄晚年撰《后村诗话》，续集卷三录左思抒情小赋《白发赋》一文，在《诗话》中他对此赋只字未评，却于文集中模仿了一篇。他觉得此赋写得颇佳且有趣味，于是戏为《白发后赋》，辞曰：

> 昔人有三十二而见二毛者，有四十而鬓如霜者。今余之年平头八秩，颜貌鲞老，皮肉槁枯。晨起盥沐，自镜朽质，遂理短发，星星满栉。昔青丝绿云之状，今柳絮芦花之色。柱下史有守黑之言，《枕中方》无染白之术。不堪涅缁，姑以镊摘，霜椁朝拔，雪苗暮出，亟掩青铜，怅然不怿。客有过我，美言宽释。历陈古初，尤重齿德。或祝鲤噎，或给扶掖。燕则设醴，召则加璧。为黄石公而取履，访广成子而跪膝。临雍则受北面之拜，乡饮则居东向之席。或出而杖于朝，或耄而徼于国。卓哉彭、聃之论，异乎终、贾之匹。吾观白公之自称皤叟，贤于陆辰之求媚侧室，乃施帽絮，改容谢客。（卷四九，《全宋文》第326册，第36页）

左思的原作，也是"白发"与"我"的对话模式，在原赋中"我"因为

第三章　政争和出处：文化性格与文学生成

"策名观国，以此见疵"于是"将拔将镊，好爵是縻"，"白发"自诉其苦，瞋目号呼，但也未能阻止"我"最后的"随时之变，见叹孔子"，意即"我"也是无奈才这样。"发肤至昵，尚不克终"，因为要实现自己的政治理想，只好将至亲的白发拔除，以便"今薄旧齿"的当权者启用我。左思原作自然是写得沉痛无比，直击现实。而刘克庄的续作却一改此风，以幽默的笔触，将这种沉痛化为自适。虽然赋中的"我"也是一个想要拔除白发的人，但在客的劝解下"我"则"改容谢客"，乐观地接受白发满头的现实，并以此为荣。这样的笔法，所呈现出来作者的真实用意，并非"我"拔除白发的理由，而是"客"的劝解之词。"临雍则受北面之拜，乡饮则居东向之席"，人们对时光的流逝，总是表示惋惜，刘克庄也是如此，但此赋却一反惯常思想，以"客"的言辞道出了他接受人生老去的坦然，用达观的心态获得生命的自适。

与旷达背后的焦虑感相似，刘克庄的自适背后也蕴涵着对失意生涯的反思。他的《闲居》诗云：

> 纳履归来六载强，身闲冷看世人忙。远公有酒邀莲社，录事无资助草堂。柿被鸟残分亦好，李为蟊食咽何妨。春山何处无薇蕨，更不须求辟谷方。（卷四二，《全宋诗》第36676页）

首联的"身闲冷看"就颇道出了以下诸联闲适生活背后的冷静观察与积极思索，并且这种思索提供的心境，不是让个人更为计较，而是变得更能欣赏平淡生活中的美，所以才会有颈联对本不美好的事物投以审美的眼光。另一首《为圃》也是如此，虽有琐碎的烦恼，亦不失真切体味生活的敏锐：

> 屋边废地稍平治，装点风光要自怡。爱敬古梅如宿士，护持新笋似婴儿。花窠易买姑添价，亭子难营且筑基。老矣四科无入处，旋钮小圃学樊迟。（卷七，《全宋诗》第36238页）

在这里，刘克庄需要的就是生活的自适与心灵的自由，不用考虑太多的文章道德观念，就是像樊迟学为圃，虽有违孔门高尚的道德追求,却是一个本真的自我。总之,趣味的、心灵的、自在的文学精神正是其闲逸性情的显现。

四、真率:日常的书写

不管是疏狂、旷达,还是自适,它们都与性情的真率联系在一起,这种真率的存在是刘克庄在政治上敢于抗颜犯上、直言不讳的性格驱动力,也是他在社会中赤诚、宽容待人的本源所在。更重要的是,作为一个文学家,真率是其文学作品能够承载真实人生的基础,如果失去了真率,作品也就失去了文学的价值,成为一堆任意排列组合的字符。毕竟一切的善与美,都必须是真的。刘克庄的一生,可谓成也真率、败也真率,因为他的任情任性,不虚饰、不伪装,所以总是容易被反对者抓住把柄,而又恰是这真率带来其文学的成就。有了真率,才让他并不掩饰疏狂背后的郁结、旷达背后的焦虑,使其作品能寓悲情于爽朗,形成自己独特的文学色彩与书写肌理。而他某些时候的佯狂、佯闲似为杂质,却也不损其真,反倒带来了"蝉噪林愈静"的效果。

就他的创作来说,真率如同血液渗透其中,本无须特别论述。但作为一个享寿八十馀岁的文学家,其文学作品中的真率也因时段的不同呈现出阶段特点,如年轻时是奋砺中的真率,与疏狂互为表里;中年时是失意的真率,由旷达中化而出之;老年则是颓唐中的真率,带有成熟的自适,也有暮年的伤感。从情感的强度来看,颓唐中的真率最为动人。这时的诗词作品,最大的特点就是题材的日常生活化,一个真实可感的老人,在作品中得以真切呈现。虽然文学题材的日常化是宋代诗文创作的总体倾向,但是就刘克庄来说,其晚年日常化的书写比一般士人更为突出,不仅是时代风潮的产物,更是其个人性格的外化,带有与众不同的特点。

刘克庄八十岁时,作有一首《老欢》,诗云:

> 宿昔鬐年忽旄期,登临筋力尚支持。酒肠无恙重开禁,药性皆谙懒问医。夜漏犹披灯下卷,春风不染镜中丝。销磨

第三章 政争和出处：文化性格与文学生成

> 未尽惟吟癖，锻了新诗改旧诗。（卷三八，《全宋诗》第36634页）

这首诗写他老年生活的乐趣，在登临、在饮酒、在知药、在批卷、在览镜、在改诗，其中登临、知药、览镜反映的本都是体力的衰退、容颜的老去，而刘克庄却视其为"老欢"，这自然是其自适性情的写照，更因其日常生活的实际如此。同样，写诗也是他生活不可缺少的一部分，其他的日常生活又是满足其"吟癖"的不竭题材。于是，刘克庄笔底就显现出各种有趣的生活细节，这种细节之真，折射出的无疑是其性情之真。如有诗题作《大渊寄道冠汉镜各答以一首》：

> 已挂朝冠了，烦君寄道冠。头蓬不梳久，发秃欲簪难。简便乌巾赘，清羸鹤氅宽。儿童怪崖异，便作羽流看。
>
> 雁足传书至，蟾光出匣新。真从古冶子，曾照汉时人。昔作美年少，今非妙色身。明知皆梦幻，莫认假为真。（卷三五，《全宋诗》第36590页）

诗题已道出创作原委，大渊即林泳，林希逸子，晚年与刘克庄交往甚密。这两首诗看似咏物，实则写自己老年生活的两种状态，一是衣冠形态，一是自然形态。戴冠与照镜的日常行为，因为冠和镜的特殊性，就变成了刘克庄再次认识自我的机会，"头蓬不梳久，发秃欲簪难"、"昔作美年少，今非妙色身"，这样的语言在他笔下不知出现多少次，在形态描述的反复之中，却是一种真率面对的勇气。恰如前文所言，越是不在意，越能尽情描摹。而至于如卷三三《梅月为蚤虱所苦各赋二绝》那样的诗作，更是充满了琐屑、细微甚至庸俗。这种"俗"的呈现，主要并不在于作者在诗歌题材上的自觉拓展，乃在于日常生活的真实反映，在于心理对生活的真率展现。

不过，颓唐中的真率表达最为充分、最引人注目者乃是刘克庄对自身病痛的书写。这些作品虽然仍难逃琐碎、颓废的指责，但它们不仅摹写多变、情感强烈，而且带有极深的人生思考，是其本心的真情流露。抛开颓唐的情态与悲伤的色彩,这些作品无疑鲜明地表达出一个在病痛中敞开心扉、澄心见底的老人对现世生活的热爱与对生命的尊重。

老年刘克庄一身的病痛,从脱发、落齿到眼眚、脚跛,肉体可谓尝尽痛楚,这些疾病都在他的诗中明白地表现出来,如卷二三《齿落》,卷三三《老病六言十首呈竹溪》、《竹溪再和余亦再作》,卷三四《目疾》、《左目痛六言九首》、《后九首》、《目痛一月未愈自和前九首》、《又和后九首》,卷三五《臘月二十二夜,漏下数刻,小饮径醉,坐小阁睡,傍无侍者,仆于户限,眉鼻伤焉,流血被面,记以六言九首》,卷三六《疥癣二首》,卷四一《目眚》等等。对病痛的反复书写,成为其晚年诗歌题材中突出的特点,我们不妨来读其中的六言组诗《左目痛六言九首》:

深碧非少林祖,暴赤疑归宗僧。何须近青藜杖,不愿如紫石棱。

亲灯似鸲撮蚤,对卷如獭祭鱼。今已作白头观,昔曾校黄本书。

诗到歌行尤妙,传与国语并行。艰辛张籍病瞎,浮夸左丘失明。

昏花废干禄书,麻嗦类辟瘟符。草字见嗤醉秃,小楷难付官奴。

晚岁甘为瞽史,前身不是离娄。喜梵夹书送老,恶巾箱本如锥。

儒医诊肝脉去,小童负药笈从。吾宁作一目鬼,古曾有独眼龙。

熏目不欺暗室,呻吟少下禅床。悟后尽除业障,定中或放毫光。

早耽蔡谱华妙,晚受聃书深长。始悟擘红异味,不如守黑单方。

阁上束三千卷,墙角弃二尺檠。此玉函方不载,无金篦刮亦明。(卷三四,《全宋诗》第 36581 页)

这组诗围绕左目痛,采用六言诗歌的形式,极尽铺叙、用典之能事。每一首都紧扣主题,笔法变化多端,毫不重复,或写目痛的主观感受,或写眼疾造成的客观困境。如第一首,每句都有一个颜色词,在颜色的变化之中,突出眼睛的病变现象;第二首则用聊聊数字将一个青灯黄卷下的老人形象烘托出来;第三首用典写己;第四首从侧面的写字、临帖来表现眼疾。如此等等,真是穷形尽相,纤毫毕现。这样的笔法,所传达出来的不只是刘克庄对六言诗歌技艺的纯熟驾驭,更有他背后积淀的通达的人生观与透悟的生命意识。在如此的颓唐老境中,他并没有完全以一种哀鸣的声音充斥诗作或停止创作,而是将这种肉体的痛楚化解为笔端的千变万化,真挚而全面地展现自我状态。

如果说刘克庄的自适是指向心灵的,那么可以说,他的真率是指向生命的,是自然生命在大千世界中的本真呈现,是作为一个自然人纯粹生命形态的展示。正是这种真率,可以让他跳脱一切的社会芜杂与人世纷扰,直接面对生命本体。他有阕《沁园春·寄竹溪》云:"老子衰颓,晚与亲朋,约法三章。有谈除目者,勒回车马;谈时事者,麾出门墙。"(卷一八七,《后村词笺注》第224页)恰是他为追求真率而表现出来的真率。

综上所述,刘克庄文化性格主要表现为疏狂、旷达、自适、真率,四者植根于同一性格系统,具有深层结构的同一性。另外,它们虽是在共时状态下的共生物,又同时暗藏着一条历史性的线索,即早年的疏狂、中年的旷达、晚年的自适与真率。这些都是他性格中积极的一面,而它们实质上又与消极面的存在形成了互相依存的关系。也就是说,他的积极与消极是互涵互摄的,没有消极因素的激励与反衬,就不会有积极因素的积累与升华。只是作为一个文学家的刘克庄,其文化性格与文学精神,更多地以积极方式呈现,哪怕是中间的郁结、焦虑、失意、颓唐,也是以其疏狂、旷达、自适、真率来表达,并由此将文学笔法的雄奇、心境的开放、性情的闲逸与书写的日常化糅为一体。钱锺书论《中国固有的文学批评的一个特点》认为:"这个特点就是:把文章通盘的人化或生命化(animism)。"[①]基于这样的批评传统,我们不妨说刘克庄的文化性格与其文学精神,都是他生命的外化形式,二者同源异流,共同塑造了其文学的精神面貌,并成为把握刘克庄文学审美特征的情感内核。

---

① 钱锺书《人生边上的边上》,北京:三联书店,2002年,第119页。

第四章　学术和创作:各有其域与多层互动

在晚宋整个文学生态下,学术的全面繁荣,是影响文学创作的重要方面,对此我们在综论中已有所说明①。诚然,学术与文学属于不同领域,各自都有彼此的发展轨迹,其间的互动是复杂而多变的,不可能一言以蔽之。讨论刘克庄的学术与文学,也是如此。不过,虽然它们各有其域,却因宋代士大夫身份的复合性而统一于同一主体,所以,它们之间的对立、交流、滋衍、变异无时无刻不于静默处进行着。在此层面而言,探究学术对文学的影响,就不得不将目光依然锁定在文学家自身的学术背景上。

我们不拟对刘克庄的学术作全面的审视,那将是一个可以另撰一书的浩大工程。并且关于刘克庄与南宋学术的复杂关系及其本人的学术渊源,王宇也已有专书论及,不过其眼光聚焦在学术本身,尤其关注交游关系,而对于学术与文学的互动,着墨甚少。本章所要讨论的则是学术视野下的文学创作,主要是理学思想与史学内蕴对其诗文风貌形成的影响。就这两个论题来说,实质上也已经很大,绝非三两万字可以说透。故而,本书选择各自契合的最佳点切入探讨,既是论述方便的需要,亦或可得一叶而知秋的效果。

---

① 即就当时学术各层面来看,主要表现为史学领域的空前发达,哲学领域的理学独尊和文学批评领域的独立反思。本章所要讨论的学术则排除文学批评,而仅指理学与史学。这固然受笔者能力所限,但也因为讨论刘克庄文学批评(特别是诗学)的论著已经很多,虽仍有拓展空间,却不必在此饶舌。

第一节　学派与文派：理学与文学互动的典型

不管是从地域学术来说，还是从家学传统来看，理学对于刘克庄而言，确实是无时不受其影响的。在《宋元学案》中，他既被列入"艾轩学派"，又是"西山门人"，事实上，如果将其再添入"水心学案"之内，恐怕也不会有人反对，此亦足见其涉学范围之广泛。在他的知识结构与学术背景中，理学是抹不去的框架与底色。不过，涉学之广也同时意味着驳杂，各家各派虽统于"理"之一字，却在许多具体立场和主张上各持一说，甚至相互抵牾。于此矛盾之中，作为颇有自我思想的刘克庄自然有其取舍去从、融液贯注，因而也就形成了他个人的学术谱系与理论脉络。人们最爱提及的一件事例，就是他与真德秀就《文章正宗》诗歌门的选取，出现的不同态度[①]。这件事不仅可以看出他和真德秀在诗歌理论乃至对待艺文的态度之分歧，而且可以看出理学对刘克庄文学的实际作用存在着不同的层面和不同的方向。如果从文学样式的角度观察，越是离学术远的文体（如词），其作用过程就越复杂，越精微，也就越难以厘清线索；而越是与学术近的文体（如承载学术观点的议论性散文），其作用轨迹就越明显，影响也越大，而所涉也越广。是故从研究角度来说，不管是理学与词，还是理学与文，"影响研究"都存在着各自的困境。

然而，就理学与文学的契合深度来看，它与古文的关系无疑最为密切。古文不仅直接体现为新儒学复兴的载体，而且伴随理学发展之始终，可谓同根同源。虽然宋代存在"文道之裂"的实际，却并不妨碍二者的深层交流。特别是到南宋时，"以文传派"的现象十分突出，在某种程度上甚至可以说"有一派之学，必有一

---

① 刘克庄在《戊子答真侍郎论选诗书》（卷一二八，《全宋文》第 328 册，第 367—368 页）中详细阐述了自己对此问题的看法，又在《后村诗话·前集》卷一述及，可参看。

第四章 学术和创作:各有其域与多层互动

派之文",学术主张与古文风格具有内在的联系。有鉴于此,我们即以古文作为探研刘克庄理学与文学互动的最佳对象。

一、学术思考与文学表达

清人李清馥在所著《闽中理学渊源考》中特列"莆田刘氏家世学派"(实即刘克庄一族),并引明儒彭韶(字凤仪,号从吾)之语曰:

> 莆壤土褊小,至宋始成郡而文献特盛。忠惠(蔡襄)、文节(林光朝)、正献(陈俊卿)三五公为之冠冕,最后后村刘先生起而继之,文章流布,事业兼备,论者谓三五公而下一人而已。①

在这段话中,提到刘克庄继莆田先儒而起,乃是以"文章流布,事业兼备",其评价颇高亦切中肯綮。所谓"文章"自然指刘克庄的文人身份,即擅长辞章;所谓"事业"则当指他颇具吏才,官至高位。而在"莆田刘氏家世学派"中,多人著有经学著作,如刘夙《春秋解义》、刘朔《春秋纪年》、刘弥邵《易稿》②等,反倒是代表人物刘克庄没有一部像样的经学著作③,也不见子部论著。未曾有系统阐述自己学术思想的代表作品,却能被誉作"三五公而下一人而已",其中缘由是显而易见的。即在"文章流布"四字中,实则不仅指其擅长辞章,还包括善于用单篇文章表达其学术思想的含义。叶适曾说:"韩愈以来,相承以碑、志、序、记为文章家大典册者,盖已久矣。"④这里所谓"文章家大典册",是指承载作者主要思想并

---

① 见《闽中理学渊源考》卷九,《文渊阁四库全书》本。彭韶此语出自所撰《修复刘后村先生祠堂记》,《彭惠安集》卷三,《文渊阁四库全书》本。
② 见《闽中理学渊源考》卷九,《文渊阁四库全书》本。
③ 其在经筵所著《尚书讲义》、《论语讲义》、《周礼讲义》,篇幅太小,虽包含一定的学术信息,却尚不足称著作。《经义考》卷一九〇载刘克庄著有《春秋㩜》一卷,然并未见时人著录,尚不知其文献来源,存疑。
④ 叶適《习学记言序目》卷四九,北京:中华书局,1977年,第733页。

能在艺术上用心经营的文章。在叶适看来,自韩愈以来,碑、志、序、记即作为古文的主流,为文章家所重视。这个观点虽有其片面性,却慧眼独具,点明了古文创作一个很重要的传统,即除了带有子书性质的论、原、策等文体外,碑、志、序、记四者的内涵实已承担起学术思想传播的重要角色,至少在刘克庄的古文写作中,确实是以此四者最为突出的。故而,刘克庄虽无系统阐述自我学术思想的论著,却在碑、志、序、记等古文写作中表达了其学术主张。

就碑、志、序、记四体与学术的关系而言,实都存在着叙述对象影响叙述内容的问题。即如果对象是一位学者或是与学术相关,其叙述显然就离不开学术思想的表达,其中即便是转述他人话语,也已经过作者的剪裁选择,反映出作者的旨趣;而若对象根本与学术不相关,如所传只是一位普通亲人、所记只是一般楼阁,那么自然也就无"学术的文学表达"之说。因而,我们说的学术思考与文学表达,其实也就是刘克庄碑志序记文及其他古文写作中的一部分而已,这是需要先交代清楚的。

碑和志常连用作"碑志",其所指文体则包括与丧葬有关的碑文(如神道碑)、墓志、墓铭等。其中铭一般是韵文,不在古文之列。刘克庄的碑志文写作,首先是继承宋人碑志史传体的传统属性,写作以客观为上(事实上也无法客观),历述碑主的家世、履历、功绩、节操、子嗣、卒葬等情况,这使得作品详于叙说,且冗滥的缺点很突出,但也得此体之本色;其次才是受当时社会环境和个人知识结构的影响,对碑主进行评论,一定程度折射出刘克庄对待政治、社会、学术等问题的看法,在追求客观的同时打上作者主观的印记。不过,这种主观印记与客观叙述实已融为一体,难以分出单表。其中褒贬取舍的叙述策略,又不仅仅是关乎个人思想意趣的,还要照顾到家属的要求。所以,其深层的影响轨迹,也只能是由碑志而传主,由传主而交游,由交游而学术关系。而这一点,恰是王宇《刘克庄与南宋学术》一书展开论述的基本方法,读者自可参考,这里从略。

序文带有较强的议论性,又因其常随书刊行,也就成为最有利于自我思想传播的文体之一。刘克庄学术师承与理学观点的集中表达,可谓即在于其所撰几篇序文,如卷九四《艾轩集序》、《赵虚斋注庄子内篇序》,卷九五《季父易稿序》、《网山集序》、《乐轩集序》,卷九六《迂斋标注古文序》,卷九八《平湖集序》等等。其中艾轩(林光朝)、网山(林亦之)、乐轩(陈藻),是所谓"艾轩学派"的三位依次相承的代表人物,再下传就是刘克庄挚友林希逸了。刘克庄在给这几位学者文集作序时,有一个重要特点,即强调文辞与义理的统一,通达地对待艺文与思想的关系,这是艾轩学派的传统,也是刘克庄始终坚守的家学底蕴之所在。

刘克庄在《艾轩集序》开篇即云:"以言语文字行世,非先生意也。"历述林光朝学问、名节后,又再云:"以言语文字行世,非先生意也。"(卷九四,《全宋文》第329册,第84—85页,下同)此语之重复,并不是在否定林光朝对待艺文的不重视,恰是在强调他的言语文字达到了很高的高度,怕因"言语文字"而遮蔽其学问名节,所以才如此反复。这自然是刘克庄作序的修辞策略,毕竟谁也不会认为林光朝的文章所达到的水平会超过其理学地位而遮蔽其名节①。同时,这也是刘克庄内心清晰认识艾轩学派传统的必然写法,所以接下来他把林光朝的"学力"与"下笔"糅合在一起,犹以艾轩文章比经书:"先生学力既深,下笔简严,高处逼《檀弓》、《榖梁》,平处犹与韩并驱。"在刘克庄这里,艾轩能以学力之深,而让言语文字高逼六经,实是艺文与学问结合的典范。至《网山集序》,思路也是如此展开:"至于网山论著,句句字字足以明周

---

① 其实刘克庄自己也认识到艾轩文章的缺点,但毕竟为尊者讳,故他曾借人之口委婉地表达过。在《竹溪诗序》中,他说:"乾、淳间,艾轩先生始好深湛之思,加锻炼之功,有经岁月缮一章未就者。尽平生之作不数卷,然以约敌繁、密胜疏、精掩粗,同时惟吕太史赏重,不知者以为迟晦。"(卷九四,《全宋文》第329册,第92页)这里虽是褒扬,却也恰好借"不知者"的口吻说出了林光朝文章"迟晦"的缺点。

公之志,得少林之髓矣。其诗律高妙者绝类唐人,疑老师当避其锋,它文称是。"(卷九五,《全宋文》第 329 册,第 105 页)此处刘克庄先述其文所承载的思想内涵,乃"明周公之志,得少林之髓",然后再说其诗律高妙,实已将二者各表,自然与艾轩融二者为一体的境界又略差一等了。到《乐轩集序》,就只叙陈藻的德行,而于文章一字未评。这三篇文献所呈现出的叙述差异,究竟是缘于刘克庄无意的忽略,还是有意的安排,已难揣度。但就其总体思路来说,对艾轩学派重经通文的推崇却是一贯的。

艾轩学派文道并重的传统以及当时文道分裂的实际倾向,让刘克庄在论述诗文时,特别注意文道关系,他在《平湖集序》中甚至说:

> 本朝五星聚奎,文治比汉唐尤盛。三百馀年间,斯文大节目有二:欧阳公谓昆体盛而古道衰,至水心叶公则谓洛学兴而文字坏。欧、叶皆大宗师,其论如此。余谓昆体若少理致,然东封、西祀,粉饰太平之典,恐非穆修、柳开辈所长;伊洛若欠华藻,然《通书》、《西铭》遂与六经并行,亦恐黄、秦、晁、张诸人所未尝讲。(卷九八,《全宋文》第 329 册,第 163 页)

两个"斯文大节目"均是文道关系的论述,而刘克庄对此则既能见"少理致"的长处,又能见"欠华藻"的价值,并无轩轾。这种融通的学术思想的表达,借助序文传播,自有其现实的指向和意义。《迂斋标注古文序》云:

> 本朝文治虽盛,诸老先生率崇性理,卑艺文。朱主程而抑苏,吕氏《文鉴》去取多朱氏意,水心叶氏又谓洛学兴而文字坏。二论相反,后学殆不知所适从矣。迂斋标注者一百六十有八篇,千变万态,不主一体,有简质者、有葩丽者、有高虚者、有切实者、有峻厉者、有微婉者。夫大匠诲规矩而不诲巧,老将传兵法而不传妙,自昔学者病焉。

第四章 学术和创作:各有其域与多层互动

> 至迂斋则逐章逐句,原其意脉,发其秘藏,与天下后世共之。惟其学之博、心之平,故所采掇尊先秦而不陋汉、唐,尚欧、曾而并取伊洛,矫诸儒相反之论,萃历代能言之作,可以扫去《粹》、《选》而与《文鉴》并行矣。(卷九六,《全宋文》第 329 册,第 125 页)

"二论相反,后学殆不知所适从"即是当时文坛存在的一种迷茫现象。刘克庄赞赏楼昉的选文标准不主一体,尤其是能将欧曾与伊洛并取,"矫诸儒相反之论",深得其意。在这一点上,刘克庄比叶适"欲合周程、欧苏之裂"①的倾向走得更自觉、更坚定,所以他才会批评叶适"洛学起而文字坏"的论调"伤于激"②。总之,对文道关系的思考,是刘克庄文艺思想与学术思想相勾连的重要问题,他在诸多序跋之中都表现出对此问题的高度关注。这带来了其序文议论的严密逻辑性以及理论色彩的加强,而不只停留在以文论文的格局之中,具有充分的现实针对性。与为文集作序而将学术与文章综论不同,《季父易稿序》(卷九五,《全宋文》第 329 册,第 102 页)是一篇纯粹的论理文章,这篇序文是刘克庄阐述"理"与"数"的典型文本。从此文可见,纯粹理论思辨的注入,确实为古文写作带来了"欠华藻"的缺点。在刘克庄努力调和欧曾、伊洛的时候,自己也跟随学派的论学趋向而不可避免地让部分散文创作缺少了艺术之美。

以上选取了几篇序文借以说明刘克庄的学术思考与其古文创作之间的瓜葛。按照叶适的思路,记体文同样是"文章家大典册",而且他说这段话的背景,即在讨论《皇朝文鉴》的"记"之一体,尤为宋人所擅长:"而记,虽愈及宗元,犹未能擅所长也。至

---

① 刘壎《合周程欧苏之裂》,《隐居通议》卷二,《海山仙馆丛书》本。
② 全句云"叶水心常云'洛学起而文字坏',此论伤于激,如游、杨、胡文定父子文皆极工,意者水心未之览耶?"见卷一二九《与游丞相书·二》,《全宋文》第 328 册,第 390 页。

欧、曾、王、苏,始尽其变态。"①在宋人的记体文中,以描述对象分,主要是三类,即山水游记、书画(像)记与建筑记②,其中又以建筑记为主体。在建筑记中,自然景观色彩较强的亭台楼阁又少于人文社会性质突出的学府、祠堂、桥梁、城建等。是故,学府记、祠堂记、社仓记等即成为宣扬自我学术主张和政治理念的重要载体,所以陈师道才有"退之作记,记其事尔;今之记,乃论也"③的判断,杨长孺也曾说魏了翁"至作碑记,虽雄丽典实,大概似一篇好策耳"④,这一特点其实也是伴随新儒学而起。

刘克庄所作八十一篇记文竟是纯一的建筑记,一篇游记都没有。其中祠堂记与学记最具学术思考性质,如卷八九《建宁府学重建明伦堂记》、《鄂州贡士田记》、《修复艾轩祠田记》、《澧州重建州学记》,卷九〇《御书抚州忠孝堂记》、《城山三先生祠记》、《泉州重建忠献堂记》、《邵武军军学贡士庄记》,卷九一《潮州修韩文公庙记》、《重建忠景赵侯庙记》,卷九二《汀州重修学记》、《赵氏义学庄记》,卷九三《泉山书院记》等等,或者表达学术见解,或阐述政

---

① 叶適《习学记言序目》卷四九,北京:中华书局,1977年,第733页。
② 杨庆存将唐宋记体文分为四类,即亭台堂记、山水游记、书画记、杂记。这种分类法综括性较强,但将建筑记名作亭台堂记,却并不准确,因为还有各种修城、祠庙、桥梁、沟渠等等,就有宋一代此类记体文章总数来看,甚至超过亭台堂阁记,故此处不采其说。(见氏著《宋代散文研究》,北京:人民文学出版社,2002年,第194页)关于"记"体文的分类及文体属性,林纾《春觉斋论文》的观点最值得重视,其云:"然勘灾、濬渠、筑塘、修祠宇、纪亭台,当为一类;记书画、记古器物,又别为一类;记山水又别为一类;记琐细奇骇之事,不能入正传者,其名为'书某事',又别为一类;学记则为说理之文,不当用入厅壁;至游讌觞咏之事,又别为一类:综名为'记',而体例实非一。勘灾、濬渠、筑塘,语务严实,必举有益于民生者,始矜重不流于佻。祠宇之记,或表彰神灵,及前贤之宦迹隐德。亭台之记,或伤今悼古,或归美主人之仁贤,务出以高情远韵,勿走尘俗一路,始足传之金石。书画古器物之记,务尚考订,体近于跋尾。……综之,体物工者,作记匪不工;中惟学记一种,非湛深于经学儒术者,不易至也。"(见《历代文话》第7册,第6362—6363页)
③ 陈师道《后山诗话》,《历代诗话》(上),北京:中华书局,1981年,第309页。
④ 罗大经《鹤林玉露》丙编卷二"文章有体"条,北京:中华书局,1983年,第265页。另可参考曾枣庄《论宋人破体为记》一文,《中国典籍与文化》2007年第2期。

治观点,说理性质极浓①。如《建宁府学重建明伦堂记》基本可算作一篇"人伦论":

> 昔者唐虞三代教人之法具存乎经,禼之所敷,箕子之所陈,莫不以伦为首。三纲同然之理,五常固有之善。同然者均赋于天,固有者无待于人,而古人汲汲于明是理者,何哉?盖理与欲对,善与利对。理不胜欲,善不胜利,同然者有时而相远,固有者有时而不存矣。呜呼!固不可以不讲矣。故夫人有圣有愚,理未尝偏;伦有常有变,人鲜能尽。参、晳、夷、齐,常也;舜、申生,变也。常易处,变难处。申生不以亲之耄而亵其恭,舜不以弟之傲而废其友,处变而不失其厚,伦之不容释如此。匹夫匹妇,愚也;周、孔,圣也。愚者能之,圣或不能焉。周公有愧于仁智,夫子谓未能事于君父,修至于圣而不忘自儆,伦之难尽如此。六经载此者也,君师倡此者也,礼乐刑政扶此者也,学校讲此者也,有所讲则有所明矣。公之致美于是堂,岂为学者角词艺、媒利禄之地哉?群居肄习,笃守力行。今日之竭力于亲,异日之尽节于君者也;今日之修于家,异日之措于天下者也;今日之称于宗族乡党,异日之施于蛮貊者也。(卷八九,《全宋文》第330册,第244—245页)

这其实是一篇典型的学记。明伦堂即孔庙礼殿之后的学宫,乃传道授业的讲堂,实际上就是一个大教室,名之为"明伦"者,来自《孟子·滕文公上》"夏曰校,殷曰序,周曰庠,学则三代共之,皆所以明人伦也"之语,名字就已凸显其作为儒家三纲五常伦理观传授处的意义。在此文中,刘克庄拈出"纲"、"常"、"理"、"善"、"欲"、"利"等多对概念,阐述伦理在社会生活中的重要意义,"先教而后政,缓刑而急学",并由亲而至君,由家而至国,将人伦道德

---

① 刘成国《宋代学记研究》一文指出学记一体"南宋以后,学记中叙述的部分从整体上呈现出减少的趋势,议论的成分往往风起云涌,层出不穷"(《文学遗产》2007年第4期)。其实,除了学记,其他如社仓、祠堂等带有公益性质的公共建筑记,也呈现出议论化加强的倾向。

推向君国天下。此文充满了理学家意味,其着意不在辞藻修饰、铺陈叙述,而在论理的清晰、文气的充盈,鲜明地表现出理学作用于古文,不仅在思想的渗透,也带来了语言的变化。林纾所谓"惟学记一种,非湛深于经学儒术者,不易至也"[①]洵为的论。刘克庄能写出这样的文章,虽不能径说他"湛深于经学儒术",却不得不说濡染其间,自有一番工夫。

除了碑、志、序、记,其他如书、跋二体,同样也是古文创作与学术思考交互渗透的文体,这里就不再举例说明了。总之,理学与古文的结缘,带来了理学思想的文学化表达,同时又使得古文充满了理学意识、理学思辨、理学词汇。更为重要的是,二者的相互影响,让学派与文派的关系变得极为紧密,在这个意义上,甚至有学者将学派与文派等同,径直将刘克庄视为艾轩文派的"旁支"。

二、学派别传与文派"旁支"

民国学者刘咸炘撰《宋元文派略述》,曰"南宋之学则程、苏二派,南宋之文则欧、苏二派而已"[②],后又将学派与文派并述曰:

> 南宋学派最盛,为朱、张、陆、吕、陈、叶并峙之时。而吕祖谦、叶適、陈傅良、陈亮皆以文名,皆苏氏之后昆也。傅良、亮又皆学欧。祖谦、傅良,科举之文耳。亮与其友倪朴(文卿)稍能自肆。適,兼工诸体,足以成家,又以文传授,南宋之文成派者惟此而已。……与朱、吕诸人同时讲学,亦以文传派者,又有闽中林氏:林光朝传林亦之,亦之传陈藻,藻传林希逸。其旁支刘克庄。[③]

刘咸炘在此段中尽述欧、苏二文派在南宋的表现形态,乃是以学派的形式展开。故先述"南宋学派最盛"以递推于"南宋之文成派

---

① 林纾《春觉斋论文》,《历代文话》第 7 册,第 6363 页。
② 刘咸炘《文学述林·宋元文派略述》,《历代文话》第 10 册,第 9754 页。
③ 刘咸炘《文学述林·宋元文派略述》,《历代文话》第 10 册,第 9755 页。

者惟此而已",又于此外特别说明艾轩一派亦"以文传派",并将刘克庄列为此派"旁支"。其观点显然是将学派与文派并而观之,从学派的分合、正变角度观察文派的递嬗。且不管其结论是否正确,但这一论述角度确实把握住了南宋散文,特别是南宋中后期散文的总体趋向——即学派与文派纠结一起,相互促进、相互制约的态势①。这其实不是刘咸炘的"私见",而几乎是一种"公论"。陈康黼《古今文派述略》也说:

> 南渡以后,国势变而文亦不振。周子充之宽廓、陈君举之空疏、叶水心之平实、陈同甫之粗豪,当时号称能文者,尚不免此弊。惟东莱吕祖谦文笔俊爽,颇能步武东坡。第《博议》一书,乃其少作,未免有掉弄虚机之诮。朱子亦谓:"伯恭之文,失之纤巧。"诚不易之论也。故南宋之文,必以朱子为大家。②

陈氏所列诸家除周必大非以理学家名世者,其他均是学派中人,而推朱熹为南宋文章第一人。刘、陈二人都看到了学派与文派之间不可分割的紧密关系。也就是说,理学对古文的渗透不仅在具体细微的个人写作笔法,还在竞相立说的派别"斗争"之中,这也是前文所言"有一派之学,必有一派之文"的立论基点和部分合理性所在。

不过,我们又必须强调,南宋理学对古文的作用虽影响到文派的形成,然文派却并非学派的附庸。尽管二者关系密切,但是仍有各自的一套演进轨迹与阵营分布,至少它们的历史发展脉络是不尽相同的。一些文学史上重要的晚宋作家,并不一定会有明确的学派归属。即便在学派之中,学与文也存在不同的人物谱

---

① 关于南宋学派与文派的关系,主要有朱迎平《宋文发展整体观及南宋散文评价》(《复旦学报》1998年第4期)和熊礼汇《南宋学派之争和散文流派的形成》(《中国古代散文艺术史论》,武汉:湖北人民出版社,2005年)二文可参考。
② 陈康黼《古今文派述略·宋及金元时之文派》,《历代文话》第9册,第8167—8168页。

系。比如大家关注较多的永嘉一派①,就学派来说当始于郑伯熊、薛季宣,其突出线索为薛季宣——陈傅良——叶适。而就文派来说则宜将叶适作为宗师,其代表线索为叶适——陈耆卿——吴子良——舒岳祥,所谓"水心工文,故弟子多流于辞章"②也。故而,就艾轩学派来说,林光朝——林亦之——陈藻——林希逸的线性脉络及将刘克庄列作"旁支"自然不错,但若将艾轩一派亦看作"文派",并将刘克庄列为文派的"旁支",就不尽符合实际了。至少,就当时以文章名世者,刘克庄之盛名绝对在艾轩其他弟子、再传弟子之上,如果"艾轩文派"能够成立,那么其代表人物当推刘克庄与林希逸,他们二人均可算晚宋散文一大作手。

然而,诚如上文讨论古文写作与学术思索之间的关系一样,学派与文派之间的关系也涉及文章论述对象的问题。换言之,作家的创作归于某一派,实际上有其局限性,特别是古文,所含体裁、风格是多样的。将刘克庄列为"艾轩文派"是从那些论学古文来看的,也就是上文所谈到的"大典册"中的部分文字。但除了"大典册"之外的其他古文,似不可轻率套以"艾轩文派"学文合一的帽子。这一点,我们可以从一些材料在讨论风格继承问题时,特别强调文体看出。如林希逸《丘退斋文集序》曾叙述艾轩一派之文云:

> 有文字来,为文之士谁不欲用于世,然而有不可必者,天也,非人也。老艾一宗之学,固非止于为文,而艾轩之文,视乾、淳诸老为绝出。一再传之间,如大著、正字二刘,季冶黄怀安,网山、乐轩二先生,黄石吴叔达是皆笔斡造化者。网山奥而清,乐轩奇而法,虽诸高弟,亦当避之。然艾轩立朝不久,二刘尤日浅,奏篇讲卷已惊骇一世,其馀皆以穷死,使人

---

① 朱迎平《宋文论稿》(上海:上海财经大学出版社,2003年)与马茂军《宋代散文史论》(北京:中华书局,2008年)有专节讨论"永嘉文派"。马书的其他分派尚可商榷,如沿袭诗派思路专列"江湖文派"就颇显牵强,但永嘉一派可成立庶几为学界共识。
② 黄宗羲原著、全祖望补修《宋元学案》卷五四,北京:中华书局,1986年,第1738页。

人得吐其所有,是为何等人物。余尝为世惜之。①

林希逸认为"老艾一宗非止于为文",而其文却能"绝出",其中刘克庄之祖"二刘"先生即以"奏篇讲卷"惊骇一世,强调的是奏议继承了艾轩风骨。但汤巾曾对林希逸说:"子得潜夫对疏乎?言所难言,非特词章为妙。西山之门,此为巨擘。"②可见,汤巾认为刘克庄的"对疏"继承了真德秀风格。

这里显然涉及文体风格问题。也就是说,古文创作并非铁板一块,一体有一体的承续线索,宜略作区别。我们可以大致将刘克庄的古文创作分为四种:一是政论性散文,包括奏议、劄子、申状等;二是学术性论文,包括部分书、序、记、题跋、碑志等;三是闲适性小品文,包括部分记、序、题跋、诗话等;四是纪实性散文,包括史书性质的《玉牒初草》、《杂记》和碑志、行状、判文等。此四者体现了四种文章面相:官员之文、学者之文、文人之文和史家之文。风格不尽相同,所运用的知识储备与创作思维也存在差异。我们在讲刘克庄为"艾轩文派"成员时,是从学术性论文来看的;汤巾讲刘克庄为"西山之门,此为巨擘",则是从政论性散文来说的。刘克庄自己对此也有所认识,他在评价游似文集时就曾说:"盖兴寄在诗,名节在奏篇,言论风旨在记、序、题跋、策、谥之属,叙事在志状,游戏翰墨在骈俪。"(卷一二九,《与游丞相书》,《全宋文》第328册,第390页)古文诸体,各有用意所在,由此明矣。

由于晚宋散文的主流,是官员之文与学者之文,所以在"大典册"与"小品文"之间,"大典册"才是决定其人在当时文坛地位的关键因素。赵汝谈说刘克庄"散语与水心不相上下"(《行状》),也是指其所作"大典册"。从这个意义上说,如果要将刘克庄归入文派,还是以"艾轩文派"为妥。刘克庄又曾说:"岂非儒学吏事,粗言细语,同一机械,有不可得而废欤?"(卷一九三,"判词跋尾",《全宋文》第327册,第436页)其态度与永嘉一派极为相近,这是

---

① 林希逸《竹溪鬳斋十一稿续集》卷一二,《文渊阁四库全书》本。
② 林希逸《后村居士集序》,《全宋文》第335册,第340页。

艾轩之学与永嘉之学的一致性造成,与文派归属并不矛盾。从另一方面来看,"终宋之世,艾轩之学,别为源流"①,我们由此也可以说刘克庄之文,融贯诸家,不主一体,实亦可自成一派。

以上议论,看似摇摆不定,却与实际情况相符。刘克庄古文博取诸家之长是当时文坛所公认的,这不仅表现在其创作实践,同时也突出表现在其融通各派、转益多师的文学理论主张。而晚宋文派之间的分野也并非泾渭分明,此一特点恰与《宋元学案》以各派互见的方法排列学者所反映出的学派交杂现象相似。

概言之,晚宋散文衍变与学派发展紧密相连,二者关系密切又各有其域,我们不能简单地将学派与文派合一对待,也不能完全无视学派对文派形成的强烈影响。或许,以学派为参考坐标,结合文体分类因素考虑,能够更为准确地把握晚宋散文的发展线索。而对刘克庄古文与学派之间关系的探讨,即是折射学派与文派复杂关系之显例。

第二节 史诗与史实:诗文的咏史用典与史学

淳祐六年(1246)八月二十四日,刘克庄兼国史院编修官,实录院检讨官。就在此前一天(八月二十三日),宋理宗当面赞誉他说:"朕知卿久著文名,且有史学,当盼锡第之命,兼任修纂之事。"(卷五二,《录圣语奏申状》,第327册,第260页)继而在赐同进士出身御制中公开表彰他"文名久著,史学尤精"(卷七六,《辞免赐同进士出身除秘少状·一》,第327册,第280页)。南宋史学极为发达,其间成就,众所周知,毋庸赘言②。刘克庄能在这样的环境中被官方认可其史学修养,其精于史学的程度可想而知。细思之,这一认可的来源,颇显特别。刘克庄在此前并未有任何史学著作,也未曾参与任何修史组织,却获得了宋理宗如此称誉。最

---

① 黄宗羲原著、全祖望补修《宋元学案》卷四七,第1470页。
② 其具体情况只需参考新近出版的燕永成《南宋史学研究》(兰州:甘肃人民出版社,2007年)、罗炳良《南宋史学史》(北京:人民出版社,2008年)二书即可概知。

可能的解释,即在其诗文创作中,表现出了深厚的史学根柢而为大家所注目,因为其诗文当时已在朝野广为流布了。事实确实如此,在刘克庄的诗文作品中,我们随处可以看出他渊博的历史知识、敏锐的历史感觉和独到的历史见解。史学的学术背景无疑对他的文学题材选择与风格形成产生了多层面的影响。

在刘克庄文学创作中,史学素养留下痕迹最重者,至少有两个方面值得强调:一是利用诗歌形式,表达史论观点,突出表现在其众多的咏史诗之中;二是利用熟稔历史的优势,自如驱使典故,或编排诗词成语、或组织四六对仗、或引证古文论述,由此形成了其诗文独特的用典特色。下面即以此二者分述之。

一、咏史组诗的深层透视

据统计,刘克庄的怀古咏史诗有三百首左右[①],其表现形态主要为三种:一是以游览古迹名胜为主的感怀诗,如卷一《魏太武庙》、《张丽华墓》;二是以阅读史书为主的读史诗,如卷三七《读严光传二首》,卷三九《读秦纪七绝》;三是以褒贬人物为主的杂咏诗,如卷四五《蔡奴》,卷四七《曹孟德》。此三者一般均可看作咏史作品,而本书要关注的乃在最后一种。其最具代表性者即卷十四、卷十五的两组《杂咏一百首》,计诗两百首整。

这两百首咏史诗,作于淳祐四年(1244),时刘克庄在江东提刑任上。《跋江咨龙注梅百咏》回忆说:"忆使江东时,作五言咏史绝句二百首,游丞相爱之,置书笈中,虽入省以自随。书谓余曰:'每篇虽二十言,实一篇好论。宜令子弟注出处板行。'然余子弟竟未暇为。"(卷一一〇,《全宋文》第330册,第66页)从这则材料

---

① 关于刘克庄的咏史诗,王述尧已有简单梳理,可参《刘克庄与南宋后期文学研究》第二章第二节。怀古、咏史诗有时很难区分,所以王述尧统计为三百二十馀首(第52页),而张小丽《宋代咏史诗研究》统计为二百七十三首(陕西师范大学博士论文,2006年,第41页),盖因各自标准不同,实难统一,故此处用约数。另,关于"咏史"与"怀古"的区别与联系,学界讨论甚多,这里不再赘述。我们下文要谈论的咏史诗,主要指狭义的咏史,而不包括一般的怀古诗。

中,我们不仅可以推知其创作的大概时间,而且还可对这组作品当时的流传走向有所了解。前文已言,刘克庄在淳祐六年被擢入史馆前,并无任何史学论著,而这组作品显然是他当时涉史诗文中最有力的作品。恰好,它们又被时为丞相的游似带入首都,甚至"入省以自随",理宗及皇宫大臣们是极有可能读到此作的。由此大胆猜测,其史学盛名或许主要就是因这组作品的问世而获得。

那么,这组作品究竟具有怎样的史学特质,而能借以直窥作者史家风范呢?为便论述,不妨先就其总体情况作一介绍。组诗以五言绝句出之,每首以人名为题,一诗论一人,十人为一组,每组之中又以时间为序,依次评论了二十组两百位历史人物,主要是正史中记载的真实人物,也杂有极少数文学作品中虚构的人物形象,如宋玉《登徒子好色赋》中的"东家女"。他的分组虽是以人为基础,但其实质是以作品的中心议题归类,而不在对象的主要身份。如李白归在"十臣",因其着眼于李白与唐玄宗、杨贵妃的紧张关系;庄子归在"十辩",乃特别在意于庄子的"夸大"、"形容",由此分别作:十臣、十子、十节、十隐、十儒、十勇、十仙、十释、十妇、十妾;十豪、十辩、十智、十贪、十悭、十嬖、十医、十卜、十稚、十女。因为分类出发点实为议题,所以标准并不统一,其中所谓"臣"、"子"、"妇"、"妾"、"女"等都在于人伦关系,议论的是"为人臣"、"为人子"、"为人妇"等历史上的重要人物;而"节"、"勇"、"豪"、"辩"、"智"、"贪"、"悭"等则出乎个性品格;"隐"、"儒"、"仙"、"释"、"医"、"卜"又是社会身份。如此分类,不拘一格,其议题灵活而集中,不失为一种方法,是故谓之"杂咏"。另外,围绕同一议题,其态度也并不一致,如同在"十臣",有得君而行道者,有失君而自洁者;同在"十智",有正面赞许历史人物的智慧,也有反面叹息对象的不智。这样,就使得组诗的议论方向具有变化性,而不死板。

从咏史诗本身的发展脉络来看,自晚唐开始,已存在两条平行的线索:一是带有情感的咏史,实为抒怀的变异,这类作品的创作一般具有偶然性与随意性;二是以理性的态度咏史,对人物事件进行评论,其特点常常是以组诗形态出现,具有系统性[①]。像刘克庄《杂咏一百首》这类作品不带个人情感,纯以议论历史人物为主要特征的咏史之作,当以晚唐胡曾为开拓者,故而张政烺径直说:"咏史诗始于胡曾,前无所承,与汉、魏人之咏史绝无关系。"[②]张氏当然不可能不知道咏史诗始于班固,他的论断自然是特指纯然以评论历史事件、历史人物为主要内容,而不具咏怀性质的诗作。这类作品自晚唐始兴,至南宋而大盛。张政烺在掌握丰富材料后,论定它们"约有两种用途:一用为训蒙课本,二用为讲史话本"[③],这当然是极具识见的。不过,刘克庄创作这两百首咏史诗,其出发点似不在此二途。

与胡曾开辟的新咏史诗传统相较,刘克庄的这组作品有两个特点值得重视。首先是形式上,这类咏史作品一般喜爱采用七言绝句,而刘克庄采用的却是五言绝句,其容量较七绝少了八个字,创作难度也就增加许多,采用五绝咏史是组诗咏史中很少见的;其次是手法上,胡曾以来的咏史七绝,在艺术表达手法上几成定式,以至于被斥为"辗转模拟,程式相因,既无当于文艺,亦无裨于史学"[④],莫砺锋也曾将其中套式归纳为如下四种:"如果无此原因,……怎会有此结果"、"为何有如此之事"、"谁知会有如此之事"、"今日惟存景物,古人不复可见",并对这四种模式进行了艺术优缺点的分析[⑤]。但刘克庄这组作品,虽于艺术上并不见特别成就,却大体跳脱了这样的程式,这是很难得的。

从这两个特点观察,几乎可以说,刘克庄创作这组作品,是具有较浓厚的创新意识和深层意图在的,而不在于提供训蒙教材与

---

① 关于这两个传承系统的简单梳理,可参莫砺锋《论晚唐的咏史组诗》,载《唐宋诗论稿》,沈阳:辽海出版社,2001年,第191—199页。
② 张政烺《讲史与咏史诗》,《张政烺文史论集》,北京:中华书局,2004年,第165页。
③ 张政烺《讲史与咏史诗》,《张政烺文史论集》,第139—140页。
④ 张政烺《讲史与咏史诗》,《张政烺文史论集》,第154页。
⑤ 莫砺锋《论晚唐的咏史组诗》,《唐宋诗论稿》,第199—201页。

讲史话本——当然,这两点用途仍不排除,比如所谓"宜令子弟注出处板行"即是欲作训蒙教材耳——也不在于有益于世教而已①。那么,其深层意图何在呢?我认为,它们之中所表现出的形式与内容的创新,背后隐藏的其实是创作思想的改易与史学积累的迸发。换言之,刘克庄的这组作品之所以能够跳出程式,是源于他博洽的史才与精敏的史识。他试图在简短的二十字中,以极为凝练的语言和高度的概括力写出自己对历史人物独到的评价。这一创作初衷,具有强烈的史论表达意识,是要"寓论于诗",自然也就使得它们具有异乎寻常的史学品质。

更为确切地说,这两组作品自觉地继承胡曾以来的咏史传统,而不是班固、左思以来的传统,其着眼点就已在"为咏史而咏史"。它们是"以才学为诗"的极端表现形式,所要展示的并非诗歌本身的艺术美,而在于能够在五绝有限的字数中,表达自己的史学见解。在这里,刘克庄是用一种"玩魔方"的心态,挑战自我的诗歌语言能力与历史评断功底。从文学角度来看,这组作品是诗歌语言对史学论断的尝试性征服;而从史学角度来说,则又是刘克庄史识、史断的一次集中展现。它们不是感怀,毫无寄托,而是诗歌技巧与史学见解的一种碰撞,是二者相互渗透的结晶。

刘克庄认为,咏史诗成功的关键在于"意新"。他在《后村诗话》中评论前人咏史诸作,无不以意新与否作为评价标准。如论郑清之《昭君诗》"意新而理长"(卷一七四,《后村诗话》第35页),论曾巩《明妃曲》"诸家之所未发"(卷一七五,《后村诗话》第53页),都是从立意角度评价。对于咏史之作,他并不在意诗歌语言是否流丽、气格是否高古,而在构思是否巧妙、议论是否精警。这一观点,费衮《梁谿漫志》有集中表述:

> 诗人咏史最难,须要在作史者不到处别生眼目,正如断案,不为胥吏所欺。一两语中须能说出本情。使后人看之,

---

① 张焕玲认为这组作品乃"在有益于'世教民彝'的创作宗旨指导下"而成,其结论尚须再斟酌。见《宋代咏史组诗考论》,陕西师范大学硕士论文,2008年,第23页。

便是一篇史赞。此非具眼者不能。自唐以来,本朝诗人最工为之。①

刘克庄在两组《杂咏一百首》中所追求的,就是这种"一两语中说出本情"、"一篇史赞"的效果。同时,他认为意新并不意味着要刻意求奇,而是要在符合史实的基础上发表议论且切中肯綮,这就要求作者必须熟悉历史材料,并具有一定的史识,而不只是作为一个"风人"随便发几句新鲜的感慨而已。他曾评价方寔孙的咏史诗说:"余谓君尚论古人,不必求奇,但以此篇意义为准的,虽不中,不远矣。然前辈咏史皆简切可讽味,今累百言,押十韵,失之繁,斲而小之乃善。"(卷一〇〇,《跋方寔孙咏史诗》,《全宋文》第329册,第225页)这位方寔孙并非一般的诗友后生,他是一位专注历史的学者,后亦曾应邀入史馆,并著有《史断》一书(卷一〇七,《跋方寔孙经史说》,《全宋文》第329册,第404页)。在此,刘克庄的评人之语,实质上也是自己所追求的目标,他要求咏史诗在意新的同时"简切可讽味",其实是对咏史之作在史识的要求之外,又强调了诗歌语言的凝练,这大概也是他采用五绝而不用七绝的原因。

在"意新"、"简切可讽"之外,对于以人物为题的咏史诗,刘克庄还强调另一个重要特点,即"当人可用"。他在《后村诗话·后集》中曾就贾岛的两首哀挽诗提了看法,其云:

> 贾岛《哭孟郊》云:"家近登山道,诗随过海船。"此为郊写真也。及《哭张籍》云:"即日是前古,何人耕此坟。"施之他人皆可,何必籍也?籍尽有可说,今八句无一字着题,良不可晓。(卷一七五,《后村诗话》第42页)

哀挽诗许多时候也就是咏人,只是对象为自己相识的人,而非历史人物。在这一点上,哀挽诗与纯人物性咏史诗,是具有相通之处的。刘克庄认为贾岛《哭张籍》所咏"施之他人皆可"而"无一字

---

① 费衮《梁谿漫志》卷七,上海:上海古籍出版社,1985年,第75页。

着题",这显然是咏人大忌。何焯《义门读书记》曾云:"咏史者不过美其事而咏叹之,檃栝本传,不加藻饰,此正体也。"①所谓"檃栝本传",就是要将对象的史载相关事迹在充分了解的基础上,提炼出关键性特点,进行概括。何氏此语实道出刘克庄虽未明言,却一直实践着的咏史诗创作原则,也是《杂咏一百首》的创作指导思想,即要求作品不能只是泛泛而论,应能抓住人物的特质进行论断。如组诗"十臣"之《刘蕡》:"貂珰窃大柄,韦布献孤忠。榜出惟风汉,无名在选中。"二十字已将刘蕡的气节与遭遇概括无遗。刘蕡因一篇试策揭露宦官弊政而得罪当权,文辞出色,却榜中无名,是为可叹。刘克庄只用"孤忠"一词,就表明了他的态度与刘蕡的品格,真可当"简切"二字,又恰可以"檃栝本传,不加藻饰"移评。当然,所谓"风汉"(即疯汉),并不载于新旧《唐书》刘蕡本传,而见于佚名的《玉泉子》一书。这又可见刘克庄取材范围之广,并不是仅仅照着一篇"本传"专意琢磨出来的,而是史学积累的自然流露。

简言之,刘克庄的两组《杂咏一百首》就是将史论的内容表达贯彻于诗歌的形式要求之中,其优点是尽力图新、言辞简切。正如前文所言,由于有充沛的史学学养支持,所以他能在一定程度上突破胡曾以来此类咏史诗的局限,并对之进行改创。是故,陆文圭曾称赞这组作品说:"后潜夫自作'十臣'、'十佞'等五言百首,句简而括,意深而确,前无此体,视胡曾《咏史》直可唾去。"②虽有过誉之嫌,却也说明刘克庄在这一体咏史诗上的努力是有所成就的。

毋庸讳言,这组作品的缺点也很明显。清人沈德潜在《说诗晬语》中议论历代咏史诗时说:"后人粘着一事,明白断案,此史论也,非诗格也,至胡曾绝句百篇,尤为堕入恶道。"③对胡曾以来的咏史传统,直接断为"史论"而非"诗格",观点虽显偏激,却说出了

---

① 何焯《义门读书记》卷四六,北京:中华书局,1987年,第893页。
② 陆文圭《跋蒋民瞻咏史诗》,《墙东类稿》卷九,《文渊阁四库全书》本。
③ 沈德潜《说诗晬语》卷下,北京:人民文学出版社,1979年,第244页。

一个重要事实。史论意识强行贯注于诗歌形式之中,多少会对诗歌艺术本身所追求的言辞之美有所损伤,所谓"虽著议论,无隽永之味,又似史赞一派,俱非诗也"①。刘克庄的杂咏诗虽已尽力于"可讽味"的追求,却仍摆脱不了"无隽永之味"的现实。某些作品不仅质木无文,而且在构思上也并不成功,已是纯然一篇有韵史赞而已了。

总之,不管是这组诗歌所取得的成绩,还是存在的缺失,其本质都是浓厚的史学意识渗透文学所导致的。作为一个饱读史书且具有独立史学见解的学者,同时又作为一个深刻认识到诗歌语言独特性的诗人,刘克庄花较大精力专意于五言咏史组诗的创作,既是对诗歌语言包蕴能力的一种拓展与测试,也是对自我史断能力的全面审视与检验。应该说,深厚的史学背景与强烈的表达兴趣,是促成刘克庄创作这组作品的先决条件与内在动因,没有他个人对历史的感悟,就不会有这样集中的咏史组诗出现。在晚年,刘克庄曾将多首被剔除过的此类咏史少作纳入诗集之中②,这一举动或许意味着他对这类作品意义与价值的再发现,也似乎象征着他对史学与诗学碰撞结晶的倍加珍惜。

二、使事用典与诗文风格

以今日文学样式观之,刘克庄的文学创作主要有诗、词、赋、四六、古文五类,五者各有成就,也各有不同的审美追求,这是毫无疑问的。但是在刘克庄笔下,此五者在用笔趣味上却有一个十分突出的共同点,即都充满故实,都有非常明显的使事用典痕迹。这可以说恰是刘克庄深厚的史学修养所铸就的诗、词、文趣味趋同。

诗文的使事用典,是中国古典文学极具特色的传统,其发展历史悠久,美学效果显著,对中国古典诗文言少意多、渊雅含蓄的

---

① 袁枚《随园诗话》卷二,北京:人民文学出版社,1982年,第58页。
② 诗集卷四七所收《曹孟德》、《孙伯符》、《刘玄德》诸诗均标明为"少作"。

群体风格产生了重要影响。自汉魏以来,使事用典即备受文人青睐,特别是到了宋代,在普遍的人文旨趣与书卷精神影响下,这一传统得到了空前的弘扬。其时诗中的苏黄、词中的苏辛,无不是用典高手,几可谓登峰造极。至于古文中史实的引证排比、四六中典故的雕琢融化,其所擅用者,亦是比比皆是。刘克庄在其诗文中大掉书袋,用典的水平虽然赶不上苏黄、苏辛,却也是宋代文坛中驱使典故的高手,绝非一般文士可比,这显然得益于其史学知识的丰富储备。概括来说,闳洽的史才带来了其诗文使事用典的四个主要特点,即广、僻、密、切。

所谓"广",主要有两层含义,一是典故来源广,经史子集自不必说,就史书一项也包括正史、杂史、传说、笔记等各类典籍。如《冬夜读几案间杂书得六言二十首》之六曰:"举世尽兄孔方,无人敢卿五郎。客喜大夫粪苦,奴夸太尉足香。"(卷二四,《全宋诗》第36459页)总共才四句,却句句有典。第一句语出鲁褒《钱神论》,第二句出《新唐书·宋璟传》,第三句又用《旧唐书·酷吏传》郭霸事,第四句出苏轼《仇池笔记》,正史与笔记交用。二是使用文体广,诗、词、文、赋、四六各体均用也不必说,就诗之一项,他在不适合用典的五律中,也常常编排典实于其中,以至于获得了"饱满四灵,用事冗塞"①的恶评。如《林贡士哀诗》:"秋赋空高荐,春官辄报闻。坡公遗李鹰,邰辈愧刘蕡。铁砚三升墨,银袍四尺坟。自言阴骘远,鹤表会干云。"(卷一八,《全宋诗》第36381页)事典、语典充斥五律之中,虽然用得尚不太生涩,却已尽失五律清丽传统。

与之相应,由于用典范围广,也就带来了用典之"僻"。所谓僻典,至少包括三种情况:一是正统经史之中常人较少涉及的一些细节、故实;二是儒家经史之外的典故,如佛道典藏、说部书籍之中的故事等;三是多数本朝故事,它们尚未成为经典,流传时间较短,接受范围比较有限,所以也可算"僻典"一类。本来诗文用

---

① 方回选评、李庆甲集评校点《瀛奎律髓汇评》卷四二,上海:上海古籍出版社,2005年,第1501页。

第四章　学术和创作：各有其域与多层互动　　　　　　　　　227

典是要讲究生熟相佐的,不能一味用陈词滥调,也不可太过生涩,二者相济才能既有"陌生化"带来的审美快感,又不至于太妨碍读者的阅读接受。刘克庄在诗文中屡用僻典,这仅从诗歌中常常出现的"自注"即可看出。如《即事四首》"野人只识羹芹美,相国安知食笋甘"(卷七,《全宋诗》第36243页),自注:"富郑公事。"此事出《邵氏闻见前录》卷十八,为本朝故事;《食早荔七首》"帝悯此翁颜色老,即家除拜荔支仙"(卷三六,《全宋诗》第36601页),自注:"《列仙传》有荔支仙人。"出自经史之外的传奇子书;《卫生一首》"寄声禽大休轻出,莫向荒山点水滨"(卷四五,《全宋诗》第36705页),自注:"出东坡《艾子》。"典源不仅是杂记,还是本朝杂记;《先识一首》"蚊蝱纵使皆成佛,鸡犬何修得上天"(卷四六,《全宋诗》第36723页),自注:"出《圆觉》。"即是用佛经故事。如此等等,俯仰皆是。其所未注明者,又倍胜于此。屡用僻典,主要是一种特殊审美趣味的驱使,同时又是其史学知识富赡的表现。

广、僻之外,典故排列密集也是刘克庄博洽的史才带来的诗文用典特点。典故之密,可能造成两种相反的审美效果,用得恰到好处可让人应接不暇,精彩纷呈;用得不好,则让句子变得晦涩、冗沓。刘克庄的诗词之中,密集用典的成功案例不少,失败的例子也很多,但总体来说,这样的铺排多少有点难以融化的味道,并未得到后世的肯定。如《汉宫春·陈尚书生日》:

　　公似寒梅,向层冰积雪,越样清奇。仙溪前辈相望,可比方谁。百篇剀切,似君谟、又似当时。更正简,相君颛面,崇清老子庞眉。　　未可卷怀袖手,续平泉庄记,绿野堂诗。苦言譬如食榄,回味方思。嗣皇访落,怪鹤书、直恁来迟。烦借问,二童一马,几时入尉瞻仪。(卷一八七,《后村词笺注》第232页)

该词为贺寿之作,起句清丽,上片后半段以问句"可比方谁"领起,连列四个兴化名人相比,即蔡襄(君谟)、陈次升(当时)、叶颙(正简)、陈谠(崇清)。下片再以李德裕、裴度、司马光等人的事典、语典交相铺排。此词用典既僻又密,特别是上片,虽就赠贺对象而言,叠用本朝本地典故极为贴切,但就一般阅读效果来说并不佳。另如《杂咏一首》:"晴是羲和喜,阴是嫦娥妒。暖是青帝来,凉是赤熛去。灾是旄头出,祥是奎星聚。雷是阿香嗔,涛是灵胥怒。"(卷四六,《全宋诗》第36724页)直以代名词排列,一句一典,也并不成功,或许只是刘克庄对诗歌语言惯用模式的故意"挑衅"。另外,窃以为钱锺书《宋诗选注》里说刘克庄"事先把搜集的典故成语分门别类做好了些对偶,题目一到手就马上拼凑成篇"①,主要也是针对这样一种过于密集排比事偶的情况而论,密集而不化,是为堆砌。

如果说以上三点之中,更多的是充盈的史料储备贯注文学而带来的消极影响,那么其积极影响则表现为用典的"切"。典故的使用,要达到其所追求的审美效果,并不在多少与疏密,只要能切当,就各得好处。这自然是文人们所深知的,但并不容易达到。因为"切"其实要建立在"广"之上,优裕的学养才是达到用典贴切的重要基础。由于刘克庄熟悉史料,所以他总是能够找到最佳的故实剪裁运用,贴切地喻今事于古事之中,最为成功地发挥典故作为凝练艺术符号的功用。刘克庄诗歌用典之切,韦居安《梅磵诗话》曾有所评析,他对刘克庄《即事》"辛苦谋身无瓮算,殷勤娱耳有瓶笙"、《七十四吟》"生惭族老封高尚,死慕先贤谥醉吟"、《观元祐党籍碑》"稍宽末后因奎宿,暂仆中间为彗星"三联诗句,进行了详细解读,认为其用典"尤的"②,结论是真实可信的。

在骈文与古文的写作中,刘克庄也善于用典。不必另寻他例,我们仅以上海图书馆藏杨廉所评刘克庄文拈出一二即可窥知③。如《拟谢宣召入院表》云:

> 始虽忤旨而弗容,终乃弃瑕而复用。修除翰苑在环滁出守之馀,轼侍禁廷亦赤壁归来之后。岂非加岁月则其文老,经忧患则其虑长。遂居邃严,以备顾问。(卷一一五,《全宋文》第327册,第222页)

---

① 钱锺书《宋诗选注》,北京:人民文学出版社,1994年,第250页。
② 韦居安《梅磵诗话》卷中、卷下,《宛委别藏》本。景红录《刘克庄诗歌研究》(第204—206页)对此三则材料已有所说明,故此处从略。
③ 下文所引杨廉评语均参本书附录三《上海图书馆藏明杨廉评点刘克庄文全录》。

这里运用欧阳修与苏轼之事,不仅能紧扣题目,而且引事既是阐述前一句"始虽忤旨而弗容,终乃弃瑕而复用"之意,又恰引出"加岁月则其文老,经忧患则其虑长"之叹,浑然一体,十分切当。故而杨廉评云:"引用甚切,虽本朝人亦何害为故事哉?名言,名言。"

又如《福清县创大参陈公生祠记》一段:

> 公之建是言也,非私其邑之人也,儒者家法然也。齐设衡麓舟鲛之官,以笼山海薮泽之利,姑尤、聊、摄之人群起而诅;尹铎为邑,减其户租,晋阳之人卒怀其惠。众之为是祠也,非私公之赐也,民之秉彝然也。(卷八八,《全宋文》第330册,第233页)

此文叙述陈贵谊为福清免赋之请,而受到了福清民众的拥戴,并为之创生祠。刘克庄认为陈的行为是"儒者家法然也",而民众为祠,则是"民之秉彝然也"。中间以"齐设衡麓舟鲛之官"为反例,"尹铎为邑"为正例,恰到好处地对论点进行了阐述,所以杨廉评其"引证得是"。在评点《陈孺人墓志铭》时,杨廉又云:"后村墓文,叙事之外引证古事,篇篇如此,此皆笔力思致有馀,所谓贾予馀勇者也。视韩、柳、欧、苏,青出于蓝,后人亦难乎措手矣。"这也是对其善于贴切用事而达到的古文艺术水平所表示的肯定。

毫无疑问,正是刘克庄深厚的史学功底,才能让他在诗文创作中驱使典故如信手拈来且左右逢源。倘若没有对史料的烂熟于心,而仅是在类书中徘徊寻觅,显然是不可能有此表现的。诗文用典的贴切,同时带来了用典之"奇"。杨廉在评点刘克庄《题丘攀桂月林图》"夫题品泉石,模写景物,惟实故切,惟切故奇"之句时云:"'惟切故奇',此后村诗法也。"可谓慧眼独具。所谓"奇",当然可以理解为其用典精切而带来的出人意料的效果。刘克庄在诗歌中追求"的对",其实就是"惟切故奇"的一种表现。我在分析他的六言诗"事偶尤精"[①]时,曾举一例云:

---

① 叶寘《爱日斋丛钞》卷三云:"今后村集中多六言,事偶尤精,近代诗家所难也。"

如卷四八《又六言二首》:"骊女逐金玦子,玉环养锦绷儿。"从用事内容来看,出句用春秋时晋太子申生被骊姬所逐事,对句用明皇时杨贵妃通安禄山事,两事都与其时所认为的"红颜祸水"相关。而从语言对偶来看,人名对人名、动词对动词、代称对代称自不必说,单一个字一个字看来都是对得工整的,"骊"本为姓氏,然此字时有通"丽"字用,这就给读者直观上有富贵华丽的感觉了;而对句用"玉"字,也是高贵的物品。再,"金"对"锦"——为修饰金属之贵者,一为修饰布匹之贵者。又"玦"对"绷"金属对布匹也不必说,"玦"有诀别的内涵,"绷"则有绑在一起的意思,两者在这点上也相对。"金玦子"与"锦绷儿"都是指代性的名词,其中事相对、字相对,千挑万选也不一定有这么相配的名词对,而刘克庄则信手拈来,天然自成,难得之极。①

这种例子在刘克庄的诗文中,特别是晚年诗作中,是比较多的。他所谓的"的对",绝不是一般性的对偶工整,而是在用典精切基础上的巧对,因切而求奇。在《后村诗话》中,他说自己十分喜欢杜牧的《忆李给事》诗,理由则是"妙于用事,猱、犬借对尤工"(卷一七四,《后村诗话》第46页)。他又于其间极力搜罗陆游文集中的工切对偶,并云"古人好对偶,被放翁用尽",评之为"记问足以贯通,力量足以驱使,才思足以发越,气魄足以陵暴"(卷一七四,《后村诗话》第30—31页)。同时,他还指出"放翁,学力也"(卷一七四,《后村诗话》第33页),意即陆游诗歌能够有所成就,或者更为坐实地说,能够做出如此工切之对,乃在其学力耳。这无疑也是他自己的努力方向。

在《后村诗话》中,刘克庄不仅对陆游的对仗功夫佩服之至,而且对李壁诗歌中的"的对"现象也特别拈出评议(卷一八〇,《后村诗话》第130页)。此二人都是极具史学功底者,都曾入馆修

---

① 拙撰《刘克庄六言诗初探》,《中国诗学》第11辑,北京:人民文学出版社,2006年,第157页。又收入本书附录四。

史,他们的史学知识无疑极为丰富,又都是兼史学与诗学于一身的文人。这应该不是巧合而已,恰可从一个侧面看出史学修养与用典的切之间的微妙关系。

关于刘克庄诗文的使事用典,我们其实还可以进行更详尽的评述。比如,就用事方法来看,陈绎曾《文章欧冶·汉赋谱》总结了十三种,胡应麟《诗薮》则仅从杜诗"人名用事"就列出了八类。不管是十三种还是八种,我们全部都能从刘克庄的诗文中找到精彩的例子加以阐发,说它们"锻炼精奇,含蓄深远"①亦不为过。而用典方法的千变万化,实际上也是建立在对史料的熟悉基础上,依然脱离不了刘克庄深厚的史学背景。为避琐碎,这里就不展开了。

总之,在刘克庄的诗文之中,使事用典成为其重要特点。仅诗歌而言,我们曾在分析他的唱和诗后,认为刘克庄晚年已回归元祐诗风。而这在用事上,同样表现得极为明显,他的晚年诗作可谓变本加厉地发挥了元祐——江西一脉"以才学为诗"的特色。这里所谓"才学",史学在其中占据了主要内容,在这个意义上来说,刘克庄的史学背景的确影响了其诗文风格的形成,而他在诗文之中故意展示事偶也带来了作品的繁冗、枯涩甚至呆滞等缺点。钱锺书说"清代诗人像赵翼等的风格,常使读者想起《后村居士诗集》来"②,这并不是巧合,恰在于刘、赵二人都是兼具史家身份的文学家,诗作都有史学渗透文学的痕迹在。不过,刘克庄诗文中广、僻、密、切的用典表现,与其说是因创作需要而特加搜罗的,毋宁说是其史学积累、学问充积的必然结果,是史学修养在文学创作中的自然呈现。

---

① 胡应麟评杜甫用人名事语。见《诗薮》,上海:上海古籍出版社,1979年,第65页。
② 钱锺书《宋诗选注》,第250页。

第五章　刻书和编集：文学新变与作品传播

文学虽是精神产品，却常常受制于物质环境。文学作品物质载体与媒介方式的每次转换，也总是引起文学内蕴发生相应的变化。从简帛到纸写，从纸写到印刷，从印刷到电子，其间文学递嬗无不有迹可寻。随着雕版印刷术的成熟与广泛使用，南宋时期的刻书业已逐渐发展成为具有强劲生命力的文化产业，与之相适应的图书市场日趋成熟，书籍内容更为丰富，传播速度更为快捷，影响范围更为宽广①。在文学生产流通的作者、传播、读者三要素之间，南宋刻书业的繁盛无疑使得传播因素在此过程中发挥了更为突出的作用。三者关系如下图所示：

循环图意谓：作者创作的作品通过刻书传播给读者，读者反馈的信息再影响到创作。这是一个简单的传播循环。但是，我们又需注意，作者在一定条件下是可以转换成读者的，所以，这个简单的传播循环还有一层隐在的意思，即刻书传播直接作用于作为读者的作者。是故，上图实可简化为"人↔书"。在以上结构图中，刘克庄所扮演的正是这样一位兼具作者与读者两重身份的人，研究刻书业对刘克庄文学的作用，亦须从两方面入手：一即作为读者时，

---

① 参张秀民《中国印刷史》第一章"宋代　雕版印刷的黄金时代"，上海：上海人民出版社，1989年；宿白《南宋刻本书的激增和刊书地点的扩展》，《唐宋时期的雕版印刷》，北京：文物出版社，1999年。

第五章　刻书和编集：文学新变与作品传播

当时所刻书引起其创作的变化；二即作为作者时，其本人作品的编集刊刻所包含的文学意蕴。下面即以此分述之。

第一节　刻书引起的文学新变

据相关研究显示，晚宋时期图书刻本已经超过写本，成为士人书籍阅读的主要来源①。书籍承载的知识量与覆盖面显著扩展，这意味着刻本图书的内容将对时人知识结构的生成产生更大的影响。众所周知，刘克庄屡寓的临安与长驻的莆田在南宋时均是刻书业繁盛的地区，其曾任知县的建阳更是享誉古今的图书刊刻中心②。这些地方的刻书显然将在客观上影响到刘克庄的知识接纳与文学创作，而由于在南宋官刻、家刻、坊刻、书院刻和寺观刻书五者构成的刻书产业系统中，民间刻书特别是坊刻本于晚宋时已然成为占据市场份额最大的一方，由此形成了图书市场与文坛思潮互动互促的局面。这种局面反映在刘克庄的文学创作中，又可从两方面窥出：一即刻书与文学审美趣味变迁的关系；二即刻书所带来的序跋类诗文撰写的增加③。

一、捐书与资书：从学晚唐体到用本朝事

刘克庄的诗歌历程，大体经历了从"捐书"到"资书"两个阶段。早期师法四灵，捐书以为晚唐体；后来调和江西诗派，资书融

---

① 参上列宿白文，另参王重民《中国目录学史论丛》，北京：中华书局，1984年，第120页。
② 关于福建地区刻书情况，可参谢水顺、李珽《福建古代刻书》（福州：福建人民出版社，1997年）和贾晋珠（Lucille Chia）《印书牟利：福建建阳的商业出版者》（*Printing for Profit: The Commercial Publishers of Jianyang, Fujian*, Harvard University Press, 2002）二书。另有陈豪《宋明时期莆田刻书业初探》（《福建图书馆学刊》1996年第1期）、方彦寿《两宋莆田官私刻书考述》（《文献》2008年第3期）等文，专述莆田刻书，亦可参考。
③ 关于宋代刻书与序跋文体的关系概况，可参朱迎平《宋代刻书产业与文学》，上海：上海古籍出版社，2008年。

贯以成自家风貌。这是对其诗风转变粗线条的勾勒,这种转变的主要驱动力量,源于其自身诗歌求变求新的内在审美要求,这是毋庸置疑的。然而,不可否认的是,不管是"捐书"时的典范选择,还是"资书"时的材料来源,书籍的刊刻流播,都在其中发挥了重要作用。

南宋时,临安府睦亲坊棚北大街陈起刻书,多刊唐人小集,尤以中晚唐诸家为胜[1],"字画堪追晋,诗刊欲遍唐"(周端臣《挽芸居二首》,《全宋诗》第32971页)是对其刻书特点之一的典型总结。他刊刻唐人诗集是与当时诗坛多学晚唐体的潮流相同步的,所刊叶适编选的《四灵诗选》也与此风气合拍。即以其自编自刊的《圣宋高僧诗选》,亦可见出其所钟情者乃宋初学晚唐之"九僧"。其中意蕴,不言自明。晚唐体在南宋中后期被广泛追捧,这使诗坛好尚与图书刊刻之间,形成了同步互促的关系:一方面是书商看准了诗人的喜好,大量地刊刻唐集和相关选本;另一方面,这些图书的广泛刊行,又促使了更多的人阅读、学习和模仿晚唐体。刘克庄初入诗坛时,就是浸染在这样一股潮流之中,他的《南岳旧稿》其实就是师法以"四灵"为代表的晚唐诗风之作,而其嘉定年间焚毁旧作之举,则象征着刘克庄诗学思想对四灵诗风的"叛离"[2]。这是刻书与文学审美趣味互动的范例,也已是学界的共识,毋庸再论。

当然,晚唐体在南宋中后期的重振,主要还是诗歌自身发展的必然结果[3],且有更深层次的社会原因,刻书只是作为外部因素

---

[1] 清人江标所辑《唐人五十家小集》,绝大部分即据陈起刻本翻刻,其中中晚唐作家占百分之七十以上。王国维《两浙古刊本考》亦言:"宋季临安书肆若陈起父子遍刊唐宋人诗集,有功于古籍甚大。"(见《闽蜀浙粤刻书丛考》,北京:北京图书馆出版社,2003年,第137—138页)

[2] 可参向以鲜《刘克庄焚毁早期诗稿的诗学冲动》,《求索》2008年第4期。

[3] 如许总即认为:"宋末晚唐诗风的复现,同时又是南宋诗风趋变的自然推导与必然结果。……以空灵轻快的'晚唐异味'改变江西末流的僵化硬拙,成为这一变异趋势的最高程度体现。"见氏著《宋诗:以新变再造辉煌》,桂林:广西师范大学出版社,1999年,第282—283页。

在其中起到推波助澜的作用而已。但是还有另一种情况，刻书在其中是作为关键因素出现的。钱存训曾指出："印刷术的普遍运用，被认为是宋代经典研究的复兴，及改变学术和著述风尚的一种原因。"①与之相类，张高评也断言："宋人之读书、诗思、写作、论著，诸如阅读之定势、思维之模式、创作之诗才、评论之趋向，亦多受印本文化之影响，而体现宋诗宋调之特色。"②以此角度观照刘克庄的文学创作，则其诗文爱用本朝故事与当时的刻书业兴盛实有较为密切的联系。

清人王士禛在《池北偶谈》中谈及诗歌用事问题，云：

> 或谓作诗使事，必用六朝已上为古，此说亦拘墟不足信。要之唐、宋事，须选择用之，不失古雅乃可。如刘后村诗，专用本朝故实，毕竟欠雅。如"炼句岂非林处士，鹭书莫是穆参军"，"艰虞夷甫方谋窟，老懒尧夫少出窝"，"未爱潘郎呼作友，便教米老拜为兄"，"山房惜未从公择，书局闻曾拟道原"，"立志如欧母，生儿似富公"，"野人只识羹芹美，相国安知食笋甘"（自注：富郑公事），"事先白傅求闲后，衔似温公约史年"，"公闲去伴种司谏，我懒思寻靖长官"，"清于坡老游杭市，俭似乘崖在剑州"，"军皆歌范老，民各像乘崖"，"贾董奇才无地立，欧苏精鉴与人同"，"安知李雱挥门外，不觉刘几入彀中"。此类数十联，皆宋事也。后见后村四六亦然。③

他看到了刘克庄文学创作中的一个重要现象，即其诗文之中爱将本朝故事作为典实使用。这一现象在清代学者赵翼的两部重要著作《陔馀丛考》和《廿二史劄记》中均有再次发挥。

《陔馀丛考》卷二十四有"刘后村诗多用本朝事"条专论刘克庄诗歌中大量以宋朝史实作为典故运用的现象，其于后村诗集中

---

① 参钱存训《中国纸和印刷文化史》，桂林：广西师范大学出版社，2004年，第356页。
② 见张高评《博观约取与宋诗之学唐变唐——梅迪奇效应与宋刊唐诗选集》，《宋代文化研究》第16辑，四川大学出版社，2009年，第276页。
③ 王士禛《池北偶谈》卷一四，北京：中华书局，1982年，第341页。

所摘诗例达三十馀联,更是倍胜于王士禛所引,并认为:"诗人有直咏本朝事者,如《长恨歌》《连昌宫词》之类,自古已然","若以本朝事作诗料,以供驱使,则唐以前无之,即唐人亦罕见",这一现象到了南宋才比较多见,且"尤专以此见长者,莫如刘后村",而"后村之后亦少有此体也"①。他指出了"直咏本朝事"与"以本朝事为典"的不同,颇具见地。而《廿二史劄记》卷二十六"宋四六多用本朝事"条,赵翼对出现此现象原因的判断,更可谓见微而知著。在罗列刘克庄四六以本朝事作典故的例句之后,赵翼指出"南渡以来已多有人为之者",李刘、周必大、杨万里、熊克、王十朋、洪适、王迈、方岳、洪咨夔、林鉴、真德秀、方蒙、姚勉、文天祥等人四六文均有此类情况,其原因乃是:

> 盖宋朝国史记载本散布于民间,如李焘作《通鉴长编》,徐梦莘作《北盟会编》之类,若非得国史原本,凭何撰述?可知日历、实录,士大夫家有其书也,他如名臣录、笔谈、遗事、家传、文集,又随时刊布,人皆得知本朝故事,故便于引用耳。②

之后的昭梿在《啸亭续录》中表达了类似观点:"偶阅宋人文集,其制、表诸文,多有用本朝故事者,盖当时实录、日录颁行海内,家喻户晓,故其功绩脍炙人口,足以传世。"③也就是说,南宋人常以本朝故事为典,乃因国史流传民间之故,而这与刻书业的发达显然有着紧密的关系。对照刘克庄的文学创作,这一见解殊为可信。关于刘克庄诗文爱用本朝典故的事实,已无须再多加举例。这当然与其特有的审美取向和其晚期诗歌爱用典有关,与用典传统的逻辑发展也颇相连贯。但赵翼、昭梿的看法,更值得我们思考:倘若本朝史书、笔记"养在深闺",无法大量刊行与广泛传播,即便有

---

① 见赵翼《陔馀丛考》卷二四,石家庄:河北人民出版社,2007年,第464—467页。
② 见赵翼著、王树民校证《廿二史劄记校证》,北京:中华书局,1984年,第576—579页。
③ 昭梿《啸亭杂录・啸亭续录》卷四,北京:中华书局,1980年,第489—490页。

这种内在的审美需求,那也是很难做到的。

就现存宋代官私书目来看,《直斋书录解题》所反映的典籍风貌与刘克庄所可能阅读的图书较为接近。作者陈振孙(1179—1262)年纪仅比刘克庄大八岁,又在莆田做过兴化军知军,曾于莆田广搜文献,加以著录,且其成《直斋书录解题》一书,甚得莆田私人藏书之助①。今循此书,可见当时天水一朝史学著作的刊行概貌。"史部"而言,书载"正史"类有官修《三朝国史》(太祖、太宗、真宗)、《两朝国史》(仁宗、英宗)、《四朝国史》(神宗、哲宗、徽宗、钦宗)等;"编年史"类有李焘《续通鉴长编》、《续通鉴长编举要》,熊克《九朝通略》、《中兴小历》,赵甡之《中兴遗史》,李丙《丁未录》,李焘《思陵大事记》、《阜陵大事记》,李心传《建炎以来系年要录》,陈傅良《建隆编》,陈均《皇朝编年举要》、《备要》等;又有"起居注"类,载宋朝太祖太宗至孝宗的十一朝《实录》;至如"杂史"类如林希《林氏野史》,邵伯温《邵氏闻见录》,蔡絛《国史后补》、《北征纪实》,不著撰人《靖康要录》、《朝野佥言》,李纲《靖康传信录》,郑望之《靖康奉使录》,何烈《靖康拾遗录》等也很繁多。如果再据《郡斋读书志》所附赵希弁《读书附志》加以补充,这类书目就更为丰富了。这些史书均为当代史,它们在当时得到了及时的刊刻传播②,为士人了解、熟悉本朝历史提供了极为丰厚的资源与方便的条件。另如当代史料笔记的繁荣,以及如江少虞《皇朝事实类苑》等类书的出现,想必亦是民间知晓本朝故事的重要来源。

南宋兴盛的刻书业与发达的史学相结合,使得刘克庄及同时代士人具有相似的本朝史知识背景,这让诗文中"用本朝事为典"不只是作者的一厢情愿,而成为作者与读者都能够接受的一种文

---

① 如对郑寅《郑氏书目》的利用等。参武秀成《陈振孙评传》,南京大学出版社,2006年,第274页。
② 从现存宋版书中,仍可窥出当时这类图书的刊行速度已较快。如《续资治通鉴长编》现存有南宋乾道(1165—1173)间所刊麻沙本,下文所举《皇朝事实类苑》亦存绍兴二十三年(1153)所刊麻沙本等均为佳证。参顾吉辰、俞如云《〈续资治通鉴长编〉版本沿革及其史料价值》(《西北师大学报》1983年第3期),王瑞来《〈宋朝事实类苑〉杂考》(《古籍整理研究学刊》1990年第5期)。

学用典新方式,形成了新的审美趣味。我们知道,刘克庄在诗歌中常常运用"自注"形式,以解释一些特殊的写作缘由和生僻的俗语典故,但他在大量使用本朝故事时,却很少"自注"[1]。其潜在之意,即预设的读者均可理解它,也就意味着在他的意识中,这些典故是不生僻的,因为它们都能够在当时刊刻流播的史书中方便地阅读到。正如葛兆光所言:"典故作为一种艺术符号,它的通畅与晦涩、平易与艰深,仅仅取决于作者与读者的文化对应关系。"[2]因而,有了印刷史籍所提供的相似知识内容,在"用本朝事为典"上,读者就与诗人形成了文化对应关系,具备了解读、欣赏这些本朝典故的能力。用符号学观点来看,即印刷史籍的广泛传播,让一般读者都拥有解开"本朝典故"这一文化语码(cultural code)的钥匙。在此情形之下,这种被后人贬为"欠雅"、"欠稳重"的用典,才不会造成当时读者的阅读障碍与审美疲劳,反倒增添了作品的新鲜感与亲切感,这也是刘克庄乐此不疲的重要前提。

在刘克庄诗集中,尚有读本朝史书的诗作,如卷四《读崇宁后〈长编〉二首》、《题〈系年录〉》,卷十八《读本朝事有感十首》等,这也是本朝史籍广泛刊刻所带来的文学创作新情况。不过,与北宋相比,南宋刻书内容上的拓展,主要还不是体现在经、史、子三部文献的扩大与丰富,而是在集部书籍的大量刊行[3]。尤为突出的是对时人诗文小集的刊刻,让一大批当代人的作品得以迅速流播世间,这促成了刘克庄文学创作中序跋类诗文的涌现。

二、题书与序书:题跋诗涌现和序文勃兴

刘克庄所作序跋类诗文包括"书籍题跋诗"、"书籍题跋词"及

---

[1] 偶有诗中自注本朝典故者,多为笔记逸闻。如《挽顾君任倅二首》"竟骑黄鹤去,谁见素骡飞"(自注:用石曼卿事),事出欧阳修《六一诗话》;《谢春谷界地》"希夷不以山分客"(自注:乖崖),事出王辟之《渑水燕谈录》卷二。均为文人轶事,非史书所载。

[2] 参葛兆光《汉字的魔方——中国古典诗歌语言学札记》,上海:复旦大学出版社,2008年,第132页。

[3] 参朱迎平《宋代刻书产业与文学》第五章。

大量序文、跋文。虽然前二者绝对数量较少，但纵向比较，它们的相对数量仍算多者。古代类编诗集中，鲜有"题跋诗"一门，最多有"留题"、"题赠"等，而在宋刻本《后村先生诗集大全》中（关于此书，将在下节介绍），却有"题跋"类，足以反映出刘克庄的题跋诗创作颇成规模。这类创作，有相当一部分是为已经或将要刊刻的书籍而作，如果没有刻书产业的兴盛，这些作品就可能不会诞生。从这个意义上说，刻书业的长足发展实为刘克庄创作这类作品的强劲外力。

题跋诗，本是指评赏人文物品并书于其上的诗作，其实质是以诗的形式所写的题跋。这类诗在中唐以前，主要表现为广义上的题画诗，对象包括画卷、书信、碑帖等，鲜有题在图书上的。到了中晚唐，题写在书籍上的题跋诗才始有偶作，至北宋稍增，其诗题多为"题某书"、"跋某书"、"书某集后"、"读某集书后"等形式。书籍题跋诗的内容，主要是针对书的作者或书中所载作品进行总体品评，或纪事、或感怀，诗体也囊括绝句、律诗、长篇古体等形式，它是题跋诗与读书诗的结合体，与宋代右文的社会氛围颇相适应，同时也丰富了题跋诗的内涵。然而，虽然北宋时读书诗和题跋诗（主要是题画）分别都已经很发达，但它们的结合体——"书籍题跋诗"数量却依然很少，直到南宋，特别是南宋中后期，才出现较多。杨万里、赵蕃、戴复古、刘克庄等南宋诗人成为此类诗作的主力。而且，我们排比《全宋诗》所收书籍题跋诗，可以见出其题跋对象有两大特点：一是多为集部书籍，经、史、子三部所占比例非常小；二是多为同时代人的著述，经典传世著作所占比例也很小[①]。那些经、史、子部典籍，那些经典传世著作，则主要出现在一般性读书诗中[②]。这一现象与前文所言南宋刻书出现的新特

[①] 只有杜集、陶集出现的次数略多，但所占比例依然十分小，不到百分之二。
[②] 这当然不是说时人诗文集就非一般读书诗的对象，事实上，仍存在大量的以读时人诗文集为主题的诗歌。

点是相一致的①。正因如此,我们有理由相信,是刻书业的发展,特别是刻书内容中时人诗文集的大量刊行,为书籍题跋诗的创作提供了物质触媒,刺激了此类作品的增加。

刘克庄作有书籍题跋诗共六十题七十三首,其中对象为时人诗集文稿的五十四题六十五首,占百分之九十。另外所题经史类著作,也多是时人著述,如卷十《盱士张季携所注〈三略〉访,西山先生既跋其书,余复题二绝于卷尾》、卷十六《题林璞经属〈平寇录〉》、卷二十二《题张元德著作〈春秋解〉》、卷三十三《天台杨景清以所进〈春秋发微〉示余,辄题小诗其后》等均是。在刘克庄题时人诗文集的作品中,我们可以读出这些书籍的刊刻信息。如《跋方云台文稿二十韵》"流行通象桂,模刻遍湘沅"(卷四,《全宋诗》,第36192页)、《题洪使君诗卷》"刻于芹泮士争披,传到茅庐我窃窥"(卷七,《全宋诗》,第36235页)、《题永嘉黄仲炎文卷二首》"书坊黄册诱儿童,朝取封侯夕拜公"(卷十三,《全宋诗》,第36315页)等,内容上就点明所题图书是已刊刻的诗卷文稿,而非手抄本。另外值得一提的是其卷二《题方武成诗草》,方武成即方左钺,其挚友方信孺之子②。该诗内容上未言及此书已刊刻,但叶适有《题方武成诗卷》,罗椅也有《题方武成诗卷》③,据此推测,该诗草应当是已经刊刻流播的,不是手抄,否则很难出现多人同题的情况。可以想见,这些诗稿文卷的部头应该都不大,刊刻费用不高,故其发行颇为便捷。对照今存宋刻刘克庄《南岳旧稿》即知(此稿详情下节介绍),该诗稿收诗只一百首,也就寥寥几页纸而

---

① 至于为什么题跋对象会出现上述两大特点,私意以为一是集部内容与题跋诗形式,在趣味上更相匹配,经史诸书颇为正统严肃,与形式活泼的题跋诗不相类;二是时人作品更具有时效性与新鲜感,容易引起作者即兴的感触。这已是另外的问题,尚需另加探讨,姑妄言之。
② 赵希弁《读书附志》云:"《煮瀑庵诗》一卷,右莆阳方左钺武成之诗也,刘克庄所作墓志附。"(见《郡斋读书志校证》,上海:上海古籍出版社,1990年,第1205页)则此稿乃以"煮瀑庵诗"之名刊行。
③ 叶适诗见《叶适集》卷八,第134页;罗椅诗见《江湖后集》卷九,《文渊阁四库全书》本。

已。又如刘克庄有卷十八《题六二弟诗卷》,乃为其季弟克永《刻楮集》而作,其《刻楮集序》则云"仅二百首"(《全宋文》第329册,第131页),亦足见规模之小。可以说,正是时人诗集文稿以小篇幅、快刊刻、速发行的特点,充斥民间图书市场,带来了书籍题跋诗的增多。

与之相类,刘克庄还作有《贺新郎·跋唐伯玉奏稿》一词。这是一首书籍题跋词,内容主要是褒扬唐璘,感慨国事,亦未透露此稿是否刊刻,但《读书附志》恰恰著录了此稿,谓:"《捄楮奏稿》一卷,右唐璘伯玉之奏疏也,刻于江东漕司筹思堂。"①不但证明此稿已刊行,而且还将其刊刻地点点明。刘克庄作这首题跋词时,为嘉熙四年(1240),此时他正在江东提刑任上,治所与《捄楮奏稿》刊刻地一致。他还作有与唐璘相关的《题唐察院诗卷二首》一诗、《跋唐察院文稿》《跋唐察院判案》二文等,想必这些题跋对象当时也均已刊刻出来了。

不必再多举例,我们可以断定,这类书籍题跋诗词的题写对象,绝少为非刊刻之书。时人诗文集的刊行,为书籍题跋诗词的发展提供了良好平台。这些作品是刘克庄诗词创作中的特殊门类,它在作者与读者之间,搭建了一座更具文学色彩的交流桥梁,丰富了诗词的交际功能。书籍题跋诗中多有诗论精髓②,有些篇什是"以诗论诗"传统的发展,也值得注意。更值得注意的是书籍题跋词,这种词在宋词中十分罕见,甚至可以看作是刘克庄对词体社会功能的一种拓展。如果说题跋诗让诗歌具有了文的功能并不奇怪的话,那么让词的功能也努力向文靠拢,就显得颇为难得了。与题跋文相比,书籍题跋诗、词较少应酬意味,多为有感而发,主动题写,又因其性质的规定性和题写对象的特殊性,更是进一步影响到诗词的书卷气与议论化,某种意义上说,这正是典型宋调的凸显。

---

① 见《郡斋读书志校证》(下册),第1203页。
② 关于这点,可参王述尧《刘克庄与南宋后期文学研究》,上海:东方出版中心,2008年,第123—133页。

相对于书籍类题跋诗、词来说,书序文与刻书业关系更为密切。据朱迎平统计,北宋古文大家所作书籍类序文数量,欧阳修、曾巩都为二十馀篇,苏轼、王安石还不到二十篇,而南宋作家作序的数量成倍上翻,周必大、杨万里、陆游、朱熹、刘克庄所作序文都超过五十篇。① 造成这一现象的原因是多方面的,其中刻书业在南宋的繁荣无疑最值得重视。虽然我们常将序跋并称,但从与刻书业的关系来看,南宋刻书业所带来数量增长最突出的是序文而非跋文。这是容易理解的:首先,序文比跋文更依赖书籍,跋文的载体比序文更为广泛;其次,若无新书问世,序文撰写动机大减,而跋文与所题书是旧藏还是新刻并无太大关系,尽管事实上仍是新刻图书更能刺激作者撰写跋文。

刘克庄的序文共存七十五篇,序中多言成书经过、刻书缘由、作序动机,并常对作者、作品乃至同类书籍的发展脉络发表评论,内容颇为丰富。其中许多篇都言及乃因刻书索序而成,如《艾轩集序》、《张尚书集序》、《迂斋标注古文序》、《宗忠简遗事序》等。刘克庄所作序文与刻书的互动关系,可以两例个案略加申说。一为系列选本序,一为林同《孝诗》序,前者序前人诗选,后者序今人诗集。

在晚宋时期,选本批评已相当成熟,成为一种文学批评的重要方式,诗文选本在南宋的大量出现本就与刻书产业的繁荣有着密切的关系②。在此背景下,刘克庄编选了一批诗歌选本,其编选动机或可从《唐绝句续选序》中窥知一二:

> 余尝选唐绝句诗,既板行于莆、于建、于杭,后十馀年,觉前选太严而名作多所遗落。或徼余曰:"子徒知病野处之详,而不知议者病后村之略也。"余曰:"谨受教。"乃汇诸家五七言,各再取百首,名《续选》。(卷九七,《全宋文》第 329 册,第 142 页)

---

① 见氏著《宋代刻书产业与文学》,第 195—196 页。
② 参张智华《南宋的诗文选本研究》,北京:北京师范大学出版社,2002 年,第 3—4 页。

第五章 刻书和编集:文学新变与作品传播

由上可知,刘克庄的诗歌选本刊刻发行颇为广泛,这应与书坊的争利有关,谅其续选诸本的动机也摆脱不了商业因素。刘克庄总共编撰了八部诗选,包括《唐五七言绝句选》、《本朝五七言绝句选》、《中兴五七言绝句选》、《江西诗派选》,以及它们的续编《唐绝句续选》、《本朝绝句续选》、《中兴绝句续选》、《茶山诚斋诗选》①。这八部选本,刘克庄均为之作有序文,这些序文集中表达了他的一些诗史观念,其中最为大家所熟知的即《江西诗派序》。这篇序并非刘克庄单独所作的论述之文,而是为其编撰的《江西诗派选》②所作序,今日《后村先生大全集》中的序文应是从中辑出,后又有以《江西诗派小序》为名的单行本流传。《江西诗派选》的刊刻情况已无从考证,但就《江西诗派序·总序》来看,此书应是准备刊刻发行的,其中所谓"以便观览"当然不是他自己观览,而是书坊刊刻,让普通学子去观览。至于后来以《茶山诚斋诗选》续《江西诗派选》,除了弥补上编遗憾,表达自己的诗学观点之外,图书市场的牟利需求也在起作用。概言之,书坊刺激选本,选本催生序文,这是刘克庄选本序文撰作的因果链。

系列选本序是由图书市场刺激序文的撰写,《林同〈孝诗〉序》则是在通过作序表彰林同孝道的同时,为图书发行加砝码。刘克庄与妻兄林公遇及内侄林同、林合关系密切,感情醇厚。同、合二人均未入仕,但节义高迈,才华纵逸,是刘克庄的重要诗友。林同

---

① 前三部与其续编的关系明确,毋庸多言。《江西诗派选》与《茶山诚斋诗选》亦为正、续关系,则需略加说明。《茶山诚斋诗选序》言:"余既以吕紫微诗附宗派之后,或曰:'派诗止乎此?'余曰:'非也。曾茶山赣人,杨诚斋吉人,皆中兴大家数。比之禅学,山谷初祖也,吕、曾南北二宗也,诚斋稍后出,临济德山也。初祖而下,止是言句,至棒喝出,尤捷径矣,故又以二家续紫微之后。'"所言已很明显乃接续《江西诗派选》而来。
② 《江西诗派序·总序》言:"今取其全篇佳者,或一联一句可讽咏者,或对偶工者,各著于编,以便观览。"可见这是一个选本。这一点黄宝华早已指出(《〈江西诗社宗派图〉的写定与〈江西诗派〉总集的刊行》,载《文学遗产》1999年第6期),但注意者甚少。惜此编已佚,又无著录痕迹,不知其详情如何。

"性纯孝","年未四十,慨然罢举"以奉亲,林公遇逝后,林同"摭载籍以来孝于父母者,事为一诗,诗具一意,各二韵二十字,积至三百首"(卷九六,《林同孝诗序》,《全宋文》第329册,第124页),成《孝诗》一卷。刘克庄之序作于淳祐十年(1250)①,该书亦当成于此时左右。《孝诗》后由陈起刊刻,刊刻的具体年代已不可考,当在1257年前②。《孝诗》得以刊行,应是由刘克庄推荐给陈起的,这并无直接证据,但有两点可以为这一推测作旁证。首先,林同乃隐逸之人,其交游范围颇窄,文献中更是没有与陈起交往的记载;其次,刘克庄对《孝诗》十分推崇,倒不仅在其艺术价值,而特在其操行道义,刘克庄曾与洪天锡有过多次通信谈及《孝诗》的进御③,对之揄扬、推荐不遗馀力。以此谅之,定是由刘克庄热心荐稿陈起刊行。刘克庄在《林同〈孝诗〉序》中盛赞林同"华实相副,

---

① 《后村先生大全集》所收《林同〈孝诗〉序》无落款,但单行本《孝诗》前落款为"淳祐庚戌白露节"。

② 清吴寿旸《拜经楼藏书题跋记》记查慎行《孝诗》抄本有"临安府棚北大街睦亲坊南陈解元宅书籍铺刊行"字样(上海:上海古籍出版社,2007年,第166页),则此书曾为陈起刊刻,陈起逝于宝祐五年(1257)前后,故《孝诗》的刊刻时间在1250—1257之间。另有一则材料需要说明,以免误会:刘克庄咸淳四年(1268)作有《与洪帅侍郎书》(见卷一三三,《全宋文》第329册,第22页),该文系年据文中"陈常卿仙去"一语知,陈常卿即陈炜,逝于1268年),文中言"某屡尝为子真谢知己,兹辱尊谕,令录《孝诗》,精加点对"云云,此处乃为进御,故以抄写本呈上,以示郑重,并非此时仍未刊刻。

  在《四库全书》中,《孝诗》有单行本,同时又被收入《江湖小集》,但《江湖小集》与《江湖集》之间的关系并不明确(可参费君清《论〈江湖集〉的历史真相》一文,收入《中国人文社会科学博士硕士文库 续编·文学卷(上册)》,杭州:浙江教育出版社,2005年),故《孝诗》是否在当时已入"江湖集"系列性丛书,已是不可考证的了。祝尚书《宋人别集叙录》认为它"尝刊入《江湖集》"之说,尚需斟酌。又祝文云:"《四库总目》著录江苏采进本,《提要》引刘克庄序又'年未四十,慨然罢举'等语,而检四库本所附刘序并无其文句,亦不知其所据。"(北京:中华书局,1999年,第1348页)《提要》所引乃出刘克庄所作《林同诗序》,非《林同〈孝诗〉序》,二文不同,祝文误会了。

③ 包括卷一三三,《答洪帅侍郎书(一)》(《全宋文》第329册,第18页)、《与洪帅侍郎书》(同上,第22页)、《答洪帅侍郎书(一)》(同上,第29页),三篇书信均言及《孝诗》。

其操行盖汉孝廉之盛举也,词艺亦唐进士之高选也",并认为《孝诗》必将与谢谔《孝史》并行于世。以刘克庄之盛名来为作为隐士的林同之书作序,并为此书刊行寻找出路,此序当然就有通过扩大发行来增加其影响力的隐在之意了。

以上两例基本涵盖了序文撰写与刻书产业间关系的两个向度,序前人诗文,多为"刊以促序",常是决定刊刻再作序;而序今人诗文则多为"序以促刊",作序之后再伺机刊刻。当然,"刊以促序"与"序以促刊",这两个向度实际上是相互的,只是具体到某篇时会各有偏重而已。然在跋文中,这种与刻书间的互动关系,就没有这么明显了。刘克庄所作跋文数量远胜序文,达四百馀篇,因而后世乃专有《后村题跋》四卷之书,其中大部分乃为书帖(尺牍)、字画所作,为图书作题跋者所占比例相对较小。有代表性者如《跋郡学刊文章正宗》等少数几篇,记录了书籍的刊刻源流,也对内容有所评价。但窃以为跋文的撰写与刻书之间的关系并不是太密切,这里就不作细探了。

综上所述,晚宋刻书产业的发展对文学审美、文体演进都产生了较为重要的影响。不过,必须承认,不管是审美趣味的变迁还是书序文体的激增,都是刻书产业带来的对一代士人的影响,不只是对某一个人而已,刘克庄在其中不过显得更为突出、更具代表性罢了。与此相较,其本人作品的刊刻传播所蕴含的文学意味,更具有独特性。

第二节　作品编集的文学意蕴

刘克庄的文学作品,在当时流传的情况十分复杂,口诵、抄写、刊刻三者应是同时存在的。但口诵、抄写已无法还原考证,仅能从文字侧面知晓,如"军书檄笔,㖟时传诵"(林希逸《后村先生刘公行状》)、"每一制下,人人传写"(洪天锡《后村先生墓志铭》)、"初,集本未刊时,四方之士随所得,争传录之"(林希逸《后村先生大全集序》)等所言,均只大体形容而已,不足以勾勒线条,还原面貌,故存而不论。唯刊刻一项,则有实物为证,其间内涵丰富,值得认真探讨。在刻书产业蓬勃发展的大环境中,刘克庄作品在当时的刊刻主要有三种情况:一是作品的单篇雕印刊行①,二是别集收录作品的刊行,三是总集选录作品的刊行。第一种情况,痕迹模糊,暂不讨论。后二者,别集所载,相对全面,又因多次的作品结集而呈现出明显的阶段性,它们之间的差异则透露出一些学术信息;总集所选,作品虽少,但能见出其文学在当时的传播、接受之一斑。我们即以此二者来具体阐述刘克庄作品在晚宋的编集、刊刻与传播情况以及其中的文学意蕴。

一、汰择与类编:两种现存宋刻的学术启示

由于刻书产业的发达,刘克庄的作品在当时即已在坊间流传着各种各样的本子,其全貌今已不可详知。傅增湘《藏园订补郘亭知见传本书目》在论及由《前集》析出的《后村居士诗》二十卷时即云:"仅一《前集》,即有左右双阑五十卷本、四周双阑五十卷本及此二十卷本,宋末后村集之风行,翻刻之频繁可以想见,而闽中刊书之盛亦可知矣。"②已经点出其作品刊刻传播的复杂性。仅从现有资料来看,刘克庄在世前后(即宋末元初一段时间),其作品的单行刊本主要有以下几种:

《油幕笺奏》一卷③

《南岳五稿》五卷

---

① 王兆鹏《宋代诗文的单篇传播方式初探》第一节即探讨了单篇作品的雕版印行(参见於可训、陈国恩主编《文学传播与接受论丛》第二辑,北京:中华书局,2007年,第179—186页)。揆之情理,这种情况在晚宋时应更甚,但就刘克庄而言,这类材料比较零散,应非主流。
② 清莫友芝撰,傅增湘订补,傅熹年整理《藏园订补郘亭知见传本书目》(第三册)卷十三下之一三五页,北京:中华书局,1993年。
③ 据《墓志铭》言"时《南岳稿》、《油幕笺奏》初出,家有其书",知此书曾单行。今已不见单行本,《后村先生大全集》第五十卷收入。该书乃刘克庄在李珏幕府时,代李珏所作表、启、笺、疏、青词等文的结集,共三十四篇。

《后村别调》一卷①
《后村居士集》五十卷本(林秀发编次,林希逸作序,即"前集")
《后村居士集》六十卷本②(续五十卷本而成,林式之监雕)
《后村居士诗》二十卷(据五十卷本录出诗、词、诗话单行)
《后集》五十卷(即所谓"续稿",汤汉作序,刊于温陵)
《续集》(未知卷数,刊于玉融)
《新集》(未知卷数,刊于玉融)
《后村先生大全集》二百卷(刘山甫汇刊,林希逸、刘希仁作序)
《后村先生诗集大全》十五卷(刘帝与编次,实为"类编后村诗集")

以上单行本,今存五种宋刻,即《南岳五稿》(残,一部)、《后村居士集》五十卷本(多部)、《后村居士集》六十卷本(残,一部)③、《后村居士诗》二十卷(宋刻元修,一部)、《后村先生诗集大全》十五卷(残,一部)。其中《后村居士集》五十卷本与传世本差别较小;而六十卷本残缺只剩一至三十八卷,其总体面貌已较难确定;《后村居士诗》二十卷乃完全从《后村居士集》五十卷本中析出,意义不大。限于条件,同时也因为这三种早已为学界关注,在《全宋诗》、《全宋文》的整理中,也已稍有利用,此不再作介绍。另两部宋刻本学界尚未有进一步探讨,现就它们的基本情况作一简述。

(一)《南岳五稿》。该书由《南岳旧稿》和《南岳第一稿》、《南岳第三稿》、《南岳第四稿》组成,缺《南岳第二稿》,2006 年于福建

---

① 宋人黄昇《中兴以来绝妙词选》卷七及周密《绝妙好词》卷三,均言刘克庄《后村别调》一卷,则此书已在当时流传。
② 据林同《竹溪鬳斋十一稿续集序》:"后村《第一集》六十卷之行也,亦子敬效程督其间。前五十卷则鬳斋在郡时,以却例卷资其费,及易镇延平,通守王公实绪成之。今后十卷卷末有子敬监雕名衔在焉,可考也。"(见《全宋文》第 353 册,第 282 页)另可参祝尚书《宋人别集叙录》。程有庆《宋刻本〈后村居士集〉考证》(《宋本》,凤凰出版社,2002 年,第 107—111 页)云现存仅铁琴铜剑楼著录本为真宋本,其言似不知宋时已有五十卷、六十卷本之别,故程氏结论似须再斟酌。
③ 此本为瞿镛《铁琴铜剑楼藏书目录》著录之本,存卷一至卷三十八,加目录两卷,共四十卷十六册,藏国家图书馆。此本多被误认为五十卷本,据笔者的初步判断,实六十卷本之残本。《全宋诗·刘克庄卷》卷一至卷十六即以此本为底本。

宋刻《南岳旧稿》书影

福清一古宅中发现,共计八十一页,目前不知由何人拍得收藏,其首页如上页图所示。翁连溪介绍此书概况云:"此本半页十行,行十八字,白口,左右双边,墨单鱼尾,卷一首页半框高17.8厘米,宽13厘米,版心上记字数,下记页数、刻工姓名。刻工有'吕信'、'徐'等,为江浙地区良工。该书用宋皮纸印,色微灰,墨纸莹洁,刻印精湛,欧体字俊秀古雅,版式疏朗,查卷中'玄'、'弦'等字缺笔,呈南宋杭州刻本的特点,应属南宋临安府陈宅书籍铺所刻书籍一类。《南岳旧稿》、《南岳稿》与《唐女郎鱼玄机诗》、《常建诗集》、《李丞相诗集》等相较,版式、行款、字体极为相似。"[1] 据此,则该本当即陈起所刻《江湖集》丛刊之一种。

---

[1] 见翁连溪《〈南岳旧稿〉〈南岳稿〉版本浅谈》,未见纸本正式发表稿,可参网页地址如下:http://www.kongfz.com/auction/news_detail.php?class_id=87&first_cat_id=2。关于此宋版的其他情况,尚可参赵前《宋刻〈南岳稿〉》(载《人民日报(海外版)》2007年7月16日)、程有庆《〈南岳旧稿〉追忆》(载《藏书家》第12辑,齐鲁书社,2007年)、陈东《宋刻本〈南岳稿〉上拍小记》(载《藏书家》第14辑,齐鲁书社,2008年)等文。

第五章　刻书和编集:文学新变与作品传播

（二）《后村先生诗集大全》，藏上海图书馆，《中华再造善本》收录。关于此书尚无专文谈及①，《全宋诗》亦未对此加以利用，其价值须引起重视，概况如下。

（1）版式：本书共四册，半页十行，行十八字，白口，左右双边，如右图所示。其书卷首有残序两页（详下文），目录题"后村先生诗集大全"，正文题"后村先生大全诗集"，华林刘帝与编集。钤有项子京氏收藏、项氏家藏、墨林秘玩、项墨林父秘笈之印、项元汴印、振宜珍藏、沧苇、林佶、鹿原、席氏玉照、黄丕烈印、尧翁、芑孙、虞山张蓉镜鉴定宋刻善本、蓉镜、小琅嬛福地张氏藏、芙初女史姚畹真印等印。各册之后有黄丕烈、孙原湘、邵渊耀、姚畹真、钱天树、王芑孙、单学傅等跋。

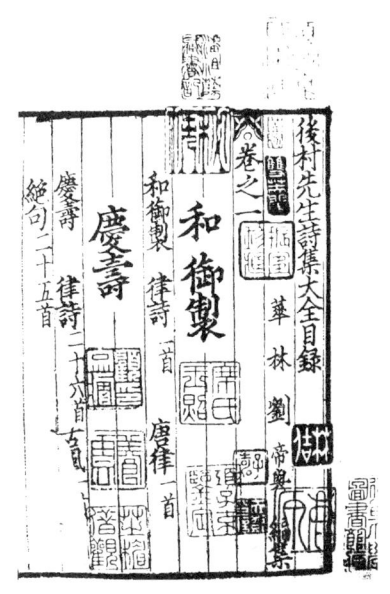

《后村先生诗集大全》书影

（2）内容：该书目录显示共为十五卷。但总目仅有卷一、卷二、卷三、卷十四、卷十五全存，卷四残存。书内则存一至四，九至十五（残），共十一卷，中间尚有少数缺字，不计。本书属类编性诗集，先分门别类，再类中分体（目录中于每体下标所收数目），每体杂排而不以时为序。现存诗共三百五十六题，四百二十六首，其中逸出《后村居士集》、《后村先生大全集》者十三首，内有十二首为《全宋诗·刘克庄卷》未收。从现存诸卷来看，一卷篇幅多则六十七首（卷十三），少则十首（卷十四），很不均匀。即便以最多卷数计，猜算此书全帙规模亦只一千首左右，与《后村先生大全集》

---

① 祝尚书、景红录均据各书所载题跋推测，未见该书图像，故所言不出题跋范围。

所收数量悬殊。比对他书,知各门类下所收亦不够全。称为"大全",或只是书坊广告而已,似不可目为"另一系统之大全集"①。编者刘帝与,未知何人,从此书编次来看,或是有一定诗学修养的晚宋书商。该书的类编特点,亦与当时书坊风气颇相一致。

以上是对现存两种宋刻的简单介绍,宋版图书堪称国宝,实有单独再研究之价值与必要,不过这并非本文重点。本文所关注者,乃在此两种宋刻与他本之间呈现的差异中所蕴含的学术信息,并由此兼及当时文集刊刻的一些背景状况。

首先看《南岳五稿》。

《南岳旧稿》是刘克庄年轻时期作品经过遴选后的第一次结集,收诗一百零一首,应该说这些作品都是他精心挑选过的,已经能够代表他早期诗歌创作的典型风格。诸种宋刻《后村居士集》卷一与通行《后村先生大全集》卷一,内容都属《南岳旧稿》范畴,但与宋刊原本相较,均少第一首《惟扬客舍》,其诗云:"久作扬州客,愁来未易禁。颇知边地事,愈动故园心。花谱犹堪续,桥名不可寻。却疑张祜辈,泉下有新吟。"这是一首五律,从内容上看,该诗并无不妥或不合时宜的表述,其艺术成就亦不至有损刘克庄早年诗名。然刘克庄竟在后来的诗文集中均不录此诗,其中缘由殊为难解。首先,排除偶然失收的可能,此乃《南岳旧稿》开篇第一首,后村集多次结集,均不见录,可见并非偶然;其次,排除因卷内数量整齐划一而删除的可能,《南岳五稿》虽每卷前都著明"诗一百首",而《南岳旧稿》却收了一百零一首,但据赵前著录"《南岳第一稿》一卷,诗99首,其中有三首诗重出;《南岳第三稿》一卷,诗96首;《南岳第四稿》一卷,诗97首"②,也都不是整齐一律的一百首,因而这一可能也可否定。由此,其被删落的原因,恐怕只能归为其诗学趣味转变的结果了。刘克庄究竟是对该诗何处不满,以致让他先选此诗入《稿》,后又删落它,笔者尚未找到材料加以推

---

① 钱天树跋云"此系《大全集》中一种"误导学界久矣,当正之。
② 赵前《宋刻〈南岳稿〉》,载《人民日报(海外版)》2007年7月16日。

第五章　刻书和编集：文学新变与作品传播　　251

断。不过，《南岳旧稿》先分体，自五律、七律至七绝编排，各体再依时间先后排序，由此可知，《惟扬客舍》一诗是刘克庄在删选旧作千首时留下的最早五律作品，而五律实是"晚唐体"的典型诗体，这对我们求索其文集不收此诗的原因，是否也有所启牖呢？今提出此一问题，以俟来哲赐教。

不管如何，《惟扬客舍》的删落都昭示着刘克庄早期对作品的汰择是十分严格的，而他晚年却似乎走向了反面。《八十吟十绝》中云："诚翁仅有四千首，惟放翁几满万篇。老子胸中有残锦，问天乞与放翁年。"（卷三八，《全宋诗》第 36625 页）他意图大大地追求创作数量，以至于让诗集充斥了许多劣作。这种前后反差背后蕴含着怎样的意味呢？

《南岳五稿》五百馀首诗歌的创作时间跨度，应是嘉定元年（1208）至嘉定十四年（1221）的十五年间，平均每年三十五首弱。与之相类，《后村居士集》所收诗歌，从第六卷始至最后第十六卷止的一千一百馀首，其跨度则在嘉定十五年（1222）至淳祐九年（1249）的二十八年间，平均每年四十首弱。而到《后村先生大全集》所收诗歌，从第十七卷始至最后第四十八卷止的三千一百馀首，其跨度仅从淳祐十年（1250）至咸淳四年（1269）的十九年间，平均每年已达一百六十首强，这与前两集形成了鲜明对比。刘克庄晚年诗歌数量的剧增，诚然与其里居莆田而达到了创作丰收期有关，但是，更为重要的原因乃在于其晚年诗作已少有汰择。而这种从严于汰择到鲜作汰择的转变，很大程度上乃是刘克庄的存诗态度从"精品意识"向"诗史观念"的转变，也是其诗歌观念推嬗的折射。

《后村先生大全集》卷一题下注云："公少作几千首，嘉定己卯自江上奉祠归，发故箧尽焚之，仅存百首，是为《南岳旧稿》。"这已是众所周知的焚稿者例。他在早年所作的《后村诗话·前集》评论任藩诗时，也不无感叹地说道："唐任藩诗，存者五言十首而已，然多佳句……今人动为千百首，而无可传者。"（卷一七三，《后村诗话》第 16 页）在《答赵检察书》中亦言："区区谓足下今日见诗之

□□出之多,它日知诗之难,未免缩之少。惟少则有□□妙巧者出矣。"(卷一三四,《全宋文》第329册,第56页)此类发言不少,中间除了传递出诗学观念的转变外,更多的是在标举一种"精品意识",希望慎重创作并经汰择后,能够将最好的作品存于世间,以展现自我最佳的诗歌艺术成就。换言之,在这时的刘克庄看来,创作的草稿与面世的定稿之间,还存在着较大的距离,需要进行精心汰择。浅见洋二曾将草稿到定稿的过程,形容为"惊险的一跃"①,可以说,青年刘克庄的作品要进入文集并刊刻,确实是"惊险"的。"精品意识"的作用,随时可能让他剔除其中不满意的作品;而强烈的创作冲动写就的众多之作与编集小篇幅间的矛盾,也必须解决,毕竟诗集每卷都是约一百首的篇幅。

但是到了老年刘克庄那里,草稿到定稿,已经不再"惊险"。王兆鹏在考察宋人别集的编辑与出版时认为:"宋人生前自编文集,一般要经过选择,不是有作必录,旨在求精。而身后亲属所编文集,则是有存必录,旨在求全。"②这一般而言是不错的,但是,周裕锴更为敏锐地指出"无论如何,宋人在诗歌作品中比前人更多地发现了历史的因素,或者说比前人更善于从历史的角度来阅读诗歌"③,正是这种审读文学作品时历史感的自觉,让"诗史观念"不断加强,"精品意识"退而居次,自编文集也开始露出"求精"向"求全"转变的端倪。因为"'诗史'不仅是反映时代生活的文本,也是记载诗人由时代生活所激发的情感的文本;'诗史'不光是诗歌写成的历史,而且是诗歌写成的心灵史"④,所以,每一首作品,哪怕是艺术上显得拙劣的作品,也都是一篇史料文本,承载着一段历史,凝聚着一种情感。在这个意义上,作者自编文集也没有理由将任何一首作品删除。虽然《后村先生大全集》乃是其子汇

---

① 见浅见洋二《"焚弃"与"改定"——论宋代别集的编纂或定本的制定》,朱刚译,《中国韵文学刊》2007年第3期。
② 见王兆鹏《宋代诗文别集的编辑与出版》,《华中科技大学学报》2004年第1期。
③ 见周裕锴《中国古代阐释学研究》,上海:上海人民出版社,2003年,第233页。
④ 周裕锴《中国古代阐释学研究》,第235页。

刊,但我们知道,他不过是把刘克庄在世时已经刊刻的前、后、续、新四集汇聚在了一起,中有调整,而收录范围未曾大变。刘克庄当然依旧清楚"惟少故精,惟精故传"(卷一〇一,《跋王元邃诗》,《全宋文》第329册,第255页)的道理,而他却说"丁宁稚子收残草,他日笈家要谱年"(卷二一,《明道祠满》,《全宋诗》第36421页),正是努力将这种文学的历史性自觉传达给子辈。

这种"诗史观念"取代"精品意识"而占编集之上风,在晚年刘克庄那里确实已经显得比较强烈。诗以存史的态度,不仅表现在他对自己诗文刊刻"行世安能保不刊,自怜敝帚笑傍观"(卷二七,《温陵诸贤接刊拙稿竹溪直院有诗助噱戏和一首》,《全宋诗》第36500页)的乐观其成,对自己文字"丛稿如山千载后,尚堪拈出补诗亡"(卷四二,题阙,《全宋诗》第36675页)的理性自觉,也不仅表现在其追录少作入诗集的反复行为①,还表现在他给人评诗、选诗时的立场转变。《山中别集序》记载他嘉定十二年(1219,时三十三岁)为亡友赵庚夫选诗,态度极为严谨,淘汰率很高:

> 始余请南塘选仲白诗,南塘更以属余,苦辞不获。南塘诗评素严,而余尤缚律,每去取一篇常三往返然后定,有全篇皆善而为一字半句所累者皆不录,故集止百篇。(卷九六,《全宋文》第329册,第127页)

同在此文中,刘克庄六十六岁时,再选赵庚夫诗,已能兼顾众体,以呈现亡友诗歌的总体面貌,加强了历史感的介入。他意识到在汰择之间,已抹去了追索作者之意的痕迹,所以他说"夫作诗难而观诗尤难,圣笔所删之外,他人去取鲜能知作者之意"(卷九八,《虞德求诗序》,《全宋文》第329册,第173页),也清醒地认为"诗愈盛,选愈严,遗落愈多,后世愈遗恨矣"(卷九七,《本朝绝句续选序》,《全宋文》第329册,第143页)。汰择,已经不再是编集的第一因素,诗以存史比呈现精品更具有现实意义。这是刘克庄晚年

---

① 晚年刘克庄曾多次将少作纳入诗集,这种行为更让人感到《惟扬客舍》的删落背后有极复杂的原因。

诗歌篇什繁多且良莠并存的重要原因之一,也是《南岳旧稿》中《惟扬客舍》的再现所引起的深度思索。

宋刻本《南岳五稿》除《旧稿》外,仅留下《一稿》、《三稿》、《四稿》,《二稿》偏偏亡佚,与当时背景结合考虑,这恐怕不是巧合。据《大全集》卷三所提"《南岳第二稿》"知"梅花诗案"涉及的《落梅》一诗正在此稿之中,这应是它亡佚的重要原因。关于宋刻《南岳五稿》,由于笔者未能目睹该版真貌,亦不知晓其全部篇目,而此稿又已再次藏于深闺,诸多学术信息已难得知,仅就所知一二,略陈于上,祈盼有一天能一睹该版全貌,因为许多问题都等待它来决断。比如《旧稿》、《一》、《二》、《三》稿,都能在《后村先生大全集》卷一至卷四中大略知晓其所收篇目,但宋刻本《南岳第四稿》究竟包含哪些篇章,与它所对应的《后村先生大全集》卷五相对照,究竟止于哪首诗,实需目验此天地间之绝版才知。

与作者亲自编订的《南岳五稿》有当时史料记载不同,《后村先生诗集大全》由于只是书坊出于商业目的而编刻的本子,在史料记载上几属空白,我们对它的认识只能完全来自存留下的实物。由于此书卷首有残序两页,载如下字:"谓非有裨于缉熙顾问可乎先□□□富醇□□辞华哲匠能非卿不足以语此付刘克庄。"其文乃出于宋理宗手,故在论述《后村先生诗集大全》之前,先就这则材料的背景作一介绍。

景定元年(1260)十一月三日,理宗向时已在朝的刘克庄索阅文稿,《行状》记云:"初,上过东宫,见公书肆所传文集,喜之,未除兵侍前一日,中使传宣谕曰:卿居间日久,著述必多,可录本进呈。"理宗因于东宫见其流传于书肆的文集而索稿,足见当时刘集之流行。得此圣谕后,刘克庄作有两篇《宣索文集回奏状》及一篇《进文集劄》(卷七八,《全宋文》第327册,第350—352页)言其"旧作不曾携本",于是将辛亥(1251)至辛酉(1260)"十年间所作诗文"缮写一本,"得古赋一卷,古、律诗十一卷,记二卷,序二卷,题跋六卷,诗话四卷"计二十六卷,并且"点对装背"于次年(1261)分为十三册投进。理宗阅后,对刘克庄诗文大加赞誉。在《回奏

第五章　刻书和编集：文学新变与作品传播　　　　　　　　255

御笔奖谕所进猥稿劄》中，刘克庄言："夫圣笔一字之褒，荣于华衮，今奎文诱掖奖饰凡六十九言，历数先朝文章宿老，未尝有此希阔之遇。"(卷七八，《全宋文》第 327 册，第 352 页)其所谓"奎文六十九言"，《行状》俱载：

　　卿风姿沉邃，天韵崇觕，今观所进近作，赋典丽而诗清新，记腆赡而序简古，片言只字，据经按史，谓非有裨于缉熙顾问，可乎？先儒有言"学富醇儒雅，辞华哲匠能"，非卿不足以语此。

这段话恰与《后村先生诗集大全》残序合，谅书坊正以理宗奖掖之语作为本诗集的广告置于卷首。据现存诸卷，此集所收诗最晚者，乃卷二《寒食》(古来禁火惟汾晋)诗，对应《后村先生大全集》的卷三十八，时刘克庄已八十岁(1266)，则此年即其收诗下限。由此，我们可大致将此书编集刊刻时间定于 1266—1272 年间①。

　　前文已言，此集乃类编诗集。这种类编性诗文集，在宋代书坊刻本中颇为常见，可称一时风气。他们一般是把名人诗文集当作学习模仿的对象而编，预设读者群为中下层知识分子，其编纂观念强调的是某一事类主题在诗歌传统中的继承与拓展，以方便后学观摩。虽然这类诗文集多出于书商之手，但它们的分类编纂却在学术层面多有诗歌主题学(thematology)或题材史(stoffgeschichte)的意义，同时也客观上反映出诗文集作者在创作题材选择与主题偏向上的特色。

　　《后村先生诗集大全》残存的十一卷，其分类情况如下：

　　　　卷一：和御制、庆寿
　　　　卷二：时令门：春景——元旦、立春、正首(人日附)、上

---

① 必须承认，这一推测并不十分严密，但可能性最大。《后村先生大全集》刘希仁序文作于 1272 年，此年当为刘山甫汇刊《后村先生大全集》时间。如果《诗集大全》乃此后刊刻，其收诗下限理应更晚。当然，此一推测的前提是编者刘与帝能够快捷地阅读到汇刊本《后村先生大全集》，而这在晚宋发达的刻书产业条件下，是极易实现的。

元、清明(寒食附)、春

　　卷三：夏景——初夏、端午、伏日、夏旱、热、夏夜；秋景——秋、重九；冬景——冬、除夜

　　卷四：天文门：月、雨、雪、风

　　卷九：人事门：交处、饮宴、行役

　　卷十：人事门：送别、旅思

　　卷十一：人事门：老

　　卷十二：仕进门：解试、劝驾、赴省、及第、铨试、赴任、书考、宫祠

　　卷十三：文翰门：寄赠、题跋、留题、题赠

　　卷十四：文翰门：感叹歌行

　　卷十五：哀挽门：国恤哀挽、仕宦哀挽、妇人哀挽

对比其他类编诗集，并结合所收诗作，上列分类表提示我们，刘克庄诗歌在题材或主题上，至少有三处值得注意：

　　第一，即卷十一的"老"类。虽然宋人尚老，乃其时普遍的艺术精神，但以"老"设类，在各种类编诗集中仍十分罕见（类书中偶有之）。此集共收这类诗二十四题五十三首，就其实质吟咏对象言，实分为两类，一即自身的老病，如《老病六言十首呈竹溪》、《齿落》、《发脱》等；二即外在的老物，如《老农》、《老吏》、《老妓》等。前者是缘情之感怀，后者是体物之摹写。在《瀛奎律髓》中，第一组被列入"疾病"类，而第二组被列入"着题"类，亦即咏物类。从客观物状看，《瀛奎律髓》的分类无疑更为科学，但从主观情感看，将这两类统属于"老"字下，于刘克庄而言不仅是无可厚非的，更是理所当然的。在刘克庄长达八十馀年的生涯中，其晚年几乎是在和疾病的抗争中度过，所以他对"老"极为敏感。即使是客观的体物摹写老农、老马之类，实亦渗透了他自身面对衰老的贴切感受。在宝祐元年(1253)和宝祐二年(1254)中，近七十岁的刘克庄创作了一组咏"老"之诗，这不仅仅缘自诗友的唱和启发，更是其内心对韶华已逝的哀叹之必然。于刘克庄诗集中专设"老"之一目，正与其自身潜在精神契合。

第五章 刻书和编集：文学新变与作品传播　　257

　　第二，即卷十三的"题跋"类。这类收诗十九题二十一首，其中书籍题跋诗有十三首。在诗集中设"题跋"一目，亦颇罕见。在上一节，我们曾经探讨过刘克庄的书籍题跋诗，《类编增广颍滨先生大全文集》有"读书"、"读集"类，那不过是一般读书诗，并非题跋诗。书籍题跋诗是刻书产业兴盛的产物，也是宋诗书卷气与议论化颇具象征性的诗歌形态。在《诗集大全》的"题跋"目下，除了书籍题跋诗，一般性题跋诗也与题画、留题、题赠相区别开来，主要仍是题单篇文学作品的，如《跋桂侄梅诗》、《跋青阳尉古赋》等。如果说"老"字目的设置具有鲜明的个人印记，那么"题跋"目的设置则足以见出个人喜好与时代环境之间的交织关系。

　　第三，即卷十四的"感叹歌行"类。这一类在题材分类角度上又含体裁意味，比较特殊。刘克庄的七言歌行体诗歌创作数量并不多，但艺术成就较高。《后村先生大全集》卷七《郭熙山水障子》、卷二三《铜雀瓦砚歌一首谢林法曹》以及《诗人玉屑》所载逸作《齐人少翁招魂歌》等均是气韵生动、唱叹多情的佳作。至于《后村先生大全集》卷八的《筑城行》到《破阵曲》的十首系列作品，更是为诸多选本所关注，竟成为刘克庄诗歌地位的代表作品。其实，这组作品无论从内容题材还是艺术形式，都不能代表刘克庄的总体特点。然《诗集大全》专设"感叹歌行"类，却只入选这十首作品，可见这组作品确实超迈他作，颇为符合当时战事频繁、人民困苦语境下的内容期待与审美要求。

　　至于其他类目如"书考"、"宫祠"等之设，亦侧面反映出刘克庄一生徘徊于祠禄制下的境况，或堪玩味。《后村先生诗集大全》的类编性质，给我们开设了一扇观察刘克庄诗歌主题的别样窗口，这是此集在文献辑佚价值（参附录《两部宋刻本中的刘克庄佚诗佚文》）之外的重要学术内涵。

　　以上是刘克庄集的两种现存宋刻留给我们的学术启示。汰择与类编，反映出作者创作与作品编集的互动，其中隐藏的深层意蕴是值得深入探究的。这种图书编集实践中所体现的学术意义，不仅表现在别集之中，也表现在总集之中。

二、接受与还原：晚宋各总集中的后村作品

有宋一朝产生了一大批诗文总集（选集与全集），然据祝尚书统计，存留至今者不过八十馀种①。在这八十馀种之中，录有刘克庄作品者共十种②，今依诗、词、文分列，并标明其收录篇数如下：

诗

不知撰人《分门纂类唐宋时贤千家诗选》，收约一百二十三首（有部分待考）；

不知撰人《诗家鼎脔》，收六首；

方回《瀛奎律髓》，收四十首；

于济、蔡正孙《唐宋千家联珠诗格》，收二十九首。

词

黄昇《中兴以来绝妙词选》，收四十二阕；

赵闻礼《阳春白雪》，收五阕；

周密《绝妙好词》，收四阕。

文

胡谦厚等编《文房四友除授集》收八篇；

不知撰人《名公书判清明集》收二十二篇；

不知撰人《四家四六》收三十二篇。

此外部分类书也录有其作品，颇具选本性质者有四种：陈詠（字景沂）《全芳备祖》、不知撰人《锦绣万花谷》、祝穆《事文类聚》、不知撰人《翰苑新书》及续集。

借助它们，不仅可以还原文献，辑佚作品，以尽力探求作品的存留情况；同时还可以还原传播，知晓其作品流传接受情况。下

---

① 见氏著《宋人总集叙录·前言》，北京：中华书局，2004年，第5页。
② 《江湖集》系列因具别集丛书性质，且现存版本中未载刘克庄作品，此处不予计入。《两宋名贤小集》虽收有刘克庄作品，但其本身哪些部分属于宋编，哪些为后增，其面貌已模糊，不可定论，亦不予计入。可参许红霞《从三百八十卷本〈两宋名贤小集〉看其汇集流传经过》，载《海峡两岸古典文献学学术研讨会论文集》，上海：上海古籍出版社，2002年。

第五章 刻书和编集:文学新变与作品传播 259

面即从这两方面各加举例申说。

先以《名公书判清明集》为例,略谈文献的辑佚与还原。判词因其较弱的审美性和较强的实用性,一般不入文集。但是,作为文士们创作的一种公文文体形态,它又自具文学面目,仍有其审美因素在。自北宋以来,特别是到了南宋,判词摆脱隋唐时的骈体形态,蜕去藻饰特点,而以散语出之,虽不受文学家重视,却仍是宋代文章的重要组成部分。刘克庄自己对此亦有明确认识,他在《后村先生大全集》选录的判文后,有一跋语云:

> 《续稿》五十卷,起淳祐己酉至宝祐戊午,十年间之所作也。余少喜章句,既仕,此事都废。数佐人幕府,历守宰、庾漕,亦两陈臬事,每念欧公夷陵阅旧牍之言,于听讼折狱之际,必字字对越,乃敢下笔,未尝以私喜怒参其间。所决滞讼疑狱多矣,性懒,收拾存者惟建溪十馀册、江东三大册。然县案不过民间鸡虫得失,今摘取臬司书判稍紧切者为二卷,附于《续稿》之后。昔曾南丰《元丰类稿》五十卷,《续稿》四十卷,末后数卷如越州开湖顷亩丁夫、齐州粜米斗斛户口、福建调兵尺籍员数,条分件例如甲乙帐。微而使院行遣呈覆之类,皆著于编,岂非儒学、吏事、粗言细语,同一机杼,有不可得而废欤!姑存之以示子孙。开庆改元上巳日,克庄题。(卷一九三,《全宋文》第 327 册,第 436 页)

他意识到判词的实用价值,又对其文学意义有所迟疑,所以将所作诸判进行了选择,以"稍紧切者"的标准共选三十六篇,裒为两卷收入文集。而在《名公书判清明集》中,共收录刘克庄判词二十二篇,其中有十二篇是文集不收者,亦即刘克庄剔除中的部分。这部分判词可补文集之阙,所以《全宋文》即据以补遗,它们的留存,无疑对认识刘克庄判文写作的全貌具有积极意义。对照收入文集的三十六篇,十二篇不入文集者,主要是内容上的"民间鸡虫得失",如争婚、改嫁、宰牛等,较之收入文集的命案、盐铁、充役等,显然更为琐碎。不过,它们之间也存在语言篇幅上的一些差异。入集者中除了《建昌县刘氏诉立嗣事判》篇幅较长外,其他诸篇都较简单，而未入集者则多为长篇，其间差异实质上表现出刘克庄对判文条理清晰、语言简练风格的追求。因而，"紧切"二字所蕴含的就不只是内容的紧要，更意味着行文的紧凑凝练。

就文献辑佚与还原来看，我们似无更多话要说。毕竟文献辑佚完全依赖材料的搜讨功夫。但是，在上述《名公书判清明集》的简单讨论中，有两个问题依然对我们有所启牖。第一，这些没有被收入文集的作品，是刘克庄自己主动剔除的，中间必然就包含其个人诗文思想的变化在，其文学主张的嬗变轨迹，或许由此可再深入探究。这一思路，同样适合于对《分门纂类唐宋时贤千家诗选》中后村作品的审视。在《千家诗》中，也有许多后村佚诗，其中不乏早年焚稿前的作品。如果能够细致分析它们，推测被删理由，也许亦有所得。第二，《名公书判清明集》的作者显然获得了较《后村先生大全集》更为丰富的材料，这些材料究竟是当时刊刻书籍所传播，还是时人抄录，是难以考证的事，不过却引起我们对晚宋传播途径与方式的一种思考。

恰好，《文房四友除授集》的流播过程，留下了一个解析当时作品传播的典型文本。下面即以它来谈第二点中传播的还原。

《文房四友除授集》一书，我们在讨论刘克庄游戏之作时已经提到过，其基本情况此不复述。此书现存版本以《百川学海》本为最早，除正文外，共收有四篇序跋：林希逸《文房四友除授集序》、刘克庄《文房四友除授集序》、陈垲《文房四友除授集跋》、胡谦厚《文房四友除授集跋》[①]。从这四篇序跋中，可知当时先后至少有三个版本流传。

第一个版本仅收郑清之、林希逸之文。林序云："今既得请补外，无复争名求进之嫌，因取而刊之郡斋。"署作："淳祐戊申腊月，朝奉郎、直秘阁、权发遣兴化军兼管内劝农事林希逸序。"知此本乃淳祐八年（1248）刊于莆田。

---

① 四篇跋文的具体内容此不抄录，读者可参《文房四友除授集》，下引诸序均据此，不再注。另亦可参考祝尚书《宋人总集叙录》第377—379页所载。

第五章　刻书和编集：文学新变与作品传播　　　　　　　　　　261

　　第二个版本除郑清之、林希逸之文外，加入了刘克庄的八篇。胡跋云："淳祐庚戌客京师，一日于市肆目《文房四友除授集》，制诏各一，诰二，乃青山郑公代王命也；表三，启一，乃竹溪林公代四友谢也。仿其体而异其辞者各一，乃后村刘公鸠集隐微，以彰其博也。"则此本极可能乃淳祐十年（1250）刊于杭州。

　　第三个版本则在上集基础上又加入了胡谦厚自己的文章，即今日所见《百川学海》收录之本，此本成于宝祐四年（1256）。

　　从这三个版本的递嬗可以看出，当时发达的刻书业，让文学作品的传播呈现出多样的形态，时人接受作品也存在许多可能性，它们的传播过程因此亦表现得更为复杂①。我们知道，"四友除授"系列文章的出现，在莆田文人群体中引起了广泛的仿作（参本书第一章第三节），而胡谦厚在淳祐十年于杭州购得郑、林、刘三人文章，亦就此题进行了开拓性的拟作，由"除授"转而为"弹驳"。莆田地域文人的仿作是刘克庄可以预料到的，胡谦厚的仿作则是在他的预想范围之外。当然，胡谦厚的拟作，刘克庄未必读到，但在《翀甫佺四友除授制跋》中，刘克庄说："有张端义者，独为四友贬制，自谓'反骚'，然材料少，边幅窘，非善辞令者。"（卷一〇八，《全宋文》第 330 册，第 10 页）文中提到的张端义，即《贵耳集》的作者，主要生活在江浙与广东两地，显然也如胡谦厚一样，并非莆田"里中士友"。张端义也可能是得获淳祐十年的杭州刻本后仿作，然后作品又被刘克庄阅读到。这样的传播过程，足以反映晚宋文学中读者与作者之间互动的亲切关系。按照德国接受美学家伊泽尔的观点："文学作品具有两极，我们可以称之为艺术极和审美极：艺术极是作品的本文，审美极是由读者完成的

---

① 比如钱锺书先生曾据《秋崖小稿·文集》卷六《拟文房四制》自序"文房四制经安晚、后村老笔，无复着手处矣"之句，而推测"是秋崖见《后村集》之证"，就忽视了当时文学作品传播的复杂性。见《钱锺书手稿集·容安馆札记》第 1 册，北京：商务印书馆，2003 年，第 414—415 页底。

对本文的实现。"①由此可以说,晚宋文学作品的"审美极"较之前代来说具有更丰富的内涵。

这种小集式的迅捷传播方式,不仅让胡谦厚们能够较快阅读到作品,同时更让刘克庄们的创作心态也有所改变。内山精也在谈及苏轼文学时曾说:"很快传播到不特定的许多读者手里,并被这许多读者同时解释着的诗人,和完全无法感受这些的诗人相比,在创作的姿态上可能会产生明显的差异。"②可以说,晚宋时传播所造成作者创作姿态的改变,较北宋应该更为明显,这或许可用伊泽尔的"隐含的读者"(implied reader)进行深度阐释。当然,这已是另外的问题。

在传播还原之外,我们还可以根据这些总集,略窥当时刘克庄作品接受之一斑。这些全集或类书,有些是以内容题材为择选标准者,如《名公书判清明集》、《全芳备祖》、《锦绣万花谷》等;有些是以艺术水平作标准者,如《诗家鼎脔》、《中兴以来绝妙词选》、《绝妙好词》等。以内容题材为标准者,择选标准相对简单,主要在于是否与主题相合。而以艺术水平作标准者,则稍有兴味。它们虽然反映出的主要是编选者的眼光,却也同时折射出时代风气中的好尚。这方面,方回的《瀛奎律髓》和黄昇的《中兴以来绝妙词选》最具代表性。他们两位都是具有包容精神的选家,能够照顾到各体风格的收录。特别是方回,既不满刘克庄的许多作品,也能够将其收入集中,表达他的批评态度。而同是福建人的黄昇则在《中兴以来绝妙词选》中选录后村词四十二首,数量与辛弃疾并列第一,这不仅反映出黄昇对豪放词的推崇,也说明在骚雅词派风靡江浙乃至全国之时,闽中地区实际上存在对另一种词风的崇尚。不过,无论是《瀛奎律髓》还是《中兴以来绝妙词选》,学界

---

① 〔德〕W·伊泽尔《审美过程研究》,霍桂恒等译,北京:中国人民大学出版社,1988年,第27页。
② 〔日〕内山精也《苏轼文学与传播媒介——试论同时代文学与印刷媒体的关系》,朱刚等译,载《传媒与真相:苏轼及其周围士大夫的文学》,上海:上海古籍出版社,2005年,第292页。

第五章 刻书和编集：文学新变与作品传播

对它们均已有较多专题性探讨，这里就不再展开讨论。

　　总之，作为晚宋文学传播链条中的突出因素，刻书与编集以其迥异于前代的印制新样式与运作新模式，为我们揣度和还原当时文学作品的接受状态，提供了鲜活可见的丰富材料。而通过对刘克庄作品当时刊刻情况的考察，我们也能够发现其间蕴藏着许多的学术信息，给解读刘克庄文学中的一些深层问题带来了崭新的视角。因此，刻书产业作为晚宋文学生态不可或缺的组成部分，理应受到学界特别的关注。

结束语　刘克庄的文学世界与晚宋文学生态

宋度宗咸淳五年(1269)正月二十九日，八十三岁高龄的刘克庄卒于里第。至此，刘克庄六十年的文学生涯画上了句号，时距南宋灭亡仅剩十年。此后，南宋政权因蒙古军队的层层逼进，进入了生死存亡之秋，实已可改称"亡宋"而非"晚宋"。文学也因战争的强力介入，突然跳脱了原有运行轨道，民族气节与爱国精神再一次傲然挺立其间，整个文坛生态发生了质的改变，呈现出另一种景象。在这个意义上说，刘克庄六十年的文学生命恰好贯穿了晚宋文学生态衍变与定型的整个过程，透过他的文学世界，我们基本能够看清晚宋文学多维生态中的重要面相。

第一，地域和家族是晚宋文学生态空间构成的基本单元。在综论中，我们曾简略谈及过南宋地域文化蓬勃发展的情况，就文学来说，地方文人依靠当地文学家族，特别是通过家族中的核心文学家，彼此声气联络，让晚宋文人群体呈现出带有局域性的网络块状分布。由此，地域即成为晚宋文学生态构成的基本空间，这一空间直接影响到晚宋文学作品的内容表现与传播范围。刘克庄一生长居莆田，而这样的人生经历在晚宋士人之中并不特殊，晚宋许多重要作家基本上都在家乡居住过很长时间，里居时期成为他们共同的文学创作丰收期。这就让晚宋文学整体上表现出比前代文学更为强烈的地域色彩。与此相应，地域文人群体作为重要的文坛构成，也直接促成了晚宋文学版图分散的特点。

第二，作家社会身份的多样化是晚宋文学生态分层结构的主要基础。由于晚宋士人严重的分化，作家社会身份的多样化成为一个突出的社会现象，也是影响作家创作风貌的重要因素。刘克庄一生经历江湖游士、地方精英、州府长官、朝廷重臣多重身份的转换,这直接促成了其文学面貌的更新与改变。每一种身份,都会有与之对应的独特的文学创作现象出现。虽然在晚宋时期,像刘克庄这样频繁转换社会身份者并不多,但正是因为他兼具多重身份,才让我们得以从一个作家窥探到各种社会身份群体的创作趋向。刘克庄以其"桥梁式"的人际网络特点,穿梭于各社会阶层之间,透过其文学,我们能明显感觉到阶层分化带来的彼此之间的文学风貌迥异与断裂。另一方面来说,多样化的作家身份让晚宋文坛呈现出鲜明的分层性,文学重心下移促成了"专业型"作家的出现,他们在降低了文学家自身地位的同时,却让文学技巧以一种更为精深的姿态出现在历史图景之中。他们是对刘克庄这类集官僚、学者、文人为一身的典型宋代士大夫文学的"解构"。不过,要认清这种"解构"的意义,依然离不开对刘克庄式的晚宋士大夫文学的探讨。换言之,对晚宋文学生态分层结构的清晰认识,仍要建立在复合型作家身份之上,否则将只看到某一阶层的创作(如将游士阶层的文学创作看作晚宋文学的全部),而忽视另一阶层的文学。而这样显然不符合晚宋文学整体生态结构的实际。

第三,政治环境与士人心态的关系是晚宋文学生态互动性结构的典型表现。政治一直是中国文学生态中极为关键的构成因素,而在晚宋权相当政的具体语境中,群体性党争与个体性政争交相纠结的态势亦较突出。晚宋士人虽然存在明显的分层性,然不管是寄寓江湖的游士,还是身处魏阙的官员,政治环境的变化一直影响着士人心态的形成。立朝为官的文学家受政争影响者自不必说,就是在野的江湖诗人,也被"政治化","江湖诗祸"的发生就是著例。晚宋几起大的历史事件,无一不在文学创作中留下深刻的痕迹。如勾承益撰《晚宋诗歌与社会》[①],即是鉴于晚宋诗歌反映政治与社会问题的深度与广度,而专门把诗歌当做历史材

---

① 勾承益《晚宋诗歌与社会》,成都:电子科技大学出版社,2001年。

料予以阐释,这恰好从另一个方面说明了晚宋政治与文学创作之间的密切关系。刘克庄在野时遭遇"江湖诗祸",立朝时又卷入多起政争,这对其个人命运与文化性格产生了重大影响,而这恰好也是晚宋政治对文学生成产生作用的典型链条。即政治环境对文学生态的影响,主要是通过文人心态的中介作用,由此调整乃至重塑作为文学主体的士人们的文化性格,以作家心灵的改易影响文学精神的嬗变。因为政治是作用于文人心灵的,所以它就不仅关乎文学的内容与题材,而且还关乎文学的情感与审美。是故,晚宋政局与士人心态的关系就成为文学生态结构中最为活跃的互动因子。

第四,作家自身的学术背景、知识结构以及思想信仰是影响晚宋文学生态的重要内部因素。作为中国历史上学术最为繁荣的时代之一,晚宋士人的知识结构与学术背景显得颇为多元。这种多元性,不仅建立在作家社会身份的多样性上,而且也直接受氛围活跃的思想流派影响,同时由于地缘、学缘与个人际遇的不同,其学术旨趣、知识构成、思想成分也表现出差异。这些内在修养,因宋代文学中普遍的书卷精神,而参与到诗词文的创作之中,成为文人们文学创作的取材宝库与思想资源,由此也影响到各自文学面貌的呈现。刘克庄文学中理学与史学因素的作用,已经向我们展示了它们之间彼此关系的一种具体形态。这虽然不具有全局性,却无疑让我们看到了整个晚宋文学生态中,学术思想对于文学创作的重要意义。另一方面,兼具学者身份的文学家,实亦为晚宋作家群的成员之一,他们带有浓厚学术气息的文学创作,也是晚宋文学整体风貌的重要组成部分。由此,我们就不得不关注学术对于文学生态还原的作用与意义。

第五,刻书、编集、出版等构成的传播新环境是晚宋文学生态内在结构不可忽视的组成部分。与前代乃至北宋相比,晚宋刻书业的发达直接促成了晚宋文学生态中传播因素的凸显。这意味着文学与外界的交流更为容易而频繁。在这样的环境中,刻书与编集行为成为一种广义的文学活动,对文学创作产生了不可估量的影响。我们通过考察刘克庄文学中刻书因素的作用与内蕴,揭示了文人们在读者与作者的双向维度上,受刻书影响而出现的文学新变现象。另一方面,作品以各种形式和名目编集出版,让"隐含读者群"得到空前的扩大,这也促使作者创作心理产生了前所未有的变化。从接受美学的角度来说,如果考虑到读者也是文学作品的参与者,那么刻书与编集就一定是考察晚宋文学生态内在结构时不可遗忘的环节。

以上是从刘克庄的文学世界所窥见的晚宋文学生态诸个重要方面,它们中间有些因素是晚宋时期所特有的,比如鲜明的地域性、身份转换的复杂性、刻书业在文学传播中的作用等,就是南宋以前文学生态中不突出的一面,但在晚宋时占据重要地位;而有些因素则是许多时期所共有的,只是具体的表现形态有所区别,如政治局势与文人心态、作者学术背景与思想信仰等。然无论是特别方面还是共有方面,它们都以文学为纽带,联结在一起,共同构成了晚宋文学生态系统的主要框架。

总之,刘克庄因其文坛宗主的身份,以融液诸家、兼擅众体的气魄,成为统摄整个晚宋文坛独一无二的人选,给我们观察晚宋整体文学生态提供了绝好的样本。在刘克庄的文学世界中,上述各种因素与其文学作品的题材选择、意象塑造、文艺形式、情感内涵等整合成一个动态的系统,向我们展示了一幅历史场景中丰富多彩的文学画卷。而透过其间,可以看到它背后其实存在一片更加波澜壮阔的文学图景。

当然,这个样本也有十分明显的缺陷。晚宋文学发展线索的复杂性和文学生态结构的分层性,注定了没有一个人能够真正完全地贯穿整个晚宋文学版图。刘克庄个人文学世界的再现,只能是晚宋文学生态复杂结构中的一种表现形态而已。最为重要的是,作为一个宋代典型的士大夫,我们无法通过刘克庄来观察当时俗文学的发展状态,而只能囿于传统雅文学范围的诗词文赋创作。作为中国文学雅俗之变的关键时期,完全忽略俗文学的勃兴在整个晚宋文学生态建构中的作用,无疑是十分遗憾的事情。不过,雅俗文学的共生共振,虽然存在相互影响的事实,却有各自不同的线索脉络,处于不同的文学生态互动关系之中。因此,也似无必要把话本、小说、戏曲等文学样式的嬗变轨迹,强行拉入传统士大夫文学生态建构之中。在这个意义上来说,我们又有充分的理由和足够的自信,再次认定刘克庄是观察晚宋文学生态的典型样本。

基于这样的事实,我们认为通过刘克庄文学世界的展示,大致勾勒了晚宋士大夫文学的整体轮廓,对认清晚宋文学生态具有积极而重要的作用。当然,我们无法否认这仍然只是"一种考察"。在以后的研究中,还可以采用更多的方式,从不同的侧面,无限可能地接近晚宋文学全景,重构晚宋文学整体生态。

附录一　百年来刘克庄研究一览表

近百年来,刘克庄研究的成果不到二百种,其中重复研究现象较为严重,高水平之作不多,其成就与缺失在本书绪言已有论述,此不赘述。为了便于读者较快了解本领域现状,同时也为给来哲提供检索线索,免去翻检之劳,特制定本表。兹将表格若干著录原则说明如下:

一、本表为刘克庄研究的专门性文章、论著与作品整理集目录,其时段自20世纪初(最早为1933年)现代学术开端以来至2009年6月止;其地域不拘于国内,凡目力所能及,均加收录;

二、教材、选本及各类文学史不在收录范围,赏析性单篇文章酌情收录;

三、重复发表者,一般不作剔除,如一稿多发、书刊重复等。但先发表在刊物,后又收入论文集者,则论文集中文稿不再著录;

四、博士论文已修改出版者,仅录正式出版著作,未出版者则收录论文;

五、本表以求全为总原则,大致按照时间排序,或有遗漏,敬请指正。

	篇(书)名	责任人	发表书刊(机构)	刊发时间
1	后村长短句考证	张荃	中国文学会集刊(第1期)	1933年6月
2*	刘后村先生年谱	张荃	之江学报(一卷三期)	1934年5月
3	晚宋词人刘克庄	林世英	协大艺文(第六期)	1937年1月
4	南宋莆田词人刘克庄小纪及年谱	陈润生	学苑	1937年
5	刘后村先生年谱	宋湖民	兴化文献	1947年1月
6	刘后村满江红词七首笺	张荃	大陆杂志(第1卷8期)	1950年10月
7	刘后村与四灵江湖	茧庐	畅流(22卷3期)	1960年9月

续表

	篇(书)名	责任人	发表书刊(机构)	刊发时间
8*	刘后村的家世与交游——刘后村与晚宋政治之一	孙克宽	大陆杂志(22卷12期)	1961年6月
9*	晚宋诗人刘克庄补传初稿	孙克宽	东海学报(3卷1期)	1961年6月
10*	晚宋政争中的之刘后村——刘后村与晚宋政治之二	孙克宽	大陆杂志(23卷7、8期)	1961年10月
11*	宋代演劇窺管——陸游劉克莊詩を資料として	岩城秀夫	中国文学报(第十九期)	1964年7月
12	刘后村诗学评述	孙克宽	东海学报(7卷1期)	1965年6月
13	刘克庄的诗论	黄启方	幼学志(10卷3期)	1972年9月
14	刘克庄的生平及其诗词	曾宪燊	艺文志(第147期)	1977年10月
15	刘后村与四灵、江湖	孙克宽	中国诗季刊(10卷3期)	1979年9月
16	刘克庄:沁园春(梦孚若)	刘逸生	广州文艺	1979年12期
17	谈刘克庄的诗词	陈祥耀	榕树文学丛刊(诗歌专辑)	1980年2月
18*	后村词笺注(作品整理)	钱仲联	上海古籍出版社	1980年7月
19	刘克庄《贺新郎·九日》赏析	李国章	词刊	1982年5期
20*	十六首后村词编年考	许山河	湘潭大学学报	1983年3期
21*	刘后村年谱及其词研究	咸贤子	台湾政治大学中研所硕士论文	1983年6月
22	刘后村文学批评研究	李若纯	台湾东吴大学硕士论文	1983年5月
23*	从刘克庄诗作看宋代福建的戏曲	王耀华	戏曲研究(第十辑)	1983年9月
24	关于《后村词》的评价	林灏	莆田文史资料(第六辑)	1983年12月
25*	后村诗话(作品整理)	王秀梅	中华书局	1983年12月
26*	The women in liu kezhuang's family	Patricia Ebrey	Modern China(10)	1984年
27*	论爱国词人刘克庄的词	杨海明	福建论坛	1984年1期
28*	爱国的诗篇 时代的悲歌:刘克庄词初探	许山河	湘潭大学学报	1984年4期
29	羁留又见岭梅开:刘克庄羁留桂林	湘君	漓江	1984年4期
30	辛派词人刘克庄	李国庭	文史知识	1984年7期
31*	略论刘克庄政论词和谐谑词	许山河	湘潭大学学报(增刊)	1985年1月

续表

	篇(书)名	责任人	发表书刊(机构)	刊发时间
32	刘克庄的诗论	王达津	古代文学理论研究丛刊(第十辑)	1985年6月
33	刘克庄词五首评析	黄世中	温州师专学报	1986年1期
34	《后村词笺注》商榷	向以鲜	南开学报	1986年5期
35*	关于刘克庄生平活动的几个问题	黄山松	杭州大学硕士论文	1986年5月
36	严羽、刘克庄诗论辨析	黄鸣奋	严羽学术研究论文选,鹭江出版社	1987年1月
37*	试论刘克庄自寿词	黄忱中	太原师专学报	1987年1期
38	关于刘克庄的诗论	胡 明	中州学刊	1987年2期
39	爱国诗人刘克庄	吴东权	国魂(496期)	1987年3月
40*	刘克庄诗词轨迹与心路历程	胡 明	河北师范学院学报	1987年4期
41	后村长短句	章 谷	上海古籍出版社	1988年1月
42	《后村诗话》勘误	房日晰	文史(第二十九辑)	1988年2月
43	刘克庄生平及著作述概	李国庭	福建图书馆学刊	1988年2期
44	沉郁苍凉、慷慨生哀——试谈刘克庄词的艺术风格	胡元坎	宁德师专学报	1988年2期
45	读刘克庄的"象棋诗"	王 素	体育文化导刊	1988年3期
46	羞学流莺百啭——刘克庄词散论	许山河	文学评论丛刊(第三十辑)	1988年4期
47	梦绕中原块土:读刘克庄词《昭君怨·牡丹》	刘存璞	菏泽师专学报	1989年1期
48*	后村词韵杂谈	陈鸿儒	龙岩师专学报	1989年3月
49	后村词编年补考	程章灿	福建论坛	1989年6期
50	刘克庄年谱简编	李国庭	福建图书馆学刊	1990年1期
51*	论刘克庄的诗歌创作成就	张瑞君	河北大学学报	1990年2期
52	评刘克庄的文学观	温德全、张瑞君	传统文化	1991年1期
53	刘克庄生平三考	李国庭	福建论坛	1991年4期
54*	刘克庄先生年谱	刘大治	文献史料研究丛刊(第三辑),福建省地图出版社	1991年10月

续表

	篇(书)名	责任人	发表书刊(机构)	刊发时间
55	忧国怀衷肠 报国抒壮志——读刘克庄《贺新郎·国脉微如缕》词	张忠纲	文史知识	1991年11期
56*	略论刘克庄诗歌的艺术特色	张瑞君	大连大学学报	1992年2期
57	江湖诗派的领袖——刘克庄	张宏生	古典文学知识	1992年9期
58	刘克庄家世考略	向以鲜	宋代文化研究(第二辑)	1992年12月
59*	南宋の祠庙と赐额について——釈文珦と刘克荘の视点	金井德幸	宋代の知识人	1993年1月
60*	刘克庄年谱(专著)	程章灿	贵州人民出版社	1993年2月
61*	刘克庄不是辛派词人	明 见	宜昌师专学报	1993年4期
62	刘克庄交游考Ⅲ	向以鲜	宋代文化研究(第三辑)	1993年11月
63*	刘克庄辛派词人辨	明 见	西南师范大学学报	1994年1期
64	融通与超越——论刘克庄诗	张宏生	漳州师院学报	1994年1期
65*	刘后村と南宋士人社会	中砂明德	东方学报(第六十六册)	1994年1月
66	刘克庄与福清少林僧	蒋维锬	福建师大福清分校学报	1994年2期
67	刘克庄与唐诗	张瑞君	河北大学学报	1994年4期
68	非儒非佛亦非仙——刘克庄思想概说	向以鲜	宋代文化研究(第四辑)	1994年10月
69*	刘克庄爱国辛派词人辨	明 见	中国文学研究	1995年1期
70	刘克庄和闽籍江湖派诗人	陈庆元	福州师专学报	1995年2期
71	刘克庄和杨万里诗歌的继承关系	张瑞君	河北大学学报	1995年4期
72	刘克庄的五绝	张 健	明道文艺(232期)	1995年7月
73	说刘克庄"诘猫赋"	张忠纲	文史知识	1995年9期
74*	超越江湖的诗人——后村研究(专著)	向以鲜	巴蜀书社	1995年11月
75*	所谓"后村千家诗"考	程章灿	中国诗学(第4辑)	1995年12月
76	后村诗论漫说	张福勋	内蒙古民族师范学院学报	1996年1期
77	刘克庄评传	张忠纲	作家作品散论,齐鲁书社	1996年1月

续表

	篇(书)名	责任人	发表书刊(机构)	刊发时间
78	论后村词的基本特色及其在南宋词坛的地位	刘锋焘	陕西师范大学学报	1996年4期
79*	刘后村小品(作品整理)	赵季、叶言材选注	文化艺术出版社	1997年1月
80	刘克庄简论	裴善明	古籍研究,安徽大学出版社	1997年1期
81	刘克庄与贾似道	明见	湖北三峡学院学报	1997年2期
82	论刘克庄的自然美学观	明见	东疆学刊	1997年3期
83	刘克庄诗学研究	杨淳雅	台湾政治大学硕士论文	1997年5月
84	刘克庄与贾似道	明见	西南师范大学学报	1998年1期
85	试论后村词的特色——兼谈刘克庄对豪放词的发展	陈先汀	福建师专学报	1998年3期
86	刘后村寿词浅论——兼谈后村与贾似道的关系	刘锋焘	陕西师范大学学报	1998年3期
87	刘克庄文学思想管窥	陈先汀	福建论坛	1998年5期
88*	后村盐诗考略	郭正忠	文史(第四十六辑)	1998年12月
89*	全宋诗(第58册)刘克庄卷(作品整理)	傅璇琮等	北京大学出版社	1998年12月
90	张荃之《后村先生年谱》笺注	林志达	中华技术学院论文发表研讨会"社会人文和自然科学组论文集"	1999年
91*	空巷无人一国狂——从刘克庄诗词看南宋莆田杂剧百戏	万宝璋	文史知识	2000年3期
92	版本传播与选诗态度——关于钱锺书《宋诗选注》中一个看法的考辨	向以鲜	四川大学学报	2000年3期
93	刘后村家世考	林志达	中华技术学院学报(21期)	2000年11月
94	刘克庄词新释集评(作品整理)	欧阳代发	中国书店	2001年1月
95*	南宋時期における福建中部の地域社會と士人 劉克莊の日常的活動と行動範圍を中心に	小林义广	东海史学(第36号)	2001年3期
96	从《后村千家诗校注》整理上的失误谈古籍校勘	李更	北京大学中国古文献研究中心集刊(二)	2001年4月

续表

	篇(书)名	责任人	发表书刊(机构)	刊发时间
97	谈刘克庄的爱国诗	林志达	九十年度中华技术学院论文发表研讨会人文、通识与技职教育组论文集	2001年4月
98	说刘克庄《贺新郎》"老眼平生空四海"	钟振振	文史知识	2001年11期
99	刘克庄文学成就浅探	林金松	莆仙文化研究——首届莆仙文化学术研讨会论文集	2002年1月
100	论刘克庄关于作官与作诗的矛盾价值观	明见	三峡大学学报	2002年1期
101	刘克庄诗论精神之管窥	牟鹭玮	钦州师范高等专科学校学报	2002年2期
102*	宋刻本《后村居士集》考证	张丽娟、程有庆	宋本,江苏古籍出版社	2002年2月
103*	刘克庄豪放词与莆田文化之关系	陈文珍	三明高等专科学校学报	2002年3期
104	论刘克庄的诗歌"锻炼"说	明见	西南师范大学学报	2002年3期
105	论刘克庄诗歌的师法观	明见	河北大学学报	2002年3期
106	后村诗论精神研究	牟鹭玮	四川大学硕士论文	2002年3月
107	豪雄旷放,排宕悲慨的振聋发聩之音——论后村词	刘锋焘	宋金词论稿,中国社会科学出版社	2002年4月
108	南宋后期诗人刘克庄用韵研究	李虹颖	湛江师范学院学士论文	2002年5月
109	论刘克庄的诗人层次论	明见	三峡大学学报	2003年1期
110	后村研究述评	阎君禄	宜宾学院学报	2003年1期
111	刘克庄的诗教观与中国儒家诗教的演化	明见	甘肃社会科学	2003年2期
112	刘克庄与宋代诗歌风格学	明见	西南师范大学学报	2003年2期
113	论刘克庄的诗歌创新观及其诗学地位	明见	殷都学刊	2003年2期
114	后村诗论和诗歌创作研究	阎君禄	四川大学硕士论文	2003年3期
115	宋诗学的反思与整合——刘克庄诗学思想述评	黄宝华	上海师范大学学报	2003年4期
116	欲托朱弦写悲壮——后村寿词初探	阎君禄	乐山师范学院学报	2003年4期
117*	刘克庄贺贾之作新论	明见	文学遗产	2003年5期

续表

	篇（书）名	责任人	发表书刊（机构）	刊发时间
118	刘克庄"诗外功夫"论的理论蕴含	明 见	三峡大学学报	2003年6期
119	刘克庄的诗人人品论	王明建	荆州师范学院学报	2003年6期
120	从几种选本中看刘克庄诗歌的接受	王述尧	社会科学家	2003年6期
121	令人猛醒的当头棒喝——刘克庄《玉楼春·戏呈林节推乡兄》赏析	高 峰	名作欣赏	2003年6期
122	论刘克庄新乐府体诗十首	林志达	中华技术学院人文与自然类组校庆论文集	2003年11月
123*	后村咏史诗略论	王述尧	河北大学学报	2004年2期
124	刘后村题画诗论略	王述尧	盐城师院学报	2004年2期
125	试论后村的写景诗	王述尧	社会科学家	2004年2期
126*	刘克庄与中国诗学（专著）	王明见	巴蜀书社	2004年2月
127	刘克庄"诗外功夫"论的诗学地位	明 见	三峡大学学报	2004年3期
128*	历史的天空——略论贾似道及其与刘克庄的关系	王述尧	兰州学刊	2004年3期
129	略论后村的咏梅诗及其他	王述尧	阜阳师院学报	2004年3期
130	刘克庄"本色"诗论	严国荣	陕西师范大学学报	2004年3期
131	晚宋爱国词人刘克庄的六次罢黜	郭奇林	福建史志	2004年4期
132	文化的多元与诗歌的式微——从刘克庄的观点看古代诗歌的衰微之因	王明建	西南师范大学学报	2004年4期
133	刘克庄研究综述	王述尧	古典文学知识	2004年4期
134	《后村先生大全集》所见仕潮官吏考——兼论南宋潮州文化教育	许丽莉	华东师范大学硕士论文	2004年5月
135	"江湖诗人"、"辛派词人"——南宋诗词大家刘克庄	邹自振	福建乡土	2005年4期
136	刘克庄词研究	卢雅惠	台湾东吴大学硕士论文	2005年5月
137	后村词艺术论	曹艳春	西华师范大学硕士论文	2005年6月

续表

	篇(书)名	责任人	发表书刊(机构)	刊发时间
138	刘克庄仕宦时期词作探析	卢雅惠	有凤初鸣年刊	2005年9月
139	略谈刘克庄咏怀诗中的诗论	王述尧	江西科技师范学院学报	2006年2期
140	刘克庄前期词《后村诗馀》研究	王述尧	东岳论丛	2006年3期
141	宋代畲族史的几个关键问题——刘克庄《漳州谕畲》新解	谢重光	福建师范大学学报	2006年4期
142	刘克庄唐宋诗学史观研究	彭娟	暨南大学硕士论文	2006年5月
143	后村词创作及其词学思想整体观	万露	吉林大学硕士论文	2006年5月
144	后村友朋诗词酬唱集辑	程章灿	古典文献研究(第九辑),凤凰出版社	2006年6月
145*	《全宋诗》刘克庄诗补正及相关问题	李更	宋代文化国际学术研讨会论文集,四川大学古籍所编。后又收入《北京大学中国古文献研究中心集刊》第8辑,2009年	2006年8月
146	刘克庄亲属仕潮考	许丽莉	玉溪师范学院学报	2006年8期
147*	全宋文(326—332)刘克庄卷(作品整理)	曾枣庄等	上海辞书出版社、安徽教育出版社	2006年8月
148*	刘克庄的梅花诗与梅花词	侯体健	新国学(第六辑),巴蜀书社	2006年10月
149*	刘克庄六言诗初探	侯体健	中国诗学(第十一辑),人民文学出版社	2006年10月
150	略论刘克庄在江西诗派体系建构中的贡献	王锡九	南京师范大学文学院学报	2007年1期
151	从老庄到刘克庄:"自然"美学观的发展之路	王明建	文学评论	2007年2期
152	刘克庄美政"记"体文及其文学史意义	王明建	文学遗产	2007年2期
153	刘克庄的"唐律"观	王锡九	安徽师范大学学报	2007年2期
154	刘克庄的"锻炼"说	王锡九	江苏教育学院学报	2007年3期
155*	刘克庄诗学思想研究	何忠盛	四川大学博士论文	2007年3月
156	刘克庄《后村词》研究	英伟	上海师范大学硕士论文	2007年5月
157	后村词艺术风格论	英伟	消费导刊	2007年5月
158	刘克庄词研究	代亮	济南大学硕士论文	2007年6月

续表

	篇(书)名	责任人	发表书刊(机构)	刊发时间
159	刍议刘克庄词学思想	陈先汀	东南学术	2007年6期
160	论刘克庄《沁园春》词作	陈翠颖	淮北煤炭师范学院学报	2007年6期
161	托物寄情见铮骨——刘克庄《落梅》赏析	徐冬香	现代语文(文学研究)	2007年7期
162*	刘克庄与南宋学术(专著)	王宇	中华书局	2007年9月
163*	刘克庄诗学研究(专著)	王锡九	黄山书社	2007年9月
164*	刘克庄诗歌研究(专著)	景红录	上海古籍出版社	2007年12月
165	论刘克与时俱进的词学观	单芳	甘肃广播电视大学学报	2008年1期
166	刘克庄词学思想论略	曹艳春	长沙大学学报	2008年1期
167*	刘克庄与南宋后期文学研究(专著)	王述尧	东方出版中心	2008年2月
168	论刘克庄诗人主体论的道德化倾向及其他	景红录	河北科技大学学报	2008年2期
169	试评刘克庄的"诗歌审美风格论"	景红录	中北大学学报	2008年2期
170	刘克庄与仕潮知州交游考	许丽莉	潮州师范学院学报	2008年3期
171	论刘克庄的花卉鸟兽咏物词	李贵连	莆田学院学报	2008年3期
172	关于后村诗学的风格理论	王明建	文学评论	2008年3期
173	国色老颜不相称 今后村非昔后村:百年来刘克庄研究的得与失	侯体健	长江学术	2008年4期
174	刘克庄诗歌"情性说"批评	景红录	燕山大学学报	2008年4期
175*	刘克庄焚毁早期诗稿的诗学冲动	向以鲜	求索	2008年4期
176	刘克庄研究的学术价值论略	王明建	甘肃社会科学	2008年5期
177	刍论刘克庄词学思想脉络	朱慧玲	理论导刊	2008年6期
178	后村寿词探析	周静静	文教资料	2008年28期
179	论刘克庄词中的哀怨之气	王跃娜	文教资料	2008年28期
180	深切的寄愿 无情的鞭挞:读刘克庄《贺新郎·送陈真州子华》	赵静	阅读与鉴赏(教研版)	2008年10期

续表

	篇（书）名	责任人	发表书刊（机构）	刊发时间
181	《刘克庄年谱》考辨	王宇	中国诗歌研究（第5辑），中华书局	2008年12月
182*	《后村先生大全集》整理本	王蓉贵、向以鲜	四川大学出版社	2008年12月
183	刘克庄诗法理论述评	景红录	重庆工商大学学报	2009年1期
184	刘克庄入桂及诗歌创作	陈文苑	西昌学院学报	2009年1期
185	刘克庄解读"诗豪"刘禹锡	洪迎华	古典文学知识	2009年3期
186	刘克庄诗歌艺术批评	景红录	名作欣赏	2009年12期

注：本表所列论著序号后标有"*"者，为本文征引文献，不再于"参考文献"一栏列出。

附录二　两部宋刻本中的刘克庄佚诗佚文

"中华再造善本"一期工程收录了《后村先生大全诗集》与《四家四六》两部宋刻本图书。这两部宋版珍籍存有多篇刘克庄本集《后村居士集》《后村先生大全集》未收录的诗文,具有重要的文献价值。《全宋诗》《全宋文》的整理,或因此二书当时尚"养在深闺",所以未对之加以利用。近有四川大学出版社出版的点校本《后村先生大全集》(王蓉贵、向以鲜点校,2008年12月版),亦未覆检二书以辑佚。由此臆测,大家对此二书价值的认识尚不够充分。今不揣浅陋,就二书基本情况作一简介,并将其中的刘克庄佚诗佚文拈出,以供学界参酌。

一、两部宋刻本的基本情况

(一)《后村先生大全诗集》,原本藏上海图书馆。本书共四册,半页十行,行十八字,白口,左右双边。其书卷首有残序两页,载如下字:"谓非有裨于缉熙顾问可乎先□□□富醇□□辞华哲匠能非卿不足以语此付刘克庄。"所载赞语乃出于宋理宗,今可据林希逸所撰《后村先生刘公行状》补全如下:

> 卿风姿沉邃,天韵崇巍,今观所进近作,赋典丽而诗清新,记腴赡而序简古,片言只字,据经按史,谓非有裨于缉熙顾问,可乎?先儒有言"学富醇儒雅,辞华哲匠能",非卿不足以语此。

本书目录题"后村先生诗集大全",正文则题"后村先生大全诗集",华林刘帘与编集。钤有项子京氏收藏、项氏家藏、墨林秘玩、项墨林父秘笈之印、项元汴印、振宜珍藏、沧苇、林佶、鹿原、席氏玉照、黄丕烈印、荛翁、苣孙、虞山张蓉镜鉴定宋刻善本、蓉镜、小琅嬛福地张氏藏、芙初女史姚畹真印等印。各册之后有黄丕烈、孙原湘、邵渊耀、姚畹真、钱天树、王芑孙、单学傅等跋。

该书目录显示共为十五卷。但总目仅有卷一、卷二、卷三、卷十四、卷十五全存,卷四残存。书内则存一至四,九至十五(残),共十一卷,中间尚有少数缺字,不计。本书属类编性诗集,先分门别类,再类中分体(目录中于每体下标所收数目),每体杂排而不以时为序。现存诗共三百五十六题,四百二十六首,其中逸出《后村居士集》《后村先生大全集》者十三首,内有十二首为《全宋诗·刘克庄卷》未收。从现存诸卷来看,一卷篇幅多则六十七首(卷十三),少则十首(卷十四),很不均匀。即便以最多卷数计,猜算此书全帙规模亦只一千首左右,与《后村先生大全集》所收近五千首的规模相比,数量悬殊。比对他书,知此书各门类下所收作品亦不够全。称为"大全",或只是书坊射利广告而已,似不可目为"另一系统之大全集"①。编者刘帝与,未知何人,从此书编次来看,或是有一定诗学修养的晚宋书商。该书的类编特点,亦与当时书坊风气颇相一致。

(二)《四家四六》,原本藏国家图书馆。本书共六册,半页十行,行十九字,细黑口,左右双边,版心题书名如"后村"或"后村四六"。仅首册首行题"壶山先生四六",其他各册各卷未题书名。所谓"四家",指壶山(方大琮)、臞轩(王迈)、后村(刘克庄)、巽斋(危稹)。书第五册,为《后村四六》一卷,存刘克庄四六文三十二篇并残文一篇,其中逸出《后村先生大全集》者共六篇并残文一篇,内有二篇并残文一篇为《全宋文·刘克庄卷》失收,另四篇《全宋文》已据《翰苑新书》辑入,即《代改除淮东仓谢丞相》、《代陈真州辚到任谢丞相》、《代湖南仓到任谢丞相》、《先君得遗表恩谢丞相》。但个别篇章文字与《四家四六》略有出入。这些文章均为启

---

① 钱天树跋此书云"此系《大全集》中一种"误导学界久矣,当正之。

文,以赠送对象或目的分类,目前仅可见八类,即:(贺)丞相、(中间残缺,似当作"谢荐举")、谢辟举、谢除授、谢到任、谢迁转、谢恩泽、谢改秩、贽见。

二、《后村先生大全诗集》中的佚诗

据以上介绍,兹将《后村先生诗集大全》可订补《全宋诗·刘克庄卷》者迻录如下,分为两部分:一为补入佚诗;一为补充阙文。另有个别异文及个别可补正原诗阙文者,文繁不录。

(一)补入佚诗十二首,依次列诗题、内容、卷数、门类。**健按:**这组佚诗,从诗歌风格来看,似当为刘克庄早年作品。或即其于嘉定十二年发箧焚稿后散落在民间的诗作而被书商辑录入书的。

寒食

测测轻寒似雪天,禁烟时候转萧然。今年未省看花在,徒顿春衫着柳绵。(卷二,时令门,春景,清明寒食附)

避暑拙亭

高卧拙亭上,萧然隔吏尘。短裁轻葛袖,小捻薄纱巾。井水掬来冷,园桃摘下新。好风生两腋,点暑不侵人。(卷三,时令门,夏景,夏)

蒸溽

梅雨不能晴,人间苦郁蒸。衣巾频入焙,肴馔尽藏冰。坐爇香驱蚋,眠挥麈拂蝇。晚凉差可喜,有酒欲邀朋。(卷三,时令门,夏景,夏)

秋思

桂影桐阴宛是秋,闲人亦复有闲愁。汉廷正乏卿云手,半为吟诗白却头。(卷三,时令门,秋景,秋)

秋雨夜坐

当时多独坐,今喜有交朋。竹屋堪同处,书床得共凭。雨声分夜话,萤火淡秋灯。对影还相顾,萧闲似两僧。(卷三,时令门,秋景,秋)

重九

塞垣此日重销魂,遍插茱萸忆弟昆。楚客悲哉空作些,晋人逝矣孰开樽。糕花例得分官舍,鱼菽何因叩暮门。欲上高城先慷慨,极南故国北中原。(卷三,时令门,秋景,秋)

除夜

逼剥门前爆竹声,纷纷儿女说新正。回思卯角年中事,坐拨残炉数断更。(卷三,时令门,冬景)

□□□□□

□□女恋,书阁接名流。凉月一帘昼,清风满院秋。谈诗胜美味,写曲当新讴。豢养朱门者,今宵有此不。(卷四,天文门,月)

阻风

一夜风庭龙沫腥,小舟畏险傍芦汀。洞庭青草多群盗,欲表虚皇借六丁。(卷四,天文门,风)

雨夜怀人

扫尽残梅恨已深,屋山风木转难禁。清闲似奏灵妃瑟,凄怨疑闻戍妇砧。无复断桥春并辔,但思精舍夜同衾。地炉烬少香匜冷,便恐明朝鬓雪侵。(卷九,人事门,交处)

送曾景建

莫向章江便语离,青灯夜话故应奇。未甘丽句题桃叶,那有

闲情咏柳枝。白社暮年重结友,赤城何日共寻师。已驱山鬼磨苍壁,要跨西风扫近诗。(卷十,人事门,送别)

维扬客舍

久作扬州客,愁来未易禁。颇知边地事,愈动故园心。花谱犹堪续,桥名不可寻。却疑张祜辈,泉下有新吟。(卷十,人事门,旅思)

健按:此诗宋刻本《南岳稿》及明《诗渊》收录,王蓉贵等点校本《后村先生大全集》亦据《诗渊》收入。

(二)补重要阙文若干字,框内字为补文(着重号为异文),后附原卷数及对应《全宋诗》页码。

恭和御制闻喜宴诗

逢时多士各弹冠,圣世君师自铸颜。海运而南六月息,辰居于北众星环。宴开镐邑升平际,乐奏钧天缥缈间。华发词臣蒙特起,羡他先辈夺标还。(卷一,和御制。《全宋诗》第36557页)

和居厚弟寿诗戊午(其三)

白尽须眉颊尚红,向来入洛士龙同。痴年谩□于群从,晚福全输与少公。(卷一,庆寿。《全宋诗》第36511页)

别陈宗院

送客频沽酒,迎兵久倚辕。何曾薄西邸,不忍舍南园。宦拙从渠巧,甥荣觉舅尊。福闽诸父老,心看魏公孙。(卷十,人事门,送别。《全宋诗》第36530页)

次韵曹守宴新进士

联镳共醉杏园春,英辟龙飞为作新。诸老破荒倡唐宋,三千接武辅乾淳。贤侯推广崇儒化,先辈涵濡养士仁。珍重黄堂一杯酒,已沾白发旧词臣。(卷十二,仕进门,及第。《全宋诗》第36633页)

送山甫铨试并寄强甫(其二)

家事如今亦尽传,此冠未挂待何年。忍抛老汉火炉畔,去傍渠侬水镜边。逆旅我能几时客,自家儿最得人怜。归鸿数寄平安字,莫遣衰翁望眼穿。(卷十二,仕进门,铨试。《全宋诗》第36486页)

秘书弟得祠

我为明道君崇道,同系冰衔晚节光。遍阅后来积薪者,仅存前度看花郎。凋零堪叹瓜三摘,老退犹贪粟一囊。但愿弟兄享黄发,多批祠考赛汾阳。(卷十二,仕进门,宫祠。《全宋诗》第36414页)

又次居厚韵

衰迟已迫挂冠年,三黜皆因骤九迁。且傍雁行游福地,免陪豹尾幸甘泉。早知丹汞方难验,晚悟黄粱梦不然。闻说青云梯磴捷,老无臂力可攀缘。(卷十二,仕进门,宫祠。《全宋诗》第36441页)

三、《四家四六》中的佚文

据以上介绍,兹将《四家四六》可订补《全宋文·刘克庄卷》者整理迻录如下,圆括号内为衍文。

残文一篇

判,以结怨仇。问渊明胡不赋归,恶子产至于欲杀。然公论颇存于田里,而此心可贯于神明。仰赖云天,苟安年岁。敢谓缁衣情笃,华衮词襃。岂因其木讷而罕言,或意其靖重而自守。卓哉兹举,可以为荣。此盖伏遇某官,华省望郎,清朝胏使。默观人品,既并进于诸生;已改皇华,尚恐遗于一士。遂令冗迹,亦忝昧言。某敢不永佩恩私,益修职业。夫脱在(在)弟子之列,虽无以堪;惟不为小人之归,则有以报。

堂除谢丞相

京华调选,分甘寒畯之小淹;边郡简僚,忽沐公朝之过听。谁为之地,命降自天。衔吾相之深恩,横孤生之感涕。自皇上聿更于圣化,而元台实秉于国均。政出中书,方揭示至公之道;士生斯世,宁忍为自弃之人。然客长安市者,车载而斗量;谒光范门者,肩摩而袂属。或声华烜赫,或科级岩峣。纷然监牧之露章,否则公卿之推毂。虽尽朝家之名器,未钧材馆之英翘。倘咸无尺寸之长,乃骤得斗升之禄。众讶孤寒而寡授,独知造化之曲成。伏念某学堕家传,仕繇门荫。亭障堡戍,尝征老校之见闻;米盐簿书,略识细民之情伪。中更陟岵,自痛不天。沉忧缠绕其肺肝,多病耗亡其精血。世缘薄甚,但思筑精舍以读书;生意萧然,未免弃钓竿而遮日。然亦自量其小器,何尝敢问于大钧。徒以先君,早陪下客。恩未酬于山岳,景已迫于崦嵫。尚加惠于九泉,且并官其二子。非释衰麄而摧谢,过勤衮舄之劳谦。访问死生,首兴哀于宿草;闵怜孤露,辱俯诘其戍瓜。念自媒非素学之所安,而躁进亦先贤之深戒。因辞东阁,退理南辕。敢云下走之姓名,竟入上公之省记。厥今边防未弛,吏箴方严。夫何迂缓之人,亦预使令之品。佽佽而往,惴惴不皇。兹盖伏遇某官,谋谟合乎伊皋,事业陋夫管晏。乾旋坤转,身独斡于机权;地负海涵,众莫窥其涯量。既辟招徕之数路,复张廉耻之四维。崇朴厚而黜虚浮,奖恬退而抑趋竞。凡佩玉奉璋之彦,已毕在延;虽抱关击柝之材,亦令得地。不然鲁钝,何出陶镕。某敢不思再世之所蒙,感清时之难值。尚竭方刚之筋力,庶几少补于丝毫。左右为容,初乏一言之借誉;东西惟命,誓捐九死以报恩。("谢除授"类)

改官谢丞相

脱选调而升阶,昔依衮座;怀邑章而往戍,今近钧埏。自怜衰暮之踪,巧出生成之造。澡身修敬,拜手陈情。窃惟宰绶之难,尤甚帝城之近。万人如海,易起风波;千里为畿,难防机穽。束湿殆成于怨府,察渊或稔于厉阶。虽师友相传,苟正其身,谓可从政;然古今通患,不获乎上,安能治民。倘非庙朝有心腹可告之缘,未免台府有脉络不通之弊。如某者榆衰寡荫,桂老无香。充赋亶庭,笑赘疣之安用;交飞鹗表,嗟画饼之徒劳。幸登五荐之员,何就一同之寄。冒当繁剧,贪近荣煌。始也扫门以谒相君,每聆好语;今焉束帛而见郡督,甘就卑栖。矧厥初分教于芹宫,而其次充员于筦库。未闲吏事,何称民庸。重兹云汉之祥,不间辰星之所。适会开元之饥岁,奚自养民;不殊大历之损田,徒多害稼。下无藏盖,上有煎熬。使其十数年之前,得此万户令之寄。尚堪抖擞,以效驱驰。今既老矣不如人,方有同于烛武;况非学而后入政,宁不类于尹何。是犹怀下吏之私,未及虑上官之责。盖使鼐鼎立,好恶难齐;而帅府天高,趋承易失。使非庇震风之屋,赖以鸣琴;虽欲浮载月之船,戛乎全璧。归投橐篇,假借骈俪。恭惟某官夹日元勋,擎天硕辅。家传相业,皆为周室之上公;世袭王封,行踵汉朝之异姓。虽极旂常之贵,不遗庖楗之材。遂使下僚,亦蒙英眄。在他人犹喜有百金之诺,岂小己敢忘九鼎之言。忆初甲子之左坳,赏音有自;慨年戊辰之夕琐,借誉如存。追酿局之终更,荷台符之领略。逡巡今次,飘忽许时。绶墨生尘,方卜戒行之吉;官绯及格,尚拘莅事之年。举此细微,知其蹭蹬。望平津之三馆,虽难必于此时;为陆相之一庄,尚有期于他日。勉思鞭策,仰荷陶镕。("谢改秩"类)

健按:这篇作品应是代作,刘克庄本集中已有一篇《改官谢丞相》,所言与其自身经历吻合,而这篇作品所言与其自身经历不太相符。这里所谓"改官",宋时特指由幕职州县官升改为京官,刘克庄改官是在嘉定十七年(1224),时年仅三十八岁,而文中言"使其十数年之前,得此万户令之寄"、"今既老矣不如人,方有同于烛

附录二 两部宋刻本中的刘克庄佚诗佚文　　287

武"等,显然与其年龄不符;又"忆初甲子之左坳,赏音有自;慨年戊辰之夕琐,借誉如存",刘克庄经历的甲子年为嘉泰四年(1204,时十八岁)和景定五年(1264,时七十八岁),戊辰年为嘉定元年(1208,时二十二岁)和咸淳四年(1268,时八十二岁),亦与改官时间不合。刘克庄当时四六文名颇盛,多有为他人代作者,今集中亦存有不少代作,不足为怪。

以上即是从两部宋刻本中辑出的刘克庄佚诗佚文。刘克庄文集的流传情况较为复杂,这给他的文集整理带来了许多麻烦,不幸中之万幸是,其集有多种宋刻本存留至今,可供我们利用,这两部宋刻即在其中。由于这两部书渊源有自,其可靠性较强,所辑诗文亦不见他书载录,将其定为刘克庄作品是基本可信的。在今后《后村先生大全集》的再整理过程中,可资参考。

附记:此文经《中国典籍与文化》2011年第1期刊载,中华书局2011年底出版的辛更儒先生笺校《刘克庄集笺校》一书已吸收本文诗歌部分,得遇知音,幸何如之。而骈文部分该书却未吸收,不知何故。另该书附录一所辑刘克庄逸诗也有未精审处,如据《全芳备祖》前集卷一辑得《梅花》七绝三首,实为陆游作品;据《永乐大典》卷三〇〇六辑得《怀人》一首,乃刘学箕作品。拙撰《〈全宋诗〉指瑕四例》(《古籍整理研究学刊》2006年第2期)已予辨明。又据《后村先生大全诗集》卷四辑入《雪夜有怀》一首残诗,《后村千家诗》卷一三有全诗,题作《雪》,《全宋诗》已据以辑补,无需再辑。

附录三　上海图书馆藏明杨廉评点刘克庄文全录

笔者新近发现上海图书馆藏有一手抄本《后村居士文集》，此本与一套姚廷谦遂安堂刻本《刘后村诗集》放在一起。二书相叠共十二册，前四册为《刘后村诗集》收诗和诗话，共十八卷，前十六卷为诗，后两卷为诗话，半叶十行行十九字，单黑鱼尾，下题"后村居士诗卷之几"，次为页码。注文双行。从第五册起为文，编次与四库本相类，应是源自五十卷本《后村居士集》。手抄，无栏格，半叶八行行二十字。

文集天头屡有批注，书后有清初宋荦（1634—1713）手跋，文云：

> 右《刘后村诗文》钞本五十卷，为丰城杨宗伯文恪公廉手阅，康熙庚午三月得之豫章官舍。《后村集》流传颇少，文恪常荐李文正、王文恪诸公，太原王端毅被逸，又力为伸救，其品最高，手泽尤堪宝爱。忆先文康语荦云："先庄敏以中丞家居，所阅《史记》最精当，字皆蝇头楷，惜于崇祯壬午贼陷郡城时失之。"今观此，知前辈读书不苟，大略相同，更慨然于图史宝玩，销沉于兵火者不少也。辛未七月廿日牧仲荦记。

康熙庚午为康熙二十九年（1690），落款"辛未"是康熙三十年（1691）。由上可知，批注为明杨廉（1452—1525）撰，则该本为明抄本，但不知何人所抄。而宋荦所见原书乃全为抄本，然诗集部分今已散佚，何时何人又以姚刻本补齐，亦有待再考。

杨廉、宋荦都是颇负盛望的一代名臣，此书因有二人手泽，实称金贵。更为可贵者，杨廉对刘克庄五十九篇文章进行了评点，

附录三 上海图书馆藏明杨廉评点刘克庄文全录

虽然言辞不多,却议论公允,多有发明,是至今为止笔者所见现存唯一且最早对刘克庄散文进行批点的文本,本书也因此在刘克庄散文研究与接受史研究上具有重要意义。是故,兹将原文抄录如下,以备学界参考,期能对推进刘克庄及其散文艺术研究,乃至古文评点研究有所助益。

因此本面貌与《后村居士集》相近,而与《后村先生大全集》相差较大,故所录原文仅与四库本《后村居士集》作了对校,〔　〕内表示此本异文,(　)表示四库本文字,且只限于被批注部分,其他不录;若批注对象为全文,则只录标题。批注文字以忠实原文为原则,偶有笔误亦不作改正,读者自可判断。为示区别,刘克庄原文以宋体排,批注以楷体置后。篇名前所署为对应的《后村居士集》卷数,以便核对。

后村居士文集卷第一

1. 卷二一《建宁府学重建明伦堂记》:"周公有愧于仁智,夫子谓未能事〔于〕君父,修至于圣而不忘自儆,伦之难尽如此。六经载此者也,君师倡此者也,礼乐刑政扶此者也,学校讲此者也。"不必如此形容。

2. 卷二一《鄂州贡士田记》:"公于筹画鞭算之暇,师饱马腾之馀,又时有所蠲弛以宽民,教养以收士,与郑侯之意合,彼桑大夫之流闻〔风〕(之)盍少愧矣。夫江汉,楚之旧封,异时以辞令争衡中夏,登高能赋,而志节与日月争光者,皆楚产也。国家有事西北,必于上流,谓宜培植其人材以待缓急之用,公所望于鄂之士者在此。"不知此官田从何而给?岂所买公田之馀乎?似道公田扰民,恐又在桑大夫之下。后村取此辈人,君子于此有以知后村之浅深矣。

3. 卷二一《风月窝记》:"所谓清明而光霁者,敛之方寸,舒之八荒,六合随寓而可乐矣,庸讵知彼之兰台、桂苑非鼠壤鲍肆乎?吾之瓮牖圭窦非琼楼玉宇乎?"语太浮露。

4. 卷二一《晋江县飞鸟堂记》:"余曰:明府以通经擢奉常

第,政出〔于〕学而名堂之义顾本于王乔,何欤?按《乔传》,舄化凫,鼓自鸣,皆卓诡不经,与武城、单父、邺、晋阳、襄城、鲁山之事异。《范史》述循吏甚众,而列乔《技术传》中,明府奚取焉?"起好,后无结局。

5. 卷二一《淮东总领所宽廉堂记》:"于是用事者方以为〔末〕(未),至更出新智以图富强,卒之无他缪巧,不过笼商贾、困郡县而已。""缪巧"二字,文山《正气歌》亦用之,合考。

后村居士文集卷第二

6. 卷二二《听雨堂记》:"方老泉无恙,二子娱〔侍〕(在)家庭讲贯,自为师友,窃意其平生听雨莫乐于斯时也。既中制举,各仕四方,忧患龃龉,契阔离合,于是闻雨声而感慨矣。中年宦达,晏寐早朝,长乐之钟、禁门之钥方属于耳,而雨声不暇听矣。"说尽苏家兄弟一生心事,使其自言,亦不过是。

7. 卷二二《福清院创大参陈公生祠记》:"悲夫!天下之不仁至盗而止,复有不仁于盗者乎?天下之毒至蛇而止,复有毒于蛇者乎?此儒者之笃论,而聚敛之臣所未尝讲也。"论得好。

"齐设衡麓舟鲛之官以笼山海薮泽之利,姑尤聊摄之人群起而诅;尹铎为邑,减其户租,晋阳之人卒怀其惠。"引证得是。

"其父子间议论风旨如此,所谓世载其德者欤?所谓必百世祀者欤?虽然,建一议,画一策,近臣之事也。"又进一步说。

8. 卷二二《华亭县建平籴仓记》:"君喟然曰:'吾儒者也,受子男之封,任刍牧之寄,讵可以善事上官、不得罪巨室为职业乎?去岁夏〔吾〕(五)民苦贵籴,邑无粒粟,敛于诸豪,吾心愧焉。'会常平使者曹公豳修旧法,太守赵公与筹奉新书,岁留米五千〔石〕于县,华亭于是乎有义仓。"《后汉·任延》:"帝曰:'善事上官,无失名誉。'延曰:'臣不敢奉诏。'""得罪巨室",《孟子》之言。

后村居士文集卷第三

9. 卷二三《送陈子东序》。此篇惟二百馀字,而雍容转折,真左右逢其原也。

10. 卷二三《刘圻父诗序》:"余尝病世之为唐律者胶挛浅易,窘局才思,千篇一体,而为派家者则又驰骛广远,荡弃幅尺,一嗅味尽。麻沙刘君圻父融液众格,自为一家,短章有孔鸾之丽,大篇有鲲鹏之壮,枯槁之中含腴泽,舒肆之中寓揪敛,非深于诗者不能也。矧其贵山林,贱城市,视蝉冕如布衣,见朱门如蓬户,静定之言多,躁动之意少,庶几乎冲澹以自守,遗佚而不怨者矣。"自"遗逸而不怨者矣"以上,句句巧妙,字字亭当,以后时有抵牾处,既言气有情而才无尽,却言子美、介甫不以老而惰,且言为事物忧患所攻夺,不复有一字,非才尽乎?此篇才思滚滚,其失照管,正恐是气堕也。

11. 卷二三《竹溪诗序》:"唐文人皆能诗,柳尤高,韩尚非本色。迨本朝则文人多,诗人少。三百年间,虽人各有集,集各有诗,诗各自为体。"林希逸为《后村集》序者。

"三传为竹溪,诗比其师,槁干中含华滋,萧散中藏严密,窘狭中见纤馀。当其拈须搔首也,搜索如象罔之求珠,斫削如巨灵之施凿。"后村比。

后村居士文集卷第四

12. 卷二四《王隐君六学九书序》。六学析理谈禅,道家六法,世事文章。此篇句句峭拔,言言奇崛,欲点则不胜点焉。

"论世事皆中窾臼,凿〔凿〕(然)可行,则种放、常秩之俦匹也。为文章散语老辣,韵语高胜,亦曼卿、子美之仿佛也。"今人作文类不举当代前前辈,如此岂不佳邪?

13. 卷二四《江西诗派序·后山》:"按德操此诗'去手污

吾足'之作,太争地位,太白非德操遂陆沉耶?似非笃论。"手污吾足,指太白。

14. 卷二四《江西诗派序·三洪》。诗三洪诗考究如此,后村精博岂易及哉!

后村居士文集卷第五
后村居士文集卷第六
后村居士文集卷第七
后村居士文集卷第八
后村居士文集卷第九
后村居士文集卷第十

后村居士文集卷第十一

15. 卷三一《跋宋氏绝句诗》:"昔王筠自〔谨〕(谓)其家七叶文章,人人有集,由今观之,集恶乎在?"王筠事,合考。
"金华宋吉甫祖子孙三世八人,所作诗何翅万首,或者止摘取其绝句一百七十一篇行于世。"宋氏亦多者,未见与王氏何如?似欠断制。

16. 卷三一《跋建阳马揖菊谱》:"将以荣是菊乎?抑以菊是辱乎?君其谨之,〔勿是〕(慎勿以菊以)遗憾。"辱菊之说恐太峻厉,后村文纡徐,不觉有此。

17. 卷三一《跋艾轩缴新除殿中侍御史书黄奏稿》:"艾轩去,它舍人遂急急奉行,是淳熙士风有愧于熙宁矣。"见一辈不如一辈,世道日降可叹。

18. 卷三一《跋朱文公与陈丞相帖》:"若夫上无人主之知,次无元老大臣之助,下无天下之誉,又值王鲁公辈当轴秉钧,止有山林一路可入,别无它法。"说尽人情世故。

19. 卷三一《跋柯岂文诗》:"元白变其体,求〔以〕(其)谐俗,茗坊酒垆,往往传〔诵〕(送),诗稍滥觞矣。"茗坊、酒垆,茶坊、酒肆之别语。

20. 卷三一《赠上饶日者吕丙》。小学之事,后村亦欠缺乎?

后村居士文集卷第十二

21. 卷三二《跋听蛙方氏帖·东坡颖师听琴水调及山谷帖》:"檃括它人之作,当如汉王晨入信、耳军,夺其旗鼓,盖其〔材〕(作)略气魄固已陵暴之矣。坡公此词是也。"语意体贴,妙甚!

22. 卷三二《跋蔡端明帖》:"蔡公殁将二百年,宅相子孙宝其遗墨,虽寸纸只字亦补缀成帙,如袭珠璧,公之择婿与婿之贻后,皆不可及矣。世传第五伦挝妇翁,张延赏轻子婿,惜其未见此帙也。"结引二事,却为赘语。

23. 卷三二《跋朱文公与方耕道帖》:"文公性方峻,与它人言多勉其刚烈激发,而与耕道言,更欲其委曲和缓。若耕道者,可谓直谅之友矣。按宣公少从忠献兵间,所交皆大儒名卿相,耕道晚出一书生尔,所见岂有超出宣公者哉?然宣公怀必竭,事必咨,不以耕道之卑而不即也。耕道感激知己,遇事无隐,或因杯酒辄发,或欲摺笏显诵,不以宣公之贤而不谏也。"考朱子《与方书》载《大全续集》,一味只欲方委曲调护,一面之辞属之录固当长之录何为哉?文字乘快,便不觉至此。

24. 卷三二《跋南轩送方耕道诗》:"故南轩父子尤得天下士心。忠献之幕如陈丞相、刘宝学、张安国、王嘉叟、查元章诸公,皆为南渡名臣。""忠献之幕"以下,又是一意,欠斩截。

25. 卷三二《跋鲁简肃吴文肃宋次道帖》:"初,君曾大父宙字子正,为忠惠宅相,多〔取〕(收)蔡公与其交游帖,虽寸纸只字不失,勤于李汉矣。君〔宝〕(珍)藏之愈谨,贤于王粲矣,盖为人子孙者、为人外孙者法式。"李汉,昌黎婿。收拾遗文,即曾宙之于忠惠。王粲事,无所考。

26. 卷三二《题丘攀桂月林图》:"夫题品泉石,模写景物,惟实故切,惟切故奇,若耳目之所不接,想象为之,虽有李、杜之妙思,未免近于庄、列之寓言矣。""惟切故奇",此后村诗法也。

后村居士文集卷第十三
后村居士文集卷第十四
后村居士文集卷第十五
后村居士文集卷第十六

后村居士文集卷第十七

  27. 卷三七《臞庵敖先生墓志铭》:"呜呼!前世以言语得罪者多矣,种豆、观桃,往哲深戒。至本朝列圣好文怜才,(骚人)雅士往往以文墨受知,简斋、放翁诗尝(验)矣。"种豆,杨恽;观桃,刘禹锡。

  28. 卷三七《亡室墓志铭》:"临绝尚惓惓姑父,又以昌属余,不忍诀。余曰:'鳏余身,拊而子,不使君有遗恨也。'君颔之而瞑。及是为双圹,复为冢舍以读书休息,而今而后可以〔修〕(终)身俟命矣,乃纳石藏中。"后村有庶生男女,身尚未鳏,惟曰"不再娶"乃是。

后村居士文集卷第十八

  29. 卷三八《林龙溪墓志铭》:"君林氏,名及之,字时可。以孝谨自操持,若严父哲师之临其傍也;以礼度自检责,若法家拂士之议其后也;发言主于谦厚,若恐其有忤触也;制行归于平实,若恐〔其〕涉矫亢也。为人自幼至老大概如此。人知君粹然佳子弟而已,然貌讷而心敏,表和而里刚,盖人有所未知者。"后村如此作文,视他人真草草,一句一字无不精绝。

  30. 卷三八《方东叔墓志铭》:"古有所谓秀民誉士,盖王朝卿大夫之选,君真其人欤!悲哉,命之不淑也!君晚携涓、清偕入京,人谓一翁二季复出。属纩顾二子曰:'汝在,我庶

附录三 上海图书馆藏明杨廉评点刘克庄文全录

几不死(矣)。""一翁二季",用苏氏故事。

31. 卷三八《周夫人墓志铭》:"丰城熊君大经,忠孝人也。余令建阳,君为主簿,常勉余以善,有过必面规不少恕。"此篇于丰城故家人物亦有考焉,熊其南冈之族欤?

"绍定己丑,君闲居五年矣。其年十一月朔,周夫人卒,起复吉州龙泉令,不行。免丧,犹不调官。余滋贤之。君书抵余曰:'子其铭吾母也。'盖余居田里,守宜春,使番禺,君书岁至,至必速铭。余贤其子,又贤其母,乃序而铭之。夫人邑之苦竹里人。父师古,母胡氏。年十七,为隐君子熊炳子著之妻,三十有〔三〕(二)年而寡,又〔二〕(三)十有七年而卒,年八十六。"查《丰志》,大经字仲常,拿冈人,仕至宪司干官,殆其人与?但系宝祐二年间乡荐,前云绍定己丑已闲居,而绍定则在宝祐前十年,似乎不合。

后村居士文集卷第十九(健按:原书题作"二十三"以下标明原题作卷几者,均如此。)

32. 卷三九《朝议大夫知常州寺丞陈公墓志铭》:"故相〔正献陈公〕(陈公正献)有五丈夫子,其二季尤知名。复斋行谊师表一世,论者以方原〔明〕、公休。"原明,吕相子;公休,韩相子。考《宋史》。

"初,正献公营第,命梓人曰:'吾门扉当使姨嬭辈可开阖者'。"姨嬭,音滥,无可考。

33. 卷三九《贤首座塔铭》。此铭如列传序赞。

34. 卷三九《林养直墓志铭》:"父欲退必牵衣挽留,父为善必掣肘挠坏,年耄矣而不使休息,养衰矣而尚劝调护,多欲掩清德、崇侈败素风者非一族也,岂〔独〕(若)熺与攸乎?"秦桧之子熺,蔡京之子攸。

"古有庞公,一门相高。余尝评之,世外之豪。君则不然,尤笃伦纪。使及孔门,有二闵子。大纲大法,皆本吾儒。惟治心性,亦采彼书。君达死生,宁计去住?而我何为,犹哭君墓。"何等奇！何等奇！

35. 卷三九《孙花翁墓志铭》。（健按：此文多有缺字）公文句句奇，字字妙，读至阙文，摩挲故纸，如失至宝，不胜惋叹。

36. 卷三九《林判官墓志铭》："余闻古之大门旧族，守而勿失者曰家法，种而勿毁者曰世德，而穷达显晦不与焉。纪、群〔责〕（贵）于祖父矣，当时乃有公惭卿、卿惭长之论；彦回荣于群从矣，识者方以为门户之辱。岂士君子承家继志以德不以爵、以仁不以富欤？"考陈寔、陈群。

37. 卷三九《承奉郎林公墓志铭》。莆田林氏宦爵科第，至明尤盛，天下莫京焉，今尚炽昌如故焉。涅槃之术，一至此乎？然非种德之家，未能悠久如此也。今世偶尔崛起，即恣睢暴戾，剥削元气者，岂能没世。

38. 卷三九《赵孺人墓志铭》："余昔亦践此境，每读潘骑省、韦苏州诸（人）悼亡之作，辄悲不自胜，犹谓久必消磨，今老矣，而其哀如新。以情度情，丘君有断弦之痛而无鼓缶之歌也。"二句殊不照应。

39. 卷三九《林处士墓志铭》："后十有三年，淳祐甲辰腊月甲申，子驹葬君于国清里湖头之原，使来求铭曰：'吾祖吾父生不食其实，死又无以发其潜，驹为弗子矣。'余闻其言而深悲之。昔张禹以《论语》、桓荣以《尚书》起家，皆身为师傅，贵极人臣。禹诸子列九卿诸曹，荣子太常，孙太尉、列侯，二书无负于二子矣。先生学通禹、荣所不能通者，然而无二子之荣遇，有再〔世〕（四）之不逢，岂其悬于天而无豫于人耶？"此一段引证议论甚高。

后村居士文集卷第二十

40. 卷四十《王孺人墓志铭》："孺人王氏，新昌人。年二十，归于新临安府右司理参军曾坚。生二子，男回，女嘉，俱夭。淳祐乙巳五月戊午，孺人卒，年三十四。明年三月甲寅葬于山阴茶山。按王氏去乌衣入剡自武毅始,孺人于水心叶公所志长潭公为伯祖,于实斋王公所志孝友公为皇考,一门雍睦,江左旧族也。曾氏去章贡居越自文清始,参军于文清为高祖,于侍郎为曾祖,奕世(文)献,本朝名家也。"序得别自,好!好!

"余观昔之名家旧族,有一再传而忝厥绍,如歆异向,群惭寔,超畔鉴,张许子弟不能通知二父之志者多矣。"即此生一段议论。"张许子弟不能通知二父之志"本韩子《书张中丞传后》文。

41. 卷四十《少奇墓志铭》。读此文譬如观刺绣,其纫针处,自有至妙。

"少奇尝语强甫曰:'人修短不可期,某他日倘得伯父志乎?'强甫白其语,余为一恸。无竞名克逊,今为朝散大夫、直秘阁、主管崇禧观。"父之名与官,至此方叙及。

42. 卷四十《陈孺人墓志铭》。后村墓文,叙事之外引证古事,篇篇如此,此皆笔力思致有馀,所谓贾予馀勇者也。视韩、柳、欧、苏,青出于蓝,后人亦难乎措手矣。

"〔始〕(昔)寒斋尝与人曰:'士处世行吾志易耳,未知妻子与吾同好否。'既而终身隐约,晚被诏书物色,连疏巽避,不拜而卒,名全而节高,以孺人相其始,二子成其终也。""孺人相其始",以寒斋弃官与妇谋,曰:"此吾素心也";"二子成其终",则未之见。

43. 卷四十《方揭阳墓志铭》。此文在诸志铭,平平未为工者。

后村居士文集卷第二十一

44. 卷四一《刘君方氏圹铭》。夫妇并题,叙事虽寥寥,白是一体。铭简尤妙。

45. 卷四一《陈安人墓志铭》:"昔荆公铭钱母之墓,不书其子之首甲科,而以其母之荣辱接乎身而不动其心为贤。钱氏欲稍损益其词,公毅然不许。嗟夫!立身扬名以显父母,圣之格言,人之至情也,公之书法毋太严乎?"此段殊欠明洁。

"未知后村铭,何如中垒传。"刘向作《列女传》,向为中垒大夫。

46. 卷四一《方潜仲墓志铭》:"潜仲〔自〕丱角出不经意语辄惊人,程文既工,诗句多警策有味,然未尝见其苦吟也。楷法尤遒劲可宝,然未尝见其学书也。呜呼,人积学而不能,君不学而能。岂独人之所慭,虽造物者固有所不乐于潜仲耶?"自好!自好!

47. 卷四一《司农少卿王公墓志铭》:"君子之类虽进而其道未行,小人之迹虽屏而其心未服。昔章厚言宰执举台谏非故事,以攻马、吕,是小人而能为君子之言,安知今无此言乎?"厚即惇,避宗讳。

48. 卷四一《张硕人墓志铭》:"事夫敬,然不苟顺也,俸入必问(养廉当得与否,故)其夫有廉声。闻笞棰必颦蹙,曰痛痒均也,故其夫有遗爱。"能能言言皆天然。

"户庭肃然,镐方垂髫,已执礼劬书,余以是知硕人之有家法也。余晚逐于朝,交游皆散,独钟载酒追饯。"子钟前以出其名镐,忽说出,恐未可为法。

"余由间道过建,镐宰瓯宁,亦迂道出城相劳苦,不曰逐客而曰父执。余以是知硕人之有母道也。"如此叙事,难及!难及!

后村居士文集卷第二十二

49. 卷四二《拟谢宣召入院表代西山》。此作不止可代,诚青出于蓝者也。

"始虽忤旨而弗容,终乃弃瑕而复用。修除翰苑在环滁出守之馀,轼侍禁廷亦赤壁归来之后。岂非加岁月则其文老,经忧患则其虑长。遂居邃严,以备顾问。"引用甚切,虽本朝人亦何害为故事哉?名言,名言。

"以驱驰州（县）之频,加废放山林之久,见闻寖少,艺业益荒。结茅屋于云边,已甘终老;瞻玉堂于天上,若隔前生。敢图白首之重来,过辱清衷之妙简。"妙！妙！

50. 卷四二《拟谢衣带鞍马表》:"臣褴缕寒踪,尫隤暮齿。向也锡之鞶带,竟招三襫之尤;政惟范我驰驱,未有一禽之获。"体贴精致。

51. 卷四二《代西山上遗表》。遗表不可言代。

52. 卷四二《经筵进讲礼记彻章谢转官表》:"自淹中之传失真,而野外之仪因陋。齐鲁两生之泥古,遂或许以大臣;并汾诸子之逢时,尚有惭于明主。于皇昭代,取则遗编。"史但言"齐鲁两生不至",而东坡尝言"齐鲁大臣",史失其名,后村之说本此。《代西山谢入院表》云:"加岁月则其文老,经忧患则其虑长。结茅屋于云边,已甘终老;瞻玉堂于天上,若隔前生。"《谢衣袋鞍马表》云:"也锡之鞶,带竟招三襫之尤;政惟范我,驰驱未有一禽之获。"《贡布表》云:"轻徭薄赋,首捐布缕之征;固本深根,尤绌茧丝之说。"《谢戒谕赃吏表》云:"昔跖廉夷混,人或怠于自修;今墨封阿烹,孰不强于为善。"皆四六之最工者。

后村居士文集卷第二十三

53. 卷四三《玉牒初草·皇宋宁宗皇帝嘉定十一年》:"（六月）癸卯,盛章奏:乞令诸路宪司岁终比较州县狱,庾死尤多者,痛惩一二。从之。"囚死狱中曰"庾死"。

后村居士文集卷第二十四

后村居士文集卷第二十五（原题卷第十九）

54. 卷四五《乙酉答真侍郎书》:"愿公无改初节,益进昌言,以答天下之望。某极知侍郎非爱做官职之人,但魏元忠少立名节,末后不免捧制呜咽。欧公当新法之际,有宣徽使并门过阙之命,韩公深忧之曰:'永叔莫被牵动。'及闻欧公力辞,方大喜。吕居仁末年云:'好相识惟恐其老寿错做了。'陈图南亦谓种明逸曰:'名者造物所忌,恐有物败之。'惟侍郎勉旃。"宋人文字多引本朝前辈议论,今人绝无此格,惟用古事,不知用前辈事更切。

55. 卷四五《乙酉与胡伯圜待制书》:"历考前代,未有开大幕府于山阳者,往时朝廷误倚山东人为重耳。呜呼(目盗)猾为忠义,认群盗为遗黎,撤去藩援,引入堂奥,导之以鞑靼可以来之途,示之以官军不足畏之状,边〔臣〕(帅)误国之罪,上通于天矣。"后村论时事,剀切如此。

56. 卷四五《戊子答真侍郎论选诗书》:"班姬《团扇》之作,怨而不伤,臣妾之谊当然,张曲江尝取其义。曹氏父子所作,虽非过沛横汾之比,后世帝王笔力罕及此者。太宗英伟盖世,其诗乃似书生,无复气〔象〕(概)。水心讥贬二曹太甚,此论未公。王仲宣转侧兵戈,诸诗略备时事。《谒帝承明庐》篇意多悲哀,然孝友之情备见乎辞。"此后村评诗处。

后村居士文集卷第二十六(原题卷第二十)

57. 卷四六《与游丞相书》:"国朝清望官,选于高科异等而不选于任子,(选)于馆阁而不选于俗吏,流品既异,途辙亦殊。谁倡此名,凿空架虚,嫁其〔过〕(祸)于米盐之俗吏、荫补之庸夫。此言流播,非独某之耻也,其羞朝廷、辱缙绅甚矣。盖避之岭海不得免焉,避之田里不得免焉,待之十年之久而不得免焉。其实雕篆纂组,童年所嗜,今将耳顺,一字不纪,而恶名著人,如腻不可洗濯,如癞不可熏沐,每自伤悼曰:身不死,谤不止,乌呼冤哉!"以后村之文章而不得一高科,及为文字官竟遭口语,世人不识好恶如此,而科举不又如此。

后村居士文集卷第二十七(原题卷第二十一)

58. 卷四七《与高枢密书》:"况夫朝廷之大,科目之广,乃使一米盐俗吏实受此名,岂特某之耻,其羞当时、辱后世甚矣。某弱冠筮仕，今将耳顺，于狱讼米盐，粗有一日之长。区区素〔志〕（心），愿以丝毫实用自见，不愿以文字受知于人。"如后村犹不作文字官，谁当作文字官？

后村居士文集卷第二十八（原题卷第二十二）

后村居士文集卷第二十九

后村居士文集卷第三十

59. 卷五〇《真公行状》："读《宝训·睦亲门》至涪陵公廷美卒，具陈其所以然。因奏：'太宗于秦王矜怜悯恻，曲尽其至，陛下所当法。'又诵太宗圣训曰：'同气之亲，不忍致于法。'又曰：'以廷美之恶，岂当如此？但骨肉之情有所不忍。观此则亲亲之恩，不可以有罪废。'上颔之。"廷美有何恶？太宗杀之，私之至也，而乃可巧言饰乎？

"昔赵中令有颛权之毁，韩忠献有跋扈之劾，文潞公有交结之谤，三相勋德巍然，曾不以是而少损。"赵普为中外令。

附录四 刘克庄六言诗初探

六言诗是中国古代诗歌主流之外的诗体,它没有像四言诗那样曾经繁荣过,更没有像五七言诗那样一直繁荣着。据统计,汉魏六朝诗计六言四十三首,共三百八十句[①],《全唐诗》计六言一百零四首,共五百六十七句[②]。也就是说,在宋前的整个诗歌海洋中,六言诗仅一百四十七首,只可看作诗歌海洋中的一朵小浪花而已。这种局面到了宋代有所改观,仅绝句形式的六言诗据《全宋诗》我们就可统计出近两千首[③]。这个数字相对于五七言来说当然还是微不足道的,但是从整个六言诗史来看便是一个很大的数目了。宋代这近两千首六言绝句涉及近两百位诗人,平均一位诗人的六言绝句数量约为十首。而当我们考察这近两百位诗人时发现,其中数量最多的是江湖派诗人刘克庄。

刘克庄六言诗多达三百九十六首(其中六言偈四首,六言三韵一首,馀者压仄声韵的十七首),是整个宋前六言诗总和的近三倍,是宋六言诗人六言绝句平均数的近四十倍。学界对于刘克庄的研究,除了对其诗论、词的研究和对江湖诗派的探讨外,专其诗歌本身研究的论文与著作非常少,至今连其诗集都没有校点刊行过[④]。向以鲜《超越江湖的诗人——后村研究》一书中对其诗歌有

---

① 据刘继才《论唐代六言近体诗的形成及其影响》,《文学评论》1988年第2期。
② 据周崇谦《六言格律诗的平仄规律》,《中国韵文学刊》1997年第1期。
③ 据周裕锴《因难见巧:宋代六言绝句研究》,《中国诗学》第九辑,第90页。
④ 除《全宋诗·刘克庄卷》(第五十八册)外,至今尚无刘克庄的校点诗集,《后村先生大全集》亦无新整理本。祝尚书《宋人别集叙录》(中华书局,1999年)卷二六指出:"《后村先生大全集》尚无新整理本。宜用爱日精庐旧抄本校以宋刻《前集》、明小草斋抄本及其它各本,汲取前人已有之校勘成果,以得一通行善本,取代目前流布甚广而远非精善之四部丛刊本。"

所分析,钱锺书《宋诗选注》中对其诗有简短评介,另如张宏生《江湖诗派研究》等专著也多涉及他的诗歌,然这终归是非常不足的。至于对其六言诗的研究,不仅单篇论文是一片空白,就是零落的只言片语也寥若晨星,甚至许多专门探讨六言诗的论文也只字不提这位堪称有史以来六言诗数量最多的诗人,这不免是一种遗憾。

本文拟探究刘克庄六言诗的体式与格律、师承与趣味、结构与技法、影响与地位等,试图尽量客观地呈现刘克庄六言诗的美与丑、优点与不足、继承与发展,以期取得对刘克庄六言诗应有的认识与评价。

一、体式与格律

一般认为每句六字的诗篇便可称作六言诗,这当然是不严谨的①,但是基本不错。六言诗的产生当早于西汉,在《文选》李善注中已记录了西汉的六言诗句,李善在左思《蜀都赋》"合樽促席,引满相罚,乐饮今夕,一醉累月"句下注曰:"东方朔六言诗曰:'合樽促席相娱'。"又注左思《咏史八首》"计策弃不收,块若枯池鱼"句下曰:"东方朔六言曰:'计策弃捐不收'。"这应算作现存最早的六言诗单句,东方朔也当是我们能真正确认的第一位六言诗人。②而现存最早的完整的六言诗则是孔融《孔北海集》中的《六言诗三首》,其曰:

> 汉家中叶道微,董卓作乱乘衰。借上虐下专威,万官惶怖莫违。百姓惨惨心悲!
>
> 郭李分争为非,迁都长安思归。瞻望关东可哀,梦想曹公归来。
>
> 从洛到许巍巍,曹公忧国无私,减去厨膳甘肥,群僚率从

---

① 骚体诗也有每句六字的,如《全唐诗》第一册卷五所录徐贤妃的《拟小山篇》:"仰幽岩而流盼,抚桂枝以凝想。将千龄兮此遇,荃何为兮独往。"

② 任昉《文章缘起》所谓"六言自汉大司马谷永始",以前常被征引,实是讹传。

祈祈,虽得俸禄常饥,念我苦寒心悲。

这三首诗,萧艾先生在《六言诗三百首》中认为:"每首当为五句。第三首'从洛到许巍巍'句,应紧接第二首'梦想曹公归来'。第三首则以'曹公忧国无私'为起句。但相沿既久,未便擅改。"①笔者赞同该观点,从文意上讲应当如此。由此我们可知,从体式角度看六言诗是有五句一篇的。而至于四句、六句、八句等则更是俯仰可拾。刘克庄的六言诗从句数来看除了卷四八《师友六言一首》②为六言三韵外,其他的全是四句一篇的绝句形式,从这个意义上来讲,我们研究刘克庄的六言诗其实是研究其六言绝句。

六言诗的发展,大抵像五七言一样,也经历过一个从古体到格律化的过程。古体自不必说,如上所录的孔融六言,句句押韵,一韵到底,不讲究平仄格律。而"六言格律诗"的说法是否成立,则学界稍有分歧,一般认为是存在六言格律诗的。王力《汉语诗律学》就曾举出卢纶的《送万臣》说明六言律的存在③。但在刘克庄的六言诗集中,多为不入律的古体六言绝,例如《记箕山商野事一首》:"放勋禅饮牛父,轩皇问牧马童。曰夫子致南面,称天师拜下风。"节奏点毫无平仄相对可言。像这样不讲究格律的古绝在刘克庄的三百九十一首六言绝句中占有相当大的比例,占百分之九十二强。当然刘克庄也有入律的六言绝,对于其六言绝具体格律的讨论我们必须先就一般意义上的六言绝格律作一个检讨。

---

① 萧艾《六言诗三百首》,郑州:中州古籍出版社,1987年,第2页。
② 对于本文所征引或提及的刘克庄之六言诗,未列出内容的,请参《全宋诗》第五十八册刘克庄集,不再另注。
③ 王力《汉语诗律学》,上海:上海世纪出版集团、上海教育出版社,2002年,第24页。然《全唐诗》卷二七六(第九册)第3129页作《送万巨》,具体内容是:"把酒留君听琴,难堪岁暮离心。霜叶无风自落,秋云不雨空阴。人愁荒村路细,马怯寒溪水深。望断青山独立,更知何处相寻。"此诗格律并不严格。《皇清文颖》卷九一中所收康熙朝状元赵熊诏的一首六律格律倒颇严格,诗曰:"近水遥岑交映,镜光云影相涵。平开一片皎洁,乱点长空蔚蓝。鉴洗独澄秋月,霞披常对晴岚。天然别苑图画,佳处全凭静探。"关于六言诗究竟讲不讲格律的问题,笔者认为:不管今天以何种规则去衡量是否存在格律严格如五七言格律诗那样的六言格律诗,我们都不能否认"六言格律诗"这个概念是历史性存在的。

附录四 刘克庄六言诗初探

作为一般律绝,应讲究最基本的两点即韵和平仄粘对。六言绝的用韵自然和五七言绝一样。至于六言平仄粘对则是一个非常复杂的问题,我们举其大端,略从以下几点来作分析。

1. 节奏点的平仄。六言句只存在八种节奏点平仄体式,即仄仄仄、平平平、仄仄平、平仄仄、平平仄、仄平平、仄平仄、平仄平。而作为格律诗若一句中的节奏点全部一样是应当除开的,所以真正能算作六言格律诗平仄体式来讲的只有后六种。

2. 粘对。从节奏点的六种平仄体式来看,能组合成完全符合粘对规则[①]的有以下十四种[②]组合:

◆ 押平声韵的七种:

首句不入韵:(1)仄平仄,平仄平。平仄仄,仄平平。(2)仄平仄,平仄平。平平仄,仄仄平。(3)平仄仄,仄平平。仄平仄,平仄平。(4)平平仄,仄仄平。仄平仄,平仄平。

首句入韵:(1)平平平,仄平平。仄平仄,平平平。(2)仄平平,平仄平。平仄仄,仄平平。(3)仄平平,平仄平。平平仄,仄仄平。

◆ 押仄声韵的七种:

首句不入韵:(1)平仄平,平平仄。仄仄平,平仄仄。(2)平平,仄平仄。仄平平,平仄平,仄平仄。(3)仄平平,平仄平。平平仄,仄平仄。(4)仄仄平,平平仄。平平仄,仄平仄。

首句入韵:(1)平仄仄,仄平仄。仄仄平,平仄仄。(2)仄,仄平仄。仄平平,平平仄。(3)仄平仄,平平仄。平平仄,平仄。

3. 孤平。六种节奏点平仄体式,据近体诗一般规则只有一种体式可能出现孤平,即"仄仄平"。在具体分析六言作品中当

---

① 这里所谓"完全符合粘对"是指出句与对句节奏点除韵脚外平仄全部相反,上联对句第一节奏点与下联出句第一节奏点平仄相同。
② 林亦《论六言诗的格律》(《文学遗产》1996年第1期)认为这六种平仄体式能组成十八种符合粘对规则的绝句形式,其实是没有考虑完全粘对,而只考虑到部分粘对。

注意。

4. 三平调。六种节奏点平仄体式中的"仄平平"式有可能出现三平调,在具体分析作品时同样要注意到这个问题。

根据以上的绝句格律,我们可以得出六言入律绝句的十四种正体即押平声韵的七种和押仄声韵的七种。另有拗救体,因过于复杂暂撇开不论。一般六言绝句都是押平声韵,刘克庄绝大多数六言绝句也是押平声韵。但是除开他的六言偈外,还有十七首押仄声韵的,这十七首分别是卷二六《题研六言四首》之三、四;卷三四《赠碧眼相士六言二首》;卷三四《左眼痛六言后九首》之二、四;《勉千里侄秋试六言四首》之一、六;卷三四《目痛一月未愈又和后九首》之二、四、六;卷三七《送月蓬道人南游寄呈阳岩侍读直院侍郎六言三首》之一、三;卷三八《春日六言十二首》之十一;卷三九《丙寅记颜六言二首》之二;卷四〇《寓言》;卷四七《予点》。按上文总结的六言绝句格律体式,这十七首仄韵绝句无一首是入律的,虽有因只对而不粘出律的,如《勉千里侄秋试六言四首》之一,但多数粘对非常混乱。在馀下的三百七十四首押平声韵的六绝中,仅二十六首严格符合以上所列的平仄格律。它们是卷二五《村居即事六言十首》之三、《春夜温故六言二十首》之十六、《芙蓉六言四首》之一、三;卷二六《寄题赵尉若钰兰所言六言四首》之一、《夜读传灯杂书六言八首》之三;卷二七《六言五首赠李相士景春》之四;卷二九《溪庵种艺六言八首》之八;卷三〇《试笔六言二首》;卷三二《送颜□之清漳六言三首》之一;卷三三《老病六言十首呈竹溪》之一、十;卷三四《又和后九首》之一、三、《勉千里侄秋试六言四首》之三;卷三五《朣月二十二夜漏下数刻小饮径醉坐小阁睡傍无侍者仆于户限眉鼻伤焉流血被面记以六言九首》之五;卷三八《春日六言十二首》之七;卷四三《释老六言十首》之十;卷四四《醉乡六言二首》之一、《久雨六言四首》之三;卷四五《和黄彦华帅机六言十首》之一;卷四六《耳鼻六言二首》之二、《匡人一首》、《题赵昌花一首》;卷四七《惜春》。

另外还有因孤平而出律一首(卷二九《送明甫赴铜铅场六言

七首》之一)、因三平调而出律两首(卷三四《左目痛六言九首》之八和卷三八《春日六言十二首》之八)。即便加上这三首,也只二十九首合律。这二十九首中,除了卷四六《题赵昌花一首》为首句入韵外,其馀二十八首是首句不入韵的,按照上文的押平声首句不入韵的组合分类,这二十八首中组合一有五首、组合二有四首、组合三有十六首、组合四有三首。而《题赵昌花一首》这首则属于押平声首句入韵组合分类中的组合一。

从以上格律体式分析来看,刘克庄并没有专心经营六言格律,其中出现部分合律六言绝句我们宁愿相信仅仅是巧合而已。当然,从整个六言诗的发展过程来看,六言诗所存在的格律化也并不十分严格。赵翼在《陔馀丛考》卷二十二中就指出:"盖此体本非天地自然之音,故虽工而终不入大方之家耳。"当代许多论者也曾就六言诗歌音律上的双音步、少变化、显呆滞作过阐述[①]。正因为相对五七言诗歌中的音律美,六言实在是可望不可及,所以在音律发展方面六言诗基本选择了放弃的态度,这当然是刘克庄六言诗多不合格律的重要原因。但是,这却不是全部原因。六言绝句格律在"对"与"粘"之间更讲究"对",而不讲究"粘"。周崇谦《六言格律诗的平仄》一文中就一百零四首唐六言诗统计出"失对"占百分之三十,而"失粘"比例则超过一半。"失对"比例明显小于"失粘"比例,到了宋代"失对"的比例则更小,就陆游三十八首六言绝句来看,"失对"比例不到百分之二十,而"失粘"则占百分之七十以上。刘克庄的六言绝句在"失对"上则远不止百分之三十,这说明刘克庄个人在作六言诗的时候,完全放弃了在音律上的追求。

一方面,六言诗本身的发展基本放弃了音律;另一方面,刘克庄个人不再像前人一样遵守基本的声律粘对,从而使得我们在寻

[①] 可参看〔日〕松浦友久《"七言排律"不盛行的原因——从对偶表现的本质说起》,黄仁生译,《中国文学研究》2002年第4期。关于六言诗节奏问题更详细的阐述可见松浦友久《中国诗歌原理》(孙昌武、郑天刚译,辽宁教育出版社,1990年)第122—126页。

求刘克庄六言诗的审美趣味时,必须从其他方面来看了。

二、师承与趣味

在《全宋诗·刘克庄卷》中,六言诗第一次出现是卷五题为《湘江一首》的诗,写这首诗的时候刘克庄三十六岁[1]。而第二次出现六言诗则是卷二十三题为《六言二首答陈天骥长短句》的诗,这首诗是刘克庄在七十岁时作的,自此诗之后集中六言诗大增,直到最后一卷。刘克庄在最后十三年写出了三百九十五首六言,以平均每年三十五首的速度增加。而在三十五到七十岁这中间三十五年的时间里,刘克庄居然没有写一首六言诗,出现这种情况只有两种可能,第一种可能是他像自毁少作那样毁掉了三十五年间的所有六言诗;第二种可能是诗人晚年因外在力量或者内心需要驱使他在诗歌体裁、审美趣味的追求上发生了转变。对于第一种可能从现有的数据来推断,其可能性几乎为零。而第二种可能则很值得探讨。

刘克庄虽为江湖诗派的领袖,但他不为门派所囿,主张转益多师,清人姚弘绪在《刘后村诗集序》中云:"(刘克庄)为诗也,精灵变化,可与梅、黄、陈相颉颃,而非四灵之所能及者。"[2]其诗歌与元祐诸人、江西宗派、四灵、中兴四大家等人的诗风都有瓜葛[3],而不囿于江湖派中,所以后人多用"超越"来形容他和他的诗。我们阅读《后村先生大全集》诗歌部分能感受到刘克庄从青年到晚年诗风的转变。刘克庄在《刻楮集序》中云:"余初由放翁入,后喜诚斋,又兼取东都南渡江西诸老,上及唐人大小家数,手抄口诵。"方

---

[1] 据程章灿《刘克庄年谱》,贵州人民出版社,1993年,第76页。以下系年,均据此书。
[2] 转引自向以鲜《超越江湖的诗人——后村研究》,成都:巴蜀书社,1995年版,第228页。
[3] 具体可参看张宏生《融通与超越——论刘克庄诗》,《漳州师院学报(哲学社会科学版)》1994年第1期;张瑞君《刘克庄与陆游杨万里诗歌的继承关系》,《河北大学学报(哲学社会科学版)》1995年第4期;明见《刘克庄的诗歌师法观》,《河北大学学报(哲学社会科学版)》2002年第3期。

回《瀛奎律髓》卷二十则说:"刘潜夫初亦学四灵,后乃稍变,务为放翁体。"综合两点材料,我们大致可见刘克庄诗歌师法有这么一条线:四灵——放翁——诚斋——江西宗派,当然它们之间并不是非此即彼的关系,而是兼容并包,互相渗透的。但是,刘克庄的六言诗师法路线却在这个主流之外,并不遵循这样的线索,在笔者看来它是直接师承元祐、江西诗风而下的,分析如下。

第一,徐玑《二薇亭诗集》、徐照《芳兰轩集》、翁卷《西岩集》、赵师秀《清苑斋诗集》均没有一首六言诗,这便可以排除刘克庄六言师法四灵的可能。

第二,放翁、诚斋虽有少量六言诗,但与刘克庄六言诗风格迥异。在刘克庄的六言诗中,我们确实能找到放翁与诚斋的馀风散绪,比如放翁有《夏日六言四首》,刘克庄则有《春日六言十二首》;放翁有《六言杂兴九首》,刘克庄则有《杂兴六言十首》等题目极其相近的诗。又,诚斋诗以诙谐为特点,吕留良在《宋诗抄·诚斋诗抄小序》说:"不笑不足以为诚斋之诗。"刘克庄的《艾人六言二首》写艾蒿扎成的草人,甚有诚斋诙谐之风,诗曰:

> 不惟宝剑冲斗,亦自高冠切云。令祖岂非艾子,先师莫是茅君。

> 敧枕三彭暂去,烧船五鬼俱还。我欲膝行倒屣,君无发上冲冠。

前一首先描摹艾人的外貌特征,接着追问艾人的祖宗渊源,用"岂非""莫是"反问语气,似乎在和艾人对话,令人莞尔;第二首则将"我"的无奈与艾人的自若对比,也很有风趣,似窥诚斋诗风。另外,刘克庄还以六言的形式为放翁像和诚斋像题诗。这些似乎都让人觉得刘克庄六言与放翁、诚斋六言之间有师承关系,其实从具体的诗作风格和内容来看,刘克庄六言与放翁、诚斋六言截然不同。同样是以季节为题,放翁的《夏日六言四首》是清新的写景:"溪涨清风拂面,月落繁星满天。数只船横浦口,一声笛起山前",优美自然。而后村的《春日六言十二首》则写事用典,找不到优美的景致。在刘克庄的六言诗中,唱和赠答诗有八十八首之多，占总数的近四分之一，而放翁的三十八首六言和诚斋的八首六言则无一首唱和赠答之作，这也说明刘克庄与放翁、诚斋在六言诗上并无太大联系。

第三，元祐诸人和江西诗派多有六言诗作，且某些诗人的六言诗与刘克庄六言诗在很多方面有明显的趋同性。我们前面谈到刘克庄有近四分之一六言诗是赠答唱和之作，无独有偶，江西派宗师黄庭坚的六十四首六言诗中有四十二首是唱和赠答之作，占其六言总数的三分之二，比刘克庄赠答唱和六言诗所占比例还高出许多。周裕锴在《诗可以群：略谈元祐体诗歌的交际性》[1]一文中颇有见地地分析了元祐诗人唱和诗三个形式上的特点，这三点分别是：(1)"我"与"君"的关系模式；(2)"牵乎人"的次韵；(3)切合对象的用典。而这三个特点，在刘克庄的赠答六言绝句中也能找到各自的很多对应作品。针对第一点，如《六言二首答陈天骥长短句》之一："天孙机上刀尺，雪儿口里宫商。愧我元非郢客，恨君不识秦郎。"先赞陈之长短句，然后就"我"与"君"的状态展开交谈，"愧我"不是歌手，不能用甜美的歌喉来传唱"君"的词；接着又对"君不识秦郎"表示遗憾。又如《六言二首赠月蓬道人》之一："我与蒙俱相类，君似季咸而非。老子曾传口诀，道人勿泄天机。"先说"我"像蒙俱神像那样丑恶，再评"君"则看似季咸神巫而又不是，然后再进行对话。另如《六言五首赠李相士景春》之一，《再赠月蓬道人六言二首》之一，《老病六言十首呈竹溪》之四，《赠谢子杰校勘六言三首》之一，《赠碧眼相士六言二首》之一等等都出现了"我"、"吾"、"老夫"等指称自己的词和"君"、"公"、"斯人"等指称对方的词，然后在诗人与赠答对象之间进行交谈对话。针对第二点，最突出的例子就是《竹溪再和余亦再作》十首和《和黄彦华帅机六言十首》，特别是后者，"牵乎人"的次韵特点表现异常明显，在该诗的末尾，诗人有自注明确表明了"牵乎人"的次韵，其曰：

---

[1] 见《社会科学研究》2001年第5期，第129—134页。

余戊辰日生,彦华赠余十首,诗皆吸风饮露天仙语也。余虽如数效颦,往往杂以世俗人语。昔人云:江东无我,卿当独步。必发彦华一笑。

"如数效颦"便是"牵乎人"的次韵了。针对第三点,如《送颜□之清漳六言三首》、《六言五首赠李相士景春》、《再赠月蓬道人六言二首》、《赠碧眼相士六言二首》、《赠无庵于道人六言一首》等都存在切合对象的用典现象,特别是《送颜□之清漳六言三首》:"与人尤严师友,名世不在文章。既是来从颜巷,如何去傍刘墙。"因是送给一个姓颜的朋友的,所以诗中用典也用姓颜的典,《论语·雍也第六》:"子曰:贤哉! 回也。一箪食,一瓢饮,在陋巷。人不堪其忧,回也不改其乐。贤哉! 回也。"孔子赞美颜回的德行,刘克庄也巧妙地借典故来勉励姓颜的朋友,而要表达的意思正在典故中,真是天然切合。

从以上分析来看,刘克庄六言当是带有元祐、江西诗派风格的六言诗,正因为这样的师承关系,也就能解释刘克庄六言诗为什么会大量产生在其晚年了,他晚年回归江西诗派、称赞黄庭坚六言"流利似唐人,而妙巧过之"[1],而在早年师法四灵、批判江西诗派"资书以为诗"的时候是不可能大量出现六言诗的。

由于刘克庄六言与元祐体、江西派之间的关系密切,所以其六言在诗歌的趣味追求上自然也就向元祐体、江西派靠近了。江西诗派是喜欢"用事"的,这一点无须多言,如王鏊《震泽长语》卷下就说:"为文好用事,自邹阳始。诗好用事,自庾信始,其后流为西昆体,又为江西派,至宋末极矣。"[2]刘克庄《韩隐君诗序》中所谓的"资书以为诗"也多被后人用在江西诗派身上。虽然刘克庄说"资书以为诗失之腐",但是他在后期的诗中却是大掉书袋,而这一特点在六言诗上更是发展得变本加厉,表现得淋漓尽致。在他的六言诗中不仅用典多,而且密,有时还很偏。经史子集典故随

---

[1] 见《后村先生大全集》卷九七《本朝绝句续选》,《四部丛刊初编》本。
[2] 见王鏊《震泽长语》卷下,《丛书集成初编》本。

处可见不说,连野史杂记也在他的诗歌取料范围内。钱锺书《宋诗选注》里说刘克庄"事先把搜集的典故成语分门别类做好了些对偶,题目一到手就马上拼凑成篇。"①这种说法从刘克庄的六言诗用典角度来看,不能说是没有道理的。例如《冬夜读几案间杂书得六言二十首》之六曰:

  举世尽兄孔方,无人敢卿五郎。客喜大夫粪苦,奴夸太尉足香。

总共才四句话,却是句句有典故成语,第一句语出鲁褒《钱神论》:"亲爱如兄,字曰孔方。"第二句则用武则天朝,宋璟以卿呼张易之事②。第三句又用另一事,即武则天朝,庐江郭霸谄谀奉承中丞魏元忠,魏元忠病,郭霸至其室而尝其粪苦,以为无伤当即愈③。第四句则从前朝史书转为本朝笔记中所载"太尉足香"事④。类似的例子在刘克庄六言诗中随处可得,这样的诗在学养欠厚的人读来,基本不知其所云。又因为他用事不仅是传统儒家经史子集,还涉及笔记野史、街言巷语和佛道故事等,所以即便是熟悉儒家经籍也不一定能读懂他的诗。比如刘克庄《揽镜六言二首》之一和《释老六言十首》之四:

  背伛水牛泗洞,发白冰蚕吐丝。貌丑似猴行者,诗瘦于鹤何⑤师。

  一笔受楞严义,三书赠大颠衣。取经烦猴行者,吟诗输鹤阿师。

两首诗都提到了"猴行者",该形象大抵出自当时刊刻流播的《大唐三藏取经诗话》,钱锺书在《小说识小》中说:"《西游记》事见南

---

① 见钱锺书《宋诗选注》,北京:人民文学出版社,1994年,第250页。
② 详见欧阳修等《新唐书·姚崇宋璟列传》。
③ 详见刘昫等《旧唐书·酷吏列传上》。
④ 详见苏轼《仇池笔记》卷下"太尉足香"条。
⑤ "何"字当为"阿"字之误,然无版本可依,暂按《四部丛刊初编》本《后村先生大全集》之旧录之。

宋人诗中,当自后村始。"①若读者不知该民间故事,基本是不能体会刘克庄该诗所云。刘克庄运用典故成语组织绝句可谓成其六言诗的一大明显的趣味追求,这种掉书袋使其诗歌在某种程度上晦涩难懂,甚至佶屈聱牙,此大为后世所不屑,然于后村自己则是乐此不疲。其实他这样的精巧组织典故而成六言对偶联句所达到的艺术造诣也是不可忽视的,叶寘《爱日斋丛钞》卷三云:"今后村集中多六言,事偶尤精,近代诗家所难也。"这样的论断实际上是有其独到之处的。

因刘克庄六言绝句的体例多为两联对仗,要用典故成语就必然为两事或多事相对,否则若为一事反复则太呆滞啰嗦,既然要两事或多事相对,则所用事在某一层意义上必须相近或相反才可能在内容上成对,这是六言用事的第一点。第二,在用事相近或相反的前提下,语言本身的遣词造句上又必须对仗,这是在形式上成对的要求。以上两点同时做到才能称作"事偶尤精"。唐人六言"偶"精不在"事"而在"景",如王维《田园乐七首》之六:"桃红复含宿雨,柳绿更带朝烟,花落家童未扫,莺啼山客犹眠。"对偶自然工整,但为写景,而自然万物本是阴阳相生,能相对而言者不胜其数,相对于人世百态能相对而言者容易许多。刘克庄许多六言用事对偶,似于天成,"事偶尤精"之论可谓中的。如卷四八《又六言二首》:"骊女逐金玦子,玉环养锦绷儿。"从用事内容来看,出句用春秋时晋太子申生被骊姬所逐事,对句用明皇时杨贵妃通安禄山事,两事都与其时所认为的"红颜祸水"相关。而从语言对偶来看,人名对人名、动词对动词、代称对代称自不必说,单一个字一个字看来都是对得工整的,"骊"本为姓氏,然此字时有通"丽"字用,这就给读者直观上有富贵华丽的感觉了;而对句用"玉"字,也是高贵的物品。再,"金"对"锦"一为修饰金属之贵者,一为修饰布匹之贵者。又"玦"对"绷"金属对布匹也不必说,"玦"有诀别的内涵,"绷"则有绑在一起的意思,两者在这点上也相对。"金玦

---

① 见钱锺书《钱锺书散文》,杭州:浙江文艺出版社,1997年,第512页。

子"与"锦绷儿"都是指代性的名词,其中事相对、字相对,千挑万选也不一定有这么相配的名词对,而刘克庄则信手拈来,天然自成,难得之极。像这样的例子在刘克庄六言中远非个别现象,这不能不说是他的六言诗在形式趣味追求上的成功。

与形式趣味追求所不同的,刘克庄在六言诗内容的趣味追求上却远没有这种美好和美感。除了上文提到的赠答唱和类诗外,刘克庄六言所涉及的内容主要还有两大类,一是记史咏史类,约八十首,二是自身病痛类,约八十六首。记史咏史类的六言作品在很多六言诗人那都能找到,比如嵇康《嵇中散集》卷一的《惟上古尧舜》等六言诗。而写自身病痛的六言诗则非常罕见,至于像刘克庄这样大数量用六言写病痛的则可称"前无古人,后无来者"了。刘克庄写他自身的衰老病痛的六言诗占总数的近四分之一,这里面有许多诗是一和再和,读来似乎哀鸣的老鸟甚有凄惨悲凉之感,就连他的记史咏史诗也多少带有一种哀挽与叹息的味道,这自然和他晚年的处境有很大关系。向以鲜先生是这样叙述刘克庄晚年的:

> 从这年(指公元1246年,时后村六十岁)起,后村仕宦越来越崎岖。而在生活感情上的折磨也愈来愈沉重。从此年起,后村的骨肉亲人纷纷去世;母亲、三兄弟、大姐、二妹等皆相继离开后村。这使他倍感人世艰难寂寞;身体衰老、疾病缠绵:他六十二岁时老母去世时过度悲伤,得了昏眩症。后来左眼亦昏,几至于失明,脚亦跛,这使后村很痛苦,尤其是失明的威胁,常使他坐卧不宁!淳祐六年至后村卒时的二十多年间,后村前后任职时间不足六年,又三次遭到罢免。基本上是闲废不用了,从此时起,后村开始意识到自己的雄心已不过是一场梦幻而已!①

正因为他晚年这样的遭遇,所以他的六言诗中记史咏史的作品常带个人色彩,并时有牵乎己之痛和牵乎国之叹,而描写病痛衰老

---

① 见向以鲜《超越江湖的诗人——后村研究》,成都:巴蜀书社,1995年,第189—190页。

附录四 刘克庄六言诗初探 315

之作,如《老病六言十首呈竹溪》、《竹溪再和余亦再作》、《左目痛六言九首》、《后九首》、《目痛一月未愈自和前九首》、《又和后九首》、《腊月二十二夜漏下数刻小饮径醉坐小阁睡傍无侍者仆于户限眉鼻伤焉流血被面记以六言九首》等则是就自己身上的病痛而作的反复的、不厌其烦的倾诉与发泄,这些诗作内容上的苦闷与其语言用事上的晦涩,让人读来产生审美疲劳。然其虽就内容看来似有些无聊,但其中亦有不少在结构上、技法上值得关注的作品,从这个意义上来说,我们是绝对不能忽视他的这部分作品的。

三、结构与技法

在刘克庄描写病痛的六言诗中,有两组诗的结构与一般的诗不同,这两组诗即《老病六言十首呈竹溪》和《竹溪再和余亦再作》,两组诗分别如下:

第一组

贱臣通金闺岁,先帝凭玉几年。韦曲桑麻如旧,茂陵松柏参天。

恰则垂髫两髡,俄然揽镜千丝。昧老聃守黑义,动墨子染白悲。发

昔似子期善听,今如祈父不聪。怕有学人问话,向道老僧害聋。耳

射虱心法未亲,读蝇头字不真。顾我八十馀老,见公两三分人。目

存三四齿皆碎,落第二牙尤衰。渠能更斫鲸脍,何不姑食肉糜。口

萧警数步闻臭,荀令三日犹香。老子年来鼻塞,不分鲍肆麝房。鼻

客来怕折枝揖,诏下尚扶以观。佩吕翁一瓢易,悬季子六印难。腰

七窍岂堪频凿,百骸渐觉不仁。若非右臂作字,乃公已是废人。手

识郑尚书曳履,嫌高将军浣靴。难伴小儿上树,且饶跛子看花。足

假合幻躯难靠,夭寿定数孰逃。屈子大招奚益,渊明自挽最高。

第二组

帝率耆英入社,攀留穷鬼忘年。华胥国在吾宇,桃花源有别天。

老丑难瞒青镜,纯白不生黑丝。露顶秃鹙堪笑,垂头病鹤可怜①。发

海潮音入佛耳,熏风句达帝聪。我已阳喑不语,君无借听于聋。耳

薄雾乍舒乍卷,空花是假是真。昔曾有刮膜者,世岂无明眼人。目

谨守三缄晚嘿,仅含两齿早衰。先贤食粥乞米,呆汉炊沙作糜。口

纸帐参梅花观,铜彝炷柏子香。适梦游旃檀国,觉来元在禅房。鼻

竹马恍曾聚戏,金鱼从美外观。随柱史青牛易,骑吕仙黄鹤难。腰

掇英可以忘忧,采薇可以求仁。忙杀遮西日客,愧死攫白昼人。手

舍车出郊步屟,系鞋入院不靴。未妨扶九节杖,似曾踏八花砖②。足

谁能遁而无闷,吾非恶此欲逃。林下寂寂人少,花间累累冢高。

---

① 此处"怜"字疑为"悲"字之误,然无版本可依,暂按《四部丛刊初编》本《后村先生大全集》之旧录之。
② 此处"八花砖"疑当作"八砖花",然无版本可依,暂按《四部丛刊初编》本《后村先生大全集》之旧录之。

这两组诗在结构上的共同点是各自十首诗之间不像其他的组诗那样完全是并列的关系,而是存在着总—分—总这样的结构,先道人世有沧桑之变或桃源之美,再分写每个器官,最后再道出对人生的看法。具体到诗作又是从头写到脚,这样逻辑的顺序与空间的顺序被刘克庄巧妙地融入到这两组诗中,使得组诗有机、完整而和谐地组合成一个整体。除此之外,这两组诗之间又存在着不仅仅是次韵关系而已的另一层结构形式上的巧妙关系。因为是和诗,在韵上自然要相次,两组诗之间除了第二首的第二韵脚字和第九首的第二韵脚字有所区别外①,其馀三十六个韵脚字完全一样,而于诗所要表达的意义上却并未妨碍,真难为也;又因是作同一主题、写同一事物,而要表达感情色彩又必须同一,所用的典故则不能重复,刘克庄在这里运笔宏大而着事精微,发、耳、目、口、鼻、腰、手、足八样器官无不用不同的典故演绎出同样的精彩表述,传达出同样的感情色彩,可为一赞!

毋庸置疑,上面的例子很特别,组诗内部的结构、组诗与组诗之间联系的分析在刘克庄六言诗中并不具有普遍意义,具有普遍意义的是我们从他大量六言诗中窥出的单首诗篇所具有的内在结构。我们前面说到刘克庄六言诗的"事偶尤精",在考察"事"与"偶"的时候,笔者发现刘克庄许多六言诗在一首之内多用两件事来组织对偶,而这两件事分配到两联中去的时候,一般存在一联叙述事件、另一联则对所叙之事进行或解说或评论或慨叹这样的组合,例如以下所列:

  盘龙恨庾长史,太宰哀李崖州。达人能和大怨,壮士不报细仇。(《冬夜读几案间杂书得六言二十首》之二)
  屈子平章荃蕙,荀卿区别芷槐。志洁真饮露者,性恶似渐滫来。(《寄题赵尉若钰兰所言六言四首》之二)
  燕许秉笔封岱,欧虞挥翰登瀛。宁死开元贞观,勿生天宝广明。(《录汉唐事六言五首》之五)

---

① 若按以上所疑,则其次韵是非常严格的,不存在韵脚的区别。

直翁寿甫踰八,叔方年不及希。即今高冢麟卧,何时华表鹤归。(《杂兴六言十首》之三)

人言美恶必复,孰若亲冤两忘。僧乃谤第二祖,佛不嗔哥利王。(《冬夜读几案间杂书得六言二十首》之八)

私怨有公论者,反噬非人情哉。颖叔发修阴事,资深叹轼奇才。(《春夜温故六言二十首》之二)

古调不同俗调,后儒多异先儒。美蔡中郎幼妇,呵郑司农老奴。(《纵笔六言七首》之二)

昏主非姬不饱,内嬖废嫡可悲。骊女逐金玦子,玉环养锦绷儿。(《〈广游女〉又六言二首》之一)

前一组所列作品是第一联用典故,然后第二联就典故发表作者的看法与感想;后一组所列作品则是第一联表明作者的态度与观点,第二联再以史证论。这样的用事结构在刘克庄六言中比比皆是,是刘克庄一首中用两事的六言诗内在普遍结构,然这样的结构并非六言绝句的最佳结构,最佳的六言绝句结构应该是刘克庄称之为"有不可胜言之妙"①的刘子翚《屏山集》卷十五《六言二首》之一那样的结构,彼诗曰:"鼎食鼎烹谋拙,山南山北兴长。片梦彭殇寿夭,一枰楚汉兴亡。"这首诗全由名词组成,即常谓的"意象叠加"手法,然而这样的结构似乎并未被六言诗作者所普遍采纳,倒是元代的散曲六字句多用此法,比如马致远著名的《天净沙·秋思》:"枯藤老树昏鸦,小桥流水人家,古道西风瘦马。夕阳西下,断肠人在天涯。"前三句全是名词意象叠加而成的六言,真有不可胜言之美。当然,这样的结构若是用于偏重用事型的六言则亦非佳构了,倒是刘克庄六言所采用的这种结构颇适合用事型的六言诗。

除了上面所说的"一联两事,另联论说"的结构模式,刘克庄六言也有并不对事件发表评论而就将两件事分别罗列到四句话

---

① 见刘克庄撰、王秀梅点校《后村诗话·后集卷二》,北京:中华书局,1983年,第71页。

中去的,例如《冬夜读几案间杂书得六言二十首》之十五:"六郎子晋后身,董君汉廷近亲。大罗天女男妾,馆陶公主肥人。"前一联与后一联实质是重复而已,并没有深化或升华,这样的诗就显得很笨拙。至于用多事的六言诗相对用二事的要少许多,用多事的通常是用四事,四件事分配到四句诗中,一般就是一句一事,事事相关联而结成篇,例如:

> 梦里谁无彩笔,暗中别有朱衣。苏二得援失鹿,欧九黜几取犀。(《代举人主司问答六言二首》之二)

> 辩才师苦死爱,文皇帝得许痴。温韬劫陵大盗,萧翼穿窬小儿。(《春夜温故六言二十首》)

不管是用两事的还是用四事的,六言诗的对偶一般都不会遭到破坏,但是在刘克庄的六言诗中也有不遵守四句全对偶的。如《题同班小录》之一:"犹记甲申引见,传头几度春风。"《送强甫赴惠安六言十首》之一:"宰社如宰天下,其难举者莫胜。"但这种在篇中出现非对偶句的六言在刘克庄六言中很少,也不是仅刘克庄有,在黄庭坚的六言诗中有非对偶六言出现,而且其所占比例甚高,可谓所有宋六言诗人没人有他那么多非对偶六言绝句。刘克庄这少部分非对偶绝句的出现,可能很大程度上就是受黄庭坚六言绝句的影响。

而刘克庄六言绝句结构受黄庭坚六言绝句影响的,远非诗句之间的对偶关系而已,单个诗句中的音步节奏也受到黄庭坚影响。因为六言是双数字诗歌,在音步上很自然地就形成了以双数为单位的音步节奏传统,细读萧艾编撰的《六言诗三百首》,在黄庭坚之前除了刘禹锡的一首《再赠乐天》[①]出现了单数音步节奏外,没有第二首再有单数音步节奏出现。而黄庭坚的六言诗中则大量出现以单数为单位的音步,或三或一,如:

[①] 萧艾编撰的《六言诗三百首》作《再答乐天》,此据《四部丛刊初编》本《刘梦得文集外集·卷第一》改,诗歌具体如下:"一政政官轧轧,一年年老骎骎。身外名何足算,别来诗且同吟。"

骨硬/非/黄阁相,眼青/见/白苹洲。(《豫章黄先生文集》卷一二《次韵石七三七首》之一)

沅江/求/九肋鳖,荆州/见/一角麟。(同上《赠高子勉四首》之一)

建安/才/六七子,开元/数/两三人。(同上《再用前韵赠子勉四首》之三)

颇知/君/尘外物,真是/我/眼中人。(同上《谢人送栗鼠尾画维摩二首》)

这种出现一、三字单位的音步诗句类,在黄庭坚六言诗中不下十句,自黄庭坚以后这样的以单数为单位的音步诗句的诗例就不胜枚举了,在刘克庄的六言诗集中则有近百句,甚至已不再局限在二一三了,而且出现了一二三、三二一、一三二等节奏的诗句,例如:

貌/丑似/猴行者,诗/瘦于/鹤阿师。(《揽镜六言三首》之一)

林处士/功行/满,谯先生/须眉/苍。(《溪庵放言十首》之八)

无/驳杂者/其色,不/磷缁者/其德。(《题研六言四首》之三)

譬/宗门中/初祖,自/过江后/一人。(《题放翁像二首》之一)

非/牛溪/负苓者,即/鹿门/采药翁。(《记颜六言三首》之三)

六言诗单数音步节奏的出现,打破了单调的、一致的等同双单位节奏二二二的音步模式,刘克庄对这一传统的继承,使其六言诗在音步节奏方面某种程度上弥补了其音律上的缺憾。

除了音步变化之外,在虚词的运用上,刘克庄也不遗馀力,这同样一定程度弥补了六言诗音律上的不足。例如:

鹦鹉洲犹自若,铜雀台安在哉?(《冬夜读几案间杂书得

六言二十首》之十三)

老蚌剖胎枯矣,雄鸡断尾弃之。(《村居即事六言十首》之三)

私怨有公论者,反噬非人情哉。(《春夜温故六言二十首》之二)

门前客已去矣,屋里人安在哉?(同上之六)
短衾敛首形矣,高官如跋疐何。(同上之十七)
王姬何彼秾矣,美人清扬婉兮。(《芙蓉六言四首》之二)
重华去我已久,神农没矣安归?(《夜读传灯杂书六言八首》之六)

皆云法当止矣,况于身要扶哉。(《和黄彦华帅机六言十首》之七)

已矣诸老绝笔,勉哉吾子着鞭。(《六言三首》之三)

哉、矣、之、兮等字在诗句中各个位置上的出现,让原本急促的六言音律变得稍微缓和。虚词在句中不承载任何实际意义,完全是出于音律形式上的需要而存在,从这个意义上说,刘克庄大量创作六言诗,追求这种"有意味的形式"的主观努力表现得十分突出。他总是试图创造一种不仅在篇章组织上,也在音律形式上异乎前人的六言诗歌模式。当然,这样一种虚词的运用使得诗歌具有某种散文化的倾向,与宋代以文为诗的风尚也有某种联系,不仅仅表现在其个人六言诗歌创作中。

但是,从写作的用事、下字来看,刘克庄六言诗还存在一些不成功的地方。因为爱用事,有时又喜欢率性而为,所以即便不看他的五七言仅单看六言诗,都存在着用事、下字重复现象,如:

顾我七十馀老,见公三两分人。(《揽镜六言三首》之二)
——顾我八十馀老,见公两三分人。(《老病六言十首呈竹溪》之四)

盲左丘明作传,瞎张太祝工诗。(《揽镜六言三首》之三)
——艰辛张籍病瞎,浮夸左丘失明。(《左目痛六言九首》)

平生憎鲍鱼肆,何处割山麝房。(《寄题赵尉若钰兰所言六言四首》之一)

——老子年来鼻塞,不分鲍肆麝房。(《老病六言十首呈竹溪》之六)

萧誉数步闻臭,荀令三日犹香。(《老病六言十首呈竹溪》之六)

——数步觉萧娘臭,三日闻荀令香。(《铭座六言二首》之二)

悠然东篱把菊,登彼西山采薇。(《夜读传灯杂书六言八首》之六)

——掇英可以忘忧,采薇可以求仁。(《竹溪再和余亦再作》之八)

诗倍太白子美,年高辕固伏生。(《题方翁像二首》之二)

——高比伏生辕固,热瞒贾谊朱忠。(《赠谢子杰校勘六言三首》之一)

这些诗里面有些用事是十分明显的照搬,如第一个例子,只是将数字变了一下而已;有些则是化用,但却显得非常拙劣,如第二个例子,原来在出句的典故调到了对句的位子,前一首用"盲""瞎"来形容,后一首则用"失明""病瞎"来形容,只是说法稍有不同而已。而至于在下字上的重复则更多了,当然下字上的重复倒还不算大病,刘克庄六言诗下字的大病在于某些对仗上的呆滞,陈衍《宋诗精华录》卷四就指出了刘克庄诗的这个毛病,其曰:"唯律句多太对,如难对易,如对似,为对因,无对有,觉对知,疑对信之类,在在而有。"①六言诗的这个缺点也很明显,如前文所提到的用"盲"对"瞎",还有"臭"对"香"、"此"对"是"、"死"对"生"、"早"对"晚"、"古云"对"亦曰"等等,这样的对仗如小儿女作近义词、反义词,不免让诗死于句下。虽然我们说刘克庄六言"事偶尤精",但那只是从整体风格特征上来谈的,具体到个别的诗句,我们还是

---

① 陈衍评点、曹中孚校注《宋诗精华录》,成都:巴蜀书社,1992年,第635页。

能看出这样一些问题来的。

刘克庄在其六言诗中还爱用俗语,这使得原本以高古或优雅为上的六言诗在直接审美效果上违反了其内在规定性,很难得到读者认同。方回《瀛奎律髓》卷十六说:"后村诗其病有三,曰巧、曰冗、曰俗。"这三病之一的"俗"刘克庄自己似乎有自知之明,但却不以之为病,所以在他的六言诗中大量出现俗语的同时,其诗后面还附有他自己的注释,试举几例如下:

> 选人片言授钺,贵臣万里建侯。平洮致绿石研,复燕得碧云油。自注:燕山面膏也。(《春夜温故六言二十首》之十)
> 脑上笔不会插,心头肉其忍剜。乍可侬无花判,莫教渠有租瘢。自注:瑞袁虔吉,脑上插笔,江西谚语。(《送强甫赴惠安六言十首》之五)
> 傍人贺我过省,此老矍然失惊。不曾西山纳卷,如何南宫奏名。自注:俗比七十八为过省。(《七十八咏六言十首》之四)

这种现象,一方面我们从中可以窥见刘克庄主观上力图突破唐六言的典范而树立一种"以俗为美"六言诗的努力;而另一方面这种努力的实际效果却是:这些俗语在六言诗中的运用,不是因超越原有的六言诗内在规定性而显示出另一种美,而是因违反已积淀形成的六言诗内在规定性而大失端庄雅趣。倒是从民俗语言学角度来看,这一点有一定价值。

用字上刘克庄六言也有值得称道的地方。在刘克庄的六言诗中,数字词从一到十,然后百、千、万无一不有,而且所有数字词的使用频率达百分之三点四,是用词频率很高的词类,这类数字词的运用使得诗歌在审美细节和审美空间上都有了十分灵活的收缩。小数字的运用,常常能使诗歌传达出细微的知觉感受,如:"乱书翻覆未了,一灯明灭频挑。"(《村居即事六言十首》之六)"一"字的运用,微妙地传达出诗人村居时深夜独自挑灯看书的孤寂;再如:"譬宗门中初祖,自过江后一人。"(《题放翁像二首》)这里用"一"字明显表露出作者对陆游的推崇与敬重。而大数字的运用,则往往能让诗具有空间的阔大感和时间的纵深感,如:"三万里隔弱水,六千劫坐道场。"(《冬夜读几案间杂书得六言二十首》)"三万里"是空间上的阔大,"六千劫"是时间上的延伸;"衣熏三日不歇,菰臭十年未已。"(《寓言》)"三日"、"十年"都使诗歌具有时间上的纵深感。如此等等,不一而足。刘克庄六言诗用数词时,小数字与大数字又多成对出现,一句用大数,另一句便用小数相对。从内容上来讲,这样能更准确、鲜明地表达作者的观点和立场,如"百年幸生佛国,一点不吹战尘。"(《溪庵放言十首》之九)"百年"表示时间的漫长,"一点"表示程度的浅,经历漫长的时间后却几乎不受外界影响,从而表明作者晚年向往清野生活而不流连富贵日子的价值取向。从艺术上来讲,这样的大小数字相对使用也使得诗歌能在一张一弛中获取更多美感,如上文所举例子,"百年"与"一点"相对,读者阅读时会产生一种先弛后张的心理感受,一百年何其长,当读者还在体会一百年的时间悠远漫长的时候,对句的"一点"的出现便打破了这种悠远漫长之感,一点又何其少,更何况后着一"不"字,则一百年的悠远全归为虚无了,心理上的一盈一亏、一开一合给人的审美感觉就远不是停留在几个数词上了。数字词的适当运用,是刘克庄六言诗技法颇可圈点的地方。

　　从上文我们对刘克庄六言诗的结构与写作技法上的分析可以看出,刘克庄的六言诗既取得了相当的艺术成就,也暴露出一些艺术缺陷。对于他所暴露的缺陷,我们不必如此苛求古人;对于其所取得的成就,我们也不应当过分抬高,而应该用更广阔的视野来审视它身上所折射出的意义。

　　四、影响与地位

　　因为六言诗有其自身发展的历史轨道,也因为刘克庄不仅仅只写六言诗,所以我们最后要探讨的,便是从历史的纵向和刘克庄本人诗作的横向,来简略地综合审视刘克庄六言诗的地位与影响。

附录四 刘克庄六言诗初探

刘克庄在《唐绝句续选序》里放言:"使后世崇尚六言自余始,不亦可乎?"然而后世并没有崇尚六言,即便后世有写六言者也多不步刘克庄之后尘。明代陆时雍《古诗镜·诗镜总论》说:"六言甘而媚。"可见后人在总结六言诗的诗体特征时,并不以刘克庄那种用事繁富、着字清枯的六言诗为标准风格。清代潘德舆在其《养一斋诗话》卷五中则更明确、具体地表达出后世对六言诗体风格和诗法的看法,其曰:

> 或问六言诗法,予曰:王右丞"花落家童未扫,鸟啼山客独眠",康伯可"啼鸟一声春晚,落花满地人扫",此六言之式也。必如此自在谐协方妙,若稍有安排,只是减字七言绝耳,不如无作也。

潘德舆的观点不一定是正确的,但是他这句话却传达出后世对六言诗所持有的普遍看法。宋后许多的诗人在创作六言诗的时候还是以王维的那种"清绝可画"的六言作为圭臬,如元代周巽《性情集》卷六《梅花》:"呼童扫开萝径,有客来叩柴扉。花底香云欲落,树头白鸟初飞。"大有王维《田园乐》之六的影子。再如清代厉鹗《樊榭山房集》卷五《雨中江上六言四首》之一:"树外雨随风至,塘边水入田流。帆低庙子沙口,人语龙山渡头。"也属"清绝可画"型六言诗。刘克庄那种"事偶尤精"的六言诗模式,在后世并不被推崇。

但是,不被推崇并不代表没有影响,在刘克庄同时代的六言诗人的作品中和后世的六言作品中,我们还是能找到刘克庄六言的影子。刘克庄六言诗影响最直接的当然是他晚年的交心好友林希逸,两人之间有六言诗唱和自不必说,就是非唱和作品,林希逸的六言诗也受到刘克庄六言的很大影响。今《江湖后集》有载林希逸《物理六言》六首,诗曰:

> 以鸟养鸟尽性,惟虫能虫知天。万物与我为一,反身乐莫大焉。
>
> 羊蚁不如鱼计,鸿鹄岂比雁谋。为问折腰五斗,何如散

发扁舟。

　　杜鹃前身名宇,蝴蝶梦境为周。至理但观物化,吾心自有天游。

　　醯鸡瓮中世界,蜘蛛网上天机。他心我心壹是,大知小知俱非。

　　蚯蚓两头是性,桃花一见不疑,了得葛藤三昧,却参茉苢诸诗。

　　非鱼知鱼谁乐,梦鹿得鹿谁诬。若与予也皆物,执而我之则愚。

我们前文说到刘克庄许多六言绝句的内在普遍结构"一联叙事,另联论说",这点在上面所列林希逸作品中也有所体现,如第三、四首。另外,我们注意到上面所列诗存在一种特别句式,如:"他心我心壹是,大知小知俱非"、"非鱼知鱼谁乐,梦鹿得鹿谁诬"这样的句子。这种句子在别人的六言诗中可以说是很罕见,但刘克庄的六言诗中却有许多,如:

　　还笏去矣休矣,加璧其然岂然。(《再赠月蓬道人六言二首》之一)

　　唤做呆子憨子,管他火星孛星。(《赠谢子杰校勘六言三首》之二)

　　宦情为虎为鼠,世态如云如轮。(《即事六言四首》之一)

　　不入城里市里,常在水边月边。(《六言三首》之二)

由此看来,林希逸的六言诗定是与刘克庄的六言诗有着千丝万缕的联系的了。而刘克庄的六言诗影响远不仅此,我们下面试举一隅以窥一斑。明代王世贞有六言诗百馀首,其所撰《弇州四部稿》卷四十六有题为《六言绝句一百首》者,在他的这一百首六言绝句中有相当一部分能够看到刘克庄六言诗的影响,我们试举几例一窥:

　　车公一言拜相,司马三赋为郎。既与此人同世,取舍更自茫茫。(《夏日偶成不复伦次共得廿首复作长山道中故事

耳》其十三）

　　无思无为足矣，不笑不取何居。生儿但识丁字，慎勿读父之书。（《风寒济南道中兀坐肩舆不能开卷因即事戏作俳体六言解闷数之政得三十首当唤白家老婢读之耳》其四）

　　但夸酒贤酒圣，莫论钱愚钱神。为龙为蛇亦可，应牛应马谁真。（同上其五）

　　快哉老伶荷锸，至竟还输一筹。死亦不须埋我，教他蚁乐鸢愁。（《醉后放言》）

第一首可看作刘克庄"一联叙事，另联论说"模式的影子；第二首的"无思无为""足矣"可看作上文提到的特别句式和虚词运用的馀绪；第三首则更可见"宦情为虎为鼠，世态如云如轮"句式的模样了；第四首虚词的运用也与刘克庄六言虚词有着似是似非的联系。在没有任何旁证的情况下，我们当然不敢肯定王世贞是直接从刘克庄这学来的，但是王世贞六言某种程度上受到了刘克庄六言或直接或间接的影响则是我们敢肯定的。

　　虽然我们在试图论说刘克庄六言诗对后世的影响，但是我们又不得不承认六言诗这样的影响是多么微弱，即便是后世所推崇的王维的六言诗，它的影响也是那样的微不足道，这是由整个六言诗所处的边缘地位所决定的。但是横向地，从刘克庄个人来看，六言诗的地位则是不可忽视的。不可忽视的重要原因便是我们从他所有六言诗中能看出刘克庄晚年个人的复杂思想。

　　南宋末年，理学甚盛。但就刘克庄六言诗来看，其晚年思想并非纯一的理学观念，而是如其诗歌师法观那样兼容并包、取我所需。有一首六言很能看出他晚年思想的包容性，其诗曰："鹅湖始若小异，虎溪岂必皆同。平亭晦庵子静，捏合渊明远公。"（卷四八《儒释》）"平亭晦庵子静，捏合渊明远公。"前一句是儒家理学分支的调和，后一句是佛道两家的互容。虽然刘克庄说"佛经六千馀卷，聃书八十一篇。今为二氏学者，我则两端竭焉"，但实际上儒释道在刘克庄六言诗中都有所表现，而它们之间又因具体情况的不同有彼此的消长。刘克庄六言诗中所表达的有儒家治国平天下的入世情怀,也有道家归隐南山怡然自得的精神向往,同时还有佛家参禅顿悟似的表情达意。三者中又数道家思想表现得最为突出,主要表现在:(一)大量使用道家故事,如尹喜与李耳之事重复多次的出现:"蒙叟之言卓诡,尹喜之事诞夸。"(《溪庵放言十首》之七)"羡关尹喜见聃,爱希氏子瞻孔。"(《又和后九首》之二)"道在青牛关外,经来白马寺中。"(《释老六言十首》之七)(二)与道士之间的赠答,如《六言二首赠月蓬道人》、《再赠月蓬道人六言二首》、《赠无庵于道人六言一首》等;(三)对道家经典著作的推崇,如:"讲易白牛溪上,题诗黄鹤楼中。"(《村居即事六言十首》之五)"试问读三万轴,何如诵五千文。"(《道房六言一首》)造成这一点的原因和上文提到的他晚年处境有十分大的关系,因为仕途的渺茫与挫折,使得他不得不转入道教寻求心理上的寄托和解脱。

从刘克庄六言诗中我们不仅能看出他晚年的思想状况,也能看出他晚年所持的史学观点。林希逸《竹溪鬳斋十一稿续集》卷二十三《后村刘公行状》记载刘克庄以"文名久著,史学尤精"而赐同进士出身,可见其在史学方面颇有造诣。因而,在刘克庄六言诗中除了大量运用典故成语外,还出现了许多就史论史的诗,如他有六言诗《录汉唐事六言五首》、《(记汉事)又六言二首》、《记汉事六言二首》、《两朝口号六言二首》、《记汉唐事六言二首》、《留侯一首》、《读开元天宝遗事一首》、《读韩信马援传一首》、《记箕山商野事一首》等,题目就明确了六言诗的主旨在"史"。另外在《冬夜读几案间杂书得六言二十首》、《春夜温故六言二十首》、《夜读传灯杂书六言八首》、《溪庵放言十首》、《杂兴六言十首》、《题杂书卷六言三首》中也有许多可见其史学观点的诗作。因为是以诗论史,所以我们从其中得知的多为刘克庄对某件具体历史事件的评价与观点,很难将其用系统的归纳方式罗列出来,然其史学价值却是不容忽视的,而且不管是对于研究刘克庄个人的史学观点,还是对于研究整个的史论演进,都有可用之料,此处限于笔者学识不得不点到为止,是为憾事。

总之,六言诗发展到刘克庄这里时,算是对六言诗发展的一个小结,特别是对宋代六言诗的小结,遗憾的是刘克庄并没有将六言诗特有的品格凸显出来,他没有攀上一个六言诗的艺术高峰,更不用说树立六言诗的艺术典范了,而仅仅在诗歌数量上造就了"前无古人,后无来者"的局面,"使后世崇尚六言自余始,不亦可乎"的口号在他的六言诗中没有寻找到所需要的能让它成为现实的艺术魅力。虽然刘克庄的六言诗从社会学、历史学、语言学等角度具有其不可替代的价值,虽然刘克庄的六言诗从文学角度来看也具有其特定的、不可磨灭的价值与地位,但是我们文章的最后还是对他用如此大的精力写就的三百九十馀篇六言诗感到一丝失望与惋惜!

参考文献

(注:关于刘克庄研究专门论著的参考文献,已在"附录一"标明,不再列出)

一、古籍文献(按四部分类排序)

《十三经注疏》,阮元校刻,北京:中华书局,1980年。
《四书章句集注》,(宋)朱熹集注,北京:中华书局,1983年。
《附释文互注礼部韵略》附《贡举条式》,(宋)丁度撰,《文渊阁四库全书》本。
《旧唐书》,(五代)刘昫等撰,北京:中华书局,1975年。
《新唐书》,(宋)欧阳修、宋祁撰,北京:中华书局,1975年。
《宋史》,(元)脱脱等编撰,北京:中华书局,1977年。
《金史》,(元)脱脱等编撰,北京:中华书局,1975年。
《元史》,(明)宋濂等编撰,北京:中华书局,1976年。
《续资治通鉴长编》,(宋)李焘撰,北京:中华书局,2004年。
《皇朝编年纲目备要》,(宋)陈均撰,北京:中华书局,2006年。
《续编两朝纲目备要》,(宋)佚名编,北京:中华书局,1995年。
《宋季三朝政要》,(宋)佚名撰,《守山阁丛书》本。
《宋史全文》,(宋)佚名著,哈尔滨:黑龙江人民出版社,2005年。
《续资治通鉴》,(清)毕沅撰,北京:中华书局,1957年。
《宋史纪事本末》,(明)陈邦瞻撰,北京:中华书局,1977年。
《东都事略》,(宋)王称著,清振鹭堂影宋刻本。
《象台首末》,(宋)胡知柔著,《文渊阁四库全书》本。
《唐才子传校笺》,(元)辛文房原著,傅璇琮主编,北京:中华书局,1990年。

《宋元学案》,(清)黄宗羲著,(清)全祖望补,北京:中华书局,1986年。

《闽中理学渊源考》,(清)李清馥编,《文渊阁四库全书》本。

《方舆胜览》,(宋)祝穆撰,北京:中华书局,2003年。

《淳熙三山志》,(宋)梁克家撰,《宋元方志丛刊》本,北京:中华书局,1990年。

《景定建康志》,(宋)周应合撰,《宋元方志丛刊》本,北京:中华书局,1990年。

《(弘治)八闽通志》,(明)黄仲昭撰,福州:福建人民出版社,1991年。

《闽书》,(明)何乔远撰,福州:福建人民出版社,1994年。

《重刊兴化府志》,(明)周瑛、黄仲昭著,福州:福建人民出版社,2007年。

《(乾隆)兴化府莆田县志》,(清)汪大经、廖必琦等修,清光绪五年刻本。

《莆田县志稿》,(清)林岵瞻著,福建师范大学图书馆藏钞本。

《莆阳比事》,(宋)李俊甫著,《宛委别藏》本。

《莆阳文献》,(明)郑岳辑,《四库全书存目丛书》影明万历间刻本。

《莆舆纪胜》,(明)林登名撰,民国翁炳燊星楼钞本,1947年。

《南宋馆阁录·续录》,(宋)陈骙等著,北京:中华书局,1998年。

《庆元条法事类》,(宋)谢深甫撰,燕京大学刊本,1948年。

《名公书判清明集》,佚名撰,北京:中华书局,1987年。

《郡斋读书志校证》,(宋)晁公武著,孙猛校证,上海:上海古籍出版社,1990年。

《直斋书录解题》,(宋)陈振孙著,上海:上海古籍出版社,1987年。

《经义考》,(清)朱彝尊著,北京:中华书局,1998年。

《四库全书总目》,(清)永瑢等著,北京:中华书局,1997年。

《拜经楼藏书题跋记》,(清)吴寿旸纂,上海:上海古籍出版社,2007年。
《铁琴铜剑楼藏书目录》,(清)瞿镛纂,上海:上海古籍出版社,2000年。
《藏园订补郘亭知见传本书目》,(清)莫友芝纂,傅增湘订补,傅熹年整理,北京:中华书局,1993年。
《陔馀丛考》,(清)赵翼著,石家庄:河北人民出版社,2007年。
《廿二史劄记校证》,(清)赵翼著,王树民校证,北京:中华书局,1984年。
《续孟子》,(唐)林慎思著,《文渊阁四库全书》本。
《读书分年日程》,(元)程端礼著,《文渊阁四库全书》本。
《闽中荔支通谱》,(明)邓庆寀撰,《四库全书存目丛书》影明崇祯间刻本。
《习学记言序目》,(宋)叶适著,北京:中华书局,1977年。
《朝野类要》,(宋)赵升著,北京:中华书局,2007年。
《爱日斋丛钞》,(宋)叶寘著,《守山阁丛书》本。
《义门读书记》,(清)何焯撰,北京:中华书局,1987年。
《仇池笔记》,(宋)苏轼著,上海:上海书店,1990年。
《梁谿漫志》,(宋)费衮著,上海:上海古籍出版社,1985年。
《鹤林玉露》,(宋)罗大经著,北京:中华书局,1983年。
《贵耳集》,(宋)张端义著,北京:中华书局,1985年。
《齐东野语》,(宋)周密著,北京:中华书局,1983年。
《隐居通议》,(元)刘壎著,《海山仙馆丛书》本。
《池北偶谈》,(清)王士禛著,北京:中华书局,1982年。
《啸亭杂录·啸亭续录》,(清)昭梿著,北京:中华书局,1980年。
《类说》,(宋)曾慥著,北京:文学古籍刊行社,1955年。
《宋朝事实类苑》,(宋)江少虞著,上海:上海古籍出版社,1981年。
《锦绣万花谷》,(宋)佚名辑,《中华再造善本》影宋刻本,北京:北京图书馆出版社,2004年。

《古今事文类聚》,(宋)祝穆等编,《文渊阁四库全书》本。

《全芳备祖》,(宋)陈詠辑、祝穆订正,北京:农业出版社,1982年。

《玉海》,(宋)王应麟编,南京:江苏古籍出版社,1987年。

《翰苑新书》,(宋)佚名编,上海:上海古籍出版社,1991年。

《玉泉子》,(唐)佚名著,上海:上海古籍出版社,1988年。

《渑水燕谈录》,(宋)王辟之著,北京:中华书局,1981年。

《癸辛杂识》,(宋)周密著,北京:中华书局,1988年。

《归潜志》,(金)刘祁著,北京:中华书局,1983年。

《烟画东堂小品》,(清)缪荃孙辑,民国刻本,1920年。

《新雕注胡曾咏史诗》,(唐)胡曾著,陈盖等注,《四部丛刊三编》本。

《乖崖集》,(宋)张咏著,《文渊阁四库全书》本。

《蔡襄集》,(宋)蔡襄著,上海:上海古籍出版社,1996年。

《欧阳修全集》,(宋)欧阳修著,北京:中华书局,2001年。

《鸡肋集》,(宋)晁补之著,《四部丛刊初编》本。

《宋陈少阳先生文集》,(宋)陈东著,明正德刻本。

《海陵集》,(宋)周麟之著,《文渊阁四库全书》本。

《艾轩集》,(宋)林光朝著,《文渊阁四库全书》本。

《朱子全书》,(宋)朱熹著,朱杰人等编,上海古籍出版社、安徽教育出版社,2002年。

《文忠集》,(宋)周必大著,《文渊阁四库全书》本。

《诚斋集》,(宋)杨万里著,《四部丛刊初编》本。

《叶适集》,(宋)叶适著,北京:中华书局,1961年。

《昌谷集》,(宋)曹彦约著,《文渊阁四库全书》本。

《石屏诗集》,(宋)戴复古著,《四部丛刊续编》本。

《复斋先生龙图陈公文集》,(宋)陈宓著,南京图书馆藏清抄本。

《鹤山先生大全集》,(宋)魏了翁著,《四部丛刊初编》本。

《西山先生真文忠公文集》,(宋)真德秀著,《四部丛刊初编》本。
《鹤林集》,(宋)吴泳著,《文渊阁四库全书》本。
《安晚堂集》,(宋)郑清之著,《文渊阁四库全书》本。
《沧州尘缶编》,(宋)程公许著,《文渊阁四库全书》本。
《梅亭先生四六标准》,(宋)李刘著,《四部丛刊续编》本。
《筼窗集》,(宋)陈耆卿著,《文渊阁四库全书》本。
《铁庵集》,(宋)方大琮著,明正德八年刻本。
《臞轩集》,(宋)王迈著,《文渊阁四库全书》本。
《后村集》,(宋)刘克庄著,《文渊阁四库全书》本。
《后村集》,(宋)刘克庄著,《宋集珍本丛刊》影明谢氏小草斋钞本,北京:线装书局,2004年。
《后村居士集》,(宋)刘克庄著,《中华再造善本》影宋刻本,北京:北京图书馆出版社,2004年。
《后村先生大全集》,(宋)刘克庄著,《四部丛刊初编》本。
《后村先生大全集》,(宋)刘克庄著,《宋集珍本丛刊》影国家图书馆藏清抄本,北京:线装书局,2004年。
《后村先生诗集大全》,(宋)刘克庄著,刘帝与编,上海图书馆藏宋刻本。
《后村居士诗》,(宋)刘克庄著,遂安堂刻本。
《后村先生题跋》,(宋)刘克庄著,《適园丛书》本。
《玉牒初草》,(宋)刘克庄著,清光绪三十四年刻本。
《竹溪鬳斋十一稿续集》,(宋)林希逸著,《文渊阁四库全书》本。
《楳埜集》,(宋)徐元杰著,《文渊阁四库全书》本。
《秋崖集》,(宋)方岳著,《文渊阁四库全书》本。
《雪矶丛稿》,(宋)乐雷发著,长沙:岳麓书社,1986年。
《巽斋文集》,(宋)欧阳守道著,《文渊阁四库全书》本。
《孝诗》,(宋)林同著,《文渊阁四库全书》本。
《苇航漫游稿》,(宋)胡仲弓著,《文渊阁四库全书》本。

《雪坡舍人集》,(宋)姚勉著,胡思敬辑《豫章丛书》本。
《文山先生全集》,(宋)文天祥著,《四部丛刊初编》本。
《滹南遗老集》,(金)王若虚著,《四部丛刊初编》本。
《桐江集》,(元)方回著,《宛委别藏》本。
《桐江续集》,(元)方回著,《文渊阁四库全书》本。
《剡源戴先生文集》,(元)戴表元著,《四部丛刊初编》本。
《墙东类稿》,(元)陆文圭著,《文渊阁四库全书》本。
《养吾斋集》,(元)刘将孙著,《文渊阁四库全书》本。
《彭惠安集》,(明)彭韶著,《文渊阁四库全书》本。
《溉堂集》,(清)孙枝蔚著,上海:上海古籍出版社,1979年。
《蚕尾集》,(清)王士禛著,《王渔洋遗书》本。
《紫幢轩诗集》,(清)文昭著,《四库未收书辑刊》影清雍正刻本。
《筠斋诗稿》,(清)尤埰著,上海图书馆藏稿本。
《复初斋诗集》,(清)翁方纲著,《续修四库全书》影清刻本。
《葆冲书屋集》,(清)汪如洋著,《续修四库全书》影清刻本。
《二程集》,(宋)程颢、程颐著,北京:中华书局,1981年。
《宋文鉴》,(宋)吕祖谦编,北京:中华书局,1992年。
《文章正宗》,(宋)真德秀编,《文渊阁四库全书》本。
《文房四友除授集》,(宋)郑清之等著,《百川学海》本。
《江湖小集》,(宋)陈起编,《文渊阁四库全书》本。
《江湖后集》,(宋)陈起编,《文渊阁四库全书》本。
《圣宋高僧诗选》,(宋)陈起辑,《续修四库全书》影清抄本。
《诗家鼎脔》,(宋)佚名编,《文渊阁四库全书》本。
《两宋名贤小集》,(宋)陈思编,(元)陈世隆补,《文渊阁四库全书》本。
《四家四六》,(宋)方人琮等著,佚名编,《中华再造善本》影宋刻本,北京:北京图书馆出版社,2004年。
《分门纂类唐宋时贤千家诗选校证》,旧题(宋)刘克庄编,李更、陈新校证,北京:人民文学出版社,2002年。

《唐宋千家联珠诗格校证》,(宋)于济、蔡正孙著,卞东波校证,南京:凤凰出版社,2007年。

《瀛奎律髓汇评》,(元)方回著、李庆甲集评,上海:上海古籍出版社,2005年。

《南宋四家律选》,(清)彭元瑞选,清抄本。

《诗渊》,(明)佚名编,北京:书目文献出版社,1987年。

《莆风清籁集》,(清)郑王臣辑,《四库全书存目丛书》影清刻本。

《四库辑本别集拾遗》,栾贵明辑,中华书局,1983年。

《全宋诗》,北京大学古文献研究所编,北京:北京大学出版社,1998年。

《全宋文》,曾枣庄、刘琳主编,上海:上海辞书出版社、合肥:安徽教育出版社,2006年。

《四六话》,(宋)王铚著,王水照编《历代文话》本,上海:复旦大学出版社,2007年。

《苕溪渔隐丛话》,(宋)胡仔著,北京:人民文学出版社,1962年。

《韵语阳秋》,(宋)葛立方著,上海:上海古籍出版社,1984年。

《辞学指南》,(宋)王应麟著,《历代文话》本,上海:复旦大学出版社,2007年。

《梅磵诗话》,(元)韦居安著,《宛委别藏》本。

《文章欧冶》,(元)陈绎曾著,《历代文话》本,上海:复旦大学出版社,2007年。

《金石例》,(元)潘昂霄著,《历代文话》本,上海:复旦大学出版社,2007年。

《诗薮》,(明)胡应麟著,上海:上海古籍出版社,1979年。

《铁立文起》,(清)王之绩著,《历代文话》本,上海:复旦大学出版社,2007年。

《全闽诗话》,(清)郑方坤辑,福州:福建人民出版社,2006年。

《说诗晬语》,(清)沈德潜著,北京:人民文学出版社,1979年。

《随园诗话》,(清)袁枚著,北京:人民文学出版社,1982年。

《蒲褐山房诗话新编》,(清)王昶著、周维德辑校,济南:齐鲁书社,1988年。

《赋话》,(清)李调元著,北京:中华书局,1985年。

《历代诗话》,(清)何文焕辑,北京:中华书局,2004年。

《春觉斋论文》,林纾著,《历代文话》本,上海:复旦大学出版社,2007年。

《涵芬楼文谈》,吴曾祺著,《历代文话》本,上海:复旦大学出版社,2007年。

《古今文派述略》,陈康黼著,《历代文话》本,上海:复旦大学出版社,2007年。

《小招隐馆谈艺录初编》,王礼培著,民国铅印本。

《汉文典·文章典》,来裕恂著,《历代文话》本,上海:复旦大学出版社,2007年。

《文学述林》,刘咸炘著,《历代文话》本,上海:复旦大学出版社,2007年。

《花庵词选》,(宋)黄昇选,北京:中华书局,1958年。

《阳春白雪》,(宋)赵闻礼编,上海:上海古籍出版社,1993年。

《绝妙好词笺》,(宋)周密辑,(清)查为仁、厉鹗笺,上海:上海古籍出版社,1984年。

《宋六十名家词》,(明)毛晋辑,上海:上海古籍出版社,1989年。

《历代诗馀》,(清)沈辰垣等编,上海:上海书店,1985年。

《全宋词》,唐圭璋编,王仲闻参订,孔凡礼补辑,北京:中华书局,1999年。

《词品》,(明)杨慎著,北京:中华书局,1983年。

《蒿庵论词》,(清)冯煦著,《词话丛编》本,北京:中华书局,1986年。

《词话丛编》,唐圭璋编,北京:中华书局,1986年。

二、近人今人论著(按书名拼音排序)

《北方移民与南宋社会变迁》,吴松弟著,台北:文津出版社,1993年。

《北宋经抚年表 南宋制抚年表》,吴廷燮著,北京:中华书局,1984年。

《藏园群书经眼录》,傅增湘著,北京:中华书局,1983年。

《陈振孙评传》,武秀成著,南京:南京大学出版社,2006年。

《传媒与真相:苏轼及其周围士大夫的文学》,〔日〕内山精也著,上海:上海古籍出版社,2005年。

《地方戏曲音韵研究》,游汝杰主编,北京:商务印书馆,2006年。

《二十世纪宋史研究论著目录》,方建新编,北京:北京图书馆出版社,2006年。

《二十世纪西方文学理论》,〔英〕特雷·伊格尔顿著,伍晓明译,西安:陕西师范大学出版社,1987年。

《福建古代刻书》,谢水顺、李珽著,福州:福建人民出版社,1997年。

《福建文学发展史》,陈庆元著,福州:福建教育出版社,1996年。

《宫崎市定论文选集》,〔日〕宫崎市定著,中国科学院历史研究所翻译组编译,北京:商务印书馆,1965年。

《宫崎市定全集》,〔日〕宫崎市定著,东京:岩波书店,1992年。

《官宦与士绅:两宋江西抚州的精英》(Statesmen and Gentlemen: The Elite of Fu-Chou, Chiang-Hsi, in Northern and Southern Sung),韩明士(Robert Hymes)著,Cambridge: Cambridge University Press, 1986。

《汉字的魔方》,葛兆光著,上海:复旦大学出版社,2008年。

《江湖诗派研究》,张宏生著,北京:中华书局,1995年。

《静嘉堂文库宋元版图录》,静嘉堂文库编,东京:汲古书院,

1992年。

《理学文化与南宋诗学》,石明庆著,北京:中国社会科学出版社,2006年。

《理学文艺史纲》,许总主编,南京:江苏教育出版社,2001年。

《梁启超文选》,梁启超著,夏晓虹编,北京:中国广播电视出版社,1992年。

《两宋史研究汇编》,刘子健著,台北:联经出版事业公司,1987年。

《两宋文化史研究》,杨渭生等著,杭州:杭州大学出版社,1998年。

《两宋文学史》,程千帆、吴新雷著,上海:上海古籍出版社,1991年。

《闽蜀浙粤刻书丛考》,王国维等著,北京:北京图书馆出版社,2003年。

《两宋思想述评》,陈钟凡著,北京:东方出版社,1996年。

《疁城集》,朱瑞熙著,上海:华东师范大学出版社,2001年。

《林语堂文集》,林语堂著,张振玉等译,北京:作家出版社,1995年。

《美国柏克莱加州大学东亚图书馆中文古籍善本书志》,柏克莱加州大学东亚图书馆编,上海:上海古籍出版社,2005年。

《南宋初期政治史研究》,〔日〕寺地遵著,刘静贞、李今芸译,台北:稻禾出版社,1995年。

《南宋词史》,陶尔夫、刘敬圻著,哈尔滨:黑龙江人民出版社,1992年。

《南宋初期的文化重组与文学新变》,钱建状著,厦门:厦门大学出版社,2006年。

《南宋的诗文选本研究》,张智华著,北京:北京师范大学出版社,2002年。

《南宋江湖诗派与儒商思潮》,陈书良著,兰州:甘肃文化出版社,2004年。

《南宋社会生活史》,〔法〕谢和耐著,马德程译,台北:中国文化大学出版社,1982年。

《南宋史稿》,何忠礼、徐吉军著,杭州:杭州大学出版社,1999年。

《南宋史学史》,罗炳良著,北京:人民出版社,2008年。

《南宋史学研究》,燕永成著,兰州:甘肃人民出版社,2007年。

《南宋史研究集》,黄宽重著,台北:新文丰出版公司,1985年。

《南宋文人与党争》,沈松勤著,北京:人民出版社,2005年。

《莆仙文化研究》,福建炎黄文化研究会等编,福州:海峡文艺出版社,2003年。

《钱锺书手稿集·容安馆札记》,钱锺书著,北京:商务印书馆,2003年。

《七缀集》,钱锺书著,上海:上海古籍出版社,1994年。

《情感与形式》,〔美〕苏珊·朗格著,刘大基等译:北京:中国社会科学出版社,1986年。

《人生边上的边上》,钱锺书著,北京:三联书店,2002年。

《诗歌意象论》,陈植锷著,北京:中国社会科学出版社,1990年。

《诗论》,朱光潜著,上海:上海古籍出版社,2001年。

《十九世纪文学主流》,〔丹麦〕奥尔格·勃兰兑斯著,张道真译,北京:人民文学出版社,1997年。

《十三世纪中国政治与文化危机》,〔美〕戴仁柱著,刘晓译,北京:中国广播电视出版社,2003年。

《斯文:唐宋思想的转型》,〔美〕包弼德著,刘宁译,南京:江苏人民出版社,2001年。

《宋版书叙录》,李致忠著,北京:北京图书馆出版社,1994年。

《宋本》,张丽娟、程有庆著,南京:江苏古籍出版社,2002年。

《宋代祠禄制度考实》,梁天锡著,台湾:学生书店承印,1978年。

《宋代的家族与社会》,黄宽重著,北京:北京图书馆出版社,

2009年。

《宋代地域文化》,程民生著,开封:河南大学出版社,1997年。

《宋代出版史研究》,周宝荣著,郑州:中州古籍出版社,2003年。

《宋代官员选任和管理制度》,苗书梅著,开封:河南大学出版社,1999年。

《宋代官制辞典》,龚延明著,北京:中华书局,1997年。

《宋季士风与文学》,刘婷婷著,北京:中华书局,2010年。

《宋代家族与文学:以澶州晁氏为中心》,张剑著,北京:北京出版社,2006年。

《宋代科举与文学》,祝尚书著,北京:中华书局,2008年。

《宋代刻书产业与文学》,朱迎平著,上海:上海古籍出版社,2008年。

《宋代散文史论》,马茂军著,北京:中华书局,2008年。

《宋代散文研究》,杨庆存著,北京:人民文学出版社,2002年。

《宋代社会生活研究》,汪圣铎著,北京:人民出版社,2007年。

《宋代诗学通论》,周裕锴著,上海:上海古籍出版社,2007年。

《宋代文官选任制度诸层面》,邓小南著,石家庄:河北教育出版社,1993年。

《宋代文学探讨集》,祝尚书著,郑州:大象出版社,2007年。

《宋代文学通论》,王水照主编,开封:河南大学出版社,1997年。

《宋金元文学批评史》,顾易生等著,上海:上海古籍出版社,1996年。

《宋理宗 宋度宗》,胡昭曦等著,长春:吉林文史出版社,1996年。

《宋明理学与中国文学》,许总著,南昌:百花洲文艺出版社,1999年。

《宋人别集叙录》,祝尚书著,北京:中华书局,1999年。

《宋人传记资料索引》,昌彼得等编,北京:中华书局,1988年。

《宋人总集叙录》,祝尚书著,北京:中华书局,2004年。
《宋诗:以新变再造辉煌》,许总著,桂林:广西师范大学出版社,1999年。
《宋诗选注》,钱锺书著,北京:人民文学出版社,1994年。
《宋诗体派论》,吕肖奂著,成都:四川民族出版社,2002年。
《宋诗纵横》,赵仁珪著,北京:中华书局,1994年。
《宋史》,陈振著,上海:上海人民出版社,2003年。
《宋史研究集刊》第二集,徐规主编,杭州:杭州大学出版社,1988年。
《宋史研究论文与书籍目录》,宋晞编,台北:中国文化大学出版部,1983年。
《宋四六论稿》,施懿超著,上海:上海古籍出版社,2005年。
《宋文论稿》,朱迎平著,上海:上海财经大学出版社,2003年。
《宋文通论》,曾枣庄著,上海:上海人民出版社,2008年。
《宋元诗社研究丛稿》,欧阳光著,广州:广东高等教育出版社,1996年。
《宋元之际的哲学与文学》,罗立刚著,上海:复旦大学出版社,1999年。
《审美过程研究》,〔德〕W·伊泽尔著,霍桂恒等译,北京:中国人民大学出版社,1988年。
《唐宋词汇评》,吴熊和主编,杭州:浙江教育出版社,2004年。
《唐宋诗论稿》,莫砺锋著,沈阳:辽海出版社,2001年。
《唐宋时期的雕版印刷》,宿白著,北京:文物出版社,1999年。
《晚宋朝臣对国是的争议》,黄宽重著,台北:台湾大学文学院,1978年。
《晚宋诗歌与社会》,勾承益著,成都:电子科技大学出版社,2001年。
《晚宋时期财政危机研究》,张金岭著,成都:四川大学出版社,2001年。
《王国维遗书》,王国维著,上海:上海古籍书店,1983年。

《王水照自选集》,王水照著,上海:上海教育出版社,2000年。
《西方文艺理论名著选编》,伍蠡甫等编,北京:北京大学出版社,1986年。
《现存宋人别集版本目录》,四川大学古籍所编,成都:巴蜀书社,1990年。
《现存宋人著述总录》,刘琳、沈治宏编,成都:巴蜀书社,1995年。
《新史学》,〔法〕雅克·勒高夫等编,姚蒙译,上海:上海译文出版社,1989年。
《叶適年谱》,周梦江著,杭州:浙江古籍出版社,2006年。
《艺术论》,〔俄〕列夫·托尔斯泰著,丰陈宝译,北京:人民文学出版社,1958年。
《艺术问题》,〔美〕苏珊·朗格著,滕守尧译,北京:中国社会科学出版社,1983年。
《印书牟利:福建建阳的商业出版者(11—17世纪)》(*Printing for Profit: The Commercial Publishers of Jianyang, Fujian (11th-17th Centuries)*),贾晋珠(Lucille Chia)著,Cambridge:Harvard University Press,2002。
《张政烺文史论集》,张政烺著,北京:中华书局,2004年。
《中国古代阐释学研究》,周裕锴著,上海:上海人民出版社,2003年。
《中国古代散文艺术史论》,熊礼汇著,武汉:湖北人民出版社,2005年。
《中国古代思想史论》,李泽厚著,北京:三联书店,2008年。
《中国古代文体形态研究》,吴承学著,广州:中山大学出版社,2000年。
《中国目录学史论丛》,王重民著,北京:中华书局,1984年。
《中国思想史》,葛兆光著,上海:复旦大学出版社,2000年。
《中国文学地理形态与演变》,梅新林著,上海:复旦大学出版社,2006年。

《中国文学论丛》,钱穆著,北京:三联书店,2002年。

《中国文学史新著》,章培恒、骆玉明主编,上海:复旦大学出版社、上海文艺出版总社,2007年。

《中国印刷史》,张秀民著,上海:上海人民出版社,1989年。

《中国纸和印刷文化史》,钱存训著,桂林:广西师范大学出版社,2004年。

《中国转向内在——两宋之际的文化内向》,刘子健著,南京:江苏人民出版社,2002年。

《朱熹的历史世界》,余英时著,北京:三联书店,2004年。

三、单篇学术论文(按发表时间排序)

胡念贻《南宋江湖前、后、续集的编纂和流传》,《文史》第16辑,1982年。

郝若贝(Robert Hartwell)《中国的人口、政治与社会的转型:750—1550》(Demographic, Political and Social Transformation of China 750-1550),《哈佛亚洲学刊》(Harvard Horuard Journal of Asiatic Studies)1982年第2期。

顾吉辰、俞如云《〈续资治通鉴长编〉版本沿革及其史料价值》,《西北师大学报》1983年第3期。

张希清《论宋代科举取士之多与冗官问题》,《北京大学学报》1987年第5期。

金圆《宋代祠禄官的几个问题》,《中国史研究》1988年第2期。

王瑞来《〈宋朝事实类苑〉杂考》,《古籍整理研究学刊》1990年第5期。

张其凡《试论宋代政治史的分期》,载邓广铭等主编《宋史研究论文集》,开封:河南大学出版社,1993年。

刘毅强《南宋"江湖诗派"名辩——简论江湖诗派不足成派》,《华东师范大学学报》1993年第3期。

胡昭曦《略论晚宋史的分期》,《四川大学学报》1995年第

1期。

陈豪《宋明时期莆田刻书业初探》,《福建图书馆学刊》1996年第1期。

刘晓南《宋代福建诗人用韵所反映的十到十三世纪的闽方言若干特点》,《语言研究》1998年第1期。

汪圣铎《关于宋代祠禄制度的几个问题》,《中国史研究》1998年第4期。

朱迎平《宋文发展整体观及南宋散文评价》,《复旦学报》1998年第4期。

简杏如《宋代莆田方氏家族的婚姻》,《台大历史学报》1999年第24期。

黄宝华《〈江西诗社宗派图〉的写定与〈江西诗派〉总集的刊行》,《文学遗产》1999年第6期。

朱玉麒《论南宋后期词人的布衣化倾向》,《北京师范大学学报》2000年第5期。

周裕锴《元祐诗风的趋同性及其文化意义》,《新宋学》第一辑,上海:上海辞书出版社,2001年。

祝尚书《论宋季的拟人制诰》,《北京化工大学学报》2002年第3期。

许红霞《从三百八十卷本〈两宋名贤小集〉看其汇集流传经过》,《海峡两岸古典文献学学术研讨会论文集》,上海:上海古籍出版社,2002年。

叶邦义、胡传志《20世纪80年代以来的江湖诗派研究》,《阴山学刊》2004年第1期。

王兆鹏《宋代诗文别集的编辑与出版——宋代文学的书册传播研究之一》,《华中科技大学学报》2004年第1期。

费君清《论〈江湖集〉的历史真相》,《中国人文社会科学博士硕士文库 续编·文学卷(上册)》,浙江教育出版社,2005年。

包伟民《精英们"地方化"了吗——试论韩明士〈政治家与绅士〉与"地方史"研究方法》,《唐研究》第十一卷,北京:北京大学出版社,2005年。

吕肖奂《论南宋后期词的雅化与诗的俗化》,《文学遗产》2005年第2期。

张剑、吕肖奂《宋代的文学家族与家族文学》,《文学评论》2006年第4期。

季品锋《江湖派、江湖体及其他》,《文学遗产》2006年第4期。

程有庆《〈南岳旧稿〉追忆》,《藏书家》第12辑,济南:齐鲁书社,2007年。

曾枣庄《论宋人破体为记》,《中国典籍与文化》2007年第2期。

朱刚《士大夫文化的两种模式:〈虔州学记〉与〈南安军学记〉》,《江海学刊》2007年第3期。

周永健《宋代祠禄制度对士大夫的影响》,《湖北职业技术学院学报》2007年第3期。

刘成国《宋代学记研究》,《文学遗产》2007年第4期。

王兆鹏《宋代诗文的单篇传播方式初探》,於可训、陈国恩主编《文学传播与接受论丛》第二辑,北京:中华书局,2007年。

浅见洋二《"焚弃"与"改定"——论宋代别集的编纂或定本的制定》,《中国韵文学刊》2007年第3期。

赵前《宋刻〈南岳稿〉》,《人民日报(海外版)》2007年7月16日。

陈东《宋刻本〈南岳稿〉上拍小记》,《藏书家》第14辑,济南:齐鲁书社,2008年。

方彦寿《两宋莆田官私刻书考述》,《文献》2008年第3期。

侯体健《为问少年心在否,一篇珠玉是生涯:王水照教授访谈录》,《文艺研究》2008年第6期。

史伟、宋文涛《"江湖"非"诗派"考论》,《社会科学家》2008年第8期。

张高评《博观约取与宋诗之学唐变唐——梅迪奇效应与宋刊唐诗选集》,《宋代文化研究》第16辑,四川大学出版社,2009年。

王水照《南宋文学的时代特点与历史定位》,《文学遗产》2010年第1期。

聂安福《宋人"文法〈檀弓〉"说解读》,《文学遗产》2010年第2期。

四、硕博学位论文(按完成时间排序)

费君清《江湖派考论》,浙江大学中文系博士论文,1998年。

喻学忠《晚宋士风研究》,四川大学历史系博士论文,2002年。

孔妮妮《南宋学术发展与诗歌流变》,复旦大学中文系博士论文,2004年。

张春媚《南宋江湖文人研究》,武汉大学中文系博士论文,2005年。

张小丽《宋代咏史诗研究》,陕西师范大学中文系博士论文,2006年。

史伟《宋元之际的士与诗》,浙江大学中文系博士后研究工作报告,2008年。

马强才《中国古代诗歌用事观念研究》,四川大学中文系博士论文,2008年。

张焕玲《宋代咏史组诗考论》,陕西师范大学中文系硕士论文,2008年。

后　记

一

　　刘克庄在七十四岁时说"自笑此翁迂阔甚,后千百世待知音",我不知道谁是他等的那个人。第一次翻阅《后村先生大全集》,是 2003 年秋在四川大学跟随周裕锴先生做本科毕业论文时。四年后,在复旦大学光华楼,业师王水照先生拿到蒋寅先生主编的《中国诗学》第 11 辑,阅读到了那篇我人生中第一篇稍微像样的学术论文《刘克庄六言诗初探》。就这样,我与刘克庄再续前缘。

　　其实,在 2003—2007 的四年间,我一直在断断续续做一些与刘克庄相关的工作,包括几篇小论文的撰写和刘克庄文集电子文本的处理。而真要将刘克庄作为博士论文选题,则确实需要一点勇气。因为不但在我确定论题前学界已有多部论著面世,而且在确定题目后又相继涌现了多部有质量的专题性著作。"虽杼轴于予怀,怵他人之我先",这不是虚言,而是实际,所以许多师友都因此为我捏了一把汗。但是,在阅读前贤时彦的相关论著后,我鼓起勇气,还是坚持了论题的不变。并且想以更为宽阔的学术视野和较高的学术追求来完成这个题目。这勇气自然来自恩师的鼓励与点拨。先生对我期待甚殷,曾多次向我说起希望这篇论文的撰写能够成为一种个案研究的新模式。这样的目标对于学殖浅薄的我来说,无疑是很难实现的,但这却是我努力的方向与动力所在。

　　不过,我自己也乐意将人物个案作为研究对象,特别是我曾经熟悉的刘克庄。因为人物个案研究有一个好处,就是四处充满温度。你是和一个活生生的人在对话,不只是在一堆概念、术语中转悠。你面对的是千年前有思想、有情感、有气息的生命,这会让你觉得趣味盎然,不至枯燥,而且真有"尚友古人"的独特乐趣。所以,我在以文本揣度刘克庄个人性情的基础上,还曾兴致勃勃地学着女孩子们关注的西方星座性格分析,对照陈垣先生的《二十史朔闰表》,查出刘克庄是属"处女座",以此"检测"他性格中的优点与缺点;也曾经向福建地区的朋友打听莆田方言、莆田荔枝以及徐潭、囊山、壶公山的情况,甚至利用 google earth "游览"了一遍莆田市;还曾麻烦吴伯雄兄特地去莆田拍下刘克庄的"水村游钓"碑。虽然这些都与论题毫不相干,个人却觉得很有趣味,或许也可看成是自己总想回到宋代与他对话的一种隐喻?

兴趣虽然浓厚,可端坐在屏幕前真正要写论文时,却又难以下"笔",以致吟成了一篇"枯坐枯吟诗可竟,徐行徐草枕难安"的七律倾吐烦恼。文章最开始的题目是"刘克庄及其时代",翻阅相关图书,感觉一团乱麻,真有"一部十七史从何说起"的感慨。那个年代,琐碎、凌乱、沉晦不明,史料缺失严重。从政治大局,到文学风会,那行在杭州的景致风流哪里是现在的文献所能钩稽得到的呢?于是,一边是繁华的都市,一边是悲情的江淮;一边是棚北大街的书铺,一边是徐潭之原的樗庵。刘克庄穿梭其间,我却四顾茫然。"欲速则不达",功夫要从笨处来,我只好将大量的时间花在了刘克庄诗文集文本的细读上,从本事到词汇,一些诗文甚至已经可以作出粗略的注本。就这样,刘克庄的文学世界逐渐呈现出来。

我曾经为这篇论文设计了一个极其宏大、壮观的结构,谁知道又再一次印证了先哲"方其搦翰,气倍辞前;暨乎篇成,半折心始"的预言。文章结构一砍再砍,一变再变。不过,随着结构的变化,思路也逐渐清晰:从重现文学生态的角度观照个案研究,以文化为切入口审视文学问题,成为本论文的指导思想;以刘克庄历史世界与文本世界的互动为透视焦点,成为本论文的基本方法。在如何深入研究,避免常识介绍与平面铺叙上,我花了较多的心思。自认为在论文写作中是以"打正面战"的心态面对的,企图每节都说一点自己的不成熟看法,解决一些问题。这或许还是如余英时先生所说——高悬的理想罢了!

刘克庄是晚宋少有的依然保持着官僚、学者、文人三位一体的复合型人才,其所涉之广泛,所蕴之丰厚,与我浅薄的知识积累和褊狭的知识结构形成了鲜明对比。这也就让我在这篇立意要于历史图景中勾勒他的文学世界的文章中,不仅仅是显得捉襟见肘了,许多时候连襟都不用"捉",肘就露在了外面。曾经设想,研究一个人,应尽力地读他读过的书,虽不可能与他处在同一水平来对话,但让自己与研究对象之间差距不要太大,或许是避免犯错的重要准备。可这简直依然是"高悬的理想",永不可及。因此,我的文章得出的结论,就不能不说是"盲人摸象"的结果,但它如果能有助于"真象"的出现,我也就感到欣慰了。

刘克庄说过"身隐免贻千载笑,书成犹要十年闲",在当今社会,贻笑是躲不过的宿命了,书成却还不知道是否只是一个梦而已。从初涉《后村先生大全集》到《刘克庄的文学世界》基本写成,我只有六年时间;从初次着笔到论文送审,我只有十六个月的时间,哪里能够"书成"? 何况这六年、这十六个月里根本还不闲呢。希望以后的日子能实践后村先生的教诲,以十年之闲来成一书吧。

二

文章初步规模就是如此了。这实在算不上什么成绩,却倾注了许多人的心血,我只能先说一声惭愧,再来慢慢道谢。感谢将是一份长长的名单,而背后则承载着许多感人的细节与温馨的回忆。

2003 年秋,我第一次来到上海,面试的时候,一位老师指着我的免试自荐书中"久慕贵系风华"一句问我,看过复旦中文系哪些老师的书。我那时虽然已读过朱东润、郭绍虞、王欣夫、陈望道诸先生的著作,却不知道他们都是复旦的教授,于是很惭愧地回答道:"没怎么读过,但《王水照自选集》我是翻过的。"后来才知道,如果回答的老师恰是招生老师的话,则极可能将学生分配给这位老师,而我回答的却是早已不招收硕士的王先生。幸运的是,三年之后,我真的成为了先生的学生,这不得不说是一种缘分。而在六年前提到的那部《王水照自选集》,六年后依然激发着我的思想火花,有心的读者一定能够看到,本文中许多章节其实是对先生文章的模仿。

先生在我的眼中无疑是一座学术与道德的高峰,给我无尽向上的力量。我在《文艺研究》的访谈上,曾将苏轼的两句诗"为问少年心在否,一篇珠玉是生涯"集在一起,以形容先生的学术人生;我又曾在另一篇小文中杜撰过一联"上善若水,大爱如照"。我想这都代表我对先生的崇敬与爱戴之意,而在这里,我只想用最朴素的语言说:谢谢您,我的老师。另外,也要谢谢师母。每次电话时,师母总要关切地询问我的近况,叮嘱注意身体,加强营养,让我特别感动。

还是在2003年秋,是傅杰、汪涌豪二位先生,助我升入复旦,没有他们的慧眼与仁心,恐怕我将走向另一条人生道路。这里无论如何要向两位老师表示感谢,虽然我知道他们不一定会翻到这一页。

依然要说2003年秋。这一年,我有幸认识了四川大学中文系周裕锴先生。多年后我才逐渐认识到,这年选择周先生作为我的本科毕业论文指导老师,是多么重大的一件事。这不仅直接影响了我后来学业专攻方向的选择,甚至也影响到这篇论文的形成。自离蜀之后,我们交流多在QQ群中进行,在这里大家都亲切地叫他"锅盖庵主",得以"聆听"周先生的许多"锅盖秘诀"。周先生所强调的一些治学理念如"没有无价值的对象,只有无价值的研究"、"人易言我则寡言之,人难言我则易言之"、"克服思维的惰性"等,都对我有很大的启发意义。更让我感佩的是,周先生常常放下手头的工作对我的一些初步想法与粗糙文字进行细微的指点,其中批评与赞许,都是一笔莫大的财富,让我受益无穷。

感谢川大师友,特别是王红老师,多年来的关心、爱护与鼓励,伴随我一路走来。虽然我的许多浮躁、孟浪,都可能已经让王老师有所失望,许多做法与主张更是愧对老师当年"良材美质"的谬赞,但您的教导我始终铭记在心,您如母亲般的关爱我一直深深为之感动。总之,川大是我十年来的学术起点,她的人情与学风都已经深深印在了我求学为人的骨子深处,感谢川大。

三

2004年秋,这是我人生的新起点,我住进了复旦北苑,开始了六年的复旦生活。从这一年起,我开始接受复旦的人情与学风的洗礼,她当然是不同凡响的。

首先要感谢陈尚君先生。在我初入复旦的时候,偶然的机会与陈先生在网络相识,陈先生竟特意约见我,这让我受宠若惊。在复旦到浦东机场的出租车中,陈先生与我畅谈一个多小时,给了我许多学习的建议,至今言犹在耳。后来,曾多次聆听陈先生的大课小课,也曾多次网络上向陈先生请益,其严谨而活泼的治学态度和了解之同情的学术情怀,深印我心。

同样是在网络,同样是在2004年秋,我与河北美术出版社资深编审栾保群先生相识。栾先生自此一直关心着我的学习与成长,不仅屡赐大作,而且常于QQ上启诲后学。虽然我们至今仍未谋面,但他俨然是我纯粹网络世界的学习导师,让我受益良多。栾先生不但专注于回报甚微的古籍整理,而且擅长撰写"鬼"文,他的每一篇"捣鬼"之作,我都读过,机智幽默的语言背后透出厚重的历史学养与现实关怀,给我许多为人为学的启示。2005年,他即鼓励并引导学殖比现在还浅薄的我参与古籍整理实践,更是对我体认古人心迹、感受古书韵味,产生了莫大的积极影响。

大概仍是在2004年秋,我认识了朱刚、查屏球两位老师。从此常与两位老师电子邮件交流,而自中文系搬入光华楼之后,更成为他们办公室的常客。两位老师一直关注我的成长,在平日交流中,对我的指点与帮助,不可胜记。我能忝列王师门墙,亦得益于二师的极力推荐,朱老师这次又专门抽空帮我审阅论文,感激之情,无以言表。

时光匆匆流逝,自论文写作以来,帮助过我的人许多许多。骆玉明先生、陈引驰先生在开题、预答辩时给本论文的写作提出了许多中肯的意见与切实的帮助。中国社会科学院文学研究所张剑先生,一直关心本论文的写作,并且时常邮件、电话给予具体指点,论文结构呈现为现在的面貌,实有张老师的功劳在焉。另外还要感谢武汉大学王兆鹏先生、韩国高丽大学姚大勇先生、上海财经大学李贵先生、复旦大学高燕女士、江西科技师范大学王述尧先生、江苏教育学院邓子勉先生、浙江师范大学慈波先生、马来西亚马来亚大学陈湘琳女士、西北大学田苗女士、辽宁大学耿元骊先生、浙江古籍出版社况正兵先生等师友,他们以各种形式给论文的写作提供了许多有益的文献资料与学术信息,给予了物质或精神上的鼓励与支持。

六年的复旦园生活,让我结识了许多朋友,同门间的情谊自不待言,每次大聚小聚都会对我有所启牖。另如陈珏、陈瑾渊、程一聪、杜斐然、潘玉涛、李栋、李红东、李军、梁丹丹、叶盈等朋友,在学习上的砥砺、生活上的帮扶,都让我受益匪浅。特别是陈瑾渊、李栋、李军、严宇乐四位朋友,百忙之中抽空帮我翻译提要、核对材料,无私高谊,令人感动。这份友谊是复旦园中宝贵的财富。

"网上读书园地"和"国学数典"两个充满浓郁读书氛围的网站给了我不少帮助,而 xwz321 等网友给予的文献支持,更是让我节省了不少时间,在此一并致谢。

四

现在又是秋意逐日转深的时候了,我正在努力赶稿。我知道,博士论文的完成,不仅意味着博士学习的结束,更意味着学生生涯的终结。回想这二十馀年的读书生活,又是"一部十七史从何说起"的感觉。如果我在这个后记中,继续以"点将录"的形式,从小学一直感谢到大学,大概也是大家都能够理解的事情,因为那毕竟都是真实的存在。不过,那样太不好看了。

至今为止,我的人生道路比较顺畅,除了归功于老天的恩赐,更要归功于父母培养了我的个人品质。我的父母文化程度不高,却是朴实厚道、通情达理的典型中国式父亲母亲。他们从小就教我做人做事的道理,身教胜于言传,父亲认真执著的工作态度,母亲任劳任怨的处事原则,无形中培养了我认真、踏实的作风。如果我今天算有一点成绩的话,显然离不开他们的教诲。"谁言寸草心,报得三春晖",养育之恩哪里是能报答完的?若允许在本论文扉页写上几个字,那一定是"谨以此献给我亲爱的爸爸妈妈"。

没有物质贫困的体验,没有各种升学考试的压力,比起刘克庄曲折的命运来,我真是幸福得很。就这样顺顺利利、平平稳稳走到今天,写完了博士论文。不过刘克庄有自信说"吾文谁道难施用,后有中郎赏断碑",而这种自信,我是没有的。人生平凡如此,甚至连一首像样的诗也凑不出来装点后记,哪里还有"中郎赏断碑"的可能呢?这或许又是平坦、平淡人生的一种缺憾吧。

是为记。

永兴　侯体健
己丑小雪识于复旦北区慕辉苑二独斋

付 梓 再 记

本书是在我的同名博士论文基础上修改而成的。说是修改，其实只不过做了些校正错字、疏通文句的简单处理而已。博士毕业后，我即投入到新的工作和科研之中，虽对刘克庄和晚宋文坛的研究仍有许多想法，并打算在此领域继续探索，但短期内恐怕还无法形诸文字。我深知这本书的缺陷，许多问题只是开了个头，许多重要方面还未论及，而学术研究有所见便会有所未见，这不仅关乎视角、方法，更关乎能力、学识。本书只好就此面目示人，或有乱头粗服之讥，却也是记录博士时期真实自我与实际水平的生动文本，在一己生命之中具有"以书存史"的特殊意义。同样基于这种考虑，我将本科毕业论文《刘克庄六言诗初探》并附于后，以稚嫩的文字纪念蹒跚的步履。

本书的完成，有幸得到博士论文答辩委员会刘永翔先生、虞万里先生、陈尚君先生、戴燕先生、陈引驰先生的匡教，又有日本早稻田大学内山精也先生、杭州师范大学沈松勤先生、南京大学程章灿先生、复旦大学吴兆路先生、复旦大学出版社宋文涛先生、湖南师范大学吕双伟先生鼓励、指点，他们的意见或高屋建瓴、或细致入微，切中肯綮，洵为宝贵。惜我愚顽，未能全部吸纳，感愧交心，唯将黾勉学术，图报嘉赏。

本书内容曾析出若干篇什发表于《文艺研究》、《文学遗产》、《北京大学学报》、《中山大学学报》、《华南师范大学学报》、《中国典籍与文化》、《江西师范大学学报》、《长江学术》、《新国学》等刊物，日本宋代诗文研究会会刊《橄榄》也曾译载"综论"一章，在此向以上期刊编辑先生的奖掖之情，深致谢忱。

本书出版获复旦大学出版基金资助，感谢基金管理委员会与文科科研处诸位先生的帮扶。

最后,再次满怀敬意地向恩师王水照先生道谢:所授所护,永生难忘。

红尘滚滚,斯文不坠,前路漫漫,吾道不孤,幸甚至哉,是以再记。

永兴　侯体健
辛卯初夏识于复旦大学十一舍虚室

图书在版编目(CIP)数据

刘克庄的文学世界——晚宋文学生态的一种考察/侯体健著.—上海：复旦大学出版社, 2013.3(2019.1 重印)
(复旦宋代文学研究书系/王水照主编)
ISBN 978-7-309-09353-7

Ⅰ.刘… Ⅱ.侯… Ⅲ.刘克庄(1187~1269)-文学研究 Ⅳ.I206.2

中国版本图书馆 CIP 数据核字(2012)第 270658 号

刘克庄的文学世界——晚宋文学生态的一种考察
侯体健　著
责任编辑/宋文涛
复旦大学出版社有限公司出版发行
上海市国权路 579 号　邮编：200433
网址：fupnet@fudanpress.com　　http://www.fudanpress.com
门市零售：86-21-65642857　　团体订购：86-21-65118853
外埠邮购：86-21-65109143　　出版部电话：86-21-65642845
常熟市华顺印刷有限公司

开本 890×1240　1/32　印张 11.5　字数 294 千
2019 年 1 月第 1 版第 2 次印刷

ISBN 978-7-309-09353-7/I·731
定价：48.00 元

如有印装质量问题，请向复旦大学出版社有限公司出版部调换。
版权所有　侵权必究